）魔法使い

シャンナ・スウェンドソン

ニューヨークは変わった街だと聞いてはいたが，これほどとは思わなかった。テキサスの田舎から出てきて一年，いまだに毎日驚いてばかりいる。宙に浮いている妖精や耳のとがったエルフ，教会の屋根にいたりいなかったりするガーゴイル……。こんなの想定外だ。でも，ニューヨーカーたちは振り返りもしない。変なのはこの街？　それともわたし？　ボーイフレンドはできないし，会社の女上司はヒステリーの二重人格。いい加減にうんざりしていたある日，思いもかけない転職の話が舞い込んできた。でもちょっと待って，うまい話には必ず裏がある。現代のニューヨークを舞台にした，魔法版『ブリジット・ジョーンズの日記』。

登場人物

キャスリーン（ケイティ）・チャンドラー……テキサス出身の平凡な女の子
ジェンマ……ケイティのルームメイト
マルシア……ケイティのルームメイト
コニー……ケイティの友人
ミミ……ケイティのヒステリックな上司

アンブローズ・マーヴィン……㈱MSIの最高経営責任者(CEO)
オーウェン・パーマー……㈱MSIの研究開発部理論魔術課の責任者。とてもシャイ
ロドニー（ロッド）・グワルトニー……㈱MSIの人事部長。なぜかもてる
サム……ガーゴイル。警備担当
フェラン・イドリス……㈱MSIの元社員

イーサン・ウェインライト……知的所有権専門の弁護士
フィリップ……実は——
ジェフ……実は——

㈱魔法製作所

ニューヨークの魔法使い

シャンナ・スウェンドソン
今 泉 敦 子 訳

創元推理文庫

ENCHANTED, INC.

by

Shanna Swendson

ニューヨークの魔法使い

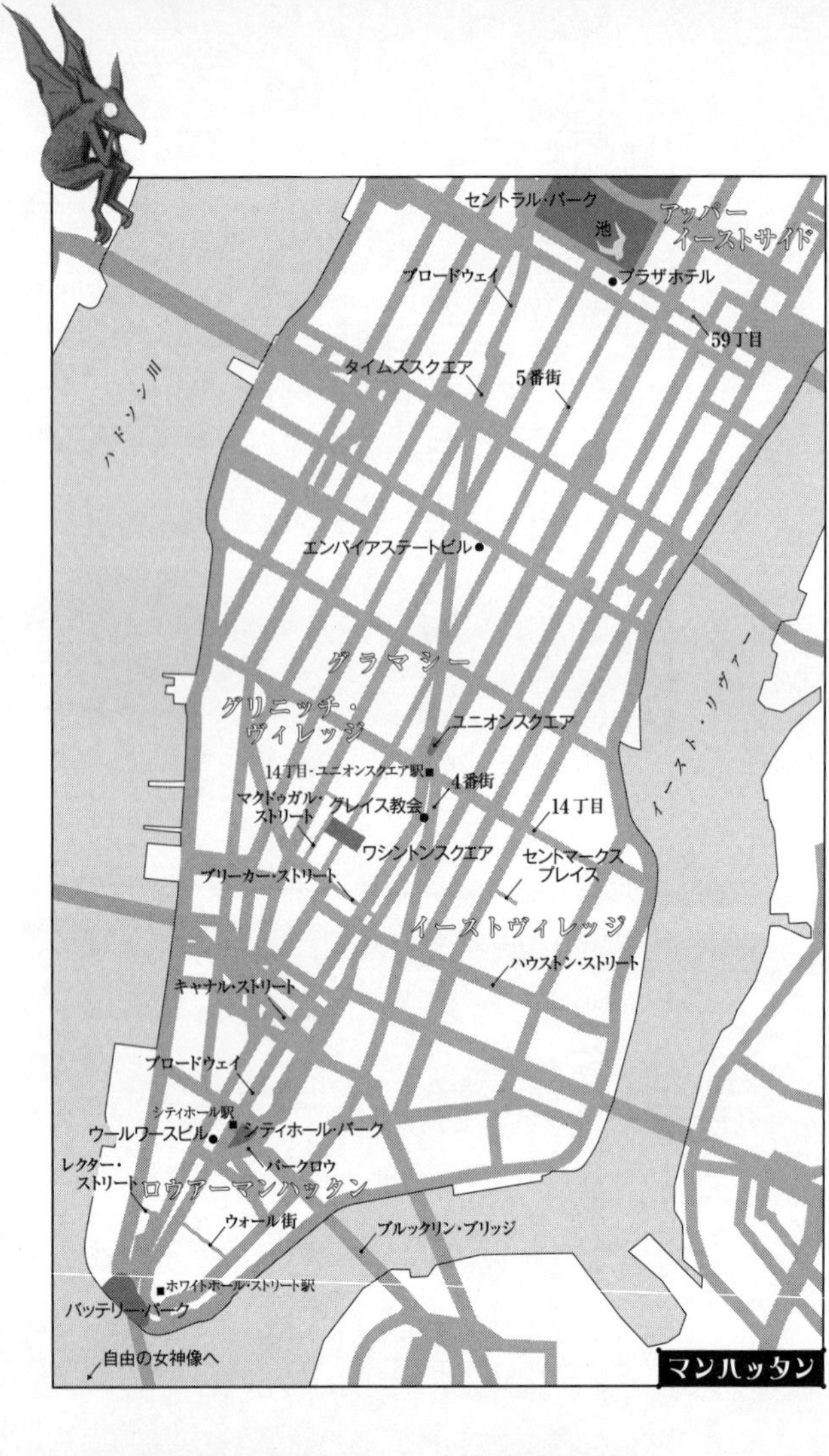
セントラル・パーク
池
アッパー
イーストサイド
ブロードウェイ
プラザホテル
59丁目
タイムズスクエア
5番街
ハドソン川
エンパイアステートビル
グラマシー
グリニッチ・
ヴィレッジ
ユニオンスクエア
イースト・リヴァー
14丁目-ユニオンスクエア駅
4番街
マクドゥガル・
ストリート
グレイス教会
14丁目
ワシントンスクエア
セントマークス
プレイス
ブリーカー・ストリート
イーストヴィレッジ
ハウストン・ストリート
キャナル・ストリート
ブロードウェイ
シティホール駅
ウールワースビル
シティホール・パーク
パークロウ
レクター・
ストリート
ロウアーマンハッタン
ウォール街
ブルックリン・ブリッジ
ホワイトホール・ストリート駅
バッテリー・パーク
自由の女神像へ
マンハッタン

1

　ニューヨークが変わった街だということは常々聞いていたけれど、どれほど変わっているかということは、実際に来てみるまでわからなかった。テキサスを出る前、家族は大都会の恐ろしい逸話をあれこれ並べ立てて、なんとかわたしを引きとめようとした。すでにニューヨークで暮らしはじめていた大学時代の友達も、自分たちが目撃した普通じゃない出来事についていろいろと教えてくれた。地元のニューヨーカーはどんなに突拍子もないものを目の当たりにしてもまばたきひとつしないらしい。たとえ宇宙人がブロードウェイを歩いていたってだれも振り返らないだろうと、彼女たちは得意げに言ったものだ。わたしは、彼女たちが大げさに話をしているだけだと思っていた。

　ところが、この街で一年生き抜いたいまも、わたしの毎日は相変わらずショックの連続だ。でも驚いているのはわたしだけ。まわりの人たちは眉ひとつ動かす様子もない。ほとんど全裸の大道芸人。歩道でタップダンスをしている人。有名人が勢ぞろいしての大規模な映画のロケでさえ、地元のニューヨーカーたちにはちらっと振り返るだけの価値すらないようだ。わたしはといえば、口をあんぐりと開けて、ただひたすら夢のような光景を眺めるばかりだ。田舎者まる出しだってことはわかっている。都会っ子ふうにさりげなく振る舞おうと努力はしているのだが、どうもうまくいかない。

たとえば今朝、会社に向かうわたしの前を歩いていた若い女性は、背中に羽をつけていた。ハロウィンの衣装によくあるストラップつきの妖精(フェアリー)の羽だ。ただ妙なのは、ハロウィンはまだ一カ月以上も先だということ。ブランドものを買う余裕こそないけれど、ファッション誌にはそれなりに目を通している。妖精の羽が特に流行のアイテムではないことぐらい、わたしにだってわかる。ネオボヘミアンカルチャーに傾倒しているニューヨーク大学の学生だろうか。それとも、専攻がコスチュームデザインなのかな……。後ろ姿を眺めながらいろいろと想像してみる。いずれにしても、羽は実によく出来ていた。ストラップがまったく見えなくて、まるで本物の羽が背中から生えているようだ。おまけに、ときどきはためいたりもした。まあ、それは、単に風が当たっていたからだと思うけれど。

〝フェアリー嬢〟からなんとか目を離して腕時計を見たわたしは、思わずうめき声をあげた。歩いていたらとても間に合わない。月曜の朝は上司が手ぐすね引いて待ち構えているので、一分たりとも遅れるわけにはいかないのだ。メトロカードから貴重な二ドルがさし引かれるのは痛かったけれど、帰りを歩くことにして、地下鉄に向かった。

ユニオンスクエア駅まで来ると、前を歩いていたフェアリー嬢は、意外にも、大学の方へは行かずにそのまま駅の階段をおりていく。ダウンタウンで働いている人にしてはずいぶん個性的な格好だ。彼女の後ろから階段をおりていくとき、靴もかなり個性的であることがわかった。なんと、底がルーサイト（半透明の合成樹脂）のプラットフォームシューズだ。そのために、まるで地面から二インチほど浮かんで歩いているように見える。厚底靴を履いているにしては、信じられないほど優雅な動きだ。

例によって、駅のホームにはひとりとして彼女に目をとめる人はいなかった。この街に来て一年になるけれど、わたしはいまだに、〝ま、ニューヨークだもの〟的なわけ知り顔の視線をだれとも交わしたことがない。どうして皆、これほどまでに慣れきることができるのだろう。わたしよりもこの街に来て間もない人は絶対いるはずなのに。だいたい旅行者はどうしたのだ。なんにでも目を見張るのが旅行者というものじゃないの？

そのとき、ひとりの男性がフェアリー嬢の方を見ていることに気がついた。ただし、驚いているのではなく、知り合いでもあるかのように親しげな笑みを浮かべている。男性は、毎週末セントラル・パークでマントを羽織って中つ国ごっこをするようなタイプには見えなかったので、ちょっと意外だった。仕立てのいいダークカラーのスーツを着てブリーフケースをもったその姿は、典型的なウォール街のビジネスマンで、ニューヨークのキャリアガールならだれもが夢見る理想の彼氏（ミスター・ライト）といったところだ。おそらくわたしより少し年上だろう。なかなかのハンサムだ――平均より少しだけ背が低いかもしれないけれど。

〝ミスター・ライト〟――すでにだれかの彼氏であることは間違いないだろう――は、ちらっと腕時計に目をやってからトンネルの方を見た。そして何かをつぶやき――おそらく「電車はまだかな」とか「遅刻しそうだな」とか、そういったことだと思う——、手首をくいとひねった。その直後、トンネルから轟音が聞こえてきた。彼が電車を呼び出したのかと思えるほどの絶妙なタイミング。一刻も早く電車に乗る必要があったわたしとしては、むろん文句はない。

人々がいっせいに電車に乗り込むと、車掌の車内アナウンスがあった。「臨時のダイヤ調整により、このブルックリン行きN線の次の停車駅はシティホールになります。途中駅で下車されるかたは当駅でお降りになり、R線か次のN線の電車をご利用ください」

不満の声がいっせいにあがり、乗客がぞろぞろと降りていく。わたしは空いた席に腰をおろし、腕時計を見た。この調子でいけば余裕でオフィスに着ける。一週間の始まり方としては悪くない。

ミスター・ライトは電車を降りなかった。フェアリー嬢もまだ乗っている。ミスター・ライトがわたしの隣に座っている男性と笑みを交わした。つられてその人の方を見たわたしは、思わず、避けていることを悟られずに席を移動できるきっかけを探してしまった。

それはまさに、一生セクハラ容疑をかけられ続けるタイプの男だった。自分ほど魅力的な男はいないと思い込んでいて、女性に拒絶されることなど想像もできないという輩（やから）だ。あいにくそういうタイプにかぎって、本人が思うほど魅力的であったためしがない。隣の男はおぞましいというほどではなかった。もし、ものすごく性格がよくて、もう少し身だしなみに気を配れば、それほどいやな感じではなかったかもしれない。ただ残念なことに、彼はまったくもって身だしなみに気を配っていなかった。無造作になでつけられた髪は脂ぎっていたし、肌は、メアリー・ケイ（化粧品ブランド）の愛用者であるうちの母を卒倒させそうな代物だった。にもかかわらず、この車両に乗っているすべての女性が自分に見とれているかのように振る舞っている。そういう態度が彼をますます格好悪く見せていた。

　奇妙なのは、周囲の女性たちが皆、まるでそこにピアース・ブロスナンでもいるかのように、本や新聞ごしにちらちらと彼のことを見ていることだった。男の方もそうした視線にはすっかり慣れっこという感じで女性たちにほほえみ返している。彼には何か、わたしには感知できない魅力があるのだろうか——たとえば、人並み外れて男性機能に恵まれているとか。あるいは、わたしの知らない有名なロックスターなのかもしれない。わたしは最新のロックシーンにあまり詳しくないから、そうだったとしても不思議ではない。たしかに彼には、女をひざまずかせるのに特別何もする必要のない大物ロックスターに特有の、独善的な如才のなさがある。

　わたしとしては、ミスター・ライトの方がよほど視線を送りたい相手だ。実際、彼も女性たちから相応の視線を集めていたが、そのことにどぎまぎしている様子で、それがまた彼をいちだんとキュートにしていた。

「これから仕事？」独善男が言った。これまで聞いたナンパのセリフのなかでも最低レベルのオリジナリティだ。まあ、そういくつも聞く機会があったわけではないけれど。

「いーえ！　毎朝、地下を走るブリキ缶にイワシみたいに詰め込まれてロウアーマンハッタンに向かうのが好きなだけよ」とわたしは言った。

　男はわたしの肩の後ろから座席の背もたれに沿って腕を伸ばした。わたしはいまだにドライブインシアターが存在する地域の出身だ。この動作にはなじみがある。さりげなく体をずらすと、男が言った。「きみ、ニューヨークの生まれじゃないね」父の古いトラクターからしみ出す油のように、彼の顔からねっとりした愛想が滲み出る。「好きだなあ、その話し方」

本人は気づいていないようだが、わたしにとってこれは決して褒め言葉ではない。何かを要求するときや自分の主張を通そうとするとき、母音を伸ばすまったりとしたわたしのテキサスなまりは、職場ではいつも障害となる。テキサスなまりを聞くと、相手はたいていこちらのことを自分よりとろいとか教養がないとか思うようだ。なまりを隠そうと努力はしているのだが、皮肉を言おうとするとなぜか必ず出てしまう。たぶん、きついことを言ってもテキサスなまりが刺々しさを緩和してくれるという思いが、心のどこかにあるのかもしれない。今回も、まったく望んでいない状況で、その効果があったようだ。

本でもあれば無視する口実にできたのだが、今朝アパートを出るときには行きも帰りも歩くつもりでいたので何ももってこなかった。わたしの素晴らしくキャリアウーマンふうなブリーフケースのなかには、ランチ用のサンドイッチとオフィスで履くハイヒールが入っているだけだ。わたしは独善男をにらみつけると、ミスター・ライトの方を向いた。もしかしたら騎士道精神を呼び起こされて、わたしをこのセクハラ野郎から救ってくれるかもしれない。

ところが、独善男もまた、ミスター・ライトのことを見ていた。しかも、それまでとは打って変わって深刻な表情だ。ミスター・ライトが同じように深刻な顔で小さくうなずいた。フェアリー嬢もわたしの方をじっと見ている。なんなの、これは……。何かの陰謀？　この人たち、わたしを襲うつもりなのだろうか。それとも詐欺集団？〈上京したての田舎者です、どうぞつけ込んでください！〉と書かれた大きな黄色いバッジを胸につけているような気分だ。

そのとき、車両間のドアが開いて巨大なニワトリが入ってきた。より正確にいえば、ニワトリの着ぐるみを着た退屈そうな顔をした男だ。悲しいかな、その男は人前でニワトリの格好をすることに対して、羞恥心よりも倦怠感を感じているようだった。わたしは自分の仕事よりひどい仕事のリストにそれを加えた。ニワトリ男が左手にもった小さなプラスチックの箱を振ると、めんどりの鳴き声が聞こえた。ふいに懐かしさで胸がきゅんとなる。昔、テキサスの実家で同じような箱を机の上に置いていたからだ。いま自分のデスクにそれを置こうとは思わない。それこそ、田舎者のイメージを増幅させるだけだ。めんどりの鳴き声に乗客たちは顔をあげたが、ほんの少し表情を崩しただけで、すぐにまた新聞や本を読みはじめるか、目を合わせないよう視線をそらすかした。ニワトリ男は乗客にチラシを配りはじめた。わたしはニューヨーカーのほとんどが身につけているように見えるチラシを避けるテクニックをいまだ習得しておらず、いつもどおり一枚受け取ることになった。フライドチキンのレストランが新しくオープンするという案内に、家族が勢ぞろいする日曜日のディナーを思い出して、またもや胸がきゅんとなる。わたしはチラシをブリーフケースのなかに押し込んだ。

ニューヨーカーがますますわからなくなった。地下鉄に妖精が乗っていてもだれも見向きもしないのに、ニワトリの格好をした男には一応の反応がある。羽のついたコスチュームを着ている点では両者とも同じだ。なぜ、一方はまったく注目に値しなくて、もう一方はわずかながらでも面白がってもらえるのか。ミスター・ライトもチラシを受け取ったようだ。彼はほほえみながらニワトリ男を眺めている。わたしはますますミスター・ライトが好きになった――ただし、それは彼が相変わらず妙な目でこちらを見ているほかのふたりと共謀関係にないということが前提になる。自分がなぜ居心地の悪い思いをしていたのかを思い出したとたん、巨大なニワトリのことは頭から消えた。

地下鉄がけたたましいブレーキ音とともに停車し、車掌が「シティホール」と告げた。さて、どうしよう。ここで降りて妙な三人組から逃れるべきだろうか。シティホールから歩くとなると、遅刻は間違いない。でも、強盗に遭ったり殺されたりするよりは、遅れた方がましだ。

意を決して立ちあがろうとしたとき、三人がドアの前に集まっているのが見えた。よかった、どうやら彼らの方が降りてくれるらしい。三人がわたしをねらっているように見えたのは、被害妄想にすぎなかったようだ。わたしの頭のなかには依然として、家族に吹き込まれたニューヨークの恐ろしい逸話の数々が居座っていて、間の悪いときに自己主張をしはじめる。実際は、強盗に遭ったことはもちろん、現場を目撃したことさえ一度もないのだ。

だいたい、地下鉄内陰謀説をつくりあげるまでもなく、わたしには懸念すべきことが山のようにある。今朝のような出来事はわたしにとっては決して珍しいことではない。このての奇妙なことはしょっちゅう起こっている――少なくとも、ニューヨークに来てからは。どういうわけか、わたしは存在すべきではないものを始終見ているのだ。たとえば、背中に羽のついた人や、耳の先のとんがった人、突然現れたり消えたりする人や、妙な場所にふいに出現する物体。

家族から聞いたニューヨークの恐ろしい逸話にわたしの豊かすぎるイマジネーションが加わっての現象だとは思うのだが、正直なところ、最近本気で心配になってきている。だれも気にしていないのにわたしだけが妙なものを見るというこの状況があと半年続いたら、覚悟を決めて専門家に相談した方がいいかもしれない。

それはともかく、目下の大事は会社へ行ってなんとか一日を乗りきることだ。幸い、タイムリーな電車の到着と思いがけない快速運行で時間に余裕ができた。さらにラッキーなことに、ホワイトホール駅の上りのエスカレーターはちゃんと動いていた。わたしは無機質なガラスの摩天楼の一角に出ると、オフィスのあるビルのロビーへ入っていき、仕事用の靴に履きかえた。そして社員証を胸につけ、警備員のチェックを受けて、エレベーターホールへ向かった。

定刻より七分早くエレベーターからオフィスのロビーに降り立ち、五分早く自分のデスクに到着した。それでも、上司のミミはすでにわたしを待っていた。さて、今朝のミミはどちらのミミだろう。思いやりあふれる理想の上司か、それとも、その骨張った毛深い指でわたしを引き裂く邪悪な地獄の死者か――。ミミの変わりやすさはジキル博士も顔負けなのだ。

わかった、認めよう。この言い方はたしかに少し大げさだった。機嫌の悪いときだって、彼女の指はそれほど毛深くはない。

「おはよう、ケイティ！」デスクへ向かうわたしに彼女は朗らかに言った。「週末はどうだった？」どうやら今朝は、善良なミミが顔を出しているようだ。しかし、これがいつまで続くかはわからない。わたしは彼女との間に安全な距離を保ちながら、万が一に備えて防御に使えそうな分厚いものを探した。

「楽しかったですよ。そちらは？」

ミミはうっとりした顔でため息をつく。「素晴らしかったわ。週末はワーナーといっしょに彼のハンプトンの家で過ごしたの」ワーナーとは、彼女の神様みたいに金持ちな――そしておそらく同じくらい年寄りの――ボーイフレンドだ。ミミはわたしに近づき、耳もとでささやいた。「たぶん、そろそろプロポーズされると思うの」

「本当ですか？」さも興味があるようなふりをしながら、彼女の横をすり抜けデスクにたどり着く。

「そんな気がするわ。じゃ、スタッフミーティングで」

わたしは席につき、コンピュータのスイッチを入れた。月曜スタッフミーティングという名の拷問の前に、ぜひともミミなしの時間を過ごしたかったのだが、今朝の幸運もついに尽きてしまったようだ――いましがたの彼女との遭遇は比較的害のないものではあったけれど。ああ、どうか、十五分後のミーティング開始以降も、〝善良なミミ〟が健在でありますように。そうでなかったら、地下鉄の妙な三人組に誘拐されなかったことを後悔することになる。彼らがわたしに何をしたとしても、最悪のときのミミほど耐えがたくはないはずだ。

ミミは上司ではあったが、それほど年上というわけではなかった。わたしがテキサスの小さな町で実家の飼料店を手伝っていたころ、彼女はどこかの金持ち学校でＭＢＡの取得に励んでいた。ニューヨークに来てまもなく、わたしは学位や資格やコネが実社会での経験よりもずっとものをいうことを学んだ。特に、わたしがもっているような類の実社会での経験はほとんど価値がなかった。テキサスの公立大学で取得した経営学士号と小規模ビジネスでの数年間の実務経験など、ニューヨークのビジネス界ではたいして評価されないのだ。

そもそも、マーケティングディレクターのアシスタントというこの仕事――言いかえればミミの専属奴隷――だって、ルームメイトが仕事上の人脈を駆使して見つけてくれなければ手に入らなかったものだ。はじめはもっといい仕事が見つかるまでのつなぎのつもりだったのだが、一年たったいまも、わたしはここにいる。最近では、腕の一本でも切り落とさなければこのアリ地獄から抜け出せないような気さえする。

ようやくコンピュータが立ちあがり、わたしはeメールのチェックを始めた。いちばん上のメッセージはほんの数分前に届いたばかりで、件名は〈キャスリーン・チャンドラーに素晴らしいチャンス〉となっている。素晴らしいチャンスというものはめったにあるものではないし、ましてeメールでくることはまずないといっていい。件名にわたし個人の名前が入っているのが気にならないでもなかったが――おそらくメールアドレスからわかったのだろう――、きっと体の一部を大きくするとかいう類のものだろうと思ってそのまま削除し、月曜の朝決まってわたしを待っているメッセージを探すために画面をスクロールした。ミミのスタッフミーティング用の会議資料だ。

タイプミスを直してプリントアウトし、ざっと目を通しながらコピー機に向かう。今回はほぼ通常の現状報告のみで、特に心配するような地雷原はなさそうだ。これならきっと無事に切り抜けられるだろう。会議資料のコピーを取りデスクに戻ると、新しいeメールがきていた。ミミが資料の改訂版を送ってきたのかもしれない。メールソフトをクリックすると、それはまたもや〈素晴らしいチャンス〉を謳ったスパムだった。今回は件名の欄に〈削除しないで〉とつけ加えてある。わたしは意地の悪い満足感を味わいながらそれを削除した。わたしにできる反逆行為など、せいぜいこのぐらいしかない。

ミミのミーティングに遅れることは許されない。わたしはノートに資料をはさみ、ペンとマグカップとランチをもってキッチンへと急いだ。そこで共用冷蔵庫にランチを入れ、カップにコーヒーを注いで会議室へ向かう。このミーティングさえ乗りきれば、今日はもう楽勝だ。

自分自身の処刑現場に立ち会うかのような面持ちでいるのは、わたしひとりではなかった。すでに会議室に来ていた広告マネジャーのエイプリルは顔面蒼白だ。広報マネジャーのリアは一見落ち着いているが、医者に処方してもらった鎮静剤を飲んでいるからだということをわたしは知っている。イベントマネジャーのジャニスは神経性チックの症状が出ている。唯一ストレスを感じているようにも薬に頼っているようにも見えないのが販売渉外のジョエルだが、でもそれは、彼がミミの直属の部下ではないからだ。今日は月最後の月曜なので、スタッフ全員ではなくマネジャーのみのミーティングだった。そうでなければ、会議室はもっとずっと不安げな顔をした連中で埋まっていたはずだ。わたしはこの部署でダントツに最低位の人間だが、ミミの頭脳という立場でここにいる。どうやら人は、多額の費用をかけてＭＢＡを取得すると、会議でメモを取ったり、話し合ったことを覚えておく能力を失ってしまうものらしい。

わたしは会議室に集まったメンバー全員に資料のコピーを配った。だれも言葉を交わそうとしない。皆、リスクを冒すつもりはないのだ。いつミミが現れて、たまたま耳にした言葉に機嫌を損ねるかわからない。だれも、〝邪悪なミミ〟を引き出す当事者にはなりたくないのだ。わたしたちはそれぞれ黙って資料に目を通し、トラブルの種となりそうなものを探した。

いつものように、ミミは自分が招集したミーティングに十分遅れてやってきた。自分の時間はわたしたちのそれより貴重だということをかなりあからさまに示す無言のサインだ。ミミは会議室の両開きのドアを左右に押し開いて仰々しく登場し、まるで観客の拍手が鳴りやむのを待つトークショーのゲストのように、しばし立ち止まる。

「おはようございます、ミミ」ついさっき朝のあいさつは交わしたのだが、わたしはあえて声をかけた。さもなければ、彼女はだれかが自分の存在を認識するまで一日じゅうそこに立っているだろう。ミミのアシスタントとして、わたしには彼女の機嫌を取るという暗黙の義務がある。続いてほかのメンバーも、ぼそぼそとあいさつの言葉を口にした。ミミはようやく後ろ手でドアを閉めると、テーブルの上座のいつもの席についた。資料を渡すと、彼女はそれをあたかも自分以外の人間が書いたもののようにしげしげと眺めてから、おもむろに顔をあげ、集まった面々を見渡した。

「みんな忙しい一週間を控えているだろうから手短にいくわよ」ミミはぶっきらぼうにそう言った。先ほどの友好的な口調とは明らかに違う話し方だ。わたしはにわかに不安になる。「最初の議題は部署の全体報告ね。エイプリル？」

エイプリルの顔がいちだんと青白くなる。唇はほとんど真っ白だ。「週の後半に代理店との会議があり、次のキャンペーンのアイデアと彼らが提案する媒体購買について話し合う予定です」

「その会議はわたしのスケジュールに入ってるの？」

「入っています」わたしはエイプリルに助け舟を出すつもりで言った。「先週、確認を取ってますけど……」そう言うやいなや、わたしは自分が大きな過ちを犯したことに気づいた。メンバーの顔がいっせいにこわばる。皆、わたしがどれだけ大きなへまをしたかわかっていた。ミミは問いただされたり批判されたりすることに耐えられないのだ。自分が忘れていたことをやんわりと指摘されることすら許せない。

ミミが即座に〝邪悪なミミ〟に変身しなかったことが、かえって不気味だった。彼女は軽くうなずくと言った。「オーケー。あとで必ずリマインドしてね。じゃあ次、リア」

薬の恩恵である穏やかな口調でリアは言った。「今日中に代理店から先週分のクリップが届くことになっています。それから明日、新製品発表のプレスリリースの草案があがる予定です」

ミミはうなずく。「入り次第すぐに見せてちょうだい」わたしはリアの報告と処理すべきことについてメモを取る。ミミは次にジャニスの方を見た。ジャニスの顔が引きつるのが傍目にもわかる。「イベント関連で何かニュースは？」ミミが訊いた。ジャニスは長い間ミミの攻撃の的になっている。神経性のチックもそのせいだ。ミミは決して彼女を名前で呼ばないのだが、だれも、ジャニス本人でさえ、何がミミの気にさわったのかわからない。

「新製品の発表場所についてまだ検討中です。ある程度大規模で、かつ予算内で収まるものとなると、なかなか適当なところがなくて……」

ミミはほかのメンバーを見渡した。「だれかアイデアのある人はいない？　イベントスタッフはアイデアが枯渇しているみたいだから」

わたしにはひとつアイデアがあったが、ジャニスが何も提案できない状況で手を挙げるのは彼女をさらにおとしめるようで気が引けた。しかし、この部署では、自分の身は自分で守ることが鉄則となっている。ここにいる全員が、ほぼ間違いなく、ミミの攻撃から逃れるためならわたしをオオカミの群れに投げ入れることも辞さないだろう。「あの、ひとつ思いついたことがあるんですけど……」皆がいっせいにこちらを向いて、一瞬、発言したことを後悔した。そもそもわたしは、メモ係として以外この場に存在すらしないことになっているのだ。

幸い、わたしが慣習を破ったことにミミはそれほど気分を害していないようだった。「何かしら、ケイティ」彼女はわたしに対して腹を立てる以上に、ジャニスが惨めな思いをしていることを楽しんでいるように見える。

大きく深呼吸し、なまりが出ないよう神経を集中させた。ほんの一瞬でもなまりが出たら、わたしのアイデアはクレー射撃の的のごとく即座に撃ち落とされてしまうだろう。「十分な予算がないなかで無理に豪華なイベントをやろうとすると、かえって安っぽく見えてしまうと思うんです。低予算でシュリンプパフなんか出したら、それこそ食中毒を引き起こすのがオチです。もともと安っぽく見えて当然というものをあえてやってみるのはどうでしょう。優雅なカクテルパーティではなく、ピクニックとかバーベキューなんかをやるのはどうですか。ホットドッグを焼いてビールを出して、昔懐かしいピクニックの余興をやるんです。袋跳び競走（サックレース）とか、リンゴ食い競走とか。みんなきっと、子どもみたいにはめを外してはしゃげる機会に飢えているはずです。これなら多額のお金をかけずに大勢の人にいい思い出を提供できるのではないでしょうか」実家の店でちょうどこんな感じのお客様感謝デーをやったことがある。でも、もちろんそのことは口にしなかった。たとえそれが実社会での経験であっても、ここではわたしの信用を損ねることにしかならない。

　話し終えたわたしを、皆黙ったまま見つめていた。ようやくミミが、このうえなく辛辣なトーンで切り出した。「グローバーズコーナーだかなんだか、とにかくあなたが生まれ育った町でならそれもうまくいくんでしょうけど、ニューヨークには別のスタンダードがあるのよ」彼女の挙げた地名がテキサスではなくニューハンプシャーを舞台にした戯曲に登場する町だということも、わたしのアイデアがテキサス以上にニューヨークでこそ成功する可能性があることも、いまここで指摘すべきでないことはよくわかっていた。いったいほかにどういう理由があって、これほど多くのニューヨーカーが多額のお金を観光牧場での休暇に費やすというのだろう。何ごとにも斜に構えた世慣れた都会人のふりをする毎日から解放されることが、彼らにとってどれほど大きな気晴らしになることか。でも、それを訴えるのは自殺行為に等しい。

　支持してくれる人はいないかと、テーブルを見渡した。しかし、だれもがやれやれというように眉をあげるか、冷笑を漏らすだけだった。わたしはあらためて、ニューヨークのビジネスをまるで理解していない田舎者というレッテルを自らに貼りつけてしまったようだ。この際予定外の避難訓練でも始まらないかと密かに祈ったが、ミーティングはそのまま、まるでわたしの発言などなかったように進行していった。

最後にジョエルから報告があった。「先週、新製品の発売準備のために営業チームが集まりました。カタログも刷りあがり、準備は調っています。あとはプレスリリースを待ってマスコミの反応を見るだけです」

ミミはジョエルをにらみつけた。「どうしてわたしはそのミーティングに出てないの？　それに、わたしはそのカタログを承認してないわよ」

ジョエルは彼女をにらみ返す。「前回あなたをミーティングに呼んだとき、時間のむだだから今後は呼ばないようにとあなた自身が言ったからです。それに、カタログはあなたの管轄じゃない」

皆、思わず隠れる場所を探した。ミミの目が真っ赤になり、肌が緑色になって、頭のてっぺんから小さな角が生えてきても、たいして驚かなかっただろう。カタログは彼女の急所だった。通常、カタログはマーケティングディレクターの所轄になる。しかし、彼女が表紙の社名と製品名のスペルが間違っているカタログに承認のサインをして以来、カタログは営業の管轄になったのだ。彼女はその屈辱からいまだ立ち直っていない。

「くだらない営業会議に出る時間など、どのみちなかったわ」ミミはぎこちなくそう言うと、いきなりミーティングを切りあげた。わたしたちがわれに返って立ちあがろうとしたときには、彼女はすでにドアの向こうに消えていた。

「たいしたものね」会議室から出ていくとき、ジャニスがジョエルに耳打ちした。「ただ彼女を挑発したかったんでしょう?」

「あのぎょっとした顔、最高だったな」ジョエルがにやりとして言う。ジャニスの顔がぴくっと痙攣した。

「さあて、ミミを営業部に行かせる口実を今日はいくつ見つけられるかしら」わたしがそう言うと、皆が哀れみと蔑(さげす)みの混ざった表情でこちらを見た。途方もない無力感が全身を襲う。ミミの前で弁護してくれとはいわないけれど、心のなかではわたしのアイデアをいくらかでも認めてくれていることを期待していたのだ。甘い考えだった。

ああ、これから先が思いやられる。エイプリルをやり込める口実にしようとしていたミーティングについて彼女自身が了承していることを指摘した時点で、すでにミミはカチンときていたはず。そのうえ、アイデアを発言するなどという大それたことをして墓穴を掘ってしまった。仕上げはジョエルの反駁だ。このあと、永遠とも思える〝邪悪なミミ〟との時間がわたしを待っている。デスクに戻ると、ミミのオフィスのドアは閉まっていた。愛しのワーナーにでも電話して、これから三十分ばかり、部下たちがいかに意地悪かをいじいじ訴えることに費やしてくれたら、ずいぶん助かるのだけれど。

デスクのコンピュータの横にノートを置き、椅子に深々と身を沈めて、自分がなぜこの仕事に耐えているのかを思い出そうとした。はじめのうちはそれほどひどいとは思わなかった。ミミは、長らく音信不通だった妹にでも再会したかのようにわたしを迎え入れてくれ、ビジネス界のいろはを教えてくれる優しい指導者（メンター）であり、親友であり、最良のパートナーであると錯覚してしまうような振る舞いを随所で見せた。やがてわたしは、彼女が書いたメモの突拍子もないスペルミスと文法の間違いを直し、訂正箇所を彼女に確認させるという致命的な過ちを犯した。初めて〝邪悪なミミ〟を見たのはそのときだった。以来、機嫌のいいときにはこのうえなくフレンドリーだけれど、いざ自分が完璧でないことを暴露されると、とたんに理性を失うという彼女の習性を、たびたび目の当たりにしてきた。いまでは、メモの間違いは配布する前にこっそり直し、本人にはわたしが尻ぬぐいをしていることを極力知られないようにしている。で、どうしてわたしはこの仕事に耐えてるんだっけ。ああ、そうそう。三人でシェアしているワンベッドルームのアパートのひとり頭月六百ドルの家賃のためだったわね。それに所得税と公共料金の負担分と交通費とその他諸々の経費。こうした出費がわたしの貧弱な給料を食い尽くしてしまう。ここの給料で辛うじて生活できているのが現状だ。収入源を失ったら、学生時代からの親友といえども、ルームメイトたちはわたしを追い出さざるを得ないだろう。そうなれば、のこのことテキサスに逃げ帰り、大都会ではやっていけなかったことを両親に認めなくてはならなくなる。

　ときには今日のように、テキサスに逃げ帰って何が悪いのか、あらためて自分に言い聞かせなければならない日がある。別に故郷での暮らしが辛かったわけではない。ただ、もっと別のい、ものが欲しかっただけだ。それが何かはわからなかった。いまでもまだわからない。故郷の小さな町にいたのでは決して見つけることのできない、わたしのために用意された何か大きなものが別の世界にあるような気がしたのだ。なんらかのビジネスか個人的な成功を引っさげて、自分自身の意志で帰るのでなければ、わたしはただの負け犬に見えてしまう。もっとひどいのは、自分で自分を負け犬のように感じることだ。

それを避けるためなら、ミミのことはささいな犠牲だといえる。でも、そろそろ新しい仕事を探しはじめても罰は当たらないだろう。いまのわたしには、引っさげていくことのできる、飼料店以外の実務経験がある。一年この街で暮らしてきたのだ。次の職場では、出身地を隠すことはもっと簡単なはず。田舎者のレッテルがなければ、仕事だってもう少ししやすくなるだろう。

新しいメールが届いていることをコンピュータが表示していた。メールソフトをクリックすると、〈転職のチャンス〉と題したメッセージが目に飛び込んできた。封筒詰めの内職でも紹介するスパムだろうと思ったが、今朝が今朝だっただけに、とりあえず開いてみた。

「親愛なるキャスリーン・チャンドラー」という言葉でメッセージは始まっていた。「あなたの経験と、仕事に対する倫理観が、われわれの注意を引くところとなりました。あなたはわが社にとって理想的な人材です。また、これはあなたにとっても一生に二度とないチャンスだといえるでしょう。ニューヨークでも、それ以外の場所でも、このようなオファーは金輪際ないと断言できます。できるだけ早く、eメールもしくは電話で面接のアポイントを取ってください」

送り主は、「株式会社MSI人事部長ロドニー・A・グワルトニー」となっている。名前の下にはマンハッタンの電話番号が書いてあった。

わたしは長い間そのメッセージを眺めていた。非常に興味をそそられるオファーだったし、もう少し詳しく調べたところで害はないと思われた。でも、話がうますぎると思ったときはたいていそのとおりだということを、わたしは田舎町のビジネスで学んだ。いまいる会社以外に、経験や倫理観を評価できるほどわたしという人間について知っている人が存在する理由はまったく思いつかない。

落胆のため息をつきながら、そのメールを削除した。わたしのコンピュータ画面に求人案内のメールが開いてあるのをミミに見られでもしたら、それこそ厄介だ。今夜家に帰ったら、ルームメイトのマルシアのコンピュータでオンラインの求人情報を調べてみよう。できるだけ早くこの狂人の館から脱出しなければ――。

2

これほど切実に交通費を節約する必要がなかったとしても、今夜は歩いて帰るつもりだった。いやなことがあった日は、ブロードウェイをえんえんと歩くことでいくらか頭を冷やすことができる。さまざまな風景や音や匂いが職場と家の間にちょうどいい移行空間を提供してくれて、家に着くころには会社での出来事が別の人生でのことにさえ思えるようになっている。オフィスを出てすぐに地下に潜り、家の近くで地上にあがった場合、帰宅したときには依然として仕事モードを引きずっていて、それをルームメイトたちに察知されるのがいやなのだ。へこんでいる姿を見せるのはわたしにとって格好の悪いこと。彼女たちにはわたしがどれほどひどい状態にあるかを知られたくない。ニューヨークの生活にちっとも適応できないことを心配してテキサスに送り返そうという気にでもなられたら大変だ。

ビルの玄関ロビーで靴を履きかえているときにも、わたしはまだぶつぶつとミミに悪態をついていた。ビルをあとにし、通りを横切ってブロードウェイに出ると、長いウォーキングのはじまりだ。スタッフミーティングのあと状況は悪化の一途をたどり、詐欺メールに違いないことはわかっていたものの、わたしは一度ならず例の求人案内を削除済みアイテムから回収する誘惑にかられた。ミミというディーバのもとで働くことに比べれば、十九世紀の搾取工場の方が、労働環境としてはまだ健全だったんじゃないだろうか。

ハウストン・ストリートを渡るころには、だいぶ気持ちも落ち着いていた。グレイス教会の尖塔が見えてきて、家が近いことがわかった。教会の一本手前の通りから四番街に出る。その教会にはときどきわたしをぞっとさせるガーゴイルがいるからだ。ガーゴイルそのものが怖いのではない。問題なのは、〝ときどき〟という部分だ。ガーゴイルは石の彫刻であり、建物の一部であるはずだ。ガーゴイルがそこにいるとすれば、それはいつでもそこにいなければならなくて、いたりいなかったりするのはおかしい。

グレイス教会には本来ガーゴイルは一体もない。ただ彫刻の施されたファサードがあるだけだ。ところが、羽とかぎ爪をもつ伝統的なガーゴイルがしばしば入口の上や屋根のてっぺんにとまっていて、決まってわたしの方を見ているのだ。これが〝ま、ニューヨークだもの〟ですまされるものでないことは明らかだ。だから、それを目撃しなければならない状況そのものを避けることにしている。

四番街を二ブロックほどのぼったところで、衣装店とマジックショップが軒を連ねているのが目にとまり、思わず吹き出した。羽をつけて歩いていた今朝の女性はきっとこの店の店員で、コスチュームを着て街を練り歩くちょっとした広告活動の最中だったのかもしれない。彼女がなぜ地下鉄に乗っていたふたりの男と知り合いだったのかはわからないが、ミスター・ライトにかぎっていえば、同じ駅から乗ってきたのだから、近所に住む顔見知りという可能性はある。

そう考えれば、あのガーゴイルだって隣のマジックショップと何か関係があるかもしれない。

イリュージョンマジックかもしれないし、あるいは一種のジョークで設置された小道具で、管理当局に見つからないよう定期的につけたり外したりされるのかもしれない。

アパートに到着して表玄関のロックを解除するころには、自分は正気を失いかけているんじゃないかという不安もだいぶ薄らいでいた。階段をのぼり部屋のドアを開けたときには、仕事のことも今朝の妙な出来事のことも頭のなかからほぼ消えていた。窓を開けて空気を入れかえていると、ルームメイトのジェンマが帰ってきた。彼女の労働時間はたいていわたしよりも長いのだが、気分転換のために家に歩いて帰るなんてばかげたことは決してしない。まあ、彼女がふだん履いている靴ではどのみち無理だろうけれど。

ジェンマは玄関を入るなり、かかとの高いサンダルを脱ぎ捨て、ふくらはぎのストレッチを始めた。「それを着ていくの?」と彼女が訊いた。

「え?」

「わたしが送ったメール見てないのね」

「見てない。ごめん。メールを開こうとするたびにミミが顔を出して何かしら言いつけるのよ」職場で私的なメールを見るときはウェブベースのeメールサービスを利用している。会社のeメールシステムで私的なメールを受け取ることは、自らミミとの間にトラブルの種をまくようなものだ。危ない橋は渡らないにこしたことはない。

「仕事、変えた方がいいんじゃない?」

「わかってる……」わたしはうなだれた。ジェンマはキッチンへ行って冷蔵庫からミネラルウオーターのボトルを取り出す。一瞬、例の求人メールについて話そうかと思ったが、笑われるのが目に見えていたので思いとどまった。「で、何があるの？　わたしは何を着ればいいって？」

ジェンマはリビングルームに戻ってくると、ソファのすみにまるくなって座った。「ディナーよ。わたしたち三人とコニー」コニーは学生時代からのもうひとりの友人で、もともとマルシアとジェンマとともにニューヨークにやってきた。彼女が結婚してこのアパートを出たのを機に、残ったふたりがわたしをニューヨークに誘ってくれたのだ。

「どうして？　何かのお祝い？」

「ちょっとしたニュースがあるの」彼女は思わせぶりな表情でそう言った。彼女がそういう顔をするときは、本人が話す気になるまで何を訊いてもむだだ。胃がきゅっと締めつけられる。最も恐れていたことが、いよいよ現実になろうとしているのだろうか。いまのところだれかと真剣な交際をしている様子はないから、結婚が決まってアパートを出ていくということではないだろう。だとしたら、昇進したのでソーホーのロフトかどこか、とにかくこの薄汚い小さなアパートよりはるかにファッショナブルな場所に引っ越すという話だろうか。

「ドレスアップしなくちゃならない理由があるの？」一日一回着る服を決めるだけでも、わたしにとってはひと苦労なのだ。

「せっかくの外食なんだからお洒落したって罰は当たらないでしょう？　どんな出会いがあるかわからないんだから」ジェンマはこの家の社交担当ディレクターとして、わたしたちにニューヨークライフを満喫させることに使命を感じている。そうでなければグラスやヒューストンで就職した方がいいというのが、彼女の弁だ。

たしかにそのとおりではある。この街ではだれに出会うかわからない。映画スターやミュージシャン。あるいは、地下鉄で見た〝ミスター・ライト〟──まあ、彼は少し変わっていたけれど。わたしは腰をあげてベッドルームへ向かった。「何かアドバイスは？」

ジェンマは勢いよく立ちあがった。これは彼女の専門分野だ。洋服については、ファッション業界で仕事をする彼女に訊くにかぎる。

マルシアが帰宅したときには、ふたりともばっちり支度ができていた。ジェンマから借りたセーターを着て、われながらまんざらでもない気分だ。もちろん、ほかの面々と並べばこのうえなく平凡に見えることはよくわかっていたけれど──。わたしは醜女というわけではない。ただ、恐ろしく普通なのだ。コニーのように華奢で繊細というほど小柄ではなし、ジェンマのように人目を引くほど背が高いわけでもなかった。髪はブロンドとブルネットの中間ぐらいで、短くもなく長くもない。瞳はグリーンというほどではなく、かといってブルーというほどでもない。プラス面といえば、たとえ強盗を犯しても、目撃者が描写する犯人像に街の人口の半数が当てはまってしまうことぐらいだ。

マルシアが着がえている間にコニーが現れた。妙に浮かれている。ジェンマが何を企んでいるにせよ、コニーも一枚嚙んでいるのは間違いない。少しだけほっとした。たぶん、わたしたち全員にブラインドデートをセッティングしたとか、そういった類のことだろう。特にブラインドデートがしたかったわけではないけれど、ジェンマが引っ越すことで突然数百ドルの追加出費を強いられることになるよりはいい。

わたしたちは、イーストヴィレッジのセントマークスプレイスにある小さなカフェで、通りに面したテーブルに席を取った。ジェンマが一杯目のドリンクをオーダーする。「ここはわたしのおごりよ」と彼女は言った。間違いなく彼女は何かを企んでいる。

ほどよくアルコールが入って皆がくつろぎはじめたとき、ジェンマとコニーが互いに目配せし、ジェンマの方が口を開いた。「素晴らしいニュースがあります!」

今度はマルシアとわたしが顔を見合わせた。「なんなの?」マルシアが怪訝そうに尋ねる。

「今週末、わたしたちは全員デートをします!」

「そうなの?」とわたしは訊いた。わたしたちは皆、ほぼ毎週末デートをしている。わたしたちが特別にモテるからではなく、ジェンマがデートのお膳立てをすることに生きがいを感じているからだ。彼女は年じゅうブラインドデートをセッティングし、彼女自身、お膳立てされたデートは決して断らない。

「全員ジムの友達なの」とコニーが言った。ジムとは、財テクの達人であるコニーの夫だ。「これならジムとわたしも参加できるでしょ? 男性陣は皆、友達同士よ。わたしたちと同じ。ね、楽しいと思わない?」

なんだか中学生のデートみたいだと思ったが、わたしは何も言わなかった。そういうことなら、たとえデートが失敗に終わっても、だれかしら話し相手は見つけられるだろう。

マルシアが口を開こうとしたとき、ウエイターが四人分のドリンクをもってやってきた。

「まだ次の回は頼んでないわ」ジェンマが指摘する。

「あちらにいらっしゃる紳士からのご好意です」ドリンクをテーブルに置きながらウエイターが言った。皆いっせいに、通りに面した別のテーブルにひとりで座っている男性の方を見る。わたしはもう少しで椅子からずり落ちそうになった。そこにいたのが、地下鉄で会ったあの〝独善男〟だったからだ。

ふと見ると、友人たちは皆、よだれを垂らさんばかりの顔をしている――既婚者のコニーまでもが！「こんばんは」ミニスカートがさらにずりあがるよう長い脚を組みながら、ジェンマが言った。マルシアは胸の谷間がいっそう強調されるようテーブルの上に身を乗り出す。コニーはにっこりほほえみながら髪をいじっている。わたしはあらためて彼の方を見た。でも、それはやはり、今朝同様に脂ぎった独善男だった。明らかに、わたしにはわからない何かがあるようだ。

彼女たちに身を寄せて小声で訊いてみる。「だれか有名な人？」

「どうして？」マルシアが独善男から視線をそらさずに言った。

「だって、あなたたち、ジョニー・デップにでも会ったような顔で彼のこと見てるじゃない」

「ん～、たしかに、ジョニー・デップは的確な比喩だわね。やだ、まさか、本物のジョニー・デップってことはないわよね？」とジェンマが言う。

「彼、パリに住んでるんじゃなかった？」とコニー。

自分の頭がおかしいのかと思って、もう一度男の方を見てみたが、頭の心配をすべきなのはどう考えてもわたしではなかった。「みんな、気はたしか？　彼はどう見てもジョニー・デップじゃないわ。気持ち悪い役をやるときのジョニー・デップにすらほど遠いわよ」

「ケイティちゃん。あなた視力の検査してもらった方がいいわよ」ジェンマが言った。

地下鉄に乗っていた女性たちのみならず、いまや友人たちをもひざまずかせるこの男の魅力が、わたしにはどうしてもわからなかった。それに、わたしがディナーを食べているところに彼がたまたま居合わせるという状況も気に入らない。ニューヨークは地理的には小さい場所かもしれないが、レストランの数は何千軒にものぼる。彼がたまたまこの店を選ぶ確率はきわめて低いはずだ。どうしよう、ストーカー第一号ってことかしら。どうせ地下鉄で乗り合わせた男にストーキングされるなら、あのキュートな彼の方がよかった……。

わたしはふたたび彼女たちに身を寄せてささやいた。「あの男、わたしのことをつけてるような気がする。あれ、今朝地下鉄で隣に座ってた男よ」

「えー、ずるい」マルシアが甘えるように言う。「気に入らないなら、わたしがもらってもいい？」彼女は男にウインクして唇をなめた。

「ちょっと、こっちに来るわ！」コニーが小さく叫んだ。皆いっせいに決めのポーズを取りはじめる。

「こんばんは、皆さん」地下鉄でわたしに声をかけたときと同じ脂ぎった声で男は言った。「ドリンクは気に入ってもらえました？」

女性たちはニューヨークふうの洗練された振る舞いを忘れて、少女のようにくすくす笑いを始める。わたしは腕を組んで片方の眉をつりあげた。

男はわたしをしげしげと見つめると、目をそらさずに言った。「ロッド・グワルトニーといいます」

求人メールの差出人の名前だ！　あまりの驚きに言葉が出ない。幸い、いやその逆かもしれないが、ジェンマは相変わらず抜かりがなかった。「わたしはジェンマ。こちらは、マルシア、コニー、そしてケイティ」

「はじめまして」と彼は言った。

わたしはまだ話すことができなかった。もはやこれが偶然でないことは明白だ。しかし、どちらが先かが問題だ。ストーキングか、それとも求人か。今朝地下鉄で会ったとき、彼はすでにわたしをつけていたのだろうか。あの求人メールが偽物だということはこれではっきりした。社員募集の手段のひとつにストーキングがあるなんて聞いたことがない。きっとこの男は性奴隷クラブでも運営しているのだろう。もっとも、わたしみたいな女性を採用しようとするぐらいだから、よほど会費の安いクラブに違いない。病的な〝隣の女の子〟フェチの男性を専門にしているのなら別だけれど。

わたしがショックで言葉を失っている間、友人たちは男と浮ついたおしゃべりに興じていた。

「皆さんに会えてよかった」彼は最後にそう言った。

「こちらこそ会えてよかったわ」マルシアが言った。

「ドリンクをありがとう。おいしかったわ」ジェンマがあとに続く。

男はテーブルを見渡すと、わたしの目をまっすぐに見つめた。そして、「近いうちにぜひまた会いたいな」と言い残し、去っていった。

彼の姿が見えなくなるやいなや、友人たちはまたいっせいにくすくす笑いを始めた。「彼、あなたに気があるみたいね、ケイティ」とジェンマが言う。「今週末のデートは、あなたの分だけキャンセルした方がいいかも。どうやら予定が入りそうな感じじゃない」

わたしは依然としてショックから回復できていない。コニーだけはそんなわたしの様子に気づいたようで、「ケイティ、どうしたの？」と訊いた。

「今朝、地下鉄であの男に会ったって言ったでしょう？　彼、今日、わたしに求人メールもよこしてるの。三通もよ。これってどう思う？」

「どんな仕事？」マルシアが訊いた。

「書いてなかった。だから不審に思って全部削除したの。よくある〝家にいながら巨万の富が稼げます〟の類だと思ったのよ。わたしの経験や仕事に対する倫理観を評価してるって書いてあったけど、そんなことどうして彼が知ってるの？　今朝以前に彼に会ったことはないって断言できるもの。そいつがまた今夜、同じ場所に居合わせたのよ」わたしは思わず身震いした。

友人たちもさすがに深刻な顔つきになった。「なんて会社だった？」マルシアが訊く。

「株式会社ＭＳＩ、だったかな」

彼女は首を振った。「聞いたことないわね」

「で、求人は偽物だと思うわけ?」

「わからない。でもたぶん偽物だと思う。たしかにヘッドハンターは突然接触してくるものだし、求人もとの会社についてはっきり言わなかったりすることもあるだろうけど、普通はどうやってこっちのことを知ったのかをちゃんと説明するはずだわ。それにヘッドハントって、なんていうか、もっと幹部クラスの人間を対象にするものでしょう?」つまり、平凡な一アシスタントがヘッドハントされることはないということだ。「それともこの会社、人材斡旋会社なのかしら。うちの会社のだれかがわたしを推薦したのかも。その人自身ヘッドハントされていて、でもまだ公表していなくて、ほかにもヘッドハントできそうな人間をその会社に推薦したとか……」

可能性はなきにしもあらずだ。うちの会社のマーケティングスタッフなら、オファーさえあれば皆迷わず転職するだろう。そして、去り際にミミを懲らしめる方法があれば喜んで実践するに違いない。彼女のアシスタントを引き抜くこともそのひとつだといえる。厳しい職場環境や都会人としての洗練を欠くというハンディを乗り越えて、わたしは同僚たちが推薦したくなるような仕事ぶりを見せてきた――そう思えたらどんなにいいだろう。いずれにしても、男が今夜、ふたたびわたしの前に現れたという事実は、やはり気味が悪かった。

わたしの胸の内を読んだかのように、マルシアが言った。「妙なのは、彼があなたのまわりをうろついてるということよね。スカウト業者ってそんなふうには動かないでしょう? いきなり現れて本人やその友達にドリンクをおごったりするんじゃなく、まずは面接をセッティングするものじゃない？　それに、もし同僚のだれかがあなたを推薦したんだとしたら、あなたの容姿や会社の外での行動がどうしてわかったの？　今朝地下鉄で会ったとき、彼があなたの名前や職場を知る方法はあった？　地下鉄を降りたあと、あなたをつけたのかしら」

わたしは首を振った。「わたしより数駅前で降りたわ」

「社員証とか名刺の入ったタグなんかをブリーフケースにつけてたりしない？」

「まさか、そこまで不用心じゃないわよ」

「ん〜、妙だわ」

テーブルの空気はすっかりよどんでしまった。せっかくのディナーを台無しにはしたくない。わたしは努めて明るい声で言った。「彼がホットだと思うなら、今朝、地下鉄に乗ってたもうひとりの方を見せたかったわ」彼女たちは詳細を聞きたがり、テーブルにはいつしか女同士ならではのにぎやかさが戻っていた。

その晩は、妖精やガーゴイルやミミやロッドが頭のなかをぐるぐると駆け巡り、あまり眠れなかった。オフィスまで歩くことにして、早々にベッドを抜け出した。地下鉄で妙な三人組に再会するのはご免だ。同じ三人の人間とひとつの車両に偶然乗り合わせる可能性がきわめて低いことはわかっていたが、昨日のことがあったあとでは、どんな小さなリスクも冒したくなかった。

オフィスへ向かう道すがら、携帯用のマグカップからコーヒーをすすり、ベーグルをかじりながら、自分の取るべき行動について考えた。といっても、できることはかぎられている。あの怪しげな求人に応えるつもりはない。ロッドからのメールはすべて削除するまでだ。もし彼がわたしの前に出没し続けるのなら、接近禁止命令を請求してもいい。もっとも、彼がわたしの下着を盗んで脅迫状を送りつけてきたりでもしないかぎり、警察は動いてくれないだろうけれど。

そんなことより、いま重要なのは、ミミとの闘いに神経を集中させることだ。今朝は彼女より先にオフィスに着いた。おかげで、顔を合わせる前にひと息つくことができる。朝一にやっておくことを列記して彼女がいつも自宅から送りつけてくる半ダースほどのメールが今朝は届いていないところをみると、昨夜はワーナーと密度の濃い時間を過ごしたに違いない。予想したとおり、かのロドニー・グワルトニー氏から新たなメールが届いていた。思わず開いてしまう。

今回は、宛名が〈キャスリーン〉ではなく、〈ケイティ〉となっていた。「昨夜はあなたに再会できて、そしてあなたの素敵なお友達にも会えて、とてもうれしかったです。驚かせてしまったと思いますが、悪気はないということをどうか信じてください。それどころか、われわれのオファーはあなたにとって本当にまたとないチャンスなのです。あなたは、あなた自身が思う以上に貴重な存在です。どうか、できるだけ早急に連絡をください」

このオファーがそれほど素晴らしく、それほど公明正大なら、内容をはっきり教えてくれてもいいではないかと書いて送り返してやりたくなった。でも、わたしのママは娘を間抜けに育てたわけじゃない。たとえ小さな田舎町に住んでいたとしても、わたしは自分の意図を明確に示さない見知らぬ男にこちらからコンタクトを取るようなまねはしないのだ。おおいなる満足感とともに、わたしは削除キーをたたいた。

ミミがまだ現れないので、私的なメールをチェックすることにした。ジェンマから夕食についてのメールが届いていた。そしてここにもロドニーからのメールがきていた。わたしは彼のアドレスをスパムフィルターに追加し、痩せる方法だの、胸を大きくする方法だの、家にいながらお金を稼ぐ方法だの、ペニスを大きくする方法だの、処方箋なしにハーブ製バイアグラを手に入れる方法だの、金利の低い住宅ローンを組む方法だのを声高に謳っているそのほかのメッセージもろとも読まずに削除した。もしこれらのメッセージがすべて真実なら、だれもがスリムで魅力的で金持ちなラブマシーンになっているはずだ。どう見ても、世の中そんなふうにはなっていない。したがって、この求人メールがほかのジャンクメール以上に真実である可能性もないのだ。

出社してきたのは、チャーミングなバージョンのミミだった。つまり、文字どおりこのうえなくチャーミングで、彼女の邪悪なバージョンを知らない人なら、これほど素晴らしい上司はいないと思うだろう。ワーナー爺やは例のハーブ製バイアグラなるものを購入したのかもしれない。ミミは午前中ずっとその調子だったが、ランチタイムになったとき、ついに敵意が姿を現した。

わたしが自分のデスクでミミの書いたメモをどうにか読める代物にする作業に取り組んでい

ると、彼女が間仕切りの横から顔を出して言った。「ランチに行かないの？」

「ええ、まだ」コンピュータの画面に集中したまま、わたしはうわの空で答えた。「これを先に終わらせたいので。それにサンドイッチをもってきてるんです」

「ねえ、オフィスではもうちょっと社交的になってほしいわ。毎日自分のデスクでランチを取るなんて、職場の結束を乱す行為よ。あなたもほかのスタッフといっしょにランチに行ったらどう？」

わたしは頭に浮かんださまざまなセリフをぐっと呑み込んだ。たとえば、職場の結束を乱している張本人は彼女であること。それから、彼女が十分な給料を払ってくれるなら彼女のお気に入りの高価なビストロでのランチにも喜んでつき合うこと。やっとの思いで捻出した希少な娯楽用の小遣いを彼女のご機嫌取りに費やすつもりは毛頭なかった。

幸い、これはよくある通りすがりの襲撃で、別段、わたしの反応を求めているわけではないようだった。ただちに解雇されずにすむセリフを考えているうちに、彼女は消えてしまった。うちの祖母が昔よく言っていた言葉を借りれば、轍（わだち）を這うヘビの腹よりも沈んだ気持ちで、わたしはメモの校正を再開した。わたしにできる唯一の復讐は、文法のミスをそのまま残しておくことだ。どのみち彼女は気づかないだろう。これは彼女自身が書いたメモなのだから。メモには彼女の名前が記されているから、だれであれミスに気がついた人は、彼女の知性にわずかなりとも疑問を感じるはずだ。

作業を終えると、わたしはウォーキングシューズに履きかえ、ランチバッグを手にバッテリー・パークへ向かった。海を前にして、自由の女神がそう遠くない場所にそびえているのを見ていると、なぜかいつも気持ちが落ち着いた。

公園ではたくさんの人が素晴らしい初秋の一日を楽しんでいた。カメラを携えたバス二台分の観光客や、自由の女神へのフェリーを待つ小学生の集団、そして、わたし同様オフィスからの束の間のエスケープを楽しむロウアーマンハッタンのビジネスマンたち。

わたしの前をローラースケートを履いた男が通り過ぎた。彼がエルフの耳をしていなければ、特に気にとめることもなかっただろう。男はそのまま歩道を滑っていくと、妖精の羽をつけた女の子と落ち合った。それが前日見かけた〝フェアリー嬢〟なのか、それとも、妖精の羽が実は流行アイテムだということをわたしが知らないだけなのかはわからなかった。エルフと妖精は熱いキスを交わしている。ふたりを気にとめる人はだれもいない。

いったいわたしは何に驚いているのか。エルフも妖精も架空のものだ。目の前でローラースケートを履いたエルフが妖精にキスをしているとしたら、それはコスチュームを着たふたりの人間がキスをしているにすぎない。びくつくことは何もないのだ。大学のとき、開発したロールプレイングゲームの宣伝活動と称して、何週間もコスチューム姿で授業に出ていた学生たちがいた。テキサスにさえ、そういう連中がいるのだ。

観光客の輪のなかで、顔を銀色にペイントし、メタリックなジャンプスーツを着た大道芸人が、ロボットのパントマイムをやっている。わたしはそれを特に妙な光景だとは思わない。なのになぜ、さっきのようなことは気になるのだろう。要するに、まだまだ田舎者だということため息をつきながら、サンドイッチの袋を逆さにして残ったパン屑を振るい落とし、たたんでランチバッグのなかに入れる。それをさらにていねいにたたんでからハンドバッグに入れ、リンゴの芯を近くにあったゴミ箱に捨てると、足取りも重くオフィスへと向かった。外でランチを取ると、オフィスに戻るのがますます辛くなる。デスクでランチを食べるのにはそうした理由もあるのだ。

ミミはいっしょにランチをするグループを見つけられなかったと見えて、わたしが戻ったときにはすでにオフィスにいた。「どこに行ってたの？」わたしを見るなり、彼女は金切り声をあげた。フロア全体に響き渡るような大声だ。バッテリー・パークじゅうの犬がキューンと鳴いて前足で顔を覆う様子が目に浮かぶ。

「ランチです」わたしはできるかぎり穏やかに答えた。ミミに怒りをぶつけても、状況を悪化させるだけだ。

「ランチには行かないって言ったんじゃないの？」彼女はたたみかける。

「ランチをもってきたと言ったんです。ただ外にもっていって食べただけです」

いまやフロアじゅうのスタッフが、巣穴から顔を出すプレーリードッグのごとく、デスクを囲う仕切りの上からそれぞれに頭を出してこちらを見つめていた。「オフィスを出るときはわたしに断ってちょうだい！」

「あなたはランチに行っていたもので」わたしは声が震えないよう努めながら、わざと困った表情をつくった。「ランチを取るのに許可が必要なんですか？　そんな社則があるなんて知りませんでした」

この問に対して彼女が言い返せる言葉はなかった。特に、これだけの目撃者がいるなかでは。彼女自身がランチに行っておきながら、ランチに出かけたスタッフを罰することなどできない。それは彼女自身も認めざるを得なくて、そのことがまた我慢ならないようだった。「重役会議の前に、広報からあがってきた例のプレスリリースの草案が必要だったのよ」彼女はまくし立てる。「もってきてもらおうと思って何度も電話したのに、あなたはデスクにいなかったの！」

「それなら今朝、リアから受け取ってすぐに、あなたのデスクの書類受けに入れておきました」

ミミはいよいよ怒り心頭となった。ほとんどの上司は部下が有能であることを喜ぶものだが、ミミは違う。有能な部下は彼女を無能に見せ、彼女からあらゆる言いわけを奪ってしまうのだ。彼女はプレスリリースをもたずに重役会議に出て、それをわたしのせいにしたのだろう——役立たずのアシスタントが渡し忘れたのだと言って。ミミはものすごい形相でわたしをにらみつけると、自分のオフィスに引き返し、書類受けからプレスリリースをひったくるように取って、エレベーターに向かって大股で歩いていった。彼女の全身が、「あとで見てらっしゃい」と言っていた。

自分のデスクに戻り、腰をおろしてオフィス用の靴に履きかえているとき、わたしはほとんど泣きそうになっていた。こんな仕打ちを受けながら、わたしが彼女に対してできることは何もない。やりきれない悔しさが涙になってあふれ出てきた。でも、泣いたことを彼女に知られるのはまっぴらだったので、わたしは仕切りのなかで必死にまばたきを繰り返した。

震える手をキーボードにのせ、キーをたたいてコンピュータの画面をよみがえらせると、eメールの受信サインが点滅していて、受信トレイのいちばん上にロドニー・グワルトニーからのメッセージが届いていた。開いてみると、いつもと同じ、素晴らしいチャンス云々の内容だった。

偽物だとはわかっている。でも、いまの仕事に耐えるのはもう限界だ。こうなったら、新たな仕事を見つけるか、負けを認めて故郷に帰るかのどちらかしかない。わたしみたいな善良なテキサス娘は、そもそも大都会での生活に向いていないのかもしれない。でも、あきらめる前にもう一度だけトライしてみたい。別の仕事を見つけるためにはどんなことでもしなければ――。

自分でも気づかないうちに、返信キーを押し、こんな文章を打っていた。「いつお会いできますか？　わたしのスケジュールはかなり詰まっているので、ランチタイムか仕事のあとぐらいしか時間が取れませんが――」彼のオファーがどんなものであれ、ここでの仕事よりはましだろう。わたしは送信キーを押した。

3

メッセージを送信するやいなや、わたしは早くも後悔していた。なんてことをしてしまったんだろう。eメールの送受信を可能にするためにファイヤーウォールは数分おきに解除される。いますぐIT管理部に電話すれば、メッセージを削除してもらうことは可能だ。でもそんなことをしたら、わたしが求人メールに返答したことがばれてしまう。もっとも、IT担当のスタッフはそのことを密告したりはしないだろう。かえって同情してくれるはずだ。彼らはほぼ毎日、ミミがもち込むコンピュータ関連のトラブルを処理する憂き目に遭っているのだから――みじんも感謝されることなく。うだうだと考えているうちに、メッセージを回収できるチャンスはどんどん減っていった。

結局、IT管理部には電話をしなかった。たとえ仕事の話がでたらめでも、面と向かってオファーを断われば、つきまとうのをやめるかもしれない。もちろん、彼の言っていることが本当だという可能性もゼロではない。でも、おいしい話にはたいてい落とし穴があるものだ。

目下の仕事に集中してオファーのことは考えないよう努めたものの、メールの受信を知らせる電子音が鳴るたびに、急いでチェックせずにはいられなかった。ほとんどのメールが、ミミのスケジュールを確認したい人や、至急だと言われて先週提供した書類を彼女がちゃんと見たかどうかを尋ねる人からのものだった。

結局、ロドニーのオファーは嘘っぱちだったのだ。地下鉄で会った真面目な若い女性をちょっとからかってみただけなのだ。やつは女性たちをメロメロにさせるだけでなく——どんな手を使っているのかはいまだにわからないけれど——、女性の人生を支配できると思いたいのだ。彼がどうやってわたしの存在やメールアドレスを知ったのかということは相変わらず謎だが、とにかく返信メールを送ったのは大きな間違いだった。

そのとき、電子音が鳴って、ロドニーからのメールが受信トレイに現れた。指が震えてマウスがうまく操作できず、開くのに二回もクリックし直さなければならなかった。「話を聞く気になってくれてうれしいよ、ケイティ」という一文でメッセージは始まっていた。「今日の五時十五分、レクター・ストリートの近くのブロードウェイに面したカフェで会いましょう。絶対に後悔はさせせないよ」

スケジュール帳にその旨をメモし、指定の時間に指定の場所に行くと返事を打って、ロドニーのメールを削除した。念のために、送信済みフォルダのなかから最初に送った返信メールと最後に送った確認のメールも削除した。コンピュータ音痴のミミなら送信済みフォルダが存在することすら知らないだろうと思ったが、この際どんな小さなリスクも冒したくない。いかなる理由でここを辞めるにしろ、辞める前に次の職場をしっかり確保しておきたかった。

お昼の爆発以降、ミミは妙に静かだった。嵐の前の静けさを思わせ、かえって不安になった。きっとオフィスにこもって、自分を愚かに見せることなくわたしをやりこめる方法でも考えているのだろう。わたしは午後じゅう、五時五分前になってからわたしのデスクに何かをもってくる〝帰る前にちょっとお願い〟のパターンを彼女がもち出してこないことを祈った。

　四時半になったとき、わたしはさりげなくトイレへ行き、メイクと髪を軽く整えた。今日の服装は必ずしも仕事の面接に着ていきたいものではなかったが、そもそもこれから向かう面接自体、普通の面接とはいいがたい代物だ。別に、雇ってくれと懇願しにいくわけではない。それどころか、なぜわたしが彼の話に耳を貸す必要があるのかを問いただしにいくのだ。服装を気にすべきなのは、むしろ彼の方だ。

　ミミにしばらくかかりそうな電話をつないだあと、わたしは履歴書をプリントアウトし、プリンターまで走っていって、出てきたところをすぐさま回収した。それをブリーフケースに入れるのとミミが電話を切ったのは、ほぼ同時だった。ありがたいことに、その後も彼女がわたしのデスクに来る気配はなかった。

　コンピュータが五時を表示すると同時に、わたしは電源を切り、ハンドバッグとブリーフケースを手に取った。ウォーキングシューズには履きかえなかったが、これは特に珍しいことではない。たいていロビーで履きかえるからだ。オフィスにいる間はなるべくプロフェッショナルな格好でいたいと思っている。以前、出社したとたんにミミに仕事を言いつけられて午前中いっぱい場違いな靴で過ごすはめになったことがあって、それ以降は特に用心深くなった。

　約束のカフェに近づくにつれ、鼓動がはやくなった。わたしはなぜこんなことをしているんだっけ。ああ、そうか。頭のイカれた上司のいる将来のない職場で、にっちもさっちも行かなくなっているからだった。

ロドニーは入口のそばの窓際の席で待っていた。彼の隣には、なんと〝ミスター・ライト〟がいた。そう、地下鉄で見たあのキュートな彼だ。ふたりがいっしょにいるなんて思いもよらなかった。店に入ると、ふたりは同時に立ちあがった。「ケイティ！」ロドニーが言う。その口調はフレンドリーでとても感じがよく、いつものような脂ぎった押しつけがましさはまったくなかった。「よく来てくれたね。こちらは同僚のオーウェン・パーマー」

オーウェン――最初の印象と変わらずキュートだった！――は、わたしと握手をするとき少し赤くなった。こちらの目をまっすぐ見ずに、少しうつむき加減でさえある。彼ぐらいハンサムな男は、たいていそのことを自覚していて、もっと自信ありげに振る舞うものだけれど、そのはにかむ様子はこのうえなくかわいかった。彼が会社の一員なら、このオファーもそう悪いものではないかもしれない。

「さあ、座って」ロドニーが言った。「飲み物は何がいい？」

「カプチーノを」とわたしは言った。ふだんはレギュラーコーヒーより値段の高いカプチーノは避けるのだが、支払いは彼のようだから、ちょっと贅沢することにした。

ロドニーがカウンターの方に行ったので、わたしはオーウェンとふたりきりになった。どうやら会話を始めるのはわたしの役目のようだ。オーウェンは、まるでカップに浮かんだナツメグパウダーの模様で運勢を占おうとでもしているかのように、ひたすら自分のカプチーノを見つめている。「あの、ユニオンスクエアの近くに住んでいるんですか？　昨日、地下鉄の駅で見かけたので」

　彼はまた赤くなった。そして恥ずかしそうに顔をあげると、辛うじてわたしと目を合わせ、「ええ、そうです」と言った。わたしが初めて聞いた彼の言葉だ。なかなかいい声をしている。

「あの辺いいですよね。わたしも一年ぐらい住んでるけど、まだまだ知らない場所がたくさんあって……」そう言ってわたしは笑った。「あらやだ、なんか観光客みたいね。地元の人はこんなふうに騒ぎ立てないもの」

　彼は相変わらず頬を赤らめたままほほえんだ。ほとんど黒に近い濃い髪の色に反して肌はとても白く、その分紅潮した頬は目立った。気の毒に。彼はどうやって仕事をこなしているのだろう。ひょっとしたら、書くことに関して驚異的な才能があるのかもしれない。人と会うのは苦手だけど、文章には恐ろしく説得力があるとか――。

　ロドニーが戻ってきて、わたしの前に小さなスイミングプールほどのカプチーノを置いた。ほんとに、そのなかに浸って泡風呂を楽しみたいくらいだ。全部飲み干さないよう気をつけないと――三、四日眠れなくなるのを覚悟するなら別だけれど。

　ロドニーは自分の席につき、わたしがひと口飲むのを待ってから言った。「訊きたいことがたくさんあるでしょう?」

「ええ、山のように。いただいたメールはかなり漠然としていたので。なんの会社かさえ書いてなかったし……」

　ふたりの男は互いに目を合わせたが、わたしには真意をはかりかねた。ロッドはわたしの方に向き直ると言った。「eメールにはちょっと書きづらい情報なんでね」

「それに、相手に不信感を抱かせずにわれわれのビジネスを説明するのは難しいんです」オーウェンがつけ加える。初めて聞いた彼のフルセンテンスでの発言だ。ビジネスモードになると彼は大丈夫らしい。たぶん女性とカジュアルな会話を交すのが苦手なのだろう。

あれ？　いま彼、不信感とかなんとか言ってたわよね。性奴隷クラブ――きっとそうだ。声がうわずらないよう咳払いをしてから言った。「あの、どういうビジネスなんでしょうか？」

男たちはふたたび顔を見合わせた。オーウェンがビジネスモードを維持したまま口を開く。

「われわれは特定の消費者集団の便益に寄与する製品を研究開発し販売するとともに、市場での製品の使われ方についてもモニタリングしているんです」

なんだかよくわからないが、とりあえず、南太平洋のどこかの島の部族長のもとに性奴隷として売られるわけではなさそうだ。もっとも、それが彼らが便益をはかっている消費者集団でなければの話だけれど。性奴隷も一種の便益だといえなくはないし――。ただ、彼らからそういう雰囲気は感じられなかった。性奴隷クラブの説明にこんなにビジネス用語を並べ立てる必要もないだろう。「ええと、ソフトウエアみたいなものですか？」見当違いでないことを祈りながら訊いてみる。

オーウェンはふたたび赤くなってほほえんだ。「そうです。まさにソフトウエアみたいなものです。ただ、われわれのビジネスはコンピュータ産業が生まれるずっと前から営まれているものですが……」

「なるほど」相変わらず話は見えていなかったが、とりあえずそう言った。人の道に外れていたり、違法だったり、わたしにとって危険だったりしないかぎり、どんなビジネスであろうと別にかまわなかった。だいたい、いま自分が働いている会社が何をやっているのかすらよく知らないのだから。「それで、わたしの役割というのは?」

ロッドが身を乗り出して、わたしの目をしっかり見つめながら言った。「きみには経営の方に関わってもらうことになる。製品について考える必要はなくて、ビジネスの運営自体を補佐してもらいたい。幹部たちに助言を提供する顧問として機能してもらう、といえばいいかな」

わたしがだれかに助言できることといえば、どの作物にはどの肥料を使えばよいかとか、いつ支払を実行すれば支払遅延を起こさずに銀行の利子を最大にできるかとか、センテンスのどの部分にコンマを打てばよいかというようなことぐらいだ。とはいえ、わたしだって業務規定の独特の言い回しぐらい知っている。「要するに、経営管理部門のアシスタントってことですね。いまわたしがやっているような……」

オーウェンはテーブルを見つめながら指で紙ナプキンを細かくちぎっている。「ある意味そうだけど、ちょっと違うんです」

「このポジションはうちの会社のなかでもかなり特殊なんだ」店に入ってきた長身のブロンドに笑みを投げながら、ロッドはさらりと言った。ブロンドがうれしそうに視線を返す。きっと彼は、彼女が店を去る前に電話番号を手に入れるだろう。ロッドはこちらに注意を戻した。「このポジションについて説明するのはちょっと難しくてね。もちろん、通常の経営管理業務も含まれてはいるんだけど……。でも、信じてほしい。きみはこの仕事のために生まれてきたといってもいいぐらいなんだ。きみの能力にこれほどぴったりの仕事はほかにはないと断言できるよ」

「でも、わたしにどんな能力があるかなんて、なぜわかるんですか?」そのときになって、ブリーフケースに履歴書が入っていることを思い出した。どうもこれまで経験してきた面接とはだいぶ様子が違う。「履歴書をもってきてるんです」ブリーフケースのなかをのぞき込みながら言う。「ごめんなさい。一部しかつくってきてなくて」

ロッドは履歴書を受け取ると、ざっと眺めてオーウェンに渡した。オーウェンはていねいに目を通している。「もちろん、きみの経歴は申し分ないけど――」ロッドが言った。「でも、ぼくたちがきみを求めている理由はそれじゃないんだ。ぼくたちはすでにきみを十分に試して、このポジションに必要な能力をもっていると判断したんだよ」

「ああ、それでわたしのことをつけ回してたのね」視界のすみでオーウェンがにやりとした。隣の同僚に「ほら、見ろ」と言いたげな、気取らない自然な笑みだ。顔を赤らめた恥ずかしそうなほほえみがこのうえなくかわいいとすれば、いまの彼はとびきりゴージャスだった。この男性と同じビルのなかで働けるならトイレ掃除だってかまわない――そんな衝動をなんとか抑え込む。こんなことで仕事を決めてはいけない。これこそ、秘書を見つけるのに男たちが長年使ってきた手ではないか。

「その、きみを審査してっていう意味だけどね」ロッドは言い直した。

つまり、こういうことだろうか。わたしは〝裸の王様〟テストに合格した。ほかの女性たちのようにロッドにうっとりしなかったことに、なんらかの価値が認められたのだ。仲間内の多数意見（ピア・プレッシャー）に簡単に屈しないということを証明したのかもしれない。でもそれなら、外見にこだわるということも合わせて露呈したのではないだろうか。もっとも、わたしをうんざりさせたのは、外見以上に、彼のうぬぼれた態度とキザったらしい言動だったのだけれど。

「でも、どうしてわたしなんですか？」しばらく考えてからあらためて訊いた。「わたしは、なんていうか、ものすごく普通じゃないですか。同じ程度の能力をもつ人なら、この街に何百、いや何千人もいるはずです。たしかに飼料店で働いたことのある人は多くないかもしれないけど、でも、つまりその、わたしの言いたいことはわかりますよね」

「真に普通というのは驚くほど希有なものです」オーウェンが穏やかに言った。元ヤンキースのヨギ・ベラが言いそうなセリフだが、オーウェンが言うと深淵で神秘的なものに聞こえた。真意をはかりかねて彼の方を見ると、オーウェンは続けた。「あなたはユニークな視点をもっている。あなたのものの見方を、われわれは買っているんです」

「なるほど、わかったわ。要するに、リアリティチェックのできる人を探しているんですね？」

「そうなんだ！」彼の顔がぱっと輝いて、わたしは思わず彼に恋しそうになった。

だいぶ話が見えてきた。ある大きな企業が、ハドソン川より西で育ったことを理由にわたしを見下すかわりに、田舎育ちならではの実直さと良識を評価してそれを活用したがっている。

そもそもどうやってわたしの存在を知ったのかは依然としてわからないが、大企業というものは必要な人材を見つけるための手段をいろいろもっているのだろう。

「じゃあ、この件は進めてもいいね」とロッドが言った。「ここから先は話が若干複雑になるんだ。きみには幹部たちと面接をしてもらう。もちろん、会社についてももっと詳しく説明するよ。それから、この話は部外秘ということで了解してほしい。ぼくらのビジネスは表舞台に出ないことになっている。だから、この仕事については口外しないと約束してもらいたい」

彼らの話には依然として釈然としない部分が残っていたが、わたしはすでに興味を抱きはじめていた。彼らがいったい何者なのか知りたかったし、何より、わたしのことを少しでも評価してくれる人たち、大勢のニューヨーカーのなかからわざわざわたしを見つけ出してくれた人たちのために働くということに魅力を感じていた。わたしのなかのより用心深い部分が、彼らは自尊心につけ込んでいるだけだと警告していたけれど、好奇心がそれを打ち消した。「わかりました」自分で感じたほど声が震えていないことを祈った。

ロッドはにっこりほほえんだ。相手を魅了するための計算されたそれではなく、本物の笑顔だ。その一瞬、彼はなかなか素敵に見えた。やはり、わたしの見方は正しかったようだ。脂ぎった言動をなんとかして、身だしなみにもう少し気を配れば、いまよりずっとよくなるはずだ。

「よかった! それじゃあ、次のステップの段取りをしてくるので、ちょっと失礼するよ」

ロッドは立ちあがって店の外に出た。わたしはまたオーウェンとふたりきりになった。とたんに、モードはビジネスからプライベートへと切りかわり、彼はふたたびシャイになって黙りこくってしまった。わたしたちは互いにちらちらと相手を見ながら、沈黙のなかでそれぞれ自分のカプチーノをすすった。シャイな男性の緊張を解いて話をさせる方法をジェンマに教えてもらわなければ――。

ロッドが戻ってきた。泡の口ひげができていないことを祈りながら、わたしはナプキンで口もとを押さえる。「木曜の日中、なんとか会社を抜けられないかな？　これが、きみが会っておくべき面子（メンツ）が全員そろう唯一の日なんだ」とロッドは言った。

このチャンスを失いたくなかった。それほどミミから逃げたいのか、それともこの仕事に期待しているからなのか、自分でもわからなかった。とにかく、この機会をものにするためならなんだってしようと思った。「病欠用の有給休暇を使えるわ」そう言ってから、こんなに即座に答えては田舎育ちの実直なイメージが損なわれるのではないかと心配になった。「まだ一日も取ってないから」急いでつけ加える。「それに、わたしの上司がどんな人か知ったら、きっと精神衛生のために有給の一日や二日、当然だって思うわ」おっと、いけない。面接でやってはいけないミスをまた犯してしまった。現在の上司の悪口は御法度だっけ。でも、彼らに気にしている様子はない。

「これで決まりだね。じゃあ、木曜の朝十時、会社の方に来てください」ロッドはそう言って名刺をさし出した。株式会社MSIという社名と彼の名前と連絡先がゴシック文字で印刷されている。「そこに住所も書いてあるけど、ちょっと見つけにくいから地図を書くよ」彼はいったん名刺を引き取ると、裏返して何本かの通りと目印となるものを描いた。「玄関ロビーでぼくの名前を言ってくれればいいよ」そう言いながら、ふたたび名刺をさし出す。

それを機に、わたしたちは皆立ちあがった。わたしは名刺をハンドバッグにしまう。ロッドが先に右手をさし出した。「会う気になってくれて本当によかった」握手をしながら彼は言った。

「そうしなければ、とことんつきまとわれると思ったから」

「そのとおり」ロッドの顔は、いたって真剣だった。「上からなんとしてもきみを連れてくるよう言われているからね」

オーウェンがテーブルを回ってきてわたしの手を握った。「いっしょに働けることを楽しみにしています」静かな声でそう言うと、彼は初めてわたしを正面から見つめ、即座に首から髪の生え際まで真っ赤になった。彼は美しいブルーの目をしていた。でも、それをだれにも見せないのでは、まさに宝の持ち腐れだ。彼とロッドは実に奇妙なコンビだった。ロッドはまるで自分の容姿がオーウェンのようであるかのごとく振る舞い、オーウェンはまるで自分がロッドのような見てくれをしているかのように振る舞う。過去に妙な科学実験でも試みて失敗したんじゃないかと勘ぐりたくなるぐらいだ。

「それじゃあ、木曜日に」思わずテキサスなまりが出てうろたえる。混乱したまま、家に向かってブロードウェイを歩きはじめ、カフェから十分離れたところまで来てからウォーキングシューズに履きかえた。

アパートまで徒歩でほぼ一時間の道のりが、この日は特にありがたかった。考える時間が必要だった。だいたい、オファーを受けることにした理由をルームメイトたちにどう説明したらいいだろう。まあそれは、転職が完全に決まってからでも遅くはない。まずは、今夜帰宅が遅くなった言いわけを考えなければ。でもニューヨークでなら、それもたいして難しいことではなかった。

アパートに着いたときには、仕事中毒のマルシアでさえすでに帰宅していた。ソファーで中華料理のテイクアウトを食べていたジェンマとマルシアは、そろってわたしを見あげた。「ずいぶん遅かったわね」マルシアが言った。「ミミ?」

「もう最悪」靴を脱ぎ捨て、ハンドバッグとブリーフケースを床に落としながらわたしは言う。「帰り道にウインドウショッピングして気分転換してたの」

「で、何も買わなかったわけ?」ジェンマが眉をつりあげる。「あなたの自制心には感服するわ」使うお金が一銭もなければ自制するのも簡単だと言おうとしたが、やめておいた。ジェンマが自分の横のクッションをぽんとたたく。「ほら、ここに座って、鶏のピーナッツ炒めでもお食べなさい」

次にごまかさなければならないのがミミだ。次の朝、わたしは化粧をせずに家を出た。これで顔色が悪く見えること請け合いだ。ロウアーマンハッタンまで来ると、MSIの社屋を探した。ロッドの地図によると、シティホール・パークを横切って一本横道を入ったところにあるはずだった。

ついにそれを発見したとき、思わず自分の足につまずいて転びそうになった。ビクトリア調の正面玄関の上に小塔のそびえる中世の城のような建物が目の前に現れたのだ。どうしていままで気づかなかったのだろう。たしかに、ふだんこの界隈を通るときはいつもウールワースビルのロビーをのぞくのに忙しくて、あまり周囲に気を配っていなかったかもしれない。

その日は一日じゅう、〝どうやら風邪をひいたみたい〟ふうの演技に努めた。極力だるそうに振る舞い、ときどき咳などしながら、時間の経過に合わせて声のかすれを大げさにしていった。終業時間になるころには、同僚たちが口々に明日は休んだ方がいいと言うようになっていた。ミミでさえ、わたしの具合に二、三コメントした。もちろん同情している様子はみじんもなくて、風邪を移されることの方を心配しているようだったけれど。

これで翌朝、病欠の連絡を入れても、だれも疑うことはないだろう。会社からの帰り道、自分自身までだましてしまったのではないかと心配になった。頭痛がして、脚が重く、歩道の下を走る地下鉄の振動を感じるたびに、歩かなくてすむ人たちをうらやましく思った。ささいな出費にこだわる必要がなく、好きなときに好きなだけ地下鉄に乗れたらどんなにいいだろう。いや、皆が地面の下ですし詰め状態になっているときに、わたしは地上で新鮮な空気とエクササイズを堪能しているのだ――そう思おうとしたが、今回ばかりはそんな自己暗示も効果がなかった。別に毎日地下鉄で通勤したいというのではない。ただ、後ろめたさを感じることなく選択できる自由が欲しいだけだ。頭のなかのレジにすべての出費をいちいち記録する必要のない生活がしたかった。ロッドとオーウェンはお金のことについて口にしなかった。でも、あれだけ熱心に引き抜こうとしているのだから、ある程度の報酬は用意しているんじゃないだろうか。月に二、三百ドル増えるだけでも大助かりだ。どうにかやり繰りする状態から、普通に暮らせるレベルにまでは、這いあがれるだろう。

ルームメイトたちに言いわけする必要はなかった。その夜、精神衛生のために有給を取ると宣言すると、彼女たちは当然の権利だと言って歓声をあげた。ジェンマは、疲れているようだから体調を崩す前に寝た方がいいとまで言った。わたしは素直に従うことにした。

ジェンマとマルシアがリビングルームでテレビを見ている間、わたしはベッドルームで、ロッドの名刺の裏の地図と、密かにもっていた数冊のニューヨークのガイドブックとを見比べてみた。あれほど特徴のある建物ならガイドブックに載っていそうなものだが、どこにもない。建物がある通りさえ、どの地図にも載っていないのだ。あの界隈にはたくさんの小さな横道があるのは知っているが、どんな路地でも地図には載っているものだと思っていた。ん〜、ますます妙だ。

翌朝、始業前にオフィスに電話を入れ、留守番電話にしゃがれ声のメッセージを残した。そして、ジェンマとマルシアが出勤するのをベッドのなかで待った。ふたりが出かけると、マルシアのコンピュータで履歴書を数部プリントアウトし、面接用のスーツを着て、一度髪を結いあげてからまたおろした。彼らはわたしの〝隣のお嬢さん〟的な部分を評価しているのだから、シティガールを装う必要はないのだ。

この日は地下鉄に乗った。靴をもう一足もって歩くのはいやだったたし、息を切らし汗ばんだ状態で面接に臨みたくなかった。シティホールで降り、公園を横切るとき、噴水に幸運のおまじないとして一セント硬貨を投げ入れた。ロッドの地図に従ってパークロウを渡り、地図には載っていなくてもちゃんと存在している細い横道に入る。すると、あの中世の城のような建物が目に入った。正面玄関はオフィスビルより聖堂というにふさわしい。でも巨大な木の扉の横の盾には、ロッドの名刺にあるロゴと同じものが描いてあるから、ここに間違いないのだろう。

　玄関ポーチの屋根に一体のガーゴイルがあった。気持ちを落ち着けていざ入ろうとしたとき、それがわたしに向かってウィンクした。誓っていえるが、決して目の錯覚ではない。伸ばした手が触れる寸前に、扉が勢いよく開いた。

　建物のなかは薄暗く、壁の高い位置にあるステンドグラスが唯一の光源といってよかった。目が慣れてくると、ロビーの真ん中の一段高くなった場所に警備員のデスクが見えた。警備員は、よく見るポリエステルのガードマン用のユニフォームではなく、手首の部分に会社の紋章が刺繡された王室の従者のような制服を着ていた。

　わたしはデスクまで行くと、「キャスリーン・チャンドラーといいます。十時に人事部のロドニー・グワルトニー氏に面会する予定なのですが」と告げた。

　警備員はデスクの上に広げた巨大な帳面を親指で繰り、「ああ、ミス・チャンドラー。お待ちしておりました」と言うと、そばにある水晶玉に手のひらをかざしてささやいた。「ロッド、お客様がお見えです」これはまた、ずいぶん変わったインターホンだ。水晶玉は、いつかルネサンス祭りの土産物屋で見たような白鑞（しろめ）製の龍の上に据えられている。水晶玉が光ると、警備員は笑みを浮かべた。「ただいま参ります」

ロッドはすぐに、ロビー正面奥の幅の広い階段からおりてきた。「ケイティ、よく来てくれたね。さあ、こちらへ」わたしを階段の方に導きながら言う。「申しわけないけど、この建物にはエレベーターがないんだ」

「わたしのアパートもエレベーターがないの。階段は慣れているから大丈夫」彼のあとに続きながら言った。

これまで彼らに対して抱いていたものが興味だとしたら、いまのわたしは好奇心でいっぱいだった。こんな建物にオフィスを構えるなんていったいどんな会社なんだろう。少なくともハイテク関係でないのはたしかだ。コンピュータより歴史は古いとオーウェンは言っていた。金融関係だろうか。この界隈なら十分あり得る。「妙ちきりん、妙ちきりん」わたしはつぶやいた。

「え、何?」ロッドが訊き返す。

「いえ、なんでも。ただちょっとアリスみたいな気分になってるだけ」

階段を上りきると、正面玄関に勝るとも劣らず印象的な両開きの扉があった。「では、アリス。不思議の国にようこそ」彼がそう言うと、扉が自動的に開いた。

わたしが部屋のなかで見たものを、果たしてアリスは信じられただろうか。

4

ブロードウェイの『キャメロット』の舞台にいきなり押し出されたような気分だった。それは会議室などという代物ではなかった。壁の一面にはステンドグラスの紋章をはめ込んだゴシック式のアーチ型窓がそびえるように並び、木の梁を渡した天井からは何本もの旗がさがっている。そして、その豪奢な大広間の真ん中に巨大な円卓がしつらえてあった。

円卓のまわりには、これまでニューヨークで目撃してきたあらゆる奇妙な人たちの標本ともいえる面々が座っていた。正確には、わたしだけが気づく部類の奇妙な人たちだ。妖精の羽をつけた女性が何人かいる。耳のとがった人たちや、公園で見かけていっぷう変わったアニマトロニクスのオブジェだと思った小さな地の精（ノーム）の姿も見える。ノームたちは椅子の上に高々とクッションを積みあげて座っていた。一方、妖精たちは皆、椅子から数インチ浮いている。

今日は会社をあげてのひと月早いハロウィンパーティで、芸を凝らした仮装大会の真っただ中にたまたまお邪魔してしまったのでないとすれば、何かすごく、すごーく妙ちきりんなことが進行中だということになる。おそらく後者なのだろう。ストラップで背中に羽をつけたり、耳の先にとがったプラスチックの飾りをつけることはできるけれど、普通の人間は体を縮小してノームになることはできない。目の前のノームは、芝生の飾りなどではなく、明らかに生きていた。

それらの奇怪な生き物たちに交じって、ごく普通のビジネススーツに身を包んだ人間たちがいた。オーウェンの姿も見える。紺色のピンストライプのスーツを着た彼は、とびきりハンサムだった。彼はわたしにほほえむと、すぐに視線をそらし真っ赤になった。

ロッドが咳払いをし、大仰なジェスチャーでわたしの方を指した。「皆さん。ミス・キャスリーン・チャンドラーをご紹介します。友人の間ではケイティで通っています」

部屋にいた全員がいっせいにこちらを向いて、二十ほどの視線を一身に浴びることになった。わたしはできるだけ大きな笑顔をつくり、ぎこちなく手を振った。ロッドが前に進み出て、椅子を引いてくれる。そしてわたしが腰をおろすのを手伝ってから、自分も隣に座った。

テーブルの上で両手を組むロッドは、品のないナンパ男から、洗練されたビジネスエグゼクティブに変貌していた。「ご存じのように」と切り出す。「この数週間、われわれは人材発掘活動を大幅に拡大して展開してきました。しかし残念ながら、免疫者(イミューン)はきわめて希少で、かつこの街では長く存在することができません。新しい抗精神病薬の登場で事態はいっそう深刻になっています。それらの新薬により、せっかくの免疫も失われてしまうからです。そのために、イミューンの数はますます減っているのが現状です」

「われわれはいま、対抗策を講じている最中です」オーウェンが言う。彼がいま完全なビジネスモードにあることは、強くはっきりとした口調と均一な肌の色からも明らかだ。

ロッドが続ける。「つまり、われわれは目下、きわめて厳しい状況にあるといわざるを得ません。いまほどイミューンが必要なときはないのに、その数は減る一方にある。だからこそ、ここにいるミス・チャンドラーはまさに貴重な掘り出し物なのです。われわれが課したさまざまなテストで、彼女は完全なイミューンであることを証明しただけでなく、イミューンでありながら正気を保ち、常識を失わずにいることもみごとに示してくれました」

正気云々について結論を出すのはちょっと早いようだ。わたしはいま、それをどこかの通りに置き忘れてきたような気分になっていた。きっと頭のなかの混乱がそのまま顔に出ていたのだろう。真正面に座っていた年配の男性が口を開いた。「どうやら、彼女には何も話していないようですな」

ロッドの表情が一瞬にしてこわばるのを見て、彼が組織の親玉に違いないと思った。それは白い口ひげとあごひげを蓄えた品のある白髪の老人だった。何歳かはわからないが、かなりの高齢であるのはたしかなようだ。「あ、はい……」ロッドは口ごもる。さっきまでの自信に満ちた態度はすっかり影を潜めてしまった。「それはもう少し先の段階まで待ってからと……」

「きみが評価してやまない彼女の貴重な正気が失われるまでかね？」ボスの声は威厳に満ちていたが、冷酷さは感じられなかった。彼はわたしの方を向いた。「お嬢さん、あなたには二、三説明しなければならないことがあります」その声は低く、豊かで、少しだけしゃがれていた——あたかも最近まで長い間人と話をしていなかったように。彼の話し方には特徴があったが、それがどこのものなのかはわからなかった。ことなまりに関しては、その人がテキサスのどの地域の出身かを言いあてることぐらいしか、わたしにはできない。

「あなたは魔法を信じますかな?」と彼は訊いた。面接ではあまり聞かれない質問だ。おそらく修辞的な質問だと思ってわたしは黙っていた。というより、発すべき言葉が見つからなかった。「エルフや妖精はどうですか。あなたにとって、これらは実在するものですかな? それとも架空の存在にすぎませんかな?」

わたしはようやくわれに返った。「数分前なら架空のものだと答えたと思います。でもいまは、そうとは言いきれない気がしています。それと、魔法に関してはまだよくわかりません」

ボスはほほえみながらロッドの方を見た。「たしかに彼女には常識があるようですな」そしてわたしの方に向き直る。「魔法は存在します。残念ながら、わたしたちにとってあなたを価値のあるものにしている資質そのものが、あなたを魔法から縁遠くさせているのですがね。あなたは、自分のなかに魔力をみじんももち合わせていない希少な人間のひとりなのですよ」

それが特に素晴らしいことだとは思えなかった。だれしもときおり、ちょっとした魔法を求めるものではないだろうか。だからこそ、『ハリー・ポッター』のシリーズが飛ぶように売れ、少女たちはTVランドで『奥様は魔女』を見たあと鼻を動かそうとし、ばかげているとわかっていても観客はティンカーベルを救うために拍手をするのだ。魔法についての彼らの言い分を信じるべきかいなかはまだわからなかったが、魔法が存在し、でも自分はそのかけらももっていないと断言されたことに、わたしはおおいなる失望を感じていた。

そんな心のうちを察知してか、ボスの右隣に座っていたオーウェンがテーブルの上に身を乗り出して言った。「だからこそ、ぼくたちはきみが必要なんだよ」まるでこの部屋に彼とわたしのふたりしかいないような、静かな語り口だ。口調は依然としてビジネスモードだったけれど、態度はどこか恥ずかしげだった。「ほとんどの人は、魔法の影響を受けるのに必要なだけの魔力しかもっていない。自ら魔法を使うことはできないけれど、魔法にかかったり、めくらまし（イリュージョン）にだまされたりする。一方で、魔法を操る力をもつわれわれもまた、魔法の影響を受けるんだ」彼が〝われわれ〟という言葉を使ったことをどう解釈すべきだろう。つまり、オーウェンは魔法使いだということ？

「その点、きみは」彼は続ける。「魔法を使うことはできないけれど、同時に魔法の影響を受けることもない珍しい種類の人間なんだ。きみは世界をありのままに見る。われわれが魔法を隠蔽するために使うめくらましに惑わされず、真の姿を見抜いてしまうんだ。これまでも、ときどき説明のつかないものを目にしてきたんじゃないかな？」

ああ、なんてこと。ときどきなんてもんじゃないわ。次々と明らかになる新事実に本当ならもっと驚愕するべきなのだろうが、わたしは逆に少しほっとしていた。頭が変になりかけていたわけではなかったのだ。もしくは、完全に気が狂ってしまったかだ。「みんなが言うとおり、ニューヨークは本当に変わったところなんですね」わたしはようやく口を開いた。「テキサスには魔法使いなんていませんでした」

テーブルから笑いが起こる。「たしかに」わたしからちょうど九十度の位置に座っている男性が言う。「いくつかの孤立した場所を除いてはね。あの地域に人が入ったのは最近なので、魔法文化が確立されるには歴史が浅いのですよ。ネイティブアメリカンたちは別ですがね」

彼の説明には妙に納得できるところがあった。というか、この話のすべてが、ある意味で理にかなっていた。「わかりました。でも皆さんがだれなのか、どうしてわたしが必要なのかは、まだよくわかりません」

全員の視線がボスに注がれる。「わが社は、株式会社マジック・スペル&イリュージョン（魔法・呪文&めくらまし）といいます」とボスは言った。「わたしたちは魔法をビジネスにしています。あなたがたが通常マジックと呼んでいるカードや杖を使った手品のことではありませんよ。わたしたちは、魔法使いたちが日々使うための魔術を開発しているのです」

この説明にはいまひとつ納得できなかった。わたしは首を振った。「でも、魔法使いには代代受け継がれる魔術書があるんじゃ……。それとも、これって映画の見すぎかしら」

オーウェンが説明を引き継ぐ。彼はこの会社でどんな役割を担っているのだろう。「たしかに、時代を超えた不朽の魔術は存在します。その一方で、現代社会に適した新しい魔術も必要なんだ。祖先から伝わる古代の魔術では、たとえば地下鉄を呼び出すことはできないからね」

「やっぱりそうだと思った。いや、ええと、あなたが本当に呼び出したとは思わなかったけれど、そんなふうに見えたのはたしかよ」

彼は苦笑いをした。「あのときはあえて魔法を隠そうとしなかったから。もっとも、隠したところで、きみには意味がなかっただろうけど。ホームに立っているほとんどの人が電車の一刻も早い到着を念じているものだよ。ただぼくは、ほかの人たちより効果的に念じることができるというだけなんだ」

めまいがしてきた。きっとこれは夢だ。人は何か重要なイベントがある前の晩に、そのイベントが突拍子もない展開になる夢を見たりするものだ。いまにも目が覚めて、最高に奇妙な面接の夢を見ていたことを悟るに違いない。そう思ってテーブルの下で太ももをつねってみたが、わたしは相変わらず大広間の円卓に座っていた。

「ぼくらは多くの場合、めくらましを使って自分たちの姿や自分たちがやっていることを隠すんだ」わたしの精神が崩壊寸前であることにまったく気づかない様子でロッドが言った。「だからきみは、ほかの人たちが気づかないものを見るんだよ。魔法を使えない人たちには、われわれのやっていることが見えない。きみのような人を除いてね。ほとんどの人は妖精やエルフやそのほかの魔力をもつ生き物を見ても、普通の人間にしか見えない。彼らは、われわれが彼らに見せたい姿を見るんだ」

わたしはわかったというようにうなずいた。実際、それは嘘ではなかった。たしかに、彼らの言うことはどれも驚くほど筋が通っている。いや、だめだ、こんな途方もない説明を簡単に真に受けてはいけない。証拠を求めなければ。顔をあげると、目の前には椅子から数インチ浮いている妖精や積みあげたクッションの上に鎮座するノームがいた——もう、何を信じていいのかわからない。

「きみのめくらましに対する免疫のおかげで、ぼくらはきみを発見することができたんだよ」とロッドは言った。「二週間ほど前、見えないはずのものをじっと見つめているきみのことをオーウェンが見かけて、ぼくに報告したんだ」二週間前自分が何を見たのかを思い出そうとしたが、いまとなっては一世紀半も昔のことのような気がした。そのときふいに、意識の焦点は、わたしを最初に見つけたのがオーウェンだという部分に絞られた。テーブルの反対側で赤くなっているオーウェンに負けず劣らず頬が熱くなるのを感じながら、オーウェンがわたしに注目したのは魔法に対する免疫のためであって、わたしが素晴らしい脚をしていたからでも、豊かに波打つ美しい髪をしていたからでもないことを自分に言い聞かせた。

「そこでぼくらはきみを観察することにした。たしかに、きみには普通の人には見えないはずのものが見えているようだったけれど、あまりはっきりとは反応を示してくれないので、なかなか確信が得られなくてね。きみが月曜の朝はたいてい地下鉄に乗ることがわかったので、ぼくらはテストをしてみた。地下鉄が予定どおりに到着するようオーウェンが操作して、きみのぼくに対する反応を見ることにしたんだ」

ますますめまいがひどくなるような気がした。この妙な連中に一週間あまり観察されていたなんて――。「どう反応すればよかったのかしら」

ロッドは照れくさそうにほほえんだ。「ぼくの顔、どう?」部屋にいた女性たちが興味津々という感じでいっせいに身を乗り出す。わたしは失礼にならない言い方を探してまごついた。彼はわたしの困惑を察したらしく、「わかってるよ。何を言われても傷つかないから大丈夫」と言った。

「ええと、その、鼻は少し大きいかな。それと、もう少し肌の手入れをしてもいいかも……」わたしは口ごもる。女性たちはしばしロッドを見つめたあと、眉をあげて互いに顔を見合わせた。「でも、わたしがいやだったのはあなたの顔じゃないの」急いでつけ加える。「あなたの言動が、その、軽いというか、品がないというか、なんだか自分のことをものすごく格好いいと思ってるみたいだったから。それって実は全然イケてないのに……」

「どれもテストの一環だよ」彼がそう言うと、部屋の反対側にいた妖精のひとりがあきれたという顔をし、ビジネススーツを着た女性がフンと鼻を鳴らした。

「つまり、それで何を証明するの？　わたしは男性の趣味がいいってこと？」

「きみがほかの人とは違うものを見ているということだよ。ぼくが世間一般に見せている顔はきみが見ているぼくとは似ても似つかない、といえばいいかな。それと、地下鉄でも、きみの友達に会ったときにも、ぼくはかなり強力な誘惑の魔術を使っていた。ぼくの外見に対する反応は、単にきみの個人的な好みの問題かもしれない。でも、魔法にかかる素養を少しでももっていたら、個人的な好みがなんであれ、誘惑の魔術の影響を逃れることはできないんだ」

ルームメイトたちが彼をジョニー・デップにたとえていたのを思い出した。あれは彼が使っているめくらましのせいだったのだろうか、それとも誘惑の魔術の効果だったのだろうか。わたしはふと、自分がすべてを真に受けようとしていることに気づいた。魔法が本当に存在するという証拠はまだひとつも得られていない。わたしはただ、一部の風変わりな連中が他人からじろじろ見られることなくニューヨークの街を歩くのを目撃したにすぎない。「たしかに興味深い説明ではあるけれど、魔法が存在する証拠としては、あなたが思うほど有効ではないわ。だってわたしの場合、みんながゴージャスだという男性をちっとも素敵だと思えないことはしょっちゅうだもの。たとえばジョージ・クルーニーなんて、みんな大騒ぎするけど、わたしはぜんぜんいいと思わない」

「飲み物でも出しましょうか」妙な動きをしながらオーウェンがそう言うと、一瞬の閃光とともに、水の入ったクリスタルのゴブレットが小さな銀の盆にのって目の前に現れた。わたしがオーウェンの方を見ると、彼はさらに片手を振った。するとゴブレットの横に赤いバラが現れた。「それともコーヒーの方がよかったかな?」突然ゴブレットが消え、かわりに湯気の立ちのぼるマグカップが現れた。「ミルクと砂糖は?」彼はいたずらっぽくほほえむ。火曜日に見たあの笑みに勝るとも劣らないキュートさだ。

わたしは必死になって仕掛けを考えた。なんらかのからくりがあるはずだ。ボタンを押すとテーブルのなかに隠しておいたものが飛び出すようになっているのかも。銀の盆が現れたときにはよく見ていなかったから、その可能性はある。でもコーヒーはわたしの目の前で現れた。手の震えを抑えながらカップをもちあげたものの、熱くて飲めない。

「熱すぎたかな?」オーウェンはそう言って片手を振る。すると一陣の冷たい風が顔のそばを吹き抜け、コーヒーは一瞬にしてちょうどよい温度になった。思わずカップを落としそうになったが、芝居じみたリアクションでむだにするには、コーヒーはあまりにいい香りだった。

「あの、精神安定剤なんかも出せるのかしら?」声が震えないよう努めながらわたしは言った。

「それはつまり、わたしたちを信じるということですかな?」親玉が訊いた。

わたしはしばし考え込んだ。彼らの言い分を覆そうと思えば、いくらでも理屈をこねることはできる。でもここまでくると、どんなへ理屈を挙げたところで、『Xファイル』のスカリー捜査官のそれに負けず劣らず複雑きわまりないものになるのは目に見えていた。大学時代、切れ者捜査官とされる彼女の、歴然とした証拠を無視し続けるあまりの鈍感さに我慢がならず、テレビに向かってよくヤジを飛ばしたものだ。

妖精の羽をつけた人々や、不快きわまりないナンパ男の腑に落ちないモテモテぶりや、虚空から突如現れる飲み物に対して思いつく唯一の複雑でない説明は、わたしが最新のリアリティー番組（アメリカで人気の視聴者参加型のドキュメンタリー番組）の犠牲者になったということだ。どこかに隠しカメラがあって、わたしのリアクションを撮影しているに違いない。でもちょっと待って。わたしはニューヨークに来て以来ずっと妙なものを見続けている。彼らがその間ずっとわたしをつけ回していたとは考えにくい。

やはり、これは現実だと考えるのが妥当なようだ。「ええ、皆さんを信じざるを得ないような気がします。でも、わたしがいったいなんの役に立つんですか？」

「先日オーウェンが言ったように、われわれはリアリティチェックを必要としているんだ。ものごとの真のありさまを指摘してくれる人を求めているんだよ。たとえば、だれかが契約書によけいな条項をつけ加えてそれを隠蔽したとしても、きみにはそれが見える。われわれが見ているものときみが見ているものを比較することで、常に真実を把握することができる」ロッドが言った。

「つまりわたしの強みは、このうえなく普通で非魔法的だということ？」

「まあ、そんなところだね」ロッドがにやりとする。「どう思う?」

「どう思えばいいのかまだよくわからないわ」盆の上の赤いバラを見つめながら言った。この部屋で大勢の奇妙な人たちに囲まれた状態では、とてもまともな決断は下せないような気がする。「少し考えさせてもらってもいいですか?」

「じっくり時間をかけて考えなさい」ボスが言った。「これだけのことをすぐに理解して納得するのは難しいでしょう。焦る必要はありませんよ」

「週末よく考えて、来週月曜にご連絡します」

「連絡先は名刺に書いてあるよ」とロッド。「詳細はあらためて機会を設けて説明するよ。ただ、給与や手当については、きみから確固とした入社の意志表示を得てから話をさせてほしいんだ。その時点でわれわれがきみの希望に添えなかった場合は、もちろんこの話を断ってもかまわない。きみには、報酬に惹かれてではなく、仕事そのものに興味をもってこの会社に来てほしいからね」

〝報酬に惹かれて〟という言葉はかなり気に入ったが、やはり考える時間が欲しかった。自分が本当に目覚めているのか、まだいまひとつ確信がもてなかった。目が覚めていざ受けにいった本物の面接では、わたしにないものばかりを尋ねる何枚もの質問用紙に記入させられたあげく、持参した履歴書の中身はまるっきり無視されるということに、ならないともかぎらない。

わたしのために時間を取ってくれたことについて円卓の面々にあらためて謝意を示したあと、ロッドにエスコートされて部屋を出た。階段をおりながらロッドが言う。「驚かせてしまったら謝るよ。いまのところ、いい切り出し方が見つからなくてね。『やあどうも、ところで魔法関係の仕事したい？』って訊くわけにもいかないだろう？」

「わかるわ」火曜日の時点で彼らが真実を告げていたら、わたしは果たしてどんな反応をしていただろう。

正面玄関まで来ると、ロッドは握手をしながら言った。「話を聞いてくれてありがとう。きみがこの会社に来てくれることを祈っているよ。われわれはきみを必要としている。きみもここでの仕事を楽しめるはずだよ」

ふいに扉が開いて、わたしはロウアーマンハッタンの喧噪のなかに足を踏み出した。数世紀の時を超えていっきに現代に戻ってきたような気分だ。「よう、べっぴんさん、面接はうまくいったようだな」そばでだれかの声がした。

一日じゅう通行人を観察しているホームレスでもいるのかと思ってあたりを見回したが、それらしき人物は見あたらない。甲高い口笛に続いて、「おう、上だよ」という声が聞こえた。見あげると、玄関扉の日よけの上に一体のガーゴイルがとまっていた。わたしの記憶が正しければ、それはときどきグレイス教会で見かけるのと同じやつだった。いたりいなかったりすることでわたしを困惑させる、あのガーゴイルだ。

「ひょっとして、あなたも実在するのね。それでもって普通の人には見えない……」

「ご名答」と彼は言った。今度はそのグロテスクな口が動くのが見えたから、声の主が彼に間違いないことがわかった。「名はサムだ。ビルの警備がおれの仕事さ。ここが本業だが、街のほかの場所をカバーすることもある」

「それは、それは。はじめまして、サム」白ウサギやトランプたちと会話するときのアリスはちょうどこんな気分だったんじゃないだろうか。

「うちのハンサムボーイがあんたを見初めるずっと前から、おれは気づいてたけどな。そもそも、あいつがあんたを見つけたのは、あんたがおれを見たからなんだぜ。やっこさんがおれにあいさつしようとしたら、ちょうどあんたが通りかかって、おれに気づいてぎょっとしたんだ。で、どうすんだい。うちに来んのかい？」

「まだわからない。少し考えたいの」わたしはふと、自分がいま歩道に突っ立ってガーゴイルと話をしていることに気づいた。「あのう、サム、わたしがいまこうしてあなたと話をしているのって、ほかの人にはどう見えるの？」

「心配は無用だぜ、お嬢さん。おれと会話している間は、あんたもおれの〝おれたちに気づくなよ〟バリアのなかにいるから安全だ。もちろん、たまたまあんたみたいな人種が通りかかれば、話は別だけどな」

「そう、なら安心ね」わたしはうなずいた。「それじゃあ、サム、会えてよかったわ。たとえこの仕事を引き受けなくても、きっと街のどこかでまた会えるわね」

「あんたはきっと引き受けるよ。間違いない」

彼ぐらい確信がもてたらどんなにいいか。石のガーゴイルと会話するような人間が、果たして今後の人生を変えるような重大な決断を下していいものだろうか。

これが夢ならさっさと覚めてほしい。そうでないと本物の面接に遅れてしまう。でも残念ながら、目が覚める気配はまったくなかった。

どうやらこれは現実らしい。いまこそ歩いて家に帰りたかった。考える時間が欲しかったし、何より、今日得た知識を踏まえて、あらためてニューヨークの街を眺めてみたかった。これまでわたしを困惑させてきたものたちを、新たな視点で見てみたかったのだ。彼と知り合いになったいま、グレイス教会に出没するガーゴイルを恐れる必要はもうない。必死に正当化しようとしてきたその他諸々の現象も、いまなら自分の正気を疑わずに直視することができるのだ。

でも、今日履いている靴ではそうもいかなかった。たとえ靴がだめにならなくても、わたしの足がだめになるだろう。わたしはパークロウの前でM103のバスに乗った。乗車賃は地下鉄と変わらなかったが、精神的な移行空間を提供してくれるという点で、バスにも歩くのと同じ種類の効果がある。十四丁目でバスを降り、家に向かって歩く。アパートに入るときふと腕時計を見るとまだ正午過ぎだったので驚いた。ずいぶん長い間あの大広間にいたような気がしたが、実際はほんの一時間程度だったのだ。

まっ昼間にひとりでアパートの部屋にいるのは妙な気分だった。なんとなく落ち着かなくて、わたしはジーンズとスウェットシャツに着がえ、テニスシューズを履いて、ユニオンスクエアに向かった。都会の真ん中のマーケットはしばしばわたしをホームシックにさせたが、自分のルーツを感じられる場所でもあった。そこで作物を売っている農家の人たちと話をするとき、わたしは自分が本当に理解している言葉で語ることができた。そこには常に確固たる現実の世界があった。唯一魔法と呼べるものがあるとすれば、それは太陽と水と種と土が果物や野菜へと変わる奇跡だけだ。ウィークデイにここに来たのは初めてだった。マーケットはいつもより小規模で、露天商も知らない顔ばかりだ。わたしは夕食の材料になりそうなものと、パイ用のリンゴと、部屋に飾る花を買った。

今日はふだんにも増してホームシックになった。重大な決断を下すときは、いつも家族に相談してきた。でも今回ばかりは、自分ひとりで決めなくてはならない。両親はわたしがニューヨークに行くことに反対した。最初はわたしに罪の意識を抱かせようとし、効果がないとわかると、怖がらせる作戦に切りかえた。結果的に彼らのアドバイスは受け入れなかったわけだが、それでも相談はしたのだ。魔法使いの会社からスカウトされたなどと言ったら、両親はいったいどんな反応を示すだろう——ガーゴイルと話したことすらない彼らには、アドバイスのしようもないだろうけれど。

アパートに戻ると、窓を開け、音楽をかけた。キッチンのテーブルの前に座ってリンゴの皮を剝きながら、今週起こったさまざまな出来事について考えを巡らす。思いきり世俗的な作業をしながらの方が、なぜか魔法について考えやすかった。

遠くに住んでいる両親には転職したことを告げるだけでこと足りるだろうけれど、ルームメイトたちはどうしよう。彼女たちに何も言わずに決めるわけにはいかないだろう。現在の仕事を紹介してくれたのは彼女たちだし、いまだってわたしに少しでもましな仕事を見つけようとアンテナを張ってくれている。それに、ロッドのメールのことを話してしまった。オファーを受けるなどと言ったら、きっとわたしが乱心したと思うに違いない。

いや、果たしてそうだろうか。ロッドに部外秘だと言われなければ、彼女たちに魔法のことを話そうと思ったかもしれない。頭の軟らかいふたりのこと、ひょっとしたら信じたかもしれない。あるいは、わたしを故郷に送り返して入院させるかのどちらかだ。なんとか彼女たちの意見を聞く方法はないだろうか。たったひとりで決断するにはあまりにことが重大すぎる。

パイが焼きあがったとき、ちょうどジェンマが帰ってきた。「せっかくの有給を一日じゅう料理して過ごしたなんて言わないでよ」と彼女が言った。

「一日じゅうじゃないわ。マーケットで売ってたリンゴがあんまりおいしそうだったから素通りできなかったの」

「木曜はマーケット休みだと思ったけど」

露天商が皆見かけない顔だったことを思い出して、思わず背筋が寒くなった。ひょっとして、あれは魔法使いたちのマーケットだったのだろうか。地に足をつけるために行った場所までが魔法がらみだったとすれば、もはや運命めいたものすら感じる。このオファー、ますます不可避の様相を呈してきた。「う、うん、マーケットっていっても、歩道に何軒か露天商が出ていただけだけどね」自分で感じたほど声が震えていませんように——。

ジェンマはわたしの態度を怪訝に思うふうでもなく、オーブンの扉を開けて、「ああ、いい匂い」と言った。

「マルシアが戻る時分には食べごろになってるはずよ」

ジェンマはやかんを火にかけ、テーブルに座った。「今日はほかに何をしてたの？」

彼女に嘘をつくのは気がとがめたけれどしかたがない。転職について話すには時期尚早だ。

「そうねえ、このへんを散歩したりとか……。とにかく、ストレス解消のためにひたすらのんびり過ごしたって感じかな」

数分後にはマルシアが帰ってきた。「ん〜何、このいい匂いは？」

「ケイティがパイを焼いたの」

いつしかわたしたちはテーブルを囲んで座り、アップルパイを食べながらたわいのない話に興じていた。長年の友情が暖かい毛布のようにわたしをくるむ。彼女たちに、ことの次第のほんの一部でも話せないものだろうか。決断の助けになるような意見が聞けるかもしれない。

本当のことをいうと、自分がどうしたいのかはすでにわかっていた。わたしはやってみたいと思っていた。魔法についてもっと知りたかったし、片手を軽く振るだけで途方もないことをやってのける魔法使いの役に立ちたかった。それに、ミミから逃れたかった。実際、悩むまでもないのだ。

でも同時に、わたしは自分がいくぶん浮ついているとも感じていた。最終的な決断を下す前に、もう一度現実に戻る必要がある。あと一日オフィスできちんと仕事をこなす。わたしは自分に言い聞かせた。そして普通の週末を過ごす。今日魔法に関して知ったことについて、少し調べてみてもいい。そのうえで、すっきりした頭で決断を下すのだ。

さもなければ、精神病院で目覚めることになるだろう。

5

翌朝の出勤はこれまでにも増して苦痛だった。昨日一日、自分がどれだけいつもと違う気分でいたかということに驚いた。重大な決断が頭上にぶらさがっているにもかかわらず、ふだんよりずっと生気に満ちていたのだ。しかしいま、ブロードウェイを下るわたしの肩には、ふたたび重しがのっていた。

わずかな救いは、オフィスに到着したときにミミがまだ来ていなかったことだ。同僚たちから体調について尋ねられて、自分が風邪をひいたことになっていたのを思い出した。おかげでミミが現れたときには、ときどき咳などしながら体調不良を装う心構えができていた。彼女は病気休暇を取る人や突然面接にふさわしい服装で出勤してきた人に対して、いちいち不審の目を向ける。彼女自身がこれほどいやな女でなければスタッフを失う可能性に怯える必要もないのだが、そんな理論が彼女の頭に浮かぶことはまずないのだろう。

噂をすれば影だ。ミミが廊下を歩いてくるのが聞こえる。早くも何かに文句をつけている。わたしは自分のデスクで忙しいふりをしながら、彼女がそのまま通り過ぎてくれることを祈った。「あら、戻ったのね」甘かった。彼女は間仕切りの横で立ち止まると満足げに言った。「よくなったの?」その口調には、わたしが仮病を使ったと思っていることがありありと感じられた。たしかにそうだけれど、いまや本当に風邪をひいたような気分だ。

わたしは弱々しくほほえみ、「はい、ありがとうございます」と言うと、小さな咳をひとつしてコンピュータの画面に向かった。

しかしそれは、ほんの序の口にすぎなかった。彼女は五分ごとにわたしを呼びつけ、本当に病みあがりなら間違いなく倒れてしまう量の仕事を言いつけた。すでにいっぱいいっぱいになっているわたしに仕分けが必要な資料を山のように手渡しながら、ミミは弾むように言った。「しっかり遅れを取り戻してもらわないとね」なぜコピーを取るとき資料がページ順に重なるよう設定しなかったのかということは、あえて訊かなかった。昨日休みさえしなければ自分で好きなようにコピーできただろうと言われるのがオチだ。

わたしは午後じゅう会議室にこもって、幹部会議用の分厚い報告書を仕分けしホチキスでとめる作業に取り組んだ。紙で手のあちこちを切りながら、ようやくすべての作業を終えつつあったとき、ミミが入ってきた。「ちょっと、何してるの?」

忍耐の限りを尽くしてわたしは答えた。「報告書の仕分けです、あなたに頼まれた……」

その瞬間、ミミが〝邪悪なミミ〟に豹変した。目がギラリと光り、一瞬、彼女は本物のモンスターなんじゃないかと思えた――たしかにわたしなら、彼女が変身したときその真の姿が見えても不思議ではない。いや、彼女はただの性悪な人間だ。「一時間前に大幅な直しを入れたのに、やだ、これじゃもう、会議までに正式な報告書を用意するのは無理じゃない」

直しを入れたことをちゃんと言ってくれていれば、報告書をつくり直す時間はあった。しかし、普通の人間ならわかる理論も彼女には通用しない。わたしは彼女の心を読み、訂正が入った時点でそれを察知して、自ら受け取りにいかなければならないのだ。わたしには読心術の心得はないし魔法を使う能力ももち合わせていないので、ぜひとも普通の方法でコミュニケーションを取ってくれとミミに言ってやりたかった。

そうだ、本当に言ってやればいいじゃない。次の仕事のオファーはちゃんともらっている。生活できるだけの給料さえもらえれば、ここよりひどいはずはない。わたしはミミをにらみつけた。「ミミ、あなたの段取りの悪さをわたしのせいにされるのはもううんざりです。教えてくれなければ、直しが入ったなんてわかるわけないでしょう? 超能力者じゃないんです。あなたの心を読むことなんてできないのよ。言っとくけど、わたしには魔力のかけらもなくて、それはしかるべき方法でちゃんと証明済みなの。あなたの相手をするのはもうごめんだわ。わたしは辞めます。報告書は自分でとめてください」

ホチキスをテーブルの上に置くと、わたしは会議室を出ていった。ミミはひとことも発しなかった。従順なアシスタントがついに反旗を翻したことがあまりにショックだったか、脳の血管が破裂して卒中を起こしたかのいずれかだろう。

どうやら前者のようだ。デスクに戻る前に、背後で彼女が叫ぶのが聞こえた。「脅してもむだよ!」

「どうかしら」わたしは言い返した。「いま、正式な辞表を書きます。規定どおり二週間前の通知ってことにしてもいいんですけど、そうしない方がお互いのためですよね。いますでにこんな態度なんだから、この先二週間わたしがどんなふうかは想像がつくと思います。すでに辞表を出したわたしをクビにすることはできないんですから」

「とにかく、帰るまでに新しい報告書を準備してわたしのデスクに置いといてちょうだい。じゃなかったらクビよ！」

「ほんとに人の話を聞かないんですね。わたしはもう辞めたんです」

ミミはすごい勢いで自分のオフィスに戻っていった。あちこちでプレーリードッグが顔を出し、間仕切りごしに唖然とした表情でこちらを見つめている。わたしはデスクに座ると、ロッドの名刺を取り出し、彼の番号に電話をした。そして呼び出し音が鳴っている間に、二行の辞表文をタイプした。こんなに気分がいいのはいつ以来だろう。

ロッドが電話に出ると、わたしは簡潔に告げた。「ケイティです。具体的な話をしましょう」

「じゃあ、興味があるってことだね？　週末にゆっくり考えるつもりだと思ってたよ」

「結局、その必要はなかったわ」

切りかえの早い彼のこと、特に詮索するでもなく、すぐにビジネスの話に入った。「オーケー、待遇面でのオファーはこんな感じだ。もちろん、すべてについて交渉の余地はあるよ」彼はそう言って、頭がくらっとするような給料の額を提示した。天文学的とまではいわないけれど、ケチケチ生活から脱却するには十分な額だ。これまでルームメイトたちにおごってもらった分のドリンクを、そっくりおごり返すことだってできそうだ。「医療費と歯の治療費は全額支給。社内にも専属の治療師（ヒーラー）がいるけど、きみには効果がないかもしれないからね。それと、生命保険と年金制度にも会社の負担で加入することになる。病気休暇は年十日、このほかに毎月一日ずつ貯めていって入社の六カ月後から利用できる有給休暇がある。ほかに交渉したいことは？」

満足できる条件だった。いまの職場よりもずっといい。でもふたつ返事で承諾して足もとを見られるのもいやだったので、何か要求できることはないかと考えた。いい案が浮かんだ。

「毎月無制限に使用できるメトロカードが欲しいわ。それと、遅くまで残業したときに会社が帰宅用のタクシーを手配してくれるとうれしい」

「妥当な要求だね。帰宅手段に関しては、タクシーよりもっといいものを手配できると思うよ」あの会社が用意しそうな移動手段を想像してみる。シンデレラのかぼちゃの馬車で帰宅する自分の姿が頭に浮かんだ。「交渉成立かな？」

「交渉成立よ」

「素晴らしい。で、いつから来られる？」

「月曜はどうかしら？」

「そんなにすぐ？」

「あ、ええと、実はもう辞表を出しちゃったの」正式にオファーを受け入れたのだから、もう話しても大丈夫だろう。

ロッドは笑って言った。「そんなにひどいんだ」

「想像を絶するわ」

「月曜は休養と充電にあてるといいよ。切りかえの時間も必要だろうし、火曜からというのはどうだい？」

悪くないアイデアだ。「わかった。じゃあ、火曜日に」

「火曜日に。わが社へようこそ」

電話を切ってから、もうひとつ頼むべきことがあったのを思い出した。ミミをカエルにしてもらうこと――たいして変える必要もないけれど。まあいいか。もう彼女とは関わらなくてすむのだから。わたしは辞表をプリントアウトし、署名をして、ミミのデスクに置いた。

彼女はそれを一瞬見つめてからわたしを見あげた。「本気なの？」

「これ以上ないくらいに」

「これからどうするつもり？」気遣うような口調にも聞こえたけれど、わたしが路頭に迷うことより、アシスタントがいなくなることの方を心配しているというのが正解だろう。

「次の仕事が決まってるんです。ここより千ドルも給料がよくて、社員手当の条件もはるかにいい会社です。わたしのデスクはかなりきちんと整頓されていますから、必要なものはすぐに見つけられると思います。やりかけの仕事はありません。あなたがぎりぎりまでくれなかった例の報告書以外は」わたしは社員証を外してオフィスの鍵とともに彼女に渡した。「では、ごきげんよう！」

荷物をまとめるために自分のデスクに戻ってきたときオフィスのどこかで拍手がわき起こったが、すぐに静まった。ここに残る者にとって、モンスターを必要以上に怒らせることは得策ではないのだ。

デスクまわりに個人的なものはほとんど置いていなかったので、マグカップと『ディルバート』（サラリーマン社会を面白可笑しく描く人気コミック）のカレンダーをブリーフケースに入れると、ハンドバッグをつかんでオフィスをあとにした。最後にビルを出るとき、宙を浮いて歩く妖精の気分がわかるような気がした。この仕事がどれほど自分を痛めつけていたかを、あらためて知る思いだった。

皮肉なことに、給料があがり、公共交通機関に乗りたいだけ乗る権利を手に入れたいま、わたしはあえて歩くことを選んでいた。この高揚した気分を地下に潜って台無しにしたくなかった。唯一気がかりなのが、ジェンマとマルシアにどう説明するかだった。

いまの仕事を辞めたことについては、ふたりとも驚いたり腹を立てたりはしないだろう。それどころか、この一年、彼女たちは何度も、精神衛生上すぐにでも辞める必要があれば、次の仕事を探す一、二カ月の間わたしの分の家賃を立てかえてもいいとすら言ってくれた。でも、ニューヨークに来た最初の一カ月間アパートにただで居候させてもらった身としては、それ以上ふたりの好意に甘えることはできなかった。しかし、怪しいと訴えていた男に自ら会いにいき仕事をもらったことを納得してもらうのは、そう簡単ではない。ロッドが街のあちこちに頻繁に出没することを考えると、少なくとも部分的には事実を伝えておく必要がある。

ハウストン・ストリートまで歩いたころには、ひとつのプランができていた。あの晩カフェで不愉快な遭遇をしたあと、ロッドはわたしに謝罪し、よりプロフェッショナルな形で検討に値する仕事をオファーした――彼女たちにはひとまずこう話すことにした。次の難題は、転職ありすぎた。

先がどういう会社で、わたしの仕事はなんなのかを説明することだ。ＭＳＩは魔法使い以外の従業員のために、カモフラージュ用の会社案内でも用意していないだろうか。とりあえず、また同じような管理事務の仕事で、もう少し責任のあるポジションをもらったと言っておくのが無難だろう。最初に話を聞いたときにオーウェンが会社のことをどう説明したか思い出そうとしたが、あの日のことはもう一年も前のように感じられる。あれ以来、あまりに多くのことがありすぎた。

この日、わたしはグレイス教会を迂回しなかった。ガーゴイルがいたりいなかったりしてもいいことがわかったいま、何も恐れることはない。それに、本当に存在するのか、もう一度この目で確かめたいという気持ちもあった。そうでなければ、わたしはなんの意味もなく仕事を辞めたことになる。

果たして、礼拝堂の屋根の上にガーゴイルはいた。近づいていくと、彼は片方の羽をあげた。「よう、べっぴんさん。おめでとう、晴れてクラブの一員だな」

わたしは礼拝堂の庭に入って屋根を見あげた。「こんにちは、サム。ありがとう。会社に行くのが待ち遠しいわ、……たぶん」

「心配は無用だぜ。あんたはきっとうまくやるよ。皆いい連中だし、なんたってあんたを必要としている。大事にされるこたァ間違いない。それに、あんたはいい時期に入ったよ。これからちょいと面白くなるからな」

「面白くなる？」心のなかがまたざわつきはじめる。

「まあ、いつも面白くはあるんだが、大ボスが隠居生活から戻ってきたいまは、とりわけいい時期だってことさ」

面接の席にいたあの品のある老紳士のことを言っているのだろうか。事情を把握するのはオフィスに行ってからにしようと思い、ガーゴイルを質問攻めにするのはやめておいた。「じゃあ、またね、サム。顔が見られてよかったわ」通りの方に戻りながらわたしは言った。「火曜日に会いましょう」

「待ちきれないね！」

たったいま自分がガーゴイルと会話したという事実をまったく奇妙に感じていないことが、わたしの人生がこの一週間でどれほど変わったかをよく表していた。ガーゴイルがいたりいなかったりするという理由で教会の前を避けて通るよりも、この方がずっと自然な感じさえする。アパートに戻ったとき、ルームメイトたちはすでに帰宅していた。金曜日とはいえ、ずいぶん早い。すぐにニュースを打ち明けなければ――さもなければ、あとになってばれたときに、なぜ言わなかったと責められるに決まっている。「わたし、すごいことしちゃった」部屋に入るなり、そう切り出した。

「仕事辞めたんでしょ」読んでいる雑誌から顔をあげずにジェンマが言った。前に投げ出した両足の指の間にはコットンがはさんであり、ペディキュアを塗ったばかりのようだった。

わたしは勢いをそがれたような気分で、ハンドバッグとブリーフケースをダイニングテーブルの上に置くと、ソファの空いているスペースに腰をおろした。「どうしてわかったの？」

「留守電があなた宛のメッセージでいっぱいよ」ベッドルームにいたマルシアが、ホットカーラーを山のようにつけた頭をリビングルームに突き出す。「同僚の人たちが、皆あなたのこと心配してるわ。それと、ミミはあなたが本気だとは思ってないみたいよ。週末オフィスに来て仕事を片づけなさいってさ」そう言うと部屋に引っ込んだ。

「ちゃんと辞表を出したのよ」私はため息をつく。「これ以上どう本気になれっていうの？」

「いきなり辞表を出したの？」ジェンマが訊いた。

「そうよ、怒りに湯気を立ててね」

「彼女はついにあなたの堪忍袋の緒を切っちゃったわけだ」

「まあ、そんなところね。それに、次の仕事も決まってるし。事前通知するつもりだったんだけど、ミミが自らその選択肢をつぶしたのよ」

マルシアが頭にカーラーをつけたまま、バスローブ姿でリビングルームに入ってきた。「次の仕事って？」

わたしは、ロッドが再度連絡してきて謝罪したという、あらかじめ考えておいた説明を始めた。「で、オファーは本物だということがわかって、しかも悪くない条件だったの」

「だから昨日病欠したのね！」難事件を解決したときのシャーロック・ホームズのようにマルシアが言った。「面接に行ってたんでしょう。どうして何も言わなかったの？」

幸い、この質問に対しても答を用意していた。「自分自身の判断で決めたかったの」そう言いながら、あながち嘘ではないと思った。「何かを決めるとき、わたしっていつもふたりに頼ってばかりだったから、今回は自分の力で決断したかったのよ」

「そう、おめでとう」ジェンマが言った。「よくわかったから、早く支度して。遅れるわよ」

「遅れるって、何に？」

「お待ちかねのブラインドデートよ」

「ああ、それか……」気が重くなった。断るにはもう遅いとわかっていたが、今夜はもうへとへとで、このままソファにまるくなって古い映画を見ながらアイスクリームでも食べていたかった。でもまあ、上司に三行半（みくだりはん）をたたきつけて職場をあとにすることができたのだから、初対面のデート相手に立ち向かうことだってできるだろう。

「何を着ればいいかしら」

明らかに、わたしは魔法の言葉（マジックワード）を口にしたようだ。もちろん本物の魔法ではないけれど、オーウェンが見せてくれたものと同じぐらい効き目がある。ジェンマは勢いよくソファから立ちあがった。「実はもうちゃんと見つくろってあるの」


わたしたちはヴィレッジのこぢんまりとしたイタリアンレストランでコニーとジムに合流した。ジムの横には居心地の悪そうな顔をした三人の男性がいた。まさか、今夜ここに来させるために彼らを買収したんじゃないわよね。ジムは常々コニーのためならなんでもすると公言している――彼ならやりかねない。

レストランの前の歩道で、ジムはぎこちなく両陣営を引き合わせた。マルシアの相手、イーサン・ウェインライトは、茶色の巻き毛でひょろりと背が高く、眼鏡をかけていた。彼はここにいるのが不本意であるように見えるだけでなく、実際に彼の一部はどこか別の場所にいっているような感じだった。ひょっとしたら本当は透明人間で、彼の体が完全な固体ではないことをわたしだけが察知できているのかもしれない。ジェンマの相手はウィル・エリクソンといい、基本的にジェンマをそのまま男にしたような、スマートで優雅なタイプだった。この組み合わせに関しては、ジムはなかなかうまいアレンジをしたようだ。わたしの相手はパットといった。名字はジムが言った直後に忘れてしまった。わたしがうわの空だったというのもあるが、彼自身もあまり印象的なタイプとはいえなかった。しかたなくここにいるといった感じで、紹介を受けてもわたしに興味があるふりすらしない。ジムは今夜のためにヤンキースのプレーオフのチケットでも賄賂に使ったのだろう。そこまでしてやっと確保できたのがこんなぼんやりした男だとは、わたしの相手を探すのはそんなに難しいことなのだろうか。

わたしたちはそろってレストランのなかに入り、店が用意した長いテーブルについた。コニーの指示に従い、それぞれ自分のデート相手と向かい合って男女交互に座る。わたしはテーブルのいちばん端になった。正面にパット、左側にはイーサン。長い夜になりそうだ。

ジムがワインのボトルをオーダーした。わたしは笑顔をつくり、パットとの会話を試みた。

「ところで、お仕事は何を?」

「金融関係です」うわ、簡潔な返答。まあでも、初めて会ったときのオーウェンよりはましか。

「そう。じゃあ、ジムと同じ職場なのかしら」

「ええ」

一問一答で会話を発展させるのは必ずしも容易ではなかったが、わたしは粘った。「ニューヨークの出身？」

「いいえ」

「ニューヨーク出身っていう人、案外少ないのよね」わたしは軽い笑いを期待してそう言った。「地元の人はどんどん出ていっちゃって、そのうち地方出身者だらけになるんじゃない？」

反応なし。最悪だ。わたしにひとつやふたつ質問しても死にやしないでしょうに。なんだか尋問官になったような気分だ。鉄パイプでも振りかざさなきゃ、この男をしゃべらせることはできないのだろうか。わらにもすがる思いで、わたしはマルシアとイーサンの方を向いた。彼らの会話になにげなく加われば、パットものってくるかもしれない。最近シャイな男とばかり妙に縁がある。もちろん、オーウェンのようにシャイな人と、単にコミュニケートする意志のまったくない人との間には、大きな違いがあるけれど。

マルシアはすでにイーサンと議論を始めていた。どうやら、〝お仕事は？〟云々のやり取りにたどり着く前に、イーサンが早くも何かマルシアの反発を買うような発言をし、マルシアの指摘に彼がまた疑問を投じたりして、またたく間に激しいディベートが始まったということらしい。これをよい兆候といっていいのかはわからない。マルシアは人と議論をするのが嫌いではないが、常に自分が正しくなければ気がすまないところがある。たまには彼女に、顔だけの男を紹介したらどうかと思う。皆がマルシアの相手に選びがちな頭の切れるタイプより、かえってうまくいくような気がするのだ。

イーサンとマルシアの向こうでは、ジムとコニーが、自分たちのお膳立てした合コンがカオスの様を呈しはじめていることなどおかまいなしに、テーブルごしにうっとりと見つめ合っている。テーブルの向こう端ではジェンマがウィルと熱々ムードになっていたが、これは特に珍しいことではない。彼女は自分を賞賛する男性はだれでも好きなのだ。

わたしはため息をついて、パットの方に向き直った。「休みの日は何をして過ごすの？」

彼は肩をすくめて言った。「スポーツ観戦かな」大当たり！　ジムは絶対、何か大きな試合のチケットで彼を買収したんだ。

隣のディベートは、ふたりがメニューを見はじめたことでいったん中断していた。わたしも自分のメニューに目を通し、ラザニアを注文することにした。ラザニアはパスタ料理のなかでいちばん食べやすいからだ。スパゲティをフォークの先にぐるぐる巻きにして一度で口のなかに入れるなんて作業は、デートの席ではリスクが大きすぎる。

メニューを閉じたとき、マルシアが最高級のつくり笑いを浮かべて言った。「ところでイーサン、お仕事は何してるの？」

彼はメニューに向かって眉をしかめてから、おもむろに顔をあげた。

「知的所有権専門の弁護士だよ」

マルシアはつくり笑いを維持したまま言った。「まあ、そうなの」

なんとか会話に加わりたくて、訊いてみた。「それって具体的にどんなことをするの？」

「ぼくがやるのは、雇用関連と特許権侵害が多いかな」

「雇用関連？　つまり、従業員は知的所有物と見なされるってこと？」

イーサンは首を振った。そのとき初めて、彼の体がちゃんとした固体としてそこに存在して見えた。「いや、そうではなくて、従業員の頭のなかにあるものの一部が会社の所有物と見なされるってことなんだ」彼は自分の前にあったソルトシェーカーを手に取った。「ここにひとりの社員がいるとする。彼の仕事はA社のためにある装置を開発することだ。ところが、ある日、B社が彼を引き抜いた」イーサンはソルトシェーカーをキャンドルの下からフラワーアレンジメントのそばへ移動した。「彼はB社で、より高性能な装置をあらたに開発する。A社で開発した装置を改良する形でね。彼はある会社のために開発した技術を実質的に別の会社に提供したわけで、これは知的所有権の盗用と見なされるんだ」

わたしはうなずいた。こういう席で仕事の話をするのは本来あまり好きではないのだが、これはなかなか面白かった。少なくとも、パットの無愛想な沈黙よりははるかに興味深い。「でも、実際はもっと複雑なんだ」イーサンは続ける。マルシアがジムとコニーの方を向いてしまったので、彼はいまや直接わたしに話しかけていた。「B社の装置がA社の装置を直接的な土台としているわけではなかったらどうなる？　ただし社員は、A社でその装置を開発する際に得た知識を使って新しい装置を開発している。そしてそのおかげで、B社はより性能の高い装置をより早い段階で市場に出すことができた」

「わからないわ。従業員が会社を辞めるたびに、いちいち記憶を抹消するわけにもいかないし。

だれだって、ひとつの仕事で学んだことを次の仕事で活かそうとするものでしょう?」ミミが巨大な掃除機でわたしの脳みそを吸い取ろうとしている図が浮かんで、思わず身震いする。

眼鏡の陰でふとイーサンの目が輝き、シルバーがかった灰色の瞳であることがわかった。彼は真面目で保守的なタイプとして、それなりにキュートだった。「そうなんだ! そこがまさに微妙なところで、ある会社でやった仕事をそのまま別の会社で流用するのと、単に経験を活かしているだけなのとの区別をどこでつけるか、どこに境界線を引くのかという問題になる」

「でも、その点についての会社側の解釈はあまりに厳格すぎない?」とマルシアが訊いた。自分のデート相手の注意がわたしに向いているのを察知したからか、彼女の注意はこちらに戻ったようだ。わたしはふたりに議論を任せ、前の仕事には盗むに値するものがいっさいなくてよかったと思った。あそこでは、すべきでないことを山のように学んだだけだ。たとえニューヨークじゅうのだれひとりとして評価してくれなかったとしても、実家の飼料店で学んだ経営のノウハウは、わたしの履歴書のなかでいまのところ最も価値のある実社会での経験だ。両親は知的所有権の盗用だといってわたしを責めるだろうか。

パットへの質問はネタ切れとなり、彼の方もこちらに何かを尋ねるつもりはないようだった。でも、それでよかったのかもしれない。わたしは新しい仕事についてうまく説明するすべをまだ見つけていない。仕事の話になったとき、困るのは自分だ。パットの視線はわたしの背後の何か遠くにあるものに向けられていた。振り返ると、バーカウンターの上にテレビが設置されているのが見えた。よかった、少なくとも彼には楽しむものがある。わたしはおとなしく食事をいただきながら、今週わが身に起こったさまざまな出来事について振り返ることとしよう。

サラダが運ばれてきたころには、イーサンとマルシアは何やら経済の問題について意見を戦わせていて、それはもはやセクシャルな緊張感をはらんだ前戯としての議論と呼べるものではなかった。ふたりは明らかにうまくいっておらず、互いに相手にいい印象を与える努力を完全に放棄してしまっている。一方、ジェンマとウィルは、そのペースからいって、デザートの前にはふたりしてテーブルクロスの下に潜り込んでいることが予想された。わたしは黙々とサラダを食べ、いっときも黙らないデート相手といっこうにしゃべろうとしないデート相手では、どちらがよりひどいかを考えていた。

そのとき、羽をつけた女性の一団が店に入ってきた。いつものくせで、ほかに気づいた人はいないかまわりを見回すと、イーサンが顔をしかめるのが目に入った。一瞬、妖精たちに気づいたのかと期待したが、彼は眼鏡を外してレンズを拭き、またかけ直すと、それきり特に動揺した様子は見せなかった。曇ったレンズほど摩訶不思議な世界を見せるものはない、というわけか。テーブルの下でさっきから何度もぶつかっている足の感触からいっても、彼が実体を伴う人間であるのはたしかなようだ。おそらく何か懸念事項を抱えていて気持ちがどこか別の場所にいっているために、こんなに漠然とした印象を与えるのだろう。

デザートとコーヒーがきたころには、ディナーのニューヨーク最長記録樹立の瞬間に立ち会っているような気分になっていた。パットの沈黙にいよいよ耐えかねて、わたしは化粧室へと退散した。口紅を塗り直し、気分もあらたに席に戻ってきたとき、パットがジムに「妹とデートするようなもんだよ」と言うのが聞こえた。だれのことかは簡単に察しがついた。男性からそういう反応をされることには慣れている。ただ、男の子のほとんどが兄たちの友人だった小さな町でならともかく、ここはだれもわたしの家族を知らないニューヨークだ——さすがにへこむ。

ようやく全員がコーヒーを飲み終わり、わたしたちはレストランを出た。ジェンマとウィルが近くのジャズクラブに行くと宣言したのは、ちっとも意外ではなかった。彼らは一応ほかの面々にも声をかけたが、社交辞令であるのは見え見えだった。今夜ジェンマが家に帰ることはないだろう。残りのメンバーは互いに連絡先を交換することもなく、その場でお開きとなった。だれも電話番号すら尋ねない場合、ブラインドデートがうまくいかなかったことは明白だ。

ジムとコニーはタクシーを拾って帰っていった。マルシアが腕を組んできて、「歩いて帰らない？　気分を変えたいの」と言った。

歩くのに最適とはいいがたい靴を履いていたし、今日はもう十分な距離を歩いてもいた。でも、夜のヴィレッジのそぞろ歩きは、いつだって魔法的ともいえる体験を提供してくれる——もちろん、呪文やめくらましを使う本物の魔法という意味ではなくて。でも、考えてみれば、わたしはこれまで夜のヴィレッジで予想を超える量の奇妙な現象を目撃していて、そのたびにニューヨークならあり得るとむりやり自分を納得させてきた。そのうちのどれくらいが本物の魔法によるものなのか、あらためて見てみるのも面白そうだ。

マルシアとわたしは、自分たちの住む界隈に向かってブリーカー・ストリートを下っていった。道すがら、マルシアは今夜のデートの相手をこきおろし続けた。「信じられる？　あの男、仕事のことしか話さないのよ」

「仕事の話とは思えないほど激論してたじゃない」

「仕事の話よ。あいつ、わたしが言うことにいちいちケチをつけるんだから」

「彼は弁護士よ。人の発言を分析したり解釈したりするのが癖になってるのよ」

「やけに肩をもつじゃない」マルシアが笑いながら言う。

「別にそういうわけじゃないけど。ただ、わたしの相手よりはいいと思うわ。少なくとも彼はちゃんとしゃべったし」

「たしかにそうね」

「それに、あなたのことをうざったい妹だとも思わなかっただろうし」

マルシアは気まずそうに顔をしかめた。「聞こえてたんだ」

「絶好のタイミングで化粧室から戻ったのよ」

「フォローになるかどうかわからないけど、彼、あなたのこと悪くないって言ってたわよ。なかなかキュートだって」

「でもつき合いたいって意味じゃないでしょ」ため息すら出なかった。一度でいいから男の人の心臓をドキドキさせてみたいというのは、そんなに贅沢な望みだろうか。

マルシアはわたしの腕をぎゅっとつかんで言った。「大丈夫よ。あなたにもちゃんとそのときがくるから。ありのままのあなたを好きになってくれる人がきっと現れるわ」

「マルシア、わたしたち同い年よ、覚えてる？　チビの妹みたいに扱わないでよ」

「ごめん、でもいい方に考えてみなさいよ。いまから二、三年もすれば、若く見えることに感謝するはずよ。それに、いま言ったように、自分にふさわしい相手を見つけなきゃだめよ。男はあなたみたいなタイプを結婚相手に求めるのよ」

「つまり、わたしは楽しい時間を過ごすために誘うタイプではないってこと？」

「それってそんなに悪いことかしら？」

「わからないけど……」たしかにわたしは、だれがどう見てもパーティガールという風貌ではない。人々にアップルパイや庭の白い杭垣を思い起こさせるようなタイプだ。皆が白い杭垣から逃れるためにやってくるニューヨークみたいな場所では、これはモテる要素とはなりにくい。

「ま、あのふたりは彼氏候補のリストから外しても問題なさそうね」わたしのもの思いをさえぎってマルシアが言った。

「それでこの街に男は何百万人残る？」

「百万も残らないでしょう？　ゲイと既婚者とすでにだれかと真剣につき合ってる男を引かなきゃならないんだから。あと、元カレもね。そうなると何千人ってとこじゃない？」

もうひとつそこにつけ加えるべきカテゴリーがある。完全に人間とはいえない男たちだ。自分の意志で好きなようにものを出したり消したりできる連中についてはどうだろう。少なくとも、アップルパイと白い杭垣が彼らの求めているものでないことはたしかだ。わたしの普通さは一般の男性ですら退屈させるのだ。魔法を操るような男なら即刻昏睡状態に陥るに違いない。

6

火曜の朝は思いのほか早くやってきた。二番目に上等なスーツを着て、わたしは地下鉄へ向かった。ユニオンスクエア駅のホームでオーウェンの姿を見つけたときには、思わずほっとした。これで、ひとりであの建物に入っていかなくてすむ。「おはよう！」わたしは彼に声をかけた。

オーウェンは答える前にいつものように赤くなった。「おはよう、ケイティ。来てくれることになってうれしいよ」

「わたしもよ。まあ、うれしいのと同時にちょっと不安でもあるけど……」彼なら新しい状況に対して感じる不安をだれよりも理解してくれるだろう。

彼は例のいたずらっぽい笑顔を見せた。一瞬ひざの力が抜けそうになる。「早めにオフィスに着きたい？」

「そうね」

彼は笑みを浮かべたまま左手でちょっとした動作をした。すると案の定、トンネルのなかから轟音とともに電車が現れて急停車した。「お先にどうぞ」慇懃なジェスチャーで彼は言う。車内に空席はなく、わたしたちは手すりにつかまった。「急行にしようか」オーウェンがささやく。

「そこまでしなくていいわ」わたしはささやき返した。「ほかの人たちに悪いもの」

彼は真っ赤になった。「すぐあとに続くのを呼び出してあるから、それほど迷惑にはならないはずだよ」

「まあ、優しい心遣いね」もしいまわたしがほっぺにキスでもしたら、彼はいったいどうなってしまうだろう。心肺機能蘇生術については記憶が曖昧だし、たとえ彼が心臓発作を起こさなくても、同僚との関わり方としてあまり適切とはいえないから、試すのはやめておこう。

駅で電車が止まるたびに反動で彼の方に倒れかかってしまうだけでも、十分にばつが悪かった。オーウェンは決して大柄ではないが、しっかりとした体格をしていた。「自分がどうしていつも歩いて通勤していたのかを思い出したわ」ひときわ激しい急ブレーキのあと、わたしは言った。「地上はこれほど暴力的じゃないもの」

ようやくシティホールに到着して、わたしたちは電車を降りた。オーウェンは身長のわりに歩くのがかなりはやくて、公園を突っきるとき、早足でついていかなければならなかった。彼はパークロウの前を横断歩道のない場所で、しかも信号を無視して渡った。そのとき車の往来がまったくなかったのが単なる偶然なのか、それとも彼が何かをしたからなのかはわからなかった。わたしは、彼がその内気さに反して、実はとても大きな力をもつ人物なのではないかという気がしはじめていた。特に意識することすらなく、自分の行く手からちょっとした不都合を次々に取り除いて進んでいくような――この落差は少し不気味だった。

地下鉄を呼び出したり虚空からコーヒーを出現させたりするのは、家族の集まりで叔父のひとりがやりたがる隠し芸とたいして変わらない無害なものかもしれない――もちろん、後者よりはるかに便利ではあるけれど。でも、これはビジネスだ。それもかなり大規模な。彼らのいう魔法がその程度のものでないことは間違いない。自分にそうした能力があると知れば、ものの見方は根本から変わるのではないだろうか。あらゆるものを意のままに動かそうとするようになりはしないだろうか。オーウエンに接するときは、その内気さの裏に底知れない力が隠れていることを忘れないようにしなければ。キュートでシャイな部分ばかり見ていたら彼を見くびることになりそうだ――ことによっては危険を招くほどに。実家の飼料店にやってきた営業マンと同じだ。気さくで感じのいい輩(やから)ほど注意が必要なのだ。

会社の正面玄関を入るやいなやオーウェンは別人のようになり、自分の考えが裏づけられた気がした。堂々としたプロフェッショナルな態度は、わたしが先刻抱いた底知れない力のイメージにふさわしかった。「おはよう、ヒューズ」彼はロビーの警備員に向かって言う。「新しくわが社に加わることになったミス・チャンドラーだ。覚えているかな?」

「もちろんです。ようこそ、ミス・チャンドラー」

「どうぞケイティと呼んでください」

「人事部までぼくが案内するよ」オーウェンが言った。

「了解しました。よい一日を、サー、ケイティ」

「あなたも」オーウェンに階段の方へ導かれながら、わたしは肩ごしに答えた。

「必要な説明はロッドがしてくれるはずだよ」オーウェンが言った。廊下をいくつ通り抜けただろう。道に迷わないようあとに落としていけるパン屑でももってくればよかった。でもいまは、道順を気にしている暇などなかった。すれ違う人たちが皆、明らかに特別な態度でオーウェンにあいさつしていく。いったい彼はどういう人物なのだろう。せいぜい三十前後にしか見えないのに、上級幹部のような扱われ方だ。彼が若く見えるめくらましを使っていたとしても、わたしには通用しないはず。もしかしたら人間の姿をしたまったく別の生き物で、三十歳そこそこに見えるけれど、そのじつ三百歳ぐらいだったりして――。

ドアのない入口の前まで来ると、彼は立ち止まった。「ロッドのオフィスだ。あとは彼に任せることにするよ。またあとで顔を合わせることになるとは思うけど」

「案内してくれてありがとう」

オーウェンの頬がほんのりピンクに染まる。一瞬何かを言いかけたように見えたが、そのまま背中を向け、廊下を戻っていった。わたしは気持ちを引き締め、入口からレセプションエリアと思われる場所に入った。信じられないぐらい大柄な女性が、最新のｉＭａｃと、ロビーのデスクにあったのと同じような水晶玉と、普通のオフィス電話がのったデスクの前に座っている。太っているというのではない。ただ全体的に大きいのだ。彼女ならダラス・カウボーイズのラインバッカーができるだろう。自分が何者で何をしにきたかを説明する間もなく、彼女は立ちあがりわたしの前にそびえ立ったかと思うと、満面の笑みを浮かべた。「ケイティ、まあ！　よく来てくれたわね！」

親族会に集まった親戚たちでさえ、これほど温かい歓迎をしてくれる人ばかりではない。まして彼女とわたしはまったくの初対面だ。「こんにちは。ロッド・グワルトニーに会うことになっていると思うんですけど」

「そのとおりよ。ロッドはまだなの。でも、すぐに現れると思うわ。さあ座って。コーヒー飲む？　ベーグルは？」なんとなくもっと奇妙な状況を予想していたのだが、とりあえず普通の──ただし、かなり──フレンドリーな会社といった感じだ。「コーヒーを」張りぐるみの椅子のひとつに腰かけながらわたしは言った。

「砂糖とミルクもよね？」

「ええ、ありがとう」

マグカップが突然手のなかに現れたとき、わたしはここがフレンドリーな普通の会社ではないことを思い出した。「わっ！」思わずコーヒーをこぼしそうになり、慌ててカップをつかむ。

「あら、ごめんなさい。こういうのに慣れてないのね。先に声をかけるべきだったわ」

「慣れるには若干時間が必要みたい」

「ところで、わたしはイザベル。ロッドのアシスタントよ」

「はじめまして、イザベル」

「皆、あなたが来てくれて喜んでるわ」彼女は廊下の方をちらっと見てから、いわくありげに言った。「あなたをここに連れてきたのは、あの若きオーウェン・パーマーね？」

「ええ」

彼女はデスクにあった紙を一枚取って扇ぎはじめた。「まったく、彼をモノにできたら最高よね。頭がよくてハンサムで。出世は間違いなしだわ。ビジネス以外の場でどうやって彼をしゃべらせるかが問題なんだけど」この状況に関しては、普通の会社でよくある井戸端会議と変わらない感じだ。魔法をビジネスとする会社で働く以上さまざまなことが普通じゃないはずだと覚悟しているけれど、いまのところ取り立てて異常な感じはない。

「いい人みたいですね」わたしはあたり障りのないコメントをした。新しい職場に来て早々、井戸端会議のネタになるのはご免被りたい。彼がハンサムであるという意見に同調でもしようものなら、お昼ごろにはわたしが彼に気があるという噂が会社じゅうを駆け巡っていることだろう。会社というものは、そういう意味で小さな田舎町に似ている。「というか、いまのところこの会社の人たちは皆いい人そうだわ」そうつけ加えておいた。

「皆いい連中よ。まあ、地下に閉じ込めておきたいゾンビもいないわけではないけど」彼女が文字どおりの意味で言っている気がして思わずぞっとする。「でも、どんな職場にだって一匹や二匹のモンスターはいるものでしょう?」これも文字どおりの意味だろうか。いずれにしろ、ミミの下で一年耐えたわたしだ。モンスターに人食い癖でもないかぎり、前の職場よりはうまくやっていけるはず。

そのときロッドが、ファッションショーのランウェイからそのまま抜け出してきたような格好で入ってきた。最新モデルの洒落たスーツは、まったく手入れをしていない彼のそのほかの部分といかにも不釣り合いだ。彼はいったいどんなめくらましをまとっているのだろう。どんなものにしろ、彼がそれをいいことに真の姿の身だしなみにまったく気を遣っていないのは明らかだ。もっとも、めくらましも服装にまでは及ばないらしい。でなければ、わざわざこんなお洒落なスーツを着たりはしないだろう。わたしにとってはありがたいことだ。もし魔法を使える人たちが皆めくらましで衣服を賄えたら、わたしはあえて鑑賞したいとは思わない裸体を多数目の当たりにしなくてはならないことになる。いやそれ以前に、ニューヨークに到着したその足でテキサスに引き返していただろう。母の脅し文句のひとつは、ニューヨークには裸のまま通りをうろつく人間がいる、というものだった。

「ケイティ、もう来てたんだ！」わたしを見てロッドが言った。

「初日から遅刻するわけにはいきませんからね」

「じゃあ、さっそくぼくのオフィスへ」

わたしはブリーフケースをもって彼のあとに続いた。ロッドは自分のデスクにつき、わたしにも座るよう手で促した。ここにも数脚張りぐるみの椅子が置いてある。この会社のオフィス家具はなかなか趣味がいい。コーヒーの入ったマグカップがデスクの上に出現し、彼は両手でそれをもった。

「まず、いくつか書類を書いてもらわなければならない。国税庁向けの書類とか健康保険とか、そういったものだ。それが終わったら、ひととおり会社の仕組みを説明するよ。そのあとで、きみのオフィスに案内する」

わたしは見慣れない納税申告書に目を通しながらうなずいた。「国税庁にも対応するの？」

「もちろん。国税庁にも魔法使いの一団がいて、一銭も徴収漏れがないよう目を光らせているからね」税金と魔法の組み合わせはどうもしっくりこなかったが、税金を払わなくてすむなどという考えは毛頭なかったから特にがっかりはしなかった。それよりも、国税庁の職員に魔法使いがいるということの方に面食らっていた。

事務手続きをひととおり終えると、ロッドはわたしに健康保険の書類一式を手渡した。「あとで目を通しておいて。必要な部分を記入したらイザベルに渡してくれればいい」そう言うと、にやりとしてデスクの引き出しを開け、何かを取り出す。「はい、ご所望のメトロカード」

わたしはそれを受け取りハンドバッグにしまう。これで晴れて、カードの残高を気にせずに好きなだけ公共交通機関を利用する自由を得たわけだ。ふたたび自分の車をもったようないい気分だった。車を手放すことは、テキサスからニューヨークに来るにあたって、適応しなければならない最も大きな変化のひとつだった。

ロッドは椅子に深く座り直して言った。「さて、きみの方から何か質問はある?」

「何について?」

「何についてでも」

「正直言って、どこから始めたらいいのかさえわからないわ」

「それじゃあ、社内ツアーから始めよう。荷物はここに置いていけばいいよ」

わたしはロッドのあとについてレセプションエリアを通り抜け、廊下へ出た。彼は歩きながら説明する。「われわれはここで、新しい魔術の研究開発からテスト、流通、市場に出た魔術のモニタリングまですべてやっている」

わたしは必死についていこうとした――身体的にではなく、精神的にという意味で。「魔術はどうやって流通させるの？　つまり、どうやって収益を得るのかってことだけど」

「マジックショップで販売する。もちろん、そのほかの小売店でもね」

わたしは思わず立ち止まった。「マジックショップ？　あの手品用のトランプやシルクハットを売ってる？」

彼は片方の眉をあげてわたしを見る。「そういう店に行ったりするの？」

「ううん、正直言って手品にはあまり興味がないから」

「そうだろうね。めくらましではなく現実を見るきみには意味がないもんな。でも、マジックショップに行けばわかるよ。手品の小道具は一般の客向けで、それとは別に魔法使い向けの商品も置いてある。手品用のトランプを買いにきた客には見えなくても、きみなら魔術が売られているのに気づくはずだよ」

「わたしがそれを使えるわけではないけどね」わたしはつぶやいた。

「でも同時に、きみは魔法の被害に遭うこともない。もちろん、うちの商品は他人に危害を加えるために使うことはできないけどね。せいぜいちょっとした不都合を生じさせる程度だよ。品質管理は徹底してるんだ」

「つまり、取扱店に行けばその場で魔法を買えるってこと？　支払方法はどうなってるの？」

「価格は開発にかかった費用や利用価値や需要の大きさなどに基づいて設定する。日常生活でちょっとした便宜をはかるために使うような単純な魔術なら二十ドルぐらいで手に入るよ。特殊な目的のための高度な魔術は数百ドルってところかな。特注でつくることもあるけど、その場合は個人よりも企業を相手にすることが多いね」

「ドルで？」

「もちろんだよ。魔法使い専用の金貨でもあると思った？」

図星だった。どうやら顔に出ていたようで、ロッドは笑いながら言った。「本の読みすぎだよ。ぼくらは独自のビジネスをしているだけで、独自の経済システムをもっているわけじゃない。さあ、ここが営業部だ」

中央のスペースを囲むように複数のオフィスが並んでいる。各オフィスでは、営業スタッフがそれぞれに電話や例の水晶玉のような装置に向かって話をしている。普通の人間がふたりに——まあ、完全に普通ではないのだろうけれど——、エルフがふたり。それから、デスクの上に座って水晶玉に向かって話している地の精（ノーム）がひとり。

ロッドが片手を振った。水晶玉になんらかの信号が送られたらしく、営業スタッフがいっせいにこちらを見る。電話中だったスタッフはすぐに話を切りあげた。「皆さん、今日から検証部に加わることになったケイティ・チャンドラーを紹介します。明日以降、契約書の検証や小売店のチェックの際には遠慮なく彼女にコンタクトしてください」彼らは皆笑顔で手を振ると、すみやかにそれぞれの仕事に戻った。ロッドがわたしの方に向き直って説明する。「きみはほとんどの時間を営業部といっしょに過ごすことになる。ときには彼らといっしょに得意先へ行って、公正な商売がなされているかどうか確かめたりもする。それから、契約書は署名の前にすべてきみがチェックすることになる」

「わたし、弁護士じゃないわ」

「弁護士である必要はないよ。契約書に何が書いてあるべきで、何が書いてあってはいけないかは、営業スタッフが把握している。きみはただそれを声に出して読めばいいんだ。きみがありのままを読みあげることで、もし、何かが不正に追加されて見えないように細工されていたり、逆に何かが削除されてめくらましでごまかされていたりすれば、彼らがそれに気づく」

「魔法を操る人たちってそんなに悪賢いの？」

「人ってそういうもんだろ？　まあたしかに、たいていの人は誠実だよ。でも、どこにでも必ず抜け道を探すやつはいる。ぼくらの場合、その抜け道をつくり出す方法が普通より多いってことさ」

わたしたちは営業部をあとにし、階段をのぼった。ロッドはほの暗い大きな部屋にわたしを案内する。さまざまなモニターやコンピュータや水晶系の装置が整然と並んでいる。「監視部だよ」わたしをスタッフに紹介する前にロッドは言った。「会社が販売した魔術が適正に使用されているかを監督する部署だ。不正な使用は魔術使用権の取り消しにつながることもある。きみにもときどきここで仕事をしてもらうことになるよ。特殊な検証作業だから普通は常勤の検証人を最低ひとり置いているんだけど、ときどき穴埋め要員が必要になるからね」

監視部を出ると、わたしたちはさらに上の階に向かった。「どういうものが不正な使用になるの？」

「代表的なのは、他人に危害を加えるための使用だね。うちの製品はそれを防ぐためにフェイルセーフ設計になっているけど、その気になれば悪用することも不可能ではない。それから、魔術の共有も禁止されている。魔術はそれぞれ購入者だけが使えることになっているんだけど、これも共有を防げる絶対的な方法があるわけじゃないんだ」

「使用権が取り消されたらどうなるの？」

「もう一度購入し直さないとその魔術を使うことはできない。人に危害を加えるために使用した場合は、二度とその魔術を買うことはできなくなる。場合によっては、うちの会社のほかの製品についても使用を禁止されたりする」

「そういうことはよくあるの？」箱の裏に極小文字で書かれた但し書きみたいな規則と、少数の監視グループによって、何百人もの魔法使いたちの行動が抑制されているという構図は、あまりに心許なかった。

「そうでもないよ。権力欲にかられた邪悪な魔法使いっていうのも、たいてい本や映画のなかだけの話さ。まあ、まったくいないとはいいきれないけど、普通は、いまの生活にある程度満足していれば、他人を傷つけて回る理由なんてそうあるもんじゃない。精神的に本当に問題のある人は、最初から魔法に手を触れないよう早いうちに選別されるからね。もしくは、リハビリを受けて社会復帰してから魔法を使うことが認められる」

「それを聞いて安心した」

次のドアはロッドが前に立っても自動的に開かなかった。彼が金属のプレートに手のひらを当てて何やらラテン語みたいな言葉をつぶやくと、ようやくカチリという鍵の開く音がしてドアが開いた。「研究開発部だ。オーウェンの管轄だよ」とロッドは言った。

そこには、フランケンシュタインか、でなければ気の触れた科学者が出てくる映画の一シーンのような光景が広がっていた。廊下の両脇にガラス張りのラボが並んでいる。ぶくぶく泡立つフラスコで埋まっている部屋もあれば、図書館のような部屋もある。白衣を着た人たちがクリップボードを手にメモを取りながら歩き回っている。廊下を歩いていると、ときおり破裂音がしたり、何かが光ったりした。

「ここが魔法の生まれる場所だよ。文字どおりね」とロッドが言った。

いちばん奥にひときわ大きいラボがあった。有名大学の研究室といってもおかしくない代物だ——壁際に並ぶホワイトボードに妙ちきりんなことが書かれている点を除けば。そのうちの一台の前にオーウェンが立っていた。片手に古めかしい本をもち、ボードに何やら書いている。ロッドは彼が書き終えるのを待って声をかけた。「オーウェン」

オーウェンはまばたきをすると、こちらを振り向きほほえんだ。「さっそく社内周遊ツアーかい?」彼の顔が髪の生え際までピンクに染まる。

「ええ、すごく興味深いわ」

「オーウェンは理論魔術課の責任者なんだ」ロッドが言う。

「魔法で何ができて、何ができないかを研究するんだ」オーウェンが説明する。「古い文献にあたって、そこに書かれている魔術を現代に適したものにアップデートする方法を模索するほか、そもそも実際に有効な魔法かどうかを試したりもする。昔の魔法使いが残した記録のなかにはいくぶん誇張がすぎるものもあるからね」

「研究開発部にはほかに実用魔術課というのがあって、オーウェンが発見した魔術をそこで商品化するんだ」ロッドが補足する。

そのとき、髪をツンツンに逆立てた青年が足を引きずりながら部屋に入ってきた。ズボンの片脚のひざから下がぼろぼろに破けている。「参考までに、あなたが訳した犬を手なずけるためのあの魔術、効きませんよ」青年はオーウェンに向かって言った。「翻訳のせいなのか魔術そのもののせいなのかはわかりませんけど」そう言って自分のズボンを指す。

オーウェンは顔をしかめた。そして、「悪かったね、ジェイク」と言うと、ホワイトボードに何やらメモをする。「調べてみるよ。きみは治療師（ヒーラー）に診てもらった方がいいな」

ジェイクは足を引きずりながら部屋を出ていった。「危険な仕事ね」わたしは言った。

「あれは認可されたテストじゃないんだよ」とオーウェンが言う。「研究者っていうのは、文献で目にしたものを試さずにはいられないんだ。まあ、大多数の連中はもう少し慎重だけど」彼はふいににやりとする。「せっぱつまった状況に直面したとき、たいてい頭に浮かぶのは直前に読んだことだったりするんだ。それが理論魔術に携わることのやっかいな点でね。いざその魔術が必要な場面に遭遇したとき、本当に効くかどうかはやってみなければわからない」

ロッドが笑い出す。「そうだよな、ほら、覚えてるだろ、前におまえが……」そう言いかけたものの、オーウェンににらまれて慌てて口を閉じる。「とにかく、彼らの仕事にはリスクがつきものだってことさ。でも、きみが研究開発部と仕事をすることはあまりないから心配する必要はないよ」

「訪ねてくれるのはいつだって歓迎だよ」とオーウェンは言った。「魔法について訊きたいことがあったらなんでも遠慮せずに訊いて。ここにはエキスパートがそろっているから」

「少なくとも何を訊けばいいかがわかる程度に状況が把握できたら、質問リストをつくるわ」

「じゃあ、まだツアーの続きがあるから」ロッドはおもむろにそう言ってわたしの腕を取ると、出口の方へ向かった。その仕草にほんの少し嫉妬のように思えるものが混じっていたのが奇妙だった。だいたいわたしは人を嫉妬させるようなタイプではない。男性に取り合いをしてもらった経験など皆無だ。第一、オーウェンは嫉妬心を刺激するようなことを何もしていない。たぶんわたしの思いすごしだろう。

オーウェンがすぐに追いついてきて言った。「忘れるところだった。ミスター・マーヴィンがツアーのあとでケイティに会いたいと言っている。それと、いつものメンバーでランチミーティングをするそうだ」

ロッドは不満げに声をあげる。「まったく、前もって言ってほしいよなあ。だれもが予知能力をもってるわけじゃないんだから。スケジュールが空いててよかったよ」

「彼は先週のうちに全員のスケジュールを空にしたよ、いつものようにね」

ロッドのあとについて研究開発部を出ながら、わたしはいまのふたりのやり取りについて頭をひねっていた。廊下を抜けていくとき、女性たちが皆ロッドにほほえみ、思わせぶりな視線を投げてくるのに気がついた。彼もそのつどほほえみ返すのだが、それは習慣からくるほとんど条件反射的なものに見えた。彼は依然として浮かない顔をしている。明らかにオーウェンの言ったことが原因のようだ。

わたしは思いきって訊いてみた。「さっきの話、どういうこと?」

ロッドは首を振る。「なんでもないよ。よくある社内政治さ。ボスには自分が全面的な信頼を寄せるごく少数のグループがあって、ぼくはその境界線上にいるらしい。たいていぼくを含めてはくれるんだけど、直接コミュニケーションを取ってはくれないんだ。いつも人づてに情報が入る。ほとんどの場合、オーウェン経由でね」

なるほど、嫉妬の要因はそれか。わたしではなく、仕事が原因だったんだ。「人事部っていつも境界線上なのよ。魔法とは関係のない会社だってそれは同じ。必要不可欠な部署で、人事部がなかったらそもそも従業員を確保することすらできないのに、直接利益を生み出す部門じゃないものだから経営陣から忘れられがちなのよね」

ロッドの表情がいっきに明るくなる。「本当?」

「本当よ。注目されるのはいつだって利益をもってくる人たちなの。その点ではマーケティングも同じね。マーケティングなしでは何も売れないのに、それ自体がお金を生み出すわけじゃないからいつも忘れられていて、予算削減のときには真っ先に対象になるの」

「それに、オーウェンは仕事をするなかでどんどん成長していけるけど、ぼくはいくらがんばったところで、いまやっていること以上の何かを身につけられるわけじゃない。誤解しないで、ぼくはこの仕事が好きだよ。でも、ぼくがこの会社の経営者になることはあり得ない。でもオーウェンはきっとそうなる。それも優秀な経営者に」

「彼にもう少し自信があればね」

ロッドは首を振る。「彼はいまのままでいいんだ。もともとシャイな性格になるよう意図的に育てられたんだと思う。あいつがもつ力の大きさを考えれば、それでちょうどいいんだよ。下手に大胆になられたら大変なことになる」

ふと背筋が寒くなった。でも、真意を確かめようと思っているうちに、新たなドアの前に到着していた。「ここがP&L、プロフェット&ロスト部だ」ロッドがそう言うのに合わせて、ドアが自動的に開く。

「プロフィット&ロス（損益）?」部署というより、表計算ソフトの名称みたいだ。

「いや、プロフェット&ロスト（予言&失せ物捜査）。市場の動向を予見したり、消えてしまったものを捜索したりする部署だよ」

「プレスリー探しみたいに!」わたしはつっこみを入れる。

「そのとおり!」ロッドは真顔で言った。案内されたオフィスは、古風なお祭りで見かけるジプシーのテントのような飾りつけがされていた。「やあ、みんな!」ロッドはベルベットのクッションに座った夢見るような表情のグループに声をかけた。「こちらはケイティ。検証部の新メンバーだよ」

ファッション雑誌から抜け出してきたような格好の、というか、来年の秋ぐらいにトレンドとなっているかもしれない装いのエレガントな女性が、わたしを見あげて言った。「今日はバスで帰りなさい」

「え？　あ、はい。ありがとう。はじめまして」わたしはしどろもどろに答えた。帰宅方法についての警告もいいけれど、せっかくだから裾の長さについても予言してくれないかしら。スカートの裾を苦労してあげたあと、次シーズンのトレンドがロングスカートだなんてことになるのはぜひとも避けたい。ジェンマなら、そんな予言をのどから手が出るほど欲しがるだろう。

ロッドに促されてオフィスを出た。「彼らに依存しすぎないよう気をつけて。会社の方針で、宝くじの当選番号やスポーツの試合結果なんかについては訊いてはいけないことになってる。でも、向こうから何かを言ってきたときには、たいてい言うとおりにした方がいいみたいだよ」

「わかった、今日はバスで帰るようにするわ」

ロッドは廊下の真ん中で立ち止まると、両手をすり合わせて眉をしかめた。「ええと、ちょっと整理しよう。警備のサムにはもう会ったんだよね。彼、ここ数日きみのことばかり話してるよ。きみにちょっと気があるね、あれは。さてと、ほかに案内すべきところはあったかな」

わたしは石のガーゴイルにしかモテないのだろうか。その件についてはなるべく考えないようにして、ロッドの質問の方に意識を集中した。「わたしのオフィスはどこになるのかしら。それと、コーヒールームとか化粧室とか諸々の重要な場所も……」

「それは午後のツアーに入ってる。いま化粧室に行く必要があるなら別だけど」わたしは首を振った。「オーケー、じゃあ、そろそろボスのところへ案内するとしようか」

「ミスター・マーヴィンね？」オーウェンが口にした名前を思い出して、わたしは訊いた。「面接のときにいた……」

「そのとおり。きみは彼にかなりの好印象を与えたみたいだよ」わたしたちは建物の小塔のひとつと思われる場所にやってきた。長い螺旋階段が上に向かって伸びている。覚悟を決めて足を踏み出そうとしたとき、ロッドが階段の支柱をぽんとたたいた。すると、まるでエスカレーターのごとく階段が上に向かって動きはじめた。

「魔法？」

ロッドは首を振る。「いや、機械式。ボスは機械いじりが好きなんだ。で、階段をのぼるのは大嫌い。ボスいわく、この方がエレベーターよりはるかに面白いそうだ。もっとも、発明の段階ではなんらかの魔法を使ったんだと思うけどね」

わたしたちは螺旋エスカレーターに乗り、広々としたレセプションエリアに到着した。大きなマホガニーのデスクの向こう側にひとりの妖精が椅子から少し浮いた状態で座っている。彼女の背後には凝った装飾の施された両開きの木の扉があり、そのほかにもうひとつオフィスらしきものがあった。「よかった、やっと現れたわ」わたしたちが来るのを見て妖精が言った。「お待ちかねよ」

両扉が自動的に開き、わたしたちはボスのオフィスへと入っていった。社長室はよく見るごく常識的な最高経営責任者（CEO）の部屋といった感じで——そうたくさん見てきたわけではないけれど——、分厚いカーペットの上に豪華な家具が置かれ、壁には上品な絵画が飾られている。ただし、家具は複製品ではなく、どれも本物のアンティークのようだった。正面奥の壁は一面窓になっていて眼下にシティホールと公園が見渡せ、横の壁の窓からはブルックリン・ブリッジのみごとな眺めを堪能できた。

　ボスに会うからといって怖じ気づく必要はないのだが、わたしはかなり緊張していた。父も実家の店のCEOではあったけれど、あくまでわたしのパパだった。前の職場では一度もCEOに会ったことはない。新聞にはよく、ものすごくリッチでパワフルで、わたしのような下働きの連中などいっさい気にとめることのない人たちのことが書かれている。わたしは校長室に呼び出された小学生のような気分になっていた。おじぎでもした方がいいだろうか。それともひざを曲げて会釈すべきか。わたしが耳にしたところでは、床にひれ伏して「わたしにはもったいないお話です！」と叫ぶのもありらしい。

　面接の間人々の畏敬の的となっていた品のある老紳士がデスクを回ってきて、わたしたちを迎えた。「わが親愛なるミス・チャンドラー」わたしの両手を取って彼は言った。そしてロッドの方を見ると、「ありがとう、ロドニー。では、またランチで」と言った。ふいの退去命令にロッドは一瞬顔をこわばらせたが、すぐにうなずくとオフィスを出ていった。待っていたようにドアが閉まる。「どうぞ、お座りなさい」ボスはそう言って、どちらの窓からも景色が楽しめる角度に配置されたソファにわたしを促す。

「わが社に来てくれてとてもうれしいですよ。まあ、来てくれることはわかっていましたがね」彼の声は確信に満ちていた――単なる予想や憶測ではなく、まるでわたしがこの会社に来ることをすでに自分の目で見ていたかのような。ロッドが予知能力という言葉を口にしていたのを思い出す。

「ちょうど必要としていたときにこのオファーがきたんです」

「そして、まさにわたしたちが必要としていたときに、あなたは来てくれた。双方にとってよいタイミングでしたね」彼の笑顔は温かく心がこもっていて、わたしはいくらかリラックスできた。「先日はいささか乱暴な形でわたしたちのことを知ってもらうことになってしまい、申しわけありませんでしたな。今朝はその埋め合わせをさせていただきますよ。まずわたし自身、怠慢なことに自己紹介がまだでした。わたしの現代英語名はアンブローズ・マーヴィン。株式会社マジック・スペル&イリュージョン（MSI）の最高経営責任者（CEO）です。ずっと昔にこの役職を務めていましたが、その後引退しました。しかし最近、会社の危急を乗りきるために、こうしてかつての立場に復帰したわけです」

「不況は魔法使いの社会でも深刻なんですね」わたしはわかったようにうなずいて見せたが、頭のなかでは、彼がなぜ自分の名前を言うのにわざわざ現代英語名だと断ったのかを必死に考えていた。

「おお、たしかに、そのようですな」彼はいま気がついたようにそう言った。今度は、本当はどういう意味で言ったのかが気になってきた。

「そういうわけで、あなたがわが社について学んでいるように、わたしもいまあらためて会社に順応している最中なのです。あのころから状況はずいぶん変わってしまいましたから」彼は遠くを見つめるように言った。きっとヴァーモントあたりにもっていた別荘を復帰のために処分してきたのだろう。「会社は大きく成長し、ビジネスの拠点を新世界に移しました。わたしにとっては適応を要する大きな変化です」別荘はヴァーモントじゃなくてコッツウォルズだったか……。でも、ちょっと待って。この会社はそれほど新しくはない。見たところ、少なくとも一世紀はニューヨークに存在しているはずだ。頭が痛くなってきたので、それ以上深く考えないことにした。

「わたしの役割も変化しました」彼は続ける。「あのころは、すべてがこれほどビジネスライクではありませんでした。当時、わたしたちがより重きを置いていたのは、いまでいう〝研究開発〟の方でしたからな」なるほど、彼がオーウェンをかわいがる理由がわかった。彼はオーウェンのやっていることをよく理解できる。一方で、人事などという概念は彼にとってきっと新しすぎるのだろう――いったい彼は何歳なわけ？

「そういうわけで、あなたの質問にどれぐらい答えられるか心許なくはありますが、わからないことがあればいつでも遠慮なく訊いてください。だが、ここはひとまず、あなたのことを教えていただくとしましょう」

「何についてお知りになりたいですか？」

「あなた自身について話してください」

「わかりました。ええと、わたしはテキサス出身です。これはもうご存じですよね、面接のときにお話ししましたから」一瞬、テキサスがどこにあるかも説明すべきか迷ったが、たとえアメリカ人でなくてもそのぐらいは知っているだろうと思い、やめておいた。万が一知らなくても、あとで調べればすむことだ。「わたしは小さな町で育ちました。田舎のど真ん中といった感じのところです。家族は農家を相手に種や肥料、家畜用の飼料などを売る事業を営んでいます」彼はほほえんだ。そうした分野にはなじみがあるという顔をしている。

「わたしは小さいころから店を手伝ってきました。両親とも農業についてはなんでも知っているのですが、ビジネスの知識はあまりなかったので、自然とわたしが店を切り盛りするようになったんです。自分のやっていることをちゃんと理解するために、大学では経営学を学び、卒業後は家業に戻って店のシステムを整理し直しました。大学の親しい友人たちは皆ニューヨークに出ていきました。しばらく前から計画していたみたいで、いずれどこかに落ち着くにしても、一度思いきったことをするにはちょうどいいタイミングだと考えたようです。でも、わたしは両親を手伝う必要があったので……」

「とても親孝行なのですな」厳粛な面持ちで彼はうなずいた。

「ええ、まあ。でも去年、ニューヨークに来ていた友人のひとりが結婚して、アパートに空きができたんです。結婚式に出るためにこちらに来たとき、友人たちにニューヨークに出てくるよう誘われました。両親は浮かない顔でしたが、店のシステムはしっかり整えたし、これが故郷を出て自分を試す最後のチャンスのように思えて決心しました。それでいま、こうしてここにいるというわけです」

「環境の変化はずいぶん大きかったでしょうな」

「ええ、それはもう。ただでさえ大きな変化なのに、毎日あちこちで奇妙なものを目にするんですから。正直にいうと、ニューヨークってそういうものだと思っていました。だれも気にとめる様子がないのは、わたしが田舎者の証拠だって……」

「いいえ、あなたは世の中に対して特別なものの見方ができる人です。その見方はぜひ大切にしてください。ところで、ニューヨークはお好きかな?」

「大好きです。ときどきホームシックになることもありますけど、ここでは生きていることをより強く実感できる気がするんです。常にいろんなことが起こっていて、毎日がとても充実しています。故郷での生活ではとうてい考えられないほどたくさんのことを日々体験している感じです」

「怖いとかうるさいとか思いませんか?」

「たしかにうるさいとは思いますけど、特に怖くはありません」

彼はどこかオーウェンのそれを思わせる恥ずかしげな笑みを見せて、小さな声で言った。

「わたしはときどき怖いと思うのですよ。オーウェンが用意してくれた魔術をもってしても、慣れるのはなかなか大変ですな」

「一度だれかに街を案内してもらってはいかがですか?　こちらに来たばかりのとき、友人たちがそうしてくれました」

彼はうなずいた。「それは実に賢明な提案ですな、ケイティ・チャンドラー」

ボスへのごますりと思われるのはいやだったが、わたしは大きくひと呼吸してから思いきって言ってみた。「もしよかったら、わたしがこのへんを少しご案内しましょうか。お時間があるときにでも、ランチのついでに周囲を散策してみては？」

彼は心からうれしそうな顔をした。「それはいい、ぜひそうしましょう。では、そろそろランチミーティングに行くとしましょうか。幹部たちがあなたを待っています」

どうやら、この会社がわたしを必要としているという話は引き抜きの際の単なる決まり文句ではなかったようだ。前の職場では同じ部署の同僚に紹介されただけだった。でもここでは、同僚以外の全員に紹介されている。おそらく、魔法がどういうもので、この会社がどういうビジネスをしているかということを、わたしにしっかりと理解させたいのだろう。ことの真偽を見極めるのがこの会社でのわたしの役割だとしたら、それは重要な前提となる。

彼は立ちあがり、わたしに手をさしのべた。その手を取ってわたしが椅子から立ちあがると、彼はわたしの手をそのまま自分の腕にくぐらせてオフィスの外へと向かった。螺旋エスカレーターで階下におり――エスカレーターについて賛辞を述べると彼はご満悦だった――、さらに階段を下って、いくつもの廊下を通り抜け、ようやく面接をしたあの大きな会議室にたどり着いた。ナビゲーションシステムがないと迷子になりそうだ。

テーブルのまわりに集まっていたのは、面接のときにいたのと同じメンバーだった。それぞれの席の前に空のスペースがある。ミスター・マーヴィンはわたしを自分の左側に座らせた。

彼の右側にはオーウェンがいる。目の前のスペースにふいに食事が現れた。一同が食べはじめるなか、ミスター・マーヴィンがわたしを紹介する。わたしはたびたび食べるのを中断して皆からの質問に答えることになった。面接よりもずっと疲れる作業だ。

ミーティングが終わると、ロッドがわたしを会議室の外へ促した。「まるで尋問みたいだったけど、気にすることはないよ。皆、きみのことをよく知っておきたいだけだから。じゃあ、いよいよ日常の業務についてオリエンテーションを始めようか。荷物をもってきて。きみの新しいオフィスに案内するよ」

わたしはハンドバッグとブリーフケースをもってロッドとともに階段をのぼり、廊下を通り抜けて、〈検証部〉と書かれたオフィスの前まで来た。

「地図なんてないわよね」とわたしは訊いた。明日の朝、ひとりでここにたどり着く自信はない。

「大丈夫だよ。ちゃんと案内してあげるから」ロッドがそう言うと、オフィスのドアが開いた。目の前にわたしの新しい仕事場が姿を現した。

その瞬間、わたしはこの日初めて、自分の選択に対する自信が揺らぐのを感じた。

7

これまで見てきたＭＳＩのすべてが魔法的このうえなかったのに対し、この部署はわたしがこれまで働いてきたどのオフィスにも負けず劣らずぱっとしなかった。それは、ただデスクを何列か並べただけの、プライバシーのための間仕切りすらない、だだっ広いオフィスだった。仕切りに囲まれた前のオフィスのデスクが宮殿のように思える。

デスクの上には電話が置いてあるだけで、コンピュータすらなかった。コンピュータののっていないデスクを最後に見たのはいつだっけ。部屋の正面奥にほかより大きなデスクがあって、そこにはコンピュータと電話と社内用インターホンらしき例の水晶玉が置いてあり、その向こう側に濃い口ひげをたくわえた頭のはげかかった男性が座っている。

「グレゴール、きみの新しい部下だ」ロッドが言った。グレゴールは水晶玉から顔をあげると、不機嫌そうにこちらを見た。

「ずいぶん遅かったな」彼はぼそっと言った。

「彼女は社長と会ってたんだ。わかるだろう、どういうことか」

グレゴールは立ちあがってこちらにやってくると、わたしと握手をした。彼はわたしとほぼ同じ背丈だったが、胴回りにスペアタイヤをひとつ抱えていた。あまりわたしを歓迎しているようには見えない。もともとこういう感じの人なのか、それとも、早くもわたしに反感をもったからなのかはわからない。「もうひとりスタッフが必要だったんだ」ぶっきらぼうに言う。「このところ目の回るような忙しさでね」

オフィスにいるほかのスタッフは、さほど忙しそうには見えなかった。右端のデスクに座っている『スタートレック』の宇宙会議に出てきそうな——そんなに詳しいわけじゃないけれど——中年男性は、ペーパーバックのスリラーを読んでいる。ドアにいちばん近いデスクでは、ホームコメディが描くロングアイランド出身の女の子の典型みたいな若い女性が、メタリックブルーのマニキュアを塗っている。そのほかのデスクはすべて空だった。おそらく皆、別の場所で検証中なのだろう。

「ここがあんたのデスクだ」グレゴールはマニキュア娘の後ろのデスクを指して言った。「検証の要請が入るまでここで待ってればいい。特に指名がないかぎり、スタッフは順番に出していく。最初の二、三日はだれかをつけるから、ある程度把握できたらあとはひとりで行ってくれ。待ってる間の時間つぶしに、本か何かもってきておくといい」彼はマニキュア娘の方を向いた。「アンジー、彼女にオフィスを案内してやってくれ」そう言うと自分のデスクに戻り、ため息ともうめきともつかない声をあげて椅子に座った。

「それじゃ、ぼくはこのへんで」ロッドが言った。「何か必要なものがあったら遠慮なく言って。電話でもいいし、時間があれば直接オフィスに来てくれてもいいよ」

「ありがとう」わたしは言った。「じゃあ、またあとで」ロッドは軽く片手をあげ、オフィスを出ていった。向き直ると、嫌悪感をあらわにしたアンジーと目が合った。

「げっ、なんなのあれ」鼻にかかったロングアイランドなまりで彼女は言った。かなり無礼な言い方ではあったが、女性たちが彼に夢中になるのをさんざん見てきたあとで、ロッドの外見に対する自分の見方が間違っていなかったことをようやく証明してもらえたのは、悪い気分ではなかった。

「ああ見えて、けっこういい人なのよ」ハンドバッグとブリーフケースをグレゴールに指示されたデスクの上に置きながら、わたしは言った。しばらくいっしょに時間を過ごしてきて、彼が相手にどれほど不快な印象を与え得るかということをいつのまにか忘れていた。彼は色男を気取っていないときの方が、かえってずっと素敵だった。

アンジーはマニキュアを塗り終え、ボトルの蓋を閉めた。「じゃ、行きましょ。案内するわ」顔の前で両手をぶらぶらさせながら彼女は言った。そして、五本の指をめいっぱい広げたまま両手を前に突き出して椅子から立ちあがると、部屋の奥に向かって歩きはじめる。「こっちがコーヒールーム。取っ手がオレンジ色のポットがカフェイン抜きね。自分がポットを空にしたら、次の人のために必ず新しいのをつくっておくこと。残りがカップ一杯分を切ったら空ってことだからね。スプーン一杯程度残して、自分は空にしてないなんて言い張るのはなしよ。いるのよね、そういうやつが」彼女は急に声をあげて、「ゲイリー！」と叫んだ。どうやら相変わらずスリラー小説に没頭している男性のことのようだ。「砂糖とクリームはキャビネットのなか。紅茶もそこ。お湯はコーヒーマシンのその蛇口から出るわ」

コーヒールームの奥に行くと、流し台が空のマグカップでいっぱいになっていた。「自分専用のカップをもってくるといいわ。自分のカップは自分で洗ってね。冷蔵庫はオフィスの共有物よ。ランチを入れておきたかったら名前をつけておくこと。炭酸飲料はすべて無料よ。加えてほしいものがあったらグレゴールに言うといいわ。ぶつぶつ言うけど、ちゃんとオーダーしてくれるから。希望すればランチも彼が用意してくれることになってるんだけど、なんとなく気持ち悪いから、みんな持参してる。たまにスタッフみんなでランチに出かけることもあるわ」

彼女は相変わらず空中で手をひらひらさせてマニキュアを乾かしながらわたしの横をすり抜けると、廊下の方へ出ていく。「こっちが備品室。ペンとか紙とか。まあ、あたしらにはたいして必要ないんだけどね」彼女はそのまま歩き続ける。「そしてここが化粧室。何か質問は?」「特にないと思うわ」自分のデスクに戻りながら、わたしはだんだん腹が立ってきた。想定外だ。人をさんざん重要な存在であるかのように扱っておきながら、最後にこんな安っぽい用務員室みたいな場所に置き去りにするなんて。この陰鬱なオフィスに一分たりとも座っている暇がないほど仕事が忙しくなることを祈るのみだ。それにしても、検証人がそれほどこの会社にとって重要なら、なぜもう少しましなオフィス環境を用意しないのだろう。

ほかにすることもないので、デスクの引き出しをひとつずつ開けて中身を確かめていく。マルチカラーの付箋をひと束見つけたとき、オフィスのドアが開いて、疲れきった様相の女性が入ってきた。ほとんど痩せぎすといっていいほどスリムで、縮れ毛が神経質そうな顔を囲んでいる。彼女が実際に中年なのか、それとも痩せていることと見た目にも明らかなストレスのせいで老けて見えるだけなのかはわからない。彼女はわたしの方を見もせずに部屋を突っきり、ゲイリーの向かいのデスクに座った。

アンジーが椅子の背にもたれかかってこちらに体を寄せる。「ロウィーナのことは気にしなくていいから。会社が彼女を見つけたときには、もう気が変になりかけてたのよ。仕事のせいじゃないわ。彼女はいつもテンパってるの」そう言うと、またもとの姿勢に戻ってマニキュアの二度塗りに取りかかった。

わたしだって自分が幻覚を見ているのではないと教えられる前は、かなり危ない状態だった。だからロウィーナの状況は理解できる。わたしは立ちあがって彼女のところへ行った。「こんにちは、ケイティです」

ロウィーナはわたしを見あげると、まるでわたしが消えるのを待っているかのようにまばたきをした。そして眉をしかめると、ようやく口を開いた。「ロウィーナよ」彼女の声には、一日の大半を空想のなかで生きているような、どこかぼんやりとしたところがあった。もともと夢見がちなタイプだとしたら、まわりで展開するさまざまな魔法がぜんぶ見えてしまうのは、さぞかし強烈な刺激だっただろう。気が変になっても不思議ではない。

グレゴールの電話が鳴った。彼は二度三度ため息をつきながらメモを取ると大声で言った。「アンジー！」

「ちょっと待って、ボス」マニキュアを塗る手を止めずに彼女は言った。「これ終わらせちゃうから」

グレゴールは立ちあがり、こちらに向かってきた。顔がみるみる赤くなっていく。「爪塗りがそれほど緊急を要する仕事だとは知らなかったな。こっちの緊急事態は後回しってわけか！」そう怒鳴る彼は、悪魔に変身する直前のミミを思わせた。アンジーは無視してマニキュアを塗り続けている。彼はますます赤くなっていったかと思うと、突然、緑色になった。

わたしはロウィーナのようにまばたきをした。グレゴールは依然として緑色で、目は赤かった。まるで超人ハルクだ。体の大きさこそそのままだったが、緑色はどんどん濃くなり、やがてうろこが現れ、頭の両脇から角が生えてきた。モンスターみたいな上司の話はよく耳にするし、実際そのひとりのもとでわたしは働いたわけだが、これはさすがにいきすぎじゃない？

アンジーは小指の爪を塗り終えると、マニキュアの蓋をキュッと締めて立ちあがった。「オーケー、グレゴール。仕事は何？」

「営業のハートウィックがお呼びだ。その新人も連れていけ」

「行きましょう、ケイティ」わたしは立ちあがって彼女に続いた。「悪いけど、ドア開けてくれる？　まだ爪が乾いてないのよ」

一刻も早くここから出たかったので、急いで彼女を追いこし、ドアを開けた。後ろでドアが閉まると、アンジーが言った。「グレゴールのことは平気よ。吠えるだけで嚙みつきゃしないから。かっとなると怒鳴ったり緑色になったりするけど、モンスターになっても皆に危害を与えないよう自分でオフィスそのものに魔法をかけてあるの」

「彼、いったい何者なの？」グレゴールみたいな人はこれまで目撃したことがない。この街の住人の怒りっぽさを考えれば、少なくともひとりやふたり、緑色になる人に遭遇していてもよさそうなのに。

「ああ、彼は人間よ。前は研究開発部にいたんだけど、ちょっとしたアクシデントがあってね。噂によると、勤務時間終了後に自分を強く見せる魔法を開発しようとしてたら、どういうわけかああなっちゃったって話よ。それで、何も悪さのできないこの部署に移されて、あのキュートなオーウェン坊やが彼の後釜に抜擢されたってわけ」アンジーはわたしを横目で見て言った。「オーウェンにはもう紹介された？」

低俗だとはわかっていたが、わたしは得意にならずにいられなかった。「ええ。実は彼のことは前から知ってたの。最初にわたしを見つけたのが彼だったらしくて、テストにも関わったみたい。ロッドから初めて仕事の話をされたときもいっしょだったわ」わたしはできるだけさりげなく、さもたいしたことではないように話した。

「マジ？　あなたラッキーだわ。あたしなんて、研究開発部に呼ばれただけで舞いあがっちゃう。まあ、そう機会があるわけじゃないんだけど。あと、幹部会議もね。彼ってかっこいいと思わない？　ちっともしゃべらないのが難点だけどさ。でも、赤くなるとすっごくかわいいの」

「そうね、たしかに」一応同意したけれど、気の毒なロッドをよってたかって非難したくないのと同様に、ここでミーハー会議を始めたくはなかったので、わたしは話題を変えた。「幹部会議にはよく呼ばれるの？」

「あたしはほとんど呼ばれない。キムっていうお高くとまったヤな女がいて、幹部関係に呼ばれるのはたいてい彼女よ。あたしはイメージ的に幹部向きじゃないみたいね。わかんないけど……」それについては特に異論がなかったので、黙っていた。「とにかく、グレゴールのことは心配しなくていいわ。緑色になったって実害はないし、第一、彼にはあたしらを解雇することはできないんだから。解雇できるのは大ボスだけよ。しかも、会社はあたしらみたいな人間をものすごく必要としてる。よほどの悪事を働かないかぎりクビにはならないわ。オフィスの備品を二、三ハンドバッグに入れて帰ったぐらいじゃ、おとがめなしよ」

わたしたちは営業部の前までやってきた。道順を覚えようとしたのだが、アンジーのおしゃべりに気が散って途中であきらめてしまった。今日の帰りは、だれかに建物の外まで案内してもらわなければならないだろう。アンジーが入口に向かって手をひらひらさせたので、わたしはドアを開けた。今朝ロッドといっしょに社内を回ったときにドアがすべて自動的に開いたのは、やはり魔法のおかげだったようだ。魔法を使えない人たちはいちいち体を使わなくてはならない。

オフィスエリアに入ると、アンジーは真っすぐにデスクの上に座っている地の精(ノーム)のところに向かった。「ヘイ、ハートウィック、何か検証の必要なものが出た？」と彼女は言った。

「いいや、ただあんたのかわいい顔が見たくなっただけだよ」しゃがれ声でノームが答える。

「新しい契約書ね」そう言って、アンジーはデスクの後ろの椅子に腰をおろした。「ちょっと見せて」

彼は書類を一枚彼女に渡した。「手早く頼むな。客を待たせてあるんだ」レセプションエリアを見ると、派手なボウリングシャツを着た背の高い細身の男がソファに座ってコカコーラを飲んでいる。

アンジーは契約書を見ながら眉をひそめた。「えーと、まず、条項が七つあるわね。それって正しい？」

ハートウィックは舌打ちする。「本来は六つのはずだよ」

わたしはアンジーの肩ごしに契約書をのぞき込んだ。彼女が数え間違えていたとしてもそう驚きはしなかっただろうが、たしかにそこには七つ条項があった。意味不明な法律用語を飛ばして、見出しだけをざっと見ていく。「どうやら第六条に問題ありね」無意識に思ったことを口に出していた。「三十日以内に売れなかった場合こちらが現金で買い戻すって書いてある」

「なんだって⁉」ハートウィックは契約書を奪い取った。彼はしばし書面に見入ったあと、引き出しを階段がわりにしてデスクからおり、腕を振り回しながら顧客のところへ駆けていった。

「内容の解釈までする必要はないのよ。ただ書いてあることを読めばいいんだから」爪の状態をチェックしながら、アンジーが退屈そうに言った。「あたしらが読みあげるのを聞いて、彼らが善し悪しを判断するのよ」

「でも、あの項目が変なのは明らかだったわ。以前、店の経営に関わってたから、売買契約書にはけっこう慣れてるの。あの条項だけ、どう見てもほかと違ってた。それに、三十日は委託販売の日数としてはあまりに短すぎる」

アンジーはわたしを見あげた。その顔で、彼女がすでにわたしにいい子ぶりっこのレッテルを貼ったことがわかった。必要以上のことをやってほかのみんなにとばっちりをくわせる迷惑なやつ、オーウェンにスカウトされたことを鼻にかけてる〝お高くとまったヤな女〟、そう呼ばれる日も遠くはないだろう。

そういう立場になりたいわけではなかったが、いい仕事をすることもわたしにとっては大事なことだ。職場は友達づくりの場所ではないと自分に言い聞かせる。それに、わたしにはもう友達がいる――とてもいい友達が。だいたい、オフィスでマニキュアを塗る時間があるぐらいだから、アンジーが検証部の精鋭部隊のひとりである可能性は低い。きっとほかのスタッフはこんなふうではないのだろう。

ハートウィックとともに契約書の再確認を行って、彼が顧客に怒鳴り終えるのを待ってから、わたしたちは検証部へ戻った。オフィスの人数はさっきよりも増えていた。ビジネススーツに身を包んだ取り澄ました感じの女性が目に入った。三十代半ばぐらいだろうか。あれがキムに違いない。案の定、わたしたちがオフィスに入っていくと、彼女は立ちあがり、こちらに近づいてきた。「こんにちは、あなたがケイティね。キムよ。自己紹介が遅れてごめんなさい。幹部会議に呼ばれていたものだから」

隣でアンジーが鼻を鳴らすのが聞こえた。彼女に同意するのはしゃくだったが、たしかにキムがお高くとまっているという印象は否めない――〝ヤな女〟の部分については、もう少し様子を見なければならないだろうけれど。わたしはむりやり笑顔をつくった。「はじめまして、キム。この会社は長いの？」

「二年よ。この部署ではわたしがいちばん長いわ。質問があったら、なんでもわたしに聞いてね」アンジーに軽蔑を込めた一瞥を投げながらキムは言った。アンジーがまた鼻を鳴らす。

「ありがとう」わたしは自分のデスクに戻りながら言った。アンジーはデスクの引き出しから透明なトップコートのボトルを取り出して、マニキュアの仕上げにかかった。

さて、どうしよう。お呼びがかかるまでひたすら待たなくてはならないと知っていれば、本でももってきたのに。そういえば、オーウェンのラボにはたくさん本があった。わたしはデスクのいちばん上の引き出しにあったスタッフ名簿でオーウェンのオフィスの番号を調べ、受話器を手に取った。同僚たちの目が気にならないでもなかったが、だれもこちらに注意を向けていないようなので、思いきってダイヤルを回す。

電話にはオーウェン本人が出て、こちらが名乗る前に「ケイティ！」と言った。一瞬、彼にも予知能力があるのかと思ったが、すぐに、電話にはかけてきた人のＩＤが表示されることに気づいた。

「もしもし」わたしはあえて彼の名前を口にしなかった。「そちらに魔法の入門書として何かいい本はないかしら。どうやらしばらく時間をつぶさなくちゃならないみたいなんだけど、何ももってきてないの。で、せっかくだから、魔法について少し勉強しようかと思って」

「それはいいアイデアだ。何か見つくろってそちらに送るよ」

「ありがとう」そう言って電話を切ったとたん、同僚たちの視線がいっせいにこちらを向いていることに気がついた。この部署では自ら行動を起こすことがそんなに罪なわけ？　キムは危険人物を見るかのように眉をしかめている。アンジーはあきれたというように目玉を回すと、ふたたび爪に息を吹きかけはじめた。ゲイリーは顔をあげ、首を横に振ってから、読書を再開した。ロウィーナはしばしわたしを見つめていたかと思うと、ふたたび椅子をくるくる回転させはじめた。

ここはたしかに理想的な職場とはいえないが、少なくともミミはいない。退屈は理不尽よりましだ。そう自分に言い聞かせていると、突然目の前が光って、軽い破裂音とともにデスクの上に本の束が現れた。まあ、便利だこと。ほかにどんなものがテレポートできるのだろう。

本はいずれも古いもので、豪華な革表紙に金の浮き彫りが施されている。いちばん上の『魔法の歴史』という本を開いてみると、内表紙にメモがはさんであった。「質問があったら連絡してください」と書いてあり、O・Pというサインがある。目立たない場所にメモを貼ってくれたのはありがたかった。でもこれは、彼が自分に対する周囲の注目を自覚していることの表れだともいえる。あの性格だから、それはさぞかし苦痛だろう。

歴史は大好きなテーマなので、読みはじめるとすぐに夢中になった。内容は先史時代にまでさかのぼり、古代の教義に触れ、宗教魔術と遺伝的に受け継がれる魔力との違いについて語っていた。なかには素晴らしい小説になりそうな話もあって、この会社の人たちにとってはこれが本物の歴史であるということがなかなか実感できなかった。

ちょうどアーサー王時代の魔法の役割について書かれた章にさしかかったとき、新たな呼び出しが入った。今回は直接キムのデスクに入ったようで、彼女は大げさなくらいきびきびとした態度で応答しながら、ノートまるまる一ページ分のメモを取ると、電話を切ってわたしの方を向いた。「重要なミーティングに呼ばれたわ。ケイティ、あなたもいっしょに来て」

本はいよいよ面白くなりつつあったが、わたしは急いでキムのあとに続いた。ふと見ると、彼女はノートとペンをもっている。手ぶらで来てしまったが大丈夫だろうか。歩きながら、キムは検証部について彼女なりの見解を披露した。「アンジーをお手本にすることはお勧めしないわ」口をへの字にして言う。「わたしたちみたいな人種がとても希少で会社が簡単に解雇できないからって、怠けていいという理由にはならないでしょう？　この部署からだって出世は可能だわ。幹部たちは皆、個人秘書を欲しがっているの。賢く行動して、しかるべき人たちにアピールすれば、この溜まり場から抜け出せるわ」

「たしか、ここにはもう二年いるのよね」そう訊いてから、わたしはしまったと思った。懸命なアピールにもかかわらず、キムは依然としてこの溜まり場にいる。「この仕事については相当詳しいんでしょう？」失言をカバーしようと、急いでつけ足した。

「わたしは常にアンテナを張ってるの。目も耳もよーく開いてね。あなたもそのようにすれば、わたしがここを出るころにはきっといまのわたしの立場になれるわ」

「この部署を出る予定なの？」

「新しい社長が来たでしょう。彼には個人秘書が必要で、幹部の秘書には免疫者（イミューン）が最適なの。

社長秘書の座に検証部からほかにだれが選ばれると思う?」

たしかにそのとおりだ。夢うつつのロウィーナや、怠け者のアンジー、読書三昧のゲイリー――本を読んでいないときの彼がどんなふうかは知らないけれど――が、マーヴィンを補佐している姿は想像できない。とはいえ、彼とキムのツーショットも、いまひとつピンとこなかった。

わたしたちは、わたしにとって早くもなじみの場所となりつつある例の会議室にやってきた。キムはテーブルにはつかず、奥の壁際に設置された椅子に座った。わたしも彼女の隣に座る。彼女はペンとノートを準備してわたしに言った。「ミーティングの要点を書き出していくの。だれがどこに座っていて、どんな姿をしていて、どんな行動を取ったか、そして何について合意したか。会議が終わる前に責任者にメモを渡して、食い違いや矛盾がないかをチェックするのよ。相手がたも検証人を連れてきているわ。どちらかのサイドに問題点があれば、徹底的に議論して決着をつけるの」

ずいぶんややこしい話だ。警戒の仕方が尋常ではない。ビジネスの取引でめくらましが使われる率はどのくらいあるのだろう。初日早々、契約書がごまかされかけた現場に遭遇したことを考えれば、かなりの頻度で使われているに違いない。

MSI側のメンバーはすでに席についていた。まもなくドアが開いて、黒っぽいビジネススーツのグループが入ってきた。「うちの法人顧客よ」キムがささやく。「彼らからある魔術の特注を受けてるの」

ＭＳＩ側にはランチミーティングで見た顔もいくつかあった。そのうちのひとりがわたしにほほえんでくれて、少しだけ居心地の悪さが解消する。キムにあいさつする人はだれもいなかった。

会議が始まった。これまで体験してきた通常のビジネス会議と特に大きな違いはないように見える。ときおり議論が白熱するのもおなじみの光景だ。ただし、ここでは文字どおり、部屋の空気が熱くなった。この人たちは、気分に合わせて室温を調節したり食べ物や飲み物を出現させたりすることで自らを主張しないと気がすまないようだ。あちこちで手がにぎやかに宙を舞う。キムのペンはひっきりなしに動き続けた。

何かを企んでいそうな人は、あえて確認作業をするまでもなく、見ていればだいたいわかった。彼らの身ぶり手ぶりが十分なヒントとなる。それは、人が嘘をつこうとしているとき、なんとなくわかるのと似ていた。落ち着かない視線。つくり笑い。妙にそわそわした体の動き。両サイドとも駆け引きをしているように見える。顧客の方がより大胆だったが、本気で不正を働こうとしているというよりは、瀬踏みをしている感じだ。一方、ＭＳＩ側は、相手の出方に合わせて駆け引きに応じているように見える。まるでテレビの議会中継を見ているみたいだ。ただし、こちらの方がだんぜん面白い。

ようやく饒舌な話し合いが終わり、双方がそれぞれの検証人を呼んだ。キムがＭＳＩ側のリーダーにノートを手渡す。わたしは彼の反応を注意深く見守った。「赤いネクタイの人、何か企んでるみたいだったわ……」思わず口に出たひとりごとに、ランチミーティングで〝会計のライカー〟と紹介された幹部が鋭い表情で顔をあげた。

「どうやらそのようだな」と彼は言った。「でも、きみにはめくらましが見えないのに、彼が何かを隠蔽しようとしていたことがどうしてわかったんだい?」

わたしは肩をすくめて言った。「なんとなく挙動不審だったからです。それに、おそらくうちが同意しないであろうことを口にしていました」

ライカーはうなずくと、キムのノートと自分のメモをさらに照合させていく。その後、双方がふたたび集まって詳細を詰め直し、再度検証を行ってから、ようやく契約を締結した。会議室を出るころには、もう終業時間が迫っていた。たとえほんの数分でも、検証部に戻るのが、とてつもなく億劫に感じられた。オフィスの外にいるかぎり、この仕事もそれほど悪いものには思えないのだが、どうもあの部屋には生気を吸い取ってしまう何かがある。

おまけに、キムのご機嫌を完全に損ねてしまった。彼女は、わたしが会議で意図的に彼女のお株を奪ったと思っているようだ。ああ、なんてこと。これでわたしは、やる気のある人からは自分の昇進を横取りする脅威の存在として見られ、やる気のない人からはせっかくの楽な職場によけいな仕事をもち込んでくる危険人物として見られることになったわけだ。始まったばかりだというのに、早くもオフィス一の嫌われ者だ。少し黙っていることを覚えなくては。シンプルでごく常識的な意見がどれほど歓迎されないものかを、前の職場でさんざん学んだはずなのに――。それにしても、どうして人はものごとを必要以上に難しく複雑にしたがるのだろう。その方がより上等な人間になったような気がするからだろうか。

「あまり効率的なやり方だとは思えないわ」歩きながらわたしはキムに言った。彼女に彼女自身が上司に提案できそうなアイデアを提供すれば、わたしが敵ではないことをわかってくれるかもしれない。それとも、そんな考えは甘いだろうか。故郷の町では、相手が何を求めているかを理解してそれを実現する方法を見つけてあげることができれば、その人はたいていこちらに心を開いてくれた。でもこれまでのところ、この方法がニューヨークのビジネス界で功を奏したことはあまりない。

「どういう意味？」彼女の鋭い口調で、懸念が正しかったことがわかった。

「つまり、ミーティングの最後でインチキの有無を確認してたら、ほとんどはじめから会議をやり直すことになってしまうじゃない。だって、もしインチキがあった場合、それが話し合いの内容にどの程度影響を与えているのかわからないわけだから」

「何年もこのやり方でやってきてるのよ。もっといいアイデアがあったらとっくに実践しているはずだわ」検証部のドアを開けながら、キムは語気を強めて言った。了解——改善策の提案で幹部にアピールする案は気に入ってもらえなかったみたいね。

本の続きが読みたかったが、魔法を扱う書物を魔法とは無縁なわが家へもち帰るのはあまり賢明なことだと思えなかったので、そのままデスクの引き出しにしまい、帰る支度を始めた。ほかのスタッフは、もちろんキムを除いて、五時の時報が鳴ったとたんにオフィスから消えていた。キムは相変わらず忙しそうにしているが、何をやっているのかは見当もつかなかった。わたしは一刻も早く家に帰りたかったし、ひとりで出口までたどり着ける自信もなかったので、急いで皆のあとに続いた。

途中でロッドに会ったので、とりあえず迷子になる心配はなくなった。今度こそ道順を覚えようと、角を曲がるたびに意識を集中させる。

「初日の感想は？」

一瞬躊躇したが、社交辞令はだれの利益にもならないと思うことにした。「はっきりいって、あの部署は問題ありだわ」

ロッドはきょとんとして言った。「グレゴールは何も言わないけど」

「彼が言うと思う？」

「まあたしかに、言わないだろうな」わたしたちは正面玄関まで来た。「明日の朝、ぼくのオフィスに来て。あらためて話をしよう」

この人たちはものすごい能力をもっているかもしれないが、ビジネスをよく理解しているとはいえないようだ。無理もないかもしれない。彼らは企業コンサルタントを呼んで業務の効率化を依頼できるような立場にないのだ。魔法とMBAはいかにも相性が悪い。新しいクライアントのビジネスが魔法だと知って次々にメンタルクリニックに駆け込むコンサルタントたちの姿が目に浮かぶ。何より、手首を軽くひねるだけで自分の意思を実現できるなら、効率性を求める必要などない。この人たちは楽なやり方に慣れすぎてしまっている。ときには、常に面倒な道をいかなければならない側の意見も聞くべきだろう。

もしかしたら、検証作業以上に、そちらの分野で貢献できるかもしれない。自分たちには見えなくても、私があると言えば信じてくれるぐらいだから、彼らに見えていないほかのものについても、指摘をすれば耳を傾けてくれるんじゃないだろうか。そう思うと、いくらか気も晴れた。

空は雨模様になってきた。でもわたしには、このぴかぴかのメトロカードがある。わたしは地下鉄に向かって歩きはじめた。そのときふと、プロフェット＆ロスト（予言＆失せ物捜査）部で言われたことを思い出した。あれは地下鉄に問題があるということなのだろうか、それとも何かバスに乗るべき特別な理由があるのだろうか。

ちょうどそのとき、Ｍ１０３が目の前に停車した。わたしはそのままバスに乗り込んだ。

8

バスは発車しかけてから急に止まり、ドアが開いた。オーウェンが息を切らしながら乗り込んできて、運転手に礼を言った。もっとも、車を止めたのが運転手の意志かどうかは疑わしかったけれど。オーウェンはわたしを見てほほえみ――あいさつのための笑顔というより安堵の表情といった感じだ――、隣に座った。

背筋がぞくぞくしはじめた。彼がすぐそばにいるからではない。もちろん、風で髪がくしゃくしゃになったオーウェンはことのほかキュートだったが、そのせいではなかった。オーウェンの底知れない能力と彼がふだんは地下鉄を使っているという事実を先の警告に重ね合わせて考えると、何かとんでもない惨事がこのマンハッタンの通りの下で起ころうとしているように思えてきたのだ。

「初日はどうだった?」頬をほんのりピンクに染めながらオーウェンが言った。

「なかなか妙だったわ」とわたしは言った。市営バスのなかではあまり具体的な話はしない方がいいだろう。もっとも、この街のバスのなかなら、日々相当に妙な会話が交わされていると思うけれど。

「だろうね」オーウェンはうなずいた。

「変な話だけど、検証部はわたしがあの会社で会った人たちのなかでいちばん妙なグループだわ」

彼はふたたびうなずく。「そのことはずっと前から問題なんだ。残念ながら、どうもあの特質をもった人たちはそういう傾向にあるようで……」彼も周囲を気にして言葉を選んでいるようだ。「だからこそきみは特別なんだよ。きみはほかの人たちとは違う」顔のピンクが濃くなって、突然、やけに熱心に自分の腕時計を見つめはじめる。

わたしは彼が落ち着くのを待って言った。「ところで、本をありがとう。とても役に立ちそうよ」

「ほかに必要なものがあったら、なんでも遠慮せずに言って」新しい同僚への軽い社交辞令という感じではなかった。彼の口調は誠実で、深いブルーの瞳は、なんの話をしていたのか忘れそうになるまで、わたしの目をとらえて離さなかった。助けを求めれば本当にいつでも駆けつけてくれる、そんな気持ちにさせられた。スーパーパワーをもつ友人がいるというのは、なかなかいいものだ。ただ彼の場合、スーパーマンというよりはクラーク・ケントといった感じだけれど。

わたしはしばし、それがどんなに便利なことか考えた。夜道をひとりで歩くことも、地下鉄の車両内でただひとりの正気な乗客となることも、もはや怖くはない。公園で飼い主の手を離れた大型犬に怯えることもない――まあこれは、犬を手なずける魔法が有効だとしての話だけれど。きっと彼なら、アパートから閉め出されたときも力になってくれるだろう。両親に話せないのが残念だ。でも彼らが、娘の身がより安全になったことを知って安心するか、それとも、そんな能力をもつ人と関わっていることにかえって不安を覚えるかは、微妙なところだ。

ふと落ち着かない気分になった。たしかロッドは、オーウェンはそのパワーが脅威にならないようあえて内気に育てられたと言っていた。つまりオーウェンは、ほかの魔法使いよりも力があるということだろうか。たしかに彼は、周囲から一目置かれているように見える。

考えていたらなんだか空恐ろしくなってきたので、たわいのない世間話をすることにした。これ以上沈黙していたら、オーウェンも顔から火を吹き出しかねなかったし――。だいたい彼だって、協力の申し出にそこまで深い意味を込めたわけではないだろう。彼の言葉が誠実に聞こえたのは、彼が軽々しい人ではないからにすぎない。わたしたちは同じバス停で降り、あいさつを交わして互いに反対方向に進んだ。アパートの階段をのぼって部屋に入り、リビングルームのテレビをつけて夕方のニュースにチャンネルを合わせてから、着がえるためにベッドルームへ向かう。

ストッキングを片脚脱いだところで、わたしは片足跳びで慌ててリビングルームへ戻った。アナウンサーの言葉にしばし釘づけになる。「キャナル・ストリート駅の線路上に遺体が横たわっているため、N線とR線の両線が現在運行を見合わせています。なお、駅と駅の間で停車している電車がある模様です。遺体が事故によるものか、自殺もしくは他殺によるものかなど、詳しいことはわかっていません」

ストッキングの片脚をだらしなく床に垂らしたまま、わたしはへなへなとソファに座り込んだ。うそ、でしょ……？　本物だった。警告は本当に本物だった。その時点まで、わたしは一種のゲームのような感覚しかもっていなかった。魔法を心底信じてはいなかった。しかし、いまこの瞬間、すべてが生々しい現実となった。

もしあの警告がなかったら、いまごろ地下でいつ出られるかもわからず立ち往生していたはずだ。プロフェット&ロストの女性はこのことを知っていたのだ。オーウェンも知っていたに違いない。でも、それならどうして何も言ってくれなかったのだろう。それとも、わたしがすでに知っていることを知っていたのだろうか。

故郷のテキサスには、新聞やテレビで天気予報を見なくても天気を言いあてられる人が身近に何人もいた。彼らはただ空を見あげ、空気の匂いを嗅ぎ、風向きを確かめるだけで、かなりの精度で、その日の午後雨が降るとか、どのくらい暑くなるかといったことを予測してしまう。でもこれは、それとはまったく別のものだ。何かが起こる前にそれがわかるというのは、いったいどんな感じなのだろう。そもそも、どの程度わかるのだろう。漠然とした予感なのだろうか、それとも全体像がはっきりと見えるのだろうか。それが単なる希望的観測とか懸念などではなく本物の予見であることをどのようにして知るのだろう。わたしの頭のなかはいつも未来のイメージでいっぱいだが、どれひとつとして実現したためしがない。まあ、ほとんどの場合、その方がよかったのだけれど——。わたしは、自分には想像もつかないほどすごい力を操る人たちとともに働くことになったのだ。これは本や映画に出てくる魔法とはわけが違う。人の人生を変えることさえできる、とんでもない能力なのだ。

ジェンマが帰ってきたとき、わたしはまだストッキングを手にもったままソファに座っていた。「どうだった、新しい仕事は?」

今日一日がどうだったかを気がふれたと思われないように説明するのは不可能だったので、わたしはただ、「なかなか面白かったわ」と言った。人生最大級の控えめな表現だ。

「楽しくやっていけそう?」

「まだ断言はできないけど、うん、たぶん大丈夫」

「相当ハードな一日だったみたいね」そう言われて、自分がまだ二番目にいいスーツを着たままストッキングを手にもっていることに気がついた。

「まあ、ちょっとね」着がえを済ませるために重い腰をあげながら、わたしは言った。ふたりとも着がえを終え、ピザをオーダーしたとき、マルシアがげんなりした顔で帰ってきた。

「まるで悪夢だったわ」部屋に入るなり、ブリーフケースを床に落として彼女は言った。「気が遠くなるくらいの間地下鉄に閉じこめられたのよ。すし詰め状態の車両であんなに長い時間待たされるなんて、もう死ぬかと思ったわよ。だれもが理想的な衛生観念をもってるわけじゃないんだから」

「ニュースで見たわ」わたしは彼女のグラスにワインをつぐために立ちあがった。それが罪悪感を和らげるためにできる唯一のことだった。事前に教えてあげていれば、彼女は地下に閉じこめられずにすんだはず。でもどうやって? 会社に電話して今日の帰りは地下鉄に乗らないよう警告したとしても、彼女はただ笑い飛ばしていたに違いない。理由を訊かれてもわたしには答えられないし、たとえ答えたところで信じてはもらえなかっただろう。

これはもう、仕事の特典のひとつとして、ただ受け入れるしかないのかもしれない。彼女が自分の勤める証券会社のインサイダー情報を明かせないのと同じように、わたしは自分が勤める魔法会社の未来に関する情報を公開できないということだ。


前日の惨事は、翌朝の地下鉄のホームの様相を一変させていた。ふだんはまるで他人など存在しないかのように振る舞っている利用客たちが、それぞれの体験談を競うように披露し合っている。先週までは、だれも気づかないものにひとり反応してしまうことで自分だけがよそ者（アウトサイダー）のように感じていたのだが、今朝は別の意味でアウトサイダーのような気分だった。いや、だれも知らないことを知っていたという意味では、究極の部内者（インサイダー）といえるのかもしれない。うん、きっとそうだ。生まれて初めて、わたしは内情に通じる側に立ったのだ。地下トンネルのなかに一時間閉じこめられたという話が聞こえて、わたしは笑みが浮かんでくるのを必死に抑えた。それはちょうど、ニーマン・マーカス（高級百貨店）の超お買い得なアウトレットを手に入れたとき、正規の値段で同じものを買った人に対して密かに抱く自己満足の優越感にも似ていた。マルシアに対しては後ろめたさを感じるけれど、この人たちにはなんの借りもない。

インサイダー情報へのアクセスを得たことを思えば、陰鬱な検証部のオフィスへ向かう足取りもいくらか軽くなった。わたし自身のオフィスはみじめな場所かもしれないが、この会社で働くことには明らかに大きなメリットがある。

オフィスに到着すると、すでにキムがいた。彼女はわたしをじろっとにらむと、すぐにやりかけの作業に戻った。わたしたちの仕事にはオフィスにいる間にしなければならない作業はないはずだから、彼女が何をそんなに忙しそうにしているのか不思議でならない。会社についての暴露本を書くことはなんらかの形で禁じられているはずだ。まあ、書いたところでだれも信じてはくれないだろうけれど。でも、小説として出せばベストセラーにならないともかぎらない。

コーヒールームに行って冷蔵庫にランチを入れ、家からもってきたカップにコーヒーを注ぎ、砂糖とミルクを入れてデスクに戻ると、引き出しからオーウェンに借りた本を取り出す。ちょうどアーサー王時代の魔法について読みはじめたとき、グレゴールが入ってきた。彼はわたしたちに向かってため息ともうめきともつかない声を出し、自分のデスクに向かった。数分のうちに、アンジー、ゲイリー、ロウィーナがぞろぞろと到着し、彼らとともに昨日は見なかったふたりのスタッフも現れた。彼らはオフィスに新しい顔がいることに気づかない様子で、わたしの方も自分から自己紹介に向かうほど積極的な気分にはなれなかった。昨日の時点で、すでにわたしは太鼓持ちのレッテルを貼られている。評判に拍車をかけるような行動を取るのは気が引けた。

残念ながら、わたしの評判は何もしないうちに第三者によって拍車をかけられた。「ケイティ、昨日の会議ではお手柄だったらしいな」グレゴールが自分のデスクからそう言った。

皆がいっせいにわたしを見る。喜んでいる顔はひとつもない。キムが魔法を使えなくて本当によかった。人に危害を加えることが禁じられているとしても、安心はできない。「ありがとうございます」わたしはそう言って、すぐさま本で顔を隠した。ロッドとの話し合いは延期した方がよさそうだ。これ以上大変革を企んでいる人間だと思われたら困る――ここがどれほど大変革を必要とする部署であったとしても。

幸い、まもなく呼び出しが入りはじめてスタッフは次々と社内の各所へ出かけていき、わたしをにらみつける人の数も減っていった。グレゴールはわたしをだれにも同行させなかった。彼らと一対一になりたい気分ではなかったので、正直ほっとしていた。ようやくわたしの名が呼ばれた。「今日はひとりで行っていいぞ。昨日の様子じゃもう大丈夫だろう」グレゴールは苦々しげに言った。爪をショッキングピンクに塗り直していたアンジーが顔をあげ、嫌みたっぷりに首を振る。「営業部に行ってくれ」

読みかけのページに紙をはさみ、急いでオフィスを出た。ひとりで営業部にたどり着けるか不安だったが、記憶は思ったより正確だったようで、一度も道を間違えることなく到着できた。なかに入るとわたしは言った。「すみません、どなたか検証部を呼びました?」

ビジネススーツがなんとも不釣り合いな背の高いエルフが、自分のオフィスのドアから顔を出す。「すぐ行くから」うれしいことに、彼はトールキン版のエルフだった。エルフに関しては、背の高い優雅な生き物としてのイメージの方が、クリスマスの特番アニメやチーズクラッカーのコマーシャルに出てくる小さくてかわいいエルフより、わたしはずっと好きだ。

言葉どおり彼はすぐにやってきて、わたしに右手をさし出した。「社外外交員のセルウィン・モーニングブルームです」そう言って握手をし、名刺をくれる。

「検証部のケイティ・チャンドラーです」そう言ったものの、わたしにはさし出せる名刺がなかった。高級車のセールスマンみたいに振る舞うエルフというのも妙な感じだ。レゴラス（『指輪物語』に出てくるエルフの王子）に車を売らせちゃいけない。

「オーケー、じゃあ、行こうか」彼はわたしを出口の方に促す。わたしたちが近づくと、ドアは自動的に開いた。「小売店のひとつをチェックしにいくんだ。店の状態をよく見てほしい。彼らが違法な商品を隠していると困るからね」

「何を探せばいいの？」

「きみはただ見えるものを教えてくれればいい。それがそこにあっていいものかどうかは、ぼくが判断する」ロビーまで来ると、セルウィンは警備員兼執事を呼んだ。「ヒューズ、車を頼む」

「承知しました」ヒューズはそう言って水晶玉で何やら操作をする。正面玄関を出ると、目の前に空飛ぶ絨毯が待機していた。

かぼちゃの馬車など想像していたようじゃ、まだまだ甘いということか――。「今日みたいな天気にはオープンカーがいいと思ってね。それに、これだとほかの方法よりはやく移動できるし」とセルウィンは言った。「さあ、乗って」

絨毯は地面から数フィート上に浮かんでいるので、スカート姿で乗り込むのは容易ではなかった。高校のとき、デート相手の小型トラックにデート用のお洒落着でよじのぼらなければならなかったときのことが思い出された。当時そうしたように、わたしはまず絨毯に背を向けて立ち、お尻をもちあげて絨毯の端に腰かけてから両脚を回転させた。次に、どう座るべきかが問題となった。空飛ぶ絨毯にはバケットシートなどついていない。ひざ丈のタイトスカートなので、あぐらをかくわけにもいかない。結局、両脚をそろえた横座りのような姿勢に落ち着いた。

セルウィンは彼の種族にふさわしい優雅さで、軽々と絨毯に飛び乗った。もっとも、わたしが勝手に抱いている彼のイメージのほとんどは、本や映画の受け売りだけれど。セルウィンは手で何やらジェスチャーをし、〝運転〟を開始した。絨毯は車の群れを下に見ながらアップタウン方向へ進んでいく。高所恐怖症じゃなくてよかった。絨毯にはシートベルトなどついていない。それにしても、この乗り物にはなんの安全対策も施されていないのだろうか。つかまるところさえない。運転はかなりの腕前だったが、セルウィンはまた、スポーツカーに乗ったらデート相手に悲鳴をあげさせるために片側二本のタイヤでコーナーを回りそうなタイプでもあった。

「どうしていままでこれに気づかなかったのかしら」ブロードウェイの上空を快調に進む絨毯の上でわたしは言った。

「空なんて、ふだんどのくらい見あげる？」たしかにそのとおりだ。それはテキサスから出てきたばかりのわたしに、マルシアとジェンマが行った安全指導のひとつだった。口を開けて摩天楼を見あげるのは観光客の証であり、わざわざスリを招き寄せるようなもの。圧倒的な高層ビルの群をひたすら眺めていたい気持ちをぐっとこらえて、わたしは常に前だけを見て歩くようにしてきた。

「それに、通っていい道が決められているしね。そうすることで、目撃される確率をできるだけ小さくしてるんだ」ひとつの質問をきっかけに、彼はその後、自分をだまそうとした数々の小売店についてえんえんとしゃべり続けた。その武勇伝を聞くかぎり、彼には検証人など必要ないように思えてくる。わたしたちはアッパーイーストサイドの豪奢なエリアまで来て止まった。絨毯から降りると、セルウィンはそれを丸めて小脇に抱え、一軒のギフトショップに向かった。


そこは、目的別のカードやギフト用の包装紙、〝プレゼント〟にする以外使い道のないものなどを売る類の店だった。ただ、よく見ると、〈特殊目的カード〉という札のついたラックに、必ずしもグリーティングカードには見えないものが陳列されていた。


それは透明フィルムで密着包装された小冊子で表にラベルが貼ってあり、〈家庭用魔術〉、〈移動手段〉、〈職場環境〉、〈隠蔽用めくらまし〉などのカテゴリーごとに並んでいた。なるほど、魔法はこうして市販されているのか。セルウィンはわたしにラベルの見出しをすべて読みあげさせ、最後にうなずいて言った。「よし、特に問題はなさそうだな。ほかに何か気づいたことはなかった？」

「たとえば？」

「なんでもいいよ。何かちょっとでも異質な感じのものがあったら言ってみて」セルウィンはこちらの目を見ずに言う。なんだろう。気になることでもあるのだろうか。

わたしは首を振った。「いいえ、すべて同じように見えるわ。つまり、どれも同じ会社の製品という感じ」

「そう、よかった」彼は一瞬ほっとした表情を見せたあと、すぐにまた人あたりのいいセールスマンふうの顔になって、ポケットからペンとメモ帳を取り出した。「じゃあ、各カテゴリーに入っている数を教えてくれる？」

ペンが彼の手を借りずに動いているのが目に入って、わたしは家庭用魔術の数を最初から数え直すはめになった。最後のカテゴリーを数え終えようとしていたとき、レジカウンターの向こうから女性がひとりこちらに向かってきた。「セルウィン！　今日はどうしたの？」

「マデリン、今日はまたいちだんと美しいね」彼はそう言って、彼女の手の甲にキスをする。

「必要なものがすべてそろっているか確認しにきただけだよ」

「そうねえ、すべてってわけではないけど」彼女は思わせぶりにウインクをする。「でも魔術に関しては、いまのところ在庫はそろってるわ。地下鉄の呼び出しはかなり売れてるわよ。近いうちに補充することになると思うわ」

彼らが話している間、わたしは何か場違いなものはないかと小さな店内を見て回ったが、陶製のネコの置物や天使をかたどった蠟燭立てなど、置いてあるものはどれも常識の範囲内だった。まもなくわたしたちは店の外に出た。セルウィンが何度か揺さぶると、絨毯は定位置に浮かんだ。わたしたちはふたたび空飛ぶ絨毯に乗り込み、帰路についた。

「そんなにしょっちゅう違法行為があるの？　それとも、魔法使いって生まれつき警戒心が強いのかしら」訊かずにいられなかった。

「対策が必要な程度にはあるね」

「つまり、不正な使用を禁じる法律があるにもかかわらず、どこまでやれるか試そうとする人たちが多いってわけね」

彼はピストルを構えるようにわたしに人さし指を突きつけた。「ビンゴ！　それこそがこの能力をもっていることの醍醐味だろ？」

たしかに一理ある。もし魔法を使えたら、わたしなら何をするだろう。食品のクーポン券の使用期限を延ばしたり、銀行のコンピュータを操作して家賃が引き落とされるのを遅らせたりするかも。気にくわないだれかをカエルに変えたり――ミミとか――、高慢ちきな美人にニキビ攻撃をくらわせてやるのもいい。まあ、これはおそらく他人に危害を加える使用法になるだろうけれど――。ふと自分の考えにたじろいだ。魔法でやってみたいこととして思いつく数少ないアイデアのなかに、すでに他人に危害を加える類のことが入っているなんて、わたしはたちの悪い人間なのだろうか。でも、ちょっとしたいたずらなら、たとえば、本物のニキビではなく数時間で消えるめくらましなら、たぶん許してもらえるわよね……。

それ以外には特に思いつくことはなかった。たとえ何かをうまくやりおおせても、良心の呵責に苛まれることになるのはわかっている。夜安らかに眠りたくて、偽のクーポン券でごまかした三十セントを支払いにスーパーへ引き返す自分が想像できるぐらいだ。残念ながら、普通の人たちのなかにも法の抜け道を探そうとする輩は大勢いる。魔法使いにかぎってそうではないという理由はない。あの警戒ぶりが何よりの証拠だ。他人を極度に警戒する人は、チャンスさえあれば自分が人に何をするかわかっているからこそ、人のことも信用しないのだ。

　オフィスに戻ったときにはお昼になっていた。冷蔵庫からランチを取り出し、パン屑をこぼさないよう気をつけながらオーウェンの本を読んだ。キャメロットの話はとりわけ面白かった。アーサー王物語はさまざまなバージョンのものを読んできたが、これはどれとも違っていた。寓話ではなく歴史として書かれていて、アーサー王とその騎士たちの偉業ではなく、王の後見人である魔術師マーリンの活動の方に焦点が当てられている。

　アーサー王が円卓の騎士団を組織していたころ、マーリンもまた技術の向上と統制を目的とした魔術師たちの集団を組織していた。脚注によると、これが今日の株式会社マ(M)ジック・ス(S)ペル&イ(I)リュージョンのはじまりだという。へえ、カッコイイじゃない。つまりわたしは、かのマーリンが創設した会社で働いているというわけだ。

　魔法の歴史を読むのを一時中断して、オーウェンが送ってくれた社史に目を通す。マーリンの時代のくだりには、組織の結成後、彼は引退という形で水晶の洞窟で深い眠りについたと書かれている。また、彼はアーサー王がブリテンを導くために帰還するとき、あるいは彼の組織が重大な危機に直面したときに、ふたたび眠りから呼び覚まされる、とも記されていた。

　ふと、会社の危機に際して社長が呼び戻されたという話を思い出した。でもまさか、それとこれとは別よね。魔術師評伝を引っ張り出し、マーリンの欄を開いてみる。そこには彼の名前がさまざまな形で紹介されていた。マーリンはウェールズ語ではミルディン・エムリスで、

〝ミルディン出身のエムリス〟を意味し、これを現代英語に直すとアンブローズ・マーヴィンになるという。〝マーリン〟という名はラテン語に関係しているか、もしくはウェールズ語の写し間違いとのことだ。

「なんてこと……」わたしは思わずつぶやいた。信じられない。ということは、彼は優に千歳を超えていることになる。まあ、洞窟のなかで眠っている間は年を取らなかったとも考えられるけれど。彼との会話の断片が思い出された。わざわざ現代英語名だと断って自分の名前を告げたこと、新世界への適応云々について語っていたこと――。

もしミスター・マーヴィンが本当にマーリンなら、彼が現状にこれだけ対応できているのはまさに奇跡的だといえる。暗黒時代のブリテンと現代のニューヨークとの違いなんて想像することすらできない。彼はせめてイギリスで目覚めさせてもらえたのだろうか。それとも、ある日突然マンハッタンのど真ん中で目覚めて、自分が創設した組織とは似ても似つかないこの国際企業の操縦席にいきなり連れてこられたのだろうか。

ここ十日ばかりの自分の体験を考えると、雇用主があのマーリンだという事実に対する驚きよりも、彼の適応状態を心配する気持ちの方が大きくなった。

評伝の続きを読むと、最後の段落にこう書いてあった。「マーリンは最近、魔法界を根底から揺るがしかねない危機的状況に対処するため、洞窟での眠りから呼び戻され、自身が創設した会社の舵取りをすることになった」なんだか不気味な論調だ。不況対策どころの騒ぎではなさそうだ。不況や会社のスキャンダルに対応するために、引退した創設者をコッツウォルズのコテージとかヴァーモントの山荘から呼び戻すというのは、まあ、あってもおかしくないことだ。でも、古代の伝説の魔術師を千年を超える眠りから目覚めさせて、海の彼方の、彼にとっては別の惑星といってもいいような世界へ引っ張り出さなければならないほどせっぱつまった事態とは、いったいどんなものなのだろう。なんであれ、彼らがこれほど警戒を強めているのも、わたしのような検証人をこれほど切実に必要としているのも、それが理由に違いない。

なんだかめまいがしてきた。同僚たちの目がなければ、しばらくランチ用の紙袋を口に当てて呼吸したいぐらいだ。デスクの下で太ももをつねってみる。ひょっとしたら、恐ろしく凝った長い夢のなかにいるのかもしれない。こんな事態はおよそケイティ・チャンドラーらしくない。わたしの人生はこれまで常に、すごく、すごーく普通だったのだ——退屈といっていいくらいに。魔法を扱う会社においてさえ、わたしに与えられたのは、ニューヨークに来た当初の捨て身の派遣社員時代に見たどんな秘書室にも負けず劣らず凡庸な検証部のオフィスだった。わたしにかかれば、魔法の会社で働くことさえ平凡な九時五時の仕事になってしまうのだ。

検証人は重要な存在だと彼らは何度も言うけれど、あのマーリンをたたき起こさなければならないほど深刻な状況に対して、わたしみたいな人間にいったい何ができるというのだろう。わたしにできるのはせいぜい、小さな商店を運営したり、販促活動の成果を記録したりすることぐらいだ。わたしの力を頼みにしているとしたら、この会社は相当な危険を冒していることになる。

混乱が収まると、今度は怒りがわいてきた。契約のとき、〝危機的状況〟についてはいっさい説明がなかった。これでは、転職した翌日に、実は会社が連邦政府の捜査を受けていたとか、破産申請したばかりだと知らされるようなものだ。

真相を突き止める必要がある。わたしはもう一度社史を開いた。本の最後は白紙が数ページ続いていて、印刷のある最後のページは半分までしか記述がなかった。マーリンの復活と危機的状況について言及しているが、詳細は記されていない。数ページさかのぼって読みはじめたとき、グレゴールがわたしの名前を呼んだ。

「ランチの最中よ」わたしが答える前にアンジーが言った。

わたしは彼女を無視して言う。「はい、なんでしょうか」アンジーはわたしに舌を出すと、ふたたび自分のランチを食べはじめた。

「研究開発部から検証の依頼だ。あんたを指名している。ミスター・パーマーのところへ行ってくれ」

オーウェン。ちょうどよかった。ロッドがわたしをごまかそうとするのはなんとなく理解できる。でも、オーウェンまでそうだとしたら、ちょっと納得がいかない。わたしのことをあれほど気にかけるような素振りを見せておきながら、問題があることを隠して、わたしがこの仕事を引き受けるのをただ見ていたなんて――。

「いま行きます」本を閉じて立ちあがり、ドアに向かって歩いていくとき、キムとアンジーがにらんでいるのがわかった。キムはおそらくわたしが将来有望な人物に近づくことに嫉妬し、アンジーはわたしがイケメンに接触するチャンスを得たことに腹を立てているに違いない。わたしはただ、自分の発見について彼を問いただし、説明を受けることだけを期待していた。

研究開発部に向かって歩きながら、前回来たときロッドが呪文を使ってドアを開けていたことを思い出し、どうしたものかと思案したが、わたしが近づくとドアは自動的に開いた。理論魔術のセクションへと向かう。オーウェンはラボではなく、オフィスの方にいた。イギリスの古い館の書斎を彷彿とさせる、本に囲まれた居心地のいいオフィスで、思わず温かい紅茶を片手に上質なミステリーが読みたくなった。

オーウェンは大きな木製のデスクの向こう側に座っていた。彼の正面には、神経質そうな痩せた小柄な男が座っている。ふたりはデスクの上に広げられた一冊の本に見入っていた。ドア枠を軽くたたくと、男たちはそろってわたしの方を見た。オーウェンは即座に笑顔を見せる。耳の先だけが少し赤くなって、そのキュートさにわたしの怒りは早くもトーンダウンしはじめた。「ケイティ！　さあ、入って」

わたしはオフィスに入ると、オーウェンの客の横にある大きな革張りの椅子に浅く腰かけた。

「ご用はなんでしょうか」

「ケイティ、こちらは希少本ディーラーのウィグラム・ブックバインダー。ここにある奥義書の多くは彼が見つけてきてくれたものなんだ。ウィグ、こちらは検証部のケイティ・チャンドラー。彼女は免疫者（イミューン）だよ」

わたしは強く握りすぎないよう気をつけながら、彼と握手を交わした。男の手はとても華奢で、いまにも関節が外れてしまいそうだ。頭髪よりも耳から出ている毛の方が多く、かぼそい体は色褪せた黒いトレンチコートになかば呑み込まれている。「はじめまして、どうぞよろしく」

「こちらこそ」と彼は言ったが、顔は青白く、その声は震えていて、わたしと会ったことを喜んでいるようには見えなかった。

オーウェンはデスクの上で両手を組むと、朗らかな口調にほんの少し冷ややかさを含ませながら言った。「それでは、ウィグ、ぼくがケイティに質問する前に、何か言っておきたいことはあるかい？」

小男はますます青くなった。唇はほとんど血の気を失っている。彼は耳毛を揺らしながら激しくかぶりを振った。

オーウェンはわたしの方を向いた。「では、ケイティ。デスクの上にある本を見て、何が見えるか教えてくれるかな」

わたしは立ちあがってデスクに近づいた。本はかなり大判だったが、オーウェンのオフィスに並んでいるような見るからに古い革綴じの本とは違い、どちらかというと現代のハードカバーのように見えた。表紙を閉じてみて、やはりそうであることがわかった。ただ、普通はついている紙のカバーがないだけだ。背表紙を見て、わたしは笑いをこらえることができなかった。「これはトム・クランシーの小説ね。最新刊ではなく、三年くらい前のだわ。その年のクリスマスにこの本を父にあげたからよく覚えてる」もう一度本を開き、奥付を調べてみる。「初版ですらないわ。ユーズドなら五ドルで買えるわね」

「ありがとう、ケイティ」オーウェンの声は冷ややかで、視線はウィグに注がれたままだ。彼は明らかに震えており、椅子に沈み込んでいる。わたしの仕事はこれで終了したようだが、だれからも退去を命じられなかったので、椅子に座って成りゆきを見ることにした。「なかなか興味深い鑑定だ。なにせ、こちらのミスター・ブックバインダーによると、これはこの世に三冊しか現存しない十六世紀のウェールズの古写本のうちの一冊で、五ドルをはるかに超える価値があるものらしいからね。実にみごとなめくらましだよ、ウィグ。まんまとだまされるところだった。でも幸い、うちにはケイティがいる」

オーウェンの声は相変わらず朗らかで穏やかだったけれど、状況をかんがみれば、その穏やかさがかえって空恐ろしかった。魔法の才能などかけらもなくても、ウィグの恐怖が手に取るようにわかる。同時にオーウェンが秘めもつパワーの大きさも感じることができた。彼が若くして皆から一目置かれている理由もわかる気がした。それは少し怖いと同時に、魅惑的でもあった。わたしはこれまで、いわゆる危険なタイプに夢中になったことはない。彼は明らかに、ふだんわたしを辟易させる典型的な不良タイプではないが、一日ひげ剃りをサボるだけで、かなりいい感じの野生味を出せるような気がする。危険な男になるには、実際に悪いことをしなければならないというわけではないと思う。むしろ、潜在的な素質がものをいうんじゃないだろうか。もしそうなら、自制が男をセクシーに見せるのだ——自分に危険な力が備わっていることを自覚して、それを自制しようとする姿勢が。もし彼が自分の一面に対してそれだけの自制心をもっているなら、それはきっとほかの面にも当てはまるはず。わたしはオーウェンに読心力がないことを心から祈った。さもなければ、わたしたちをビルの屋上に並ばせて、ふたりの赤い顔を飛行機のための標識灯に使うことさえできるだろう。

オーウェンは哀れみの表情を浮かべて首を振った。それはこれからたたきのめす相手に見せる偽の哀れみではなく、心からの哀れみに見えた。「これだけのリスクをあえて冒すとは、よほどせっぱつまっているんだね。ばれることは予想できただろう？」

ウィグは口を開いたが、出てくるのは喘ぎ声ばかりで、わたしにはひとことも聞き取ることができなかった。

「ところで、気になるのは、きみがここまで完璧なめくらましをつくりあげたということだ」とオーウェンは言った。「本物の古写本を見ていなければ、とてもできない芸当だよ。まだその本はきみの手元にあったりするのかな？」

「あ、あ、あ、あります……」

オーウェンはほほえんだ。「やはりね。でなければ、ぼくに勧めるなんてリスクは踏まないはずだ。きみは、ぼくがどれほどその古写本を欲しがっていてあちこち探し回っているかを知っている。まず偽物を売っておいて、めくらましが消えはじめたとき、ぼくが本物欲しさにさらに金を出すと考えたんだろう。でもケイティのおかげで、その部分は省略することができた。さあ、本物を出すんだ、ウィグラム」最後の言葉は鋭く、自分に向けられたのではないにもかかわらず、わたしは思わずぞくっとした。

ウィグは足もとの大きなキャンバス地の鞄から、サイズと形こそトム・クランシーの本とほぼ同じだが、それ以外は似ても似つかない本を取り出した。表紙は黒っぽい革製で、長い年月を経てすっかり滑らかになっている。金で浮き出し加工された題字は見たことのない文字で、読むことができない。ウィグがデスクの上に本を置くと、オーウェンは畏敬の表情を浮かべてページをめくっていく。

本のページは厚ぼったく、均一ではなかった。機械で大量生産されたものとは明らかに違う、手づくりの風合いがある。文字も手書きのように見えた。部屋にはもともと古い本の匂いがほのかに漂っていたが、この本はより強く、より古い香りを放っていた。

「本物だと思うわ」わたしは閲覧作業のじゃまにならないよう、そっとオーウェンに言った。「見るからに古いものだし、表紙は革で、厚みが不均等な紙に手書きで文字が記してある。これがあなたの探している本かどうかはわからないけど、トム・クランシーでないことはたしかね」

彼はうなずいて言った。「よし、買おう。ただし、詐欺行為の罰金として、きみの言い値から千ドル値引きしてもらうよ」

ウィグは夢中でうなずく。「も、も、もちろんです。ありがとうございます。よかったら、そっちの小説もおもちください。とてもいい本ですよ」

「父は気に入ってたわ」とわたしは言った。

オーウェンは新しいオモチャから目を離さずにうなずいた。「経理の方へ回ってくれ。支払はキャッシュではなく小切手になるよ。これだけ大きな取引は記録に残す必要があるからね」

「もちろんです。ありがとうございます」ウィグは立ちあがり、荷物をまとめると、わたしに向かってお辞儀をしながら名刺をさし出した。「古い本が必要になったらいつでもご連絡を。非魔法系の本も多数そろえておりますので」わたしが探している絶版になった恋愛小説を彼がもっているかどうかは疑わしかったが、とりあえず名刺を受け取る。ウィグはコートに火でもつけられたかのように、ものすごい勢いでオフィスを出ていった。

オーウェンは相変わらず食い入るように本を見ている。わたしがここにいることすら忘れてしまったようだ。「なるほど、こういうわけでわたしみたいな人間が必要なのね」と言ってみる。

彼はまばたきしながらわたしを見あげた。「ああ、そう、そうなんだ。そういうわけで、きみみたいな人が必要なんだ。ありがとう。みごとな検証だったよ。検証というのは単に真実を告げるだけじゃない。真実をしかるべき方法で提示することで、より大きな効果が得られる」

「たしかに、演出は重要みたいね」わたしはウィグが走り去った出口の方を見て言った。「彼を自由に行かせてしまっていいの？」

「彼はちゃんと監視されてるよ。それに、本をぼくに渡した以上、是が非でも代金を受け取る必要がある。おっと、代金で思い出した。ちょっと失礼」オーウェンはデスクの上の水晶玉の装置に手を置くと、何も言わずに二、三秒待ってから手を外し、わたしの方に向き直った。

彼が本を読みたがっていることはわかっていたが、どうしても訊いておきたいことがあった。

「ところで、送ってくれた本、ありがとう。どれもとても興味深いわ。で、ひとつ質問があるの」

オーウェンはほほえんだ。「そう、彼は本人だよ」

わたしは首を振った。「わたしの質問が何か、まだわからないでしょう?」

「わかるよ」

「どうして?」それが読心力によるものでないことをせつに願った——さっきはすごいことを想像してしまったのだから。

彼は肩をすくめる。「そりゃ、わかるよ。きみは頭がいい。いずれつながりに気づくことは予想していた」

「それならどうして面と向かって言ってくれなかったの? あんな本を貸してくれるぐらいだから、絶対的な秘密ってわけでもないんでしょう?」

彼の表情は謎めいていた。ふだん感情があれほど顔に出やすいことを考えると、これは相当に入念な策略だったに違いない。「とりあえず、自分から調査する自発性と真実を探りあてる頭脳をもっている人にとっては秘密ではなく、だれかに言われなければ気づかない人にとっては秘密だということにしておこう」

「いずれにしても、わたしたちのボスは本物のマーリンだってことね。キャメロットと同じように」

「キャメロットと同じというわけではない。あれはかなり小説化されているからね。でも、彼が本物だというのは本当のことだよ」

「彼はなぜいま呼び戻されたの？　何か深刻な事態が起こっているということでしょう？」

「それは言えない」

「わからないから？　それとも、わたしが知るべきことではないから？」彼の表情は依然として謎めいたままだ。「いいわ。企業秘密ってわけね。でも、スカウトされたとき危機的状況についてきちんと警告してもらえなかったことを快く思っていないということは、はっきり言っておくわ」

「もし話していたら気が変わっていた？」

わたしはため息をついた。「たぶん、変わらなかったと思う。あなたたち、たいした営業マンだったもの」

「心配しなくても、きみならいずれわかるよ」

「探りあてる、でしょ？」そう言って自分の頭を指す。「覚えてる？　わたしって頭がいいんだから。じゃあ、そろそろ、あの奈落の底へ戻るとするわ」わたしは立ちあがり、ドアに向かって歩きはじめた。

「ありがとう、とても助かったよ」オーウェンは背後でそう言ったが、わたしが部屋を出ないうちに、もう本にかぶりついていた。

ラボのなかはどこも忙しそうだったが、出口に続く廊下にはひとけがなかった。前からひとりの男性が歩いてくる。この部署では絶対条件のように見える白衣を着ていない。近くまで来たとき、わたしは軽くうなずいてほほえんだ。しかし男性はなんの反応も見せない。まるでわたしが見えないか、さもなければ、わたしには自分のことが見えないと思っているような感じだ。彼の顔は見たことがなかったが、この部署のほとんどの人をわたしはまだ知らない。

「こんにちは」とわたしは言った。彼は一瞬こちらを見たものの、すぐにまた視線をそらした。これは彼が会社一無愛想な人物であるか、何かよからぬことをしようとしているかのどちらかだ。「ちょっと!」わたしは声をあげた。彼は壁に背中を張りつけてじっとした。そうすればこちらの目をごまかせるとでも思っているかのように。上着の下に何かを隠しているのが見える。これはいよいよ怪しい。

横をすり抜けようとしたので、わたしは男の前に立ちはだかった。彼があらためてわたしを避けようとしたとき、この男が部外者で、自分の姿はだれにも見えないと思っていることを確信した。「あなた、見えてるわよ」わたしはあきれたように言った。

男はぎょっとした。出口を探しているのか、それとも自分が本当に見えているのかを第三者に確認しようとしているのか、慌てて左右を見回す。

「ちょっと!」わたしはもう一度叫んだ。今度は男にではなく、だれでもいいから近くにいる人の注意を引くために。「だれか! 侵入者よ! 警備を呼んで!」

9

逃げ出そうとしたので、とっさに男の上着にしがみついた。男が何か妙な言葉をつぶやいて、一瞬、空気中にエネルギーのようなものが放たれるのを感じたが、何も起こらなかった。そのことが彼をさらに驚愕させた。そのすきをついて男の腕をつかむ。逃げる気ならわたしを引きずっていかなければならない。かかとに力を入れて踏ん張ろうとしたが、タイルのフロアはあまり助けにならなかった。その間もわたしは声をかぎりに助けを呼び続けた。「だれか来て！だれか！」ついにわらをもつかむ思いで叫んだ。「オーウェン！」

侵入者は魔法に頼るのをあきらめ、力任せにわたしを押しのけた。わたしは廊下の反対側まで飛ばされて、こめかみをしたたか壁に打ちつけ、朦朧として床にへたり込んだ。

どうしてだれも来ないの？　死人さえ起こしそうな声で叫んだのに——。そのとき、まるでだれかに投げられたかのように、侵入者の体が反対側の壁に向かって飛んでいった。そしてそのまま、床から数インチ離れた位置に張りついた。さすがにもう、自分を透明人間だと思っているような顔はしていない。

振り返ると廊下にオーウェンが立っていた。叫び声を聞いてただちに走ってきたらしく、髪を乱し、頬を紅潮させている。ああ、頼もしきわがスーパーヒーロー。でも、その姿は彼がこの一週間見せてきたシャイでキュートな青年ではなかった。彼はいま、間違ってもたてつきたくない相手に見えた。先ほどの抑制された凄みがセクシーだったとすれば、いまの彼は圧倒的にホットだった。ヒーロー映画のヒロインが、救助されたあと決まってユニタード姿の恋人の腕のなかで気を失う理由がわかったような気がする。彼女たちがかよわい乙女だからではない。男の人が自分を救うために何か尋常でないことをやってのけるのを目撃すると、なんとも心地よい感じでひざから力が抜けてしまうのだ。力には媚薬効果があるとよくいわれるけれど、魔法の会社に勤めることでそれを体験するとは思わなかった。

壁に磔（はりつけ）にされた男は、反撃しようともがいていた。何やら聞き慣れない言葉をつぶやいたり、手首をひねったり、しまいには鼻をヒクヒク動かしたりもした。そのたびに、魔法が使われたことをうかがわせるビリッという静電気のような刺激を感じたが、男は依然として壁に張りついたままだ。

「おまえはだれだ」オーウェンの声は穏やかだったが、迫力に満ちていた。

男はまるでだれかにこじ開けられたかのように口を開いたが、慌てて歯を食いしばった。オーウェンが片手を前に突き出すと、男の上着のなかから書類の束が飛び出してきた。男は相変わらず壁の上でじたばたしていたが、オーウェンがなにげなく手をひるがえすと、突然どすんと床に落ち、そのままぐったりと倒れ込んだ。

オーウェンが安全のためにあえてシャイに育てられたというロッドの言葉の意味が、ようやくわかったような気がした。侵入者が床の上で汗びっしょりになって喘いでいるのに対し、オーウェンは、額に汗のひと粒すら浮かんでいない。これほどのパワーのもち主には、たしかに、いきすぎたエゴや自己顕示欲をもってほしくない。世界を支配しようなどと思われたら、止めるのはたやすくないはずだ。

わたしはなぜか、自分とはまったく異なるタイプの、接点のかけらもないような男性に惹かれる傾向がある。スーパーパワーをもつ魔法使いなど、まったくもってわたしのライフスタイルにそぐわない。彼を実家の両親に会わせたら、どうなるだろう。わたし自身の仕事についてさえ、どう話せば彼らを納得させられるかわからないのだ。オーウェンが自分の職業についてまともに説明しようものなら、父は頭のイカレた男から愛する娘を守るべく散弾銃を取りに走り出しかねない。わたしの魔法に対する免疫が親譲りのものだとしたら、さらに厄介だ。魔法を操る人たちを故郷に連れていくことだけは絶対に避けなければなるまい。まあ、オーウェンがわたしの両親に会いに、はるばるテキサスまで行くことはあり得ないのだけれど。面接のときにも、テキサスはきわめて非魔法的な場所だと言われたではないか。

研究開発部のドアが開き、大柄な男たちを従えてサムが飛び込んできた。「遅いよ」とオーウェンが言う。いつもの彼の口調に戻っている。

「あ、いや、あんたがいるから大丈夫だと思ったよ、ボス」サムは侵入者の前に舞い降りると、部下たちに向かって言った。「こいつを連れていけ」

「警備部で身柄を確保しておいてくれ。あとでだれかに尋問させる」オーウェンが命じる。

サムは片方の羽で敬礼すると、侵入者を連行する男たちのあとについて飛んでいった。彼らが行ってしまうと、廊下に充満していたエネルギーも次第に消えていった。立ちあがろうとしたわたしの肩をだれかの手が押さえる。見あげると、心配そうに見つめるオーウェンの顔があった。彼は振り返って言った。「さあ、みんな、仕事に戻って」人々が三々五々それぞれのラボに戻っていく。

「大丈夫？」

「大丈夫よ、ほんとに」

オーウェンは首を振る。「いや、大丈夫じゃないな。ちゃんと手当てをした方がいい。それに、ボスがきみに会いたがってるはずだ」

「ボスって、マーリン？」

「そう、マーリン」

空腹にシャンペンをグラス二杯たてつづけに流し込んだみたいな話し方をしていることからも、わたしが大丈夫ではないのは明らかだった。こんな状態でマーリンに会っていいものだろうか。少なくとも、オーウェンを相手にしたくないのはたしかだ。ばかを見ることなく彼と渡り合うには、かなりしっかりとした思考力が必要で、それはいまのわたしにはないものだった。

「わかった。それほど大丈夫じゃないかもしれない。でも、少しめまいがするだけ。たしか、この近くに病院があったはずよ」

彼は腰に腕を回してわたしを立ちあがらせた。「その必要はないよ。ミスター・マーヴィンは治療師（ヒーラー）でもあるんだ。今回の件について話をする間にきみの手当てもしてくれるだろう」

「わたしは免疫者(イミューン)よ、覚えてる？　わたしには魔法が効かないの」

彼は含み笑いをしながら、わたしの左腕を自分の肩にのせ、自分の右腕をわたしの腰に回した。心地よい感触だった――よすぎるぐらいに。男の人にこんなふうに抱えられたのはいつ以来だろう――理由がロマンチックなものであったかどうかにかかわらず。「治療のすべてが魔法がらみというわけではないんだよ。ミスター・マーヴィンは、ルネサンスのはるか前にすでにルネサンス的教養を備えていた人なんだ」

「これから真相を明かしてもらえるのね？　彼が呼び戻された本当の理由を」オーウェンに支えられて小塔のエスカレーターに向かってゆっくりと歩きながら、わたしは訊いた。

「ああ、たぶんそうなると思う」

ミスター・マーヴィンことマーリンは、エスカレーターの上でわたしたちを出迎えた。「怪我をしたのですか？」と彼は訊いた。

「はい」オーウェンが答える。「頭を打ったようです」

「彼女をわたしのオフィスへ。容疑者の身柄は？」

「警備部で確保しています」

促されるまま柔らかいソファに座る。部屋のなかでは複数の声が聞こえていたが、はっきりわかるのは、わたしの手を握るオーウェンの手の感触だけだった。「やつがどうやって侵入したのかはわかりません。もしケイティが気づかなかったら……」

「その男は何を盗もうとしていたのかね」離れた場所からマーリンの声が聞こえた。

「イドリスに関する調査書です」

「彼はいよいよ不安になってきたようですな。あるいは、こちらの不安を察知しはじめたのか……」今回はすぐ近くでマーリンの声が聞こえた。冷たいものが額に触れる。ミントと花の香りが混ざったようないい匂いがする。「これをこぶに当てておきましょう。腫れの引きが早くなるはずです」

目を開けると、ソファの横にひざまずくマーリンの姿が見えた。ビジネススーツのかわりに星をちりばめたローブを着せて、きちんと刈り込んだひげを長く伸ばせば、まさに子どものころに読んだアーサー王の絵本に描かれていたマーリンそのものだ。「マーリン」心のなかでつぶやいたつもりが、声に出てしまった。「マーリンと呼んでもかまいませんか?」

「もちろんです。さあ、何が見えるか言ってみてください」

「あなたと、そしてオーウェンが見えます。あなたのオフィスも」

マーリンはわたしの顔の前に手を掲げた。「これは何本ですか?」

ぼやけた視界に目を凝らす。「二本……だと思います」

彼はオーウェンと顔を見合わせると、ふたりしてわたしをソファの上に横たわらせた。マーリンがわたしの頭の下に枕を置き、オーウェンは靴を脱がせて、そこにあったはずのない薄い毛布をかけてくれた。

マーリンはふたたびわたしの横にひざをついた。「ケイティ、あなたは軽い脳しんとうを起こしているようですな。しばらく休んだ方がいい。あとで頭痛がひどくならないよう薬草酒(コーディアル)を用意しましょう。この湿布をしておけば、腫れと青あざも最小限にとどめられるはずです」

彼はしばしいなくなると、戻ってきてわたしの頭をそっと起こし、小さなグラスを口にあてがった。「さあ、飲みなさい」少しピリッとする甘い液体がのどを通っていく。わたしは安心してふたたび枕に頭を沈めた。

うつらうつらしながら、わたしの存在を無視して交わされる会話に耳を傾ける。部屋では緊急会議が開かれているようだった。侵入者についての話だ。そしてそれは、マーリンを呼び戻さなければならないほどの危機的状況と関係があるに違いなかった。話を聞こうとするのだが、意識は眠りと覚醒の間を行ったり来たりした。

知らない声が言った。「それにしても、いったいどうやって入ったんだ。あの部署は厳重保護エリアになっているんじゃなかったのか」

「なっています」とオーウェンが言った。「考えられるのは、男が姿を消す魔術を使って、だれかのあとについて社内に侵入し、研究開発部まで入り込んだということです」彼はそこでふいに天を仰ぐ。「ウィグラム・ブックバインダーだ。あれは彼がぼくのオフィスに古写本を売りにきた直後だった。侵入者は彼について入ってきたのかもしれない。あるいは、金に目のないウィグのことだ、すべてが仕組まれたことだったという可能性も十分ある。もしケイティが魔法を見破らなかったら、深刻な事態になっていたところです」

「身元の怪しい連中とは厳重保護エリア以外で会うようにしたらどうだね」別の声が言った。しかし、その先を続けようとしたところで、声の主は突然口をつぐんだ。

そのわけはすぐに明らかになった。「皆さん、いま問題にすべきは、イドリスがついにスパイ行為まで働くようになったということです」マーリンの声には厳かな迫力があった。いまの彼の表情がどんなふうかは想像にかたくない。それだけでも皆を黙らせるには十分なはずだ。

「でも、なぜ」また別の声が言った。

「われわれが彼に対して何をしようとしているのかを知りたいのでしょう」オーウェンが言った。

「われわれがしようとしていることとは？」別の声が訊いた。

「実はそこが問題で……」オーウェンはため息をつく。「いまのところ具体的な対策は何もないのが実状です。もし今回、あの書類がイドリスの手に渡っていたら、彼はわれわれの無力ぶりをおおいに笑っていたでしょう。わかっているのは、解雇された時点で彼がやろうとしていたことだけです。現在、何を企んでいるかは、実際に製品を手に入れないかぎりわかりません。たとえ手に入ったとしても、彼の行動を制限することはできない。われわれにできるのは、彼の魔術を打ち消す新たな魔術を探すことぐらいです」

「それでは少し遅すぎやしませんか？」別の声が言う。「やつの魔術はすでに市場に流れているというじゃありませんか。大きな市場ではないが、顧客がいることはたしかだ。やつが何をつくっているにしろ、それはすでに出回っている。対抗魔術(カウンタースペル)が開発されるまでに、取り返しのつかない事態になるかもしれない」

「皆さん、少し落ち着きましょう」マーリンが穏やかに言った。「現時点では、彼の魔術を買う人がいるかどうかはわかりません。彼がわが社から世に出そうとした魔術をわたしたちは悪趣味だと判断し、却下しました。魔法界の一般市場が同様に判断する可能性は十分にあります」

「でも、もし彼の魔術を買って実際に使う人が出てきたらどうしますか。イドリスがここでやろうとしていたことは、すでに十分危険でした。会社からの制約がなくなったいま、彼の活動が以前より危険でなくなることはまずあり得ません」

「もう少し待ってください。できることはすべてやっていますが、もう少し時間が必要です」

オーウェンが言った。抑えた声には無念さがにじみ出ていた。

彼が気の毒になった。オーウェンほどの能力をもつ人が、全力を尽くしても十分ではないことを認めるのはさぞかし不本意だろう。ならず者の魔術師が何やら危険な魔術を密売しているというのも、聞き捨てならない話だ。でも、魔法についてほとんど無知に近いわたしには、どうすることもできない。

いや、本当にそうだろうか。ビジネスについてなら多少なりとも知識はある。これは魔法の問題であると同時に、ビジネスの問題でもありそうだ。一見別世界の出来事のようだが、飼料店を切り盛りしていたころに体験した状況とそれほど違わない気もする。わたしの実家は、町が誕生した当初からほぼ一世紀にわたって飼料店を経営している。今日の農家や牧場だけでなく、彼らの父親や祖父の代にも飼料を提供してきた。数年前、近隣の町に安さが売りの全国チェーンの大型店ができた。農業は順調なときでさえ利益の少ない商売だから、価格の低さはうちの顧客にとっても魅力的な要素となった。わたしたちはそのとき、なぜうちの店が何世代にもわたって支持されてきたのか、新しい店とはどこが違うのかをあらためてアピールすることで、客離れを食い止めたのだ。

わたしは額の湿布を手で押さえながら慎重に起きあがると、皆が静まるのを待って言った。

「あのう、お話を聞いた感じだと、現時点でのいちばんの問題は、会社に競合相手が現れたということだと思います。その競合相手が何を売ろうとしているにしても、こちらのレベルで競争を展開すれば、ライバルの影響力を小さくできるのではないでしょうか」

全員がいっせいにこちらを向く。よけいなことは言わず、あのまま死んだふりをしていればよかったと後悔したが、もう遅い。皆が唖然として言葉を失っているうちに、わたしは急いでしゃべりはじめた。「状況がよくわからないので、もしかしたら的外れなことを言っているかもしれません。でもお話を聞いたところ、元社員のひとりが独自にビジネスを始めて、会社にとって喜ばしくない代替商品を市場に売り出そうとしている、というふうに受け取れたのですが……」

「実に的確な解釈ですよ、ケイティ」とマーリンが言った。

「よかった、ありがとうございます。それで思ったんですけど、競合相手の喜ばしくない活動を阻止する方法が見つかるまで、会社としてとりあえずすべきなのは、彼の魔術ではなくこの会社の魔術を選ぶよう、消費者に働きかけることではないでしょうか」

幹部たちは顔を見合わせてうなずき、マーリンとオーウェンは笑みを浮かべた。「どうすれば、そうできるんだね?」幹部のひとりが言った。

「マーケティングを試されたことは?」皆が一様にぽかんとするなかで、ひとりだけがにやりとして言った。

「マーケティングというのは、要するに、こちらが何を売ろうとしているかを人々に伝えて、ニーズのある消費者にその商品を届けるということだろう?」

マーリンは依然としてぽかんとしている。今世紀は初めてなのだから無理もない。「広告を目にしたことはありますよね」とわたしは言った。「テレビはご覧になるでしょう?」

テーブルを囲む顔がいっせいに明るくなり、どうやらわたしの言わんとすることが理解されはじめたようだった。「ああいったコマーシャルは、なぜあの車よりこの車、あのシャンプーよりこのシャンプーを買った方がいいかということを消費者に伝えているんです。広告は市場調査に基づいて作成されます。顧客が何を求め、何を懸念し、何を好むかということを調べたうえで、それらに見合った広告をつくり、顧客に自分たちの商品が彼らのニーズに合致し、彼らの問題を解決できる唯一のものであるということを知らせるんです」

「つまり、なぜわが社の魔術を選ぶべきなのかを顧客に説明するということだね?」とマーリンが言った。彼は、たったいま九九を覚えたばかりの子どもが、目に入る数字をかたっぱしからかけ合わせたくてうずうずしているような顔をしていた。うっかり勧めでもしたら、スーパーボウルの広告さえやってしまいそうな勢いだ。

「そのとおりです! ただ、あからさまにライバルをけなすのではなく、なぜうちの商品を買う方が得かということを人々に知ってもらうことに、重点を置いた方がいいと思います」

「彼の魔術が市場に広まるのを少しでも長く抑えることができたら、それだけ対抗魔術の開発にあてる時間を稼ぐことができる」オーウェンがつぶやく。「なるほど、いいアイデアだ、ケイティ」

「では、さっそく、そのマーケティングとやらをやりましょう」両手をすり合わせながらマーリンが言った。「どのようにすればよいのかな？」

「ええと、まず、この会社にマーケティング部は……ないですよね」もちろんないだろう。マーケティングの概念から説明しなくてはならなかったのだから。「これまではどのように製品を販売してきたのですか？　つまり、消費者はこの会社の製品をどのようにして知るのでしょうか」

一同は互いに顔を見合わせる。「この会社には営業部がある」先ほどマーケティングの定義を述べた人物が言った。彼はまさに営業マンという風貌をしていた。縦縞のブレザーを着た量販店の販売員タイプではなく、客に何千ドルもするダイヤの指輪を買う気にさせてしまう類の営業マンだ。オーウェンに負けず劣らずハンサムだったが、如才のない、やや人工的な感じの美男子で、あまり魅力は感じなかった。人工的といえば、ちょうどケン人形（着せかえ人形バービーのボーイフレンド）に息を吹き込んだような感じだ――この会社なら、その可能性もあながち否定できない。

「営業スタッフが小売店に製品の情報を伝えて、各小売店がそれぞれの顧客に説明するというのが基本的な流れだね。市販用の魔術はこれまでわが社の独占市場だったから、特にマーケティングの必要はなかったんだ」

「大規模なマーケティングはね」オーウェンがつけ加える。「すき間商品はいくつかあるし、人々が個人のニーズに応じてつくり出す料理用の魔術みたいな自家製の魔法は常に存在する。でも一般的には、ＭＳＩの製品がもう何世紀にもわたって魔法界の人々の第一選択肢となってきたんだ。われわれは、危険を伴うこともある試行錯誤の開発プロセスを経て、安全と性能の確認された製品だけを販売しているからね」

「ケイティ、あなたにこのマーケティングをやってもらえませんか」マーリンが言った。

まずい。話が予想外の展開になってきた。たしかに実家の店ではマーケティングを担当していたが、販売競争が最も熾烈なときでさえ、せいぜい地元紙に広告を掲載したり、顧客にチラシを配布すればすむ程度だった。マーケティングアシスタントとして働いた前の職場では、パンフレットの制作過程を学んだ以外、たいした経験を積んでいない。とはいえ、大学ではマーケティングの授業を取ったし、少なくともこの面子(メンツ)のなかでは、たしかにわたしがいちばん適任だといえそうだ。イミューンであろうがなかろうが、わたしにはわたしなりの魔術があったようだ。そういう意味では、オーウェンともまったく接点がないわけではないのかもしれない。

「わかりました、やってみます。大がかりなキャンペーンを展開する必要はないと思います。これまでほとんど宣伝活動をしてこなかったわけですから、ちょっとしたことでも効果はあるはずです。見たところ、この会社が最も強調すべき点は、オーウェンも言ったように、何世紀にもわたって魔法界に魔術を提供してきた実績です。この事実に対抗できる相手はいません。

ＭＳＩの魔術がどれほど安全か、どれほど入念なテストを経たものかを思いきり謳うと同時に、新参者にはとてもまねできないということをほのめかすんです。そうすればだれだって、得体の知れないぽっと出よりも、確実に信頼できる会社の方を選ぶのではないでしょうか」

「素晴らしい！」マーリンが言った。「ここにいるミスター・ハートウェルと協力して進めてください。彼は営業部の責任者です」ケン人形が前に進み出て、わたしたちは握手を交わした。「でも、始めるのは明日からですよ。ケイティには今日いっぱい安静にしてもらわなければなりません。さあ、皆さん、仕事に戻ってください」マーリンはそう言って皆を部屋から追い立てた。オーウェンは何か言いたげだったが、マーリンににらまれてしぶしぶ退却する。皆がいなくなると、マーリンはソファまで戻ってきてわたしのあごを指でそっともちあげ、しばらく顔を眺めたあと、にっこりほほえんだ。「大丈夫そうですな。頭痛はどうですか？」

頭痛のことなどすっかり忘れていた。「平気みたいです。ぶつけたところが少し痛むぐらいで……」

「それはよかった。あなたにはお礼のしようがありませんな」

「侵入者は姿を消す魔法を使っていたんですね」

「そうです。ですから、あなたが現場にいたのは、わたしたちにとって実に幸運でした。研究開発部で検証作業が必要になることはあまりないのですよ。しかし今後は、このような不法侵入の可能性に備えて、警備部隊にイミューンを配置する必要がありますな」

「イドリスというのはいったい何者なんですか？」

マーリンはわたしの横に座り、ひざの上で両手を組んだ。「わたしは会ったことはありません。しかし、わたしが呼び戻されたのは、この人物のためです。報告によると、彼はオーウェンの部下でした。非常に優秀だが、道徳心に欠けるところがある。彼はある古い魔術を発掘し、現代化に取り組んでいたそうです。しかし、それは黒魔術でした。人に危害を与えるための魔術です。わたしたちは黒魔術を認めません。当然、他者を傷つけることを目的とする魔術を市場に出すつもりもありません。彼は会社の意向を無視し、それらの魔術について無許可のテストを行ったため、解雇されました。しかしその後、彼が独自に研究を続け、危険な魔術を魔法界に流通させようとしているという噂を耳にしました。取締役会は、ここ数世紀で最大の脅威となる可能性があると判断し、わたしを呼び戻すことにしたのです」

「本当にそんな重大な事態になるんでしょうか？」

「それはわかりません。わが社がこのような試練に直面することは長らくありませんでした。もちろん、問題はちょくちょく起こっていましたがね。魔法界のほとんどが彼の魔術を不要なものとして無視してくれるとよいのですが、実際のところ、倫理を欠く一部の連中を大胆にさせる可能性も否定できません。これは、前回同じような危機に直面した際に解決しきれなかった問題です。そのときの扇動者は排除することができましたが、より悪質な反乱分子が依然として野放しになっています。今回は、魔法界全体を巻き込む全面戦争に突入する可能性も念頭に置かねばなりません」

わたしは身震いして固唾を呑んだ。魔法大戦争を阻止する手段としては、わたしのささいなマーケティング活動などあまりにちっぽけだ。もしマーケティングが世界を救うカギなら、未来はかなり悲観的だといわざるを得ない。わたしの知るマーケティング関係者を思い浮かべれば、火を見るより明らかだ。鎧甲に身を固めたミミがパンフレットを投げつけながら敵の大軍に突っ込んでいく、ぞっとするようなイメージが脳裏をかすめた。だめだ、絶対にあり得ない。わたしの使命はあくまで、オーウェンたちが敵の魔術を撃退する方法を見つけ出すまでの時間稼ぎだ。わたしは世界を救えと言われたわけではない。

マーリンはわたしの手をぎゅっと握った。「あなたという人を味方に得たわたしたちは実に幸運です。あなたのアイデアはきっとわたしたちを救うことでしょう」ああ、だからそんなに大それたことはできないんだってば……。お願いだから、プレッシャーをかけないで。

叫び出したいのをぐっとこらえて言う。「うまくいくといいのですが……。わたしはいままでキャンペーン全体を仕切ったことはありません。ただのアシスタントでしたから……」しかも、わたしが関わったキャンペーンは、いずれも優れているとはいいがたい代物だった。魔法界についてほとんど知らないことも大きなハンディとなる。彼らは独自のメディアをもっているのだろうか。魔法界ではニュースはどのように報道されるのだろう。単に口コミで広がるのだろうか、それとも、組織化された情報伝達システムがあるのだろうか。ミスター・ハートウエルに訊かなければならないことが山のようにある。現代の魔法界に関しては、マーリンは最高の情報源とはいいがたい。戸惑っているという点では、おそらくわたしにひけを取らないのではないだろうか。

「あなたなら大丈夫ですよ」マーリンは言った。その目には、オーウェンがときおり見せるのと同じ、あの気味の悪いほどの自信が宿っていた。いたずらにわたしを勇気づけようとしているのではなく、あたかも事実として知っていることを告げているかのようだ。予知というものがどういう仕組みになっているのかぜひとも知りたかったが、それはまた別の機会に尋ねるべきことのように思えた。訊きたいことがたくさんあるのに、訊くタイミングがつかめない。たとえば、マーリン自身についても知りたいことは山ほどある。でも、いま、そこに深入りする時間はなかった。

「そろそろオフィスの方に戻ります」湿布をくるんだ布を彼に手渡しながらわたしは言った。「手当てをしてくださってありがとうございました」

「あなたがしてくれたことを考えれば、ほんの小さなことですよ」

そう言われてようやく、自分は今日、本当に会社の窮地を救ったのかもしれないという実感がわいてきた。侵入者を取り押さえただけでなく、新規のプロジェクトまで提案したのだ。一日の仕事としては悪くない。そうだ、この自信が持続しているうちにロッドのオフィスに寄って、例の話もしてしまおう。そうすれば、検証部で過ごす時間も最小限にすることができる。

レセプションエリアに入ると、イザベルが突風のようにわたしを出迎えてくれた。「まあ、まあ、かわいそうに！　大丈夫なの？」そう言って、窒息しそうになるほど強くわたしを抱きしめる。

「大丈夫よ。ありがとう。ロッドはいる？　話したいことがあって」

そう言ったとたん、ロッドのオフィスのドアが開いて、本人が顔を出した。わたしを見るなり表情がぱっと輝く。「ケイティ！　聞いたよ、すごい活躍だったね！」

「ええ、まあ、ありがとう。少し時間ある？」

「もちろんだよ。さあ、入って」彼はわたしをオフィスに招き入れ、ドアを閉めると、前回と同じ張りぐるみ椅子を勧めた――あれはほんの昨日のことだったんだ。「話って？」

「ええと、検証人をはじめとするイミューンたちは、会社にとってとても重要な存在なのよね？　特にいまは」

「そのとおりだよ」

「じゃあどうして彼らをあんなひどいところに押し込んでおくの？　おまけに上司は、怒ると緑色になったり角が生えたりするし。どうしてまたよりによって、真の姿が見えてしまう人たちのところに彼を配置しようなんて考えたの？」

「え、それじゃあ、グレゴールはまだ怒りのコントロールに不具合があるの？　治ったって言ってたんだけどな」

「不具合？　なるほど、そういう言い方もできるわけね。彼のその不具合は相当に深刻よ。幸い、皆たいして気にしていないみたいだけど。でも、職場環境を悪くしていることに変わりはないわ。彼はいったい何者なの？　アンジーは人間だって言うけど、本当かしら」

「ああ、彼は人間だよ。ラボでアクシデントがあってね。彼はもともと理論魔術の責任者だったんだけど、ある日、誤って自分を鬼に変えてしまったんだ。何をしようとしてそんなことになったのかはわからないけどね。以来、完全には元に戻れなくなった。なんとか通常の生活が送れるまでには回復したんだけど、どうやら十分ではなかったみたいだね。ちなみに、彼のあとを引き継いだのがオーウェンなんだ」

「とにかく、あの部署の勤労意欲は最低よ。キム以外まともに働く気のある人なんてひとりもいないわ。そのキムだって要注意だわ。彼女は野心的だけど、会社のためを思ってのことかは疑わしいもの。いずれにしても、彼らは皆、退屈してる。もしイミューンが必要で、少しでも生産的な仕事をしてもらいたいなら、現状を変えなくちゃだめよ」ふと先ほどのマーリンとの会話を思い出し、あるアイデアが浮かんだ。「ねえ、こういうのはどう？　検証人をいろんな部署に配置するの。そうすれば、だれかが姿を消してオフィスに侵入してきても、彼らが気づくでしょ。検証の依頼が入るのを待つ間、ただぼうっとしているんじゃなく積極的に不審者の発見に努めることで、自分たちの必要性をもっと実感できるし、退屈もしない。ほかのスタッフと交流するチャンスも増えて、自分たちも会社の一員だという感覚がもてる。そうすれば、会社への愛着だってきっと強くなると思うわ」

「なるほど、いいアイデアだ。さっそくグレゴールと話してみるよ。ところで、新しいプロジェクトを任されたんだって？」

この会社の情報網のスピードはわたしの知るなかで最速だ。従業員のほとんどが血縁で同じ屋根の下に住んでいる実家の店の上をいく。「ええ、まあね。だからしばらくの間、検証部にいる時間は少なくなりそう」

「特に気にしている感じではないね」ロッドが苦笑いする。

「ぜーんぜん。あの人たち本当に妙だもの。この会社でそう見えるのは、かなり問題よ」そう言って立ちあがりかけたとき、あることを思いついてもう一度腰をおろした。「ねえ、ちょっと訊きたいことがあるの」

「どうぞ、なんでも訊いて」

「マーケティングの方法について考えてるんだけど、魔法界では皆どのようにして新しい情報を得るの？」

「ほとんどの人はケーブルをもってるけど」

わたしは首を振った。「魔法に関するニュースについては？　魔法専用のケーブルチャンネルみたいなものはあるの？　魔法界のニュースはどのようにして人々に伝えられるのかしら」

「ネット上にいいウェブサイトがいくつかあるけど、大きなニュースはたいてい水晶ネットワークを通して得るね」そう言って、デスクの上の水晶玉を見た。

「ああ、それね。前からちょっと気になってはいたわ。オフィス電話とeメールを合体させたようなものに見えるけど」

「まあ、そんなところかな。eメールと同じように特定の個人と直接コミュニケートすることもできるし、不特定多数の人たちに送られたメッセージを受け取ることもできる。魔法界全体が知るべき重要なニュースは、通常そうやって送られるね」

「そのニュースが魔法界全体に配信されるべきかどうかは、どうやって判断するの？」

「水晶ネットワークのマスコミュニケーションを管理する組織があるんだ。発表したいことがあれば、まず彼らにそれを伝えて、彼らが重要だと判断すれば、ネットワークに流してもらえる。個人が勝手にメッセージを大量伝達することはできないんだ」

わたしはため息をついた。「そう、残念だわ。魔法界専用のテレビチャンネルでもあって、質の高いイメージコマーシャルを流すことができたら、てっとり早かったんだけど」

「ごめん、あまり力になれなくて」

「ううん、とても参考になったわ。月並みなアイデアじゃだめだってことね。じゃあ、そろそろオフィスに戻るわ」座り心地のいい椅子でこのままうたた寝をしたい気分になってきたので、わたしはむりやり立ちあがった。脳しんとうのダメージは思ったより大きかったようだ。ロッドは先回りしてオフィスのドアを開けてくれた。

「ほかに何か質問があったら遠慮せずにいつでも訊いて」

「心配しなくても、そうなるわ。そのうちわたしにうんざりするはずよ」

ロッドは笑った。「大丈夫だよ。さっきの提案、前向きに検討するよ。ありがとう」

刺激に満ちた午後のひとときを過ごしたあとで味気ない検証部のオフィスに戻るのは、実に気が重かった。同僚たちの姿を目にしたとたん、検証人を各部署に配置するという提案が果たして賢明だったのかどうか不安になった。皆、気ままな時間を楽しんでいるように見える。わざわざ忙しくなるような環境を与えられたら、どんな反応をするだろう。会社の一員としての自覚など本当に芽生えるだろうか。考えているうちに、また頭が痛くなってきた。

デスクに戻る前に、化粧室に寄って鏡を見た。こめかみにこぶが出来はじめている。いまは赤みを帯びているが、そのうち青黒くなる種類の赤みだ。ルームメイトたちになんて説明すればいいだろう。髪の毛を横に流して隠してみたが、かえって不自然で人目を引いてしまう。何か言いわけを考えなければ——。

幸い、わたしはいまだれともつき合っていないから、言いわけが下手でも、ボーイフレンドの暴力を隠すための隠蔽工作だと思われる心配はない。上司の仕業を疑われる可能性はなきにしもあらずだが、ミミのもとで一年間耐えたわたしが、いまさらそんな暴君に甘んじるわけがないことは、彼女たちにもわかるはずだ。やはりここは、ただ単純に、壁にぶつけたと言うしかないだろう——実際、そのとおりなのだし。

人生はフェアじゃない。マルシアは自分が携わった大型取引の話を手土産に帰宅するし、ジエンマは仕事で出会った有名デザイナーやモデルについて耳寄りなエピソードをいろいろ披露してくれる。わたしがこれまで彼女たちに報告できたことといえば、その日のミミがどれほどひどかったかということぐらいだ。ふたりは礼儀正しく耳を傾け、興味があるふりをしてくれたけれど、そのたびに、もう少し面白くて意義のある話ができないものかと情けなくなったものだ。いま、ようやく報告に値する仕事を手に入れたというのに、今度はそれについていっさい触れることができない——。

デスクに戻ったと同時に終業時間となり、スタッフたちはいっせいにオフィスを出ていった。わたしはもの思いにふけりながら、荷物をまとめ、オフィスをあとにした。「たいした活躍だったな、お嬢！」正面玄関を出たところでサムの声がした。

「ええ、まあね。一日分の仕事としては悪くないでしょう？」

「ご冗談を！　みごとだったよ。警備部にあんたを異動させたいくらいだね」

「オーウェンのおかげよ」

「ああ、だが、そもそもあんたがやつを見つけて居場所を教えなければ、坊やだって何もできなかったんだからな」

なるほど、そうかもしれない。たしかにオーウェンはこの会社で最も優秀な魔法使いのひとりかもしれないが、もしあのときわたしが現場にいなかったら、侵入者は彼のオフィスから書類を盗んで、まんまと逃げおおせていただろう。「必要とされるのはいいことだわ」わたしは笑顔で言った。

「おまけに、さっそく大きな仕事を任されたらしいじゃないか。この調子でいけば、あんた、クリスマスのころにはこの会社を経営してるんじゃないか？」サムは片方の羽でわたしに敬礼する。「さあ、今日は早く家に帰ってよく休みな。明日から忙しくなるんだろ」

彼の言うとおりだ。わたしには、マーケティングプランを作成して魔法戦争を阻止するという大仕事が控えているのだ。この会社はわたしを必要としている。そして、もっと重要なのは、わたしが必要だということを彼らが認識していて、わたしの言葉に耳を傾けてくれることだ。ミミに会いにいって、あっかんべーをしてやりたい気分だ。みんな、見てなさいよ。ケイティ・チャンドラー嬢はもう、それほど普通じゃないんだから。

アパートに着いたとき、ジェンマとマルシアはまだ帰っていなかった。頭は相変わらず痛かったし、ひどく疲れてもいたので、束の間でもひとりのんびりする時間をもてることを本当は喜んでいいはずだった。でも、わたしはそわそわと落ち着かなかった。本当のことは言えなくても、とにかくだれかと話がしたかった。少なくとも、新規のプロジェクトを任されたことは報告してもかまわないだろう。それだって、「今日もミミの判読不能なメモを必死にタイプしたわ」しか言えなかったこれまでとは雲泥の差だ。

幸い、ジェンマもマルシアも数分と違わず相次いで帰宅したので、ふたりがそろうまで待つか、同じ話を二度するかで悩む必要はなかった。全員が服を着がえ、ふたりがもち帰ったテイクアウトの箱を開けたとき、わたしは満を持して言った。「今日、会社ですごいことがあったの」

10

ふたりは、期待した興味津々の顔のかわりに、心配そうな表情を見せた。「それって、頭のそのこぶと何か関係があるの?」とマルシアが訊く。

わたしは会社の最高経営責任者(CEO)から大きなプロジェクトを任された話をするつもりでいたのだが、そう訊かれたとたんに、こぶの原因について退屈なつくり話をする意欲がいっきに失せてしまった。これまでの人生で最大級にエキサイティングだった一日をだれとも分かち合えないなんてあんまりだ。話のほんの一部分を打ち明けるぐらいなら罰も当たらないだろう。魔法に触れずに事件について話すことは不可能ではない。「実はそうなの」

「いやだ、ケイティ、頼むから今度のボスもひどいやつだなんて言わないでよ」ジェンマが言う。「ミミはたしかにひどかったけど、少なくとも身体的な暴力はふるわなかったわ」

「大丈夫、そんなんじゃないから。まあ、たしかに、今度の上司も完璧とはいいがたいけどね。怒りのコントロールにちょっと問題があって」これはかなり控えめな言い方だ。「でも、会社のトップは最高よ。とにかく、このこぶは上司とはなんの関係もないの。今日、オフィスでちょっとした事件があってね。男が社内に侵入してあるものを盗もうとしたんだけど、たまたまわたしがその現場に居合わせたのよ」

マルシアがうなずく。「そのての話、聞いたことがあるわ。さも関係者みたいな顔をしてあちこちのオフィスに入り込んでは、人目のないときにラップトップや何かを盗んでいく連中がいるって。で、あなたがその男を捕まえたの？」

「捕まえたといえるかどうかはわからないけど、男を発見して助けを呼んだのはわたしよ。それで彼は捕まったの」

ジェンマがわたしの肩を軽くパンチする。「やるじゃない、ケイティ。会社に入ったばかりなのに、よくそいつがよそ者だってわかったわね」

おっと、いけない。その点は考えてなかった。「なんとなくそんなふうに見えたのよ。わたしと鉢合わせしたことにすごく驚いているふうだったし……」それはもちろん、彼が姿を消す魔法を使っていたからなのだが、その部分は割愛しなければならない。わたしは肩をすくめた。「とにかく挙動不審だったの。で、直感的にこれは怪しいって思ったわけ」

「そのこぶは？」マルシアが心配そうに尋ねる。「その男にやられたの？」

「叫んだら逃げようとしたんで、とっさにしがみついたのよ。そしたら振り払われて壁にぶつかったの。でも、大丈夫よ。オフィスでちゃんと手当てしてもらったから」

マルシアは顔をしかめる。「それ、危ない会社なんじゃないでしょうね」

その質問に答えるのは簡単ではなかった。それらしい言いわけを思いつくには、ある程度実態を把握している必要がある。正直いって、わたしは実態を把握できていない。「ほかの会社に比べて特に危険だとは思わないけど……」ほかの会社というのは、つまり、ならず者の魔法使い相手に魔法戦争をやっていない会社ということになる。

「〝最も面白い入社二日目だったで賞〟をあげるわ」ジェンマがにやりとして言った。

「まだ続きがあるの」

「助けにきた警備員がめちゃくちゃハンサムな筋肉マンで、今週末デートに誘われたとか？」ジェンマがわくわく顔で言う。

「んー、ちょっと違うかな」わたしを助けにきた人はたしかにめちゃくちゃハンサムだったし、抱えられてマーリンのオフィスに向かうとき、彼がかなり筋肉質な体のもち主であることも発見した。一方、現場にやってきた警備員は石でできていて、背中には羽がついている。はっきりしているのは、そのいずれからもデートには誘われていないということだ。この話題にはあまり深入りしたくなかったので、わたしは言った。「そのこととは別件で、実は、かなり重要な新規のプロジェクトを任されることになったの」

「イケてる警備員なんかよりずっといいじゃない！　成功すれば幹部の目にもとまるわ」マルシアが言った。「昇進への第一歩よ」

ジェンマが憤慨したように言う。「イケてる警備員をないがしろにすべきじゃないわ。もしその人が素敵だったんなら、助けてくれたお礼にディナーに誘うべきよ」

「ケイティのキャリアがかかってるのよ」とマルシア。「こっちの方が重要だわ」

「それはイケてる警備員というものがどんなにイケてるか知らないからよ。経験がないからそんなこと言えるのよね」

わたしは両手でTの字をつくり、タイムアウトのサインを出した。「はい、ふたりともそのへんでストップ！　わたしにとってキャリアと恋のどっちが大事かを決める前に、話の続きをしてもいいでしょうか」

「ごめん」ふたりは声をそろえて言った。「どんなプロジェクトなの？」マルシアが続ける。

「会社ではこれまでマーケティングらしいことをほとんどやってこなかったので、具体的なマーケティングプランを作成してほしいって言われたの」

「すごいじゃない！」とマルシアが言った。「個室と役職がもらえるのもそう遠いことじゃないわよ、きっと」

彼女たちはわたしのニュースをこんなに喜んでくれている。でも、皮肉なことに、話の最も面白い部分は除外してあるのだ。透明人間のことも、パワフルで、しかもゴージャスな若き魔法使いのことも、そしてわたしがあのマーリンのもとで働いているという事実も。自分の身に起こったことの最も興味深い部分を最も近しい友人たちにさえ秘密にしておかなければならないのは、なんともじれったい。勢いあまってうっかり口を滑らせないよう気をつけなければ。

「ところで、金曜の夜の予定は？」わたしが口を滑らせる前に、ジェンマが話題を変えた。

「まだ決まってないけど、どうして？」

「ブラインドデートをセッティングできそうなの」

マルシアがうんざりしたように声をあげる。「またあ？　わたし、前回のダメージからまだ立ち直ってないわ。あの男、絶対アフリカ眠り病のキャリアよ」

「そこまでひどくなかったじゃない。けっこうハンサムだし、それにかなりの金持ちよ。ケイティは？」

うんざりした声をあげるのをなんとかこらえた。正義の魔法使いが魔法界のならず者から世界を救うための時間を稼がなくてはならないのだ。正直いって、ブラインドデートに出かける気分ではない。「あとで返事するわ」とわたしは言った。「プロジェクトの準備があるから、遅くまで仕事をすることになるかもしれないの」

「金曜に残業なんてだめよ。ま、予定がはっきりしたら教えて」

生まれて初めて、金曜日に残業したいと思った。

翌朝、わたしは前髪が額を斜めに覆うようセットした。とりあえず青あざは隠れたし、映画スターみたいに見えなくもないけれど、顔に髪の毛がかかっている状態にいつまで耐えられるか自信はない。職場に到着する前にいらいらが爆発するような気がする。

地下鉄の駅に着くと、例によってオーウェンの姿があった。なんとなく彼が意図的にタイミングを合わせているように思えるのだが、もしそうだとしても、それがわたしの行動が読みやすいからなのか、それとも彼が特殊な能力を使っているからなのかはわからない。路線を変えるか時間をずらすかして、どうなるか見てみようか。もっとも、意図的であろうがなかろうが、優しくてハンサムな男性と毎朝いっしょに通勤することになんの問題があるだろう。彼ならどんな犯罪者や変質者からだってわたしを守ってくれるに違いない。行き会わない方法を考えるなんてどうかしている。そう思ったとき、ふと侵入者を壁に磔（はりつけ）にしたときの彼の顔が脳裏に浮かんで、背筋が寒くなった。こちらの世界では、普通、気味の悪い男といえば、部屋の掃除を理由に三回続けてデートを断ってもいっこうに真意を察しないようなやつのことをいう。念じるだけでだれかを投げ飛ばせるというのは、まったく新しいタイプの薄気味悪さだ。

　オーウェンはわたしに気づいていったんほほえんだが、すぐに顔をしかめた。「頭のこぶ、大丈夫？」その表情があまりにかわいくて、たとえ彼がどんなにすごい魔法使いでも何も怖がることはないのだと即座に思い直した。わたしは魔法に免疫のあるイミューンなのだから、彼に投げ飛ばされる心配はない。ただし、彼の魅力に対して免疫がないのは明らかだ。彼の笑顔を見たとたん、みぞおちのあたりに熱く、しびれるような感覚が広がったのだから。オーウェンは親しみやすい隣の男の子と、正義のヒーローと、謎を秘めた危険な男のすべての要素を併せもっている。もし彼がわたしを口説こうと思ったら、わたしはロッドの愛の魔法の犠牲者たちにも勝る勢いでイチコロだろう。彼がシャイすぎて第一歩を踏み出せないのはかえって幸いだ。もちろん、わたしにわずかなりとも興味があればの話だけれど。

「大丈夫よ」考えていることが顔に出ていないことを祈りながら言った。「青あざがちょっと残ってるだけ。ヘアスタイルで隠蔽を試みてみたんだけど」

「なかなか素敵だよ」そう言うなり、オーウェンの頬がピンクに染まった。「ごめん」

「どうして？　あなたのせいじゃないわ」

「いや、ぼくのせいだ。もっと早く駆けつけていたら、きみが怪我をする前になんとかできたから行ったんだ」

のに……」彼はうなだれてプラットホームを見つめた。「実は、途中だった段落を読み終えて

わたしは笑った。彼の顔がますます赤くなる。「いいのよ、本当に。いずれにしても、わたしが投げ飛ばされる前に到着するのは難しかったと思う。たったひとりで侵入者に立ち向かうなんて、さすがに無謀すぎたわ」

そのとき轟音をあげて電車がホームに入ってきた。「本当に助かったよ」わたしを車内に促しながらオーウェンは言った。「きみは実に勇敢だった」今度はわたしが赤面する番だ。

車内はひどい混みようで、とても会話ができる状態ではなかった。とりわけわたしたちが通常するような類の話には不向きな環境だったので、電車を降りるまでふたりとも黙っていた。地下鉄を出ると、わたしたちはいっしょに公園を突っきり、会社の正面玄関でサムにあいさつして、ロビーの階段をのぼりきったところで別れた。わたしは検証部のオフィスへ行き、プロジェクトの準備のためほぼ一日じゅう席を空けることになる旨を伝え、営業部に向かった。

ハートウィックにミスター・ハートウェルのオフィスの場所を尋ねると、廊下の突き当たりの巨大な両開きの扉を指した。どうやら彼は相当な大物らしい。ノックをしようとした瞬間、扉がきしみながら開いた。彼は、マーリンのオフィスのそれに勝るとも劣らない大きなデスクの向こうに座っていた。「おはようございます」とわたしは言った。

彼は仕事の手を止め顔をあげると、わたしを見てほほえんだ。「ああ、ミス・チャンドラー、おはよう」

「すぐに取りかかった方がよいかと思ったので」

「もちろんだよ。さあ、かけて。コーヒーは?」

「いただきます」デスクの前のひじかけ椅子に腰をおろし、マグカップの出現に備えて態勢を整える。今回は、跳びあがることもコーヒーをこぼすこともなく、カップをキャッチできた。空いている方の手でノートをめくり、昨夜要点を書きとめておいたページを開く。

「まず、いま現在の製品の流通と販売促進の方法について、詳しく教えていただけますか?」

彼は戸惑ったような顔をした。「製品は販売店に送る。魔術の説明はパッケージに掲載してあるよ」

「それだけ?」

「それで十分だったからね」

「今後は十分ではなくなると思います。競合相手はまだ量販体制ができていないようなので、わたしたちはその分、有利なスタートが切れるはずです。相手が参入してくる前に、こちらのメッセージを市場に伝えることが重要です。そうすれば、ライバルの出現に慌てて対応しているような印象を与えなくてすみますから。パッケージの変更はどのくらいでできますか?」

「即座に」

わたしはため息をついた。これまで携わったマーケティングキャンペーンのどれかひとつにでも魔法が使えていたら——。俗界ではパッケージの変更に何カ月もかかる。この調子なら、今日中にも準備が調ってしまいそうだ。

「それは助かります。会社や製品に関する宣伝活動のすべてに、共通のメッセージを盛り込みましょう。一、二行のキーメッセージをパッケージや新製品の案内書に入れるんです」

「それなら十分対応可能だよ」

「ところで、マーリンの存在は社外秘ですか。それとも、宣伝活動に利用できるものでしょうか。魔法界では相当な有名人でしょうから、それを利用するという手もあるのですが」

ハートウェルはデスクの上で両手を組み、難しい顔をした。「微妙なところだな。ほとんどの人は、問題があるときにしか彼が呼び戻されないことを知っている。彼の復帰を知ったら、多くの人は何かトラブルが起こっていると思うだろうね」

「なるほど、わかりました。マーリンの知名度を利用する案は却下しましょう」ノートのその項にバツ印をつける。ふと、これはとても自分の手に負えないのではないかという気がしてきた。ただでさえこんな大がかりなキャンペーンを仕切る器じゃないのに、わたしはいま、自分がきちんと理解すらできていないものをマーケティングしようとしている。おまけに、このキャンペーンの成否にかかるものの大きさは、新しいソフトドリンクを売り出す場合の比ではない。彼らの話しぶりからすると、魔法界の存亡にかかわる一大事といっても過言ではないのだ。

「いずれにしても、パッケージを変えて、魔術の発売案内に会社としての新たなメッセージを加えましょう。それから、魔法関連専門のウェブサイトにも新しい情報を掲載しましょう」

ハートウェルが熱心にうなずくのを見て、気持ちが沈んだ。彼はわたしの言ったことを、彼らが魔法について話すことをわたしが理解する程度にしか理解していないのだろう。わたししたちはお互いに、相手の領域のことは何もわかっていないのだ。「期待できそうだな。それじゃあ、さっそくデザイン部の方に行ってもらおうか」

「デザイン部があるんですか？」

「もちろんだよ。だれかがパッケージをデザインしなければならないだろう？」

デザインはなじみのある分野だ。デザイン自体のノウハウに詳しいわけではないが、プロセスについてはかなり把握できている。デザイン部はミミの機嫌が悪い日の避難場所のひとつだった。デザイン部のスタッフはわたしに負けず劣らずミミを嫌っていたので、用事があってそこへ行くたびに、口実を見つけてはできるだけ長居したものだ。

ハートウェルはわたしにあらためて謝意を示すと、デザイン部への行き方を教えてくれた。デザイン部は地下のすみっこにひっそりとあり、〝部〟と呼ぶのはいかにも大げさだった。スタッフはたったひとりで、自分が年寄りに思えてしまうくらい若い男の子だった。細身で異様なほど背が高く、最初はエルフかと思ったほどだ。オフィスのすみのくたびれた古いソファに深々と座り、投げ出した長い脚が部屋の真ん中あたりまで伸びている。手にゲームボーイらしき装置をもっているが、おそらく何かもっと魔法的なものに違いない。製図台や超高性能なマックといったデザイン部におなじみのインテリアはいっさい見あたらないから、たぶんここは休憩室なのだろう。

わたしは彼がゲームを終えるのを待って——つまり、小さく悪態をつき、短いため息とともに一瞬コントローラをもつ手をさげた瞬間を見計らって——、軽く咳払いをしてから言った。

「あなたがデザイナー?」

彼はわたしが突然目の前に出現したような顔をしてこちらを見あげた。「ああ、あんた、ケイティだね」まったく、この会社は情報の伝達がはやい。「おれはラルフ」

「こんにちは、ラルフ。パッケージのデザインについて話し合いたいんだけど」

「おっ、やったね。もう少し派手にした方がいいってずっと言ってたんだ」彼がいっこうに立ちあがろうとしないので、ミーティングはここでこの態勢のまま行われるものと理解した。

「派手にすべきかどうかはわからないけど、より明確な会社としてのメッセージを盛り込みたいと思ってるの」

「いいじゃん、ついでに大幅なイメチェンもしちまおうぜ」彼はゲームボーイを下に置くと――やっぱりゲームボーイだった――、空中で片手を振る。突然、わたしの手もとに魔術のパッケージが降ってきた。あたふたしながらなんとかキャッチする。「どう思う?」とラルフ。

あらためてパッケージを眺めて、わたしは思わず目をつむった。直視するにはサングラスが必要だ。たしかに大幅なイメチェンではある。前日、視察に行った店で見たパッケージは、魔術の名称とその用途が美しいレイアウトで記されているだけのシンプルなものだったが、彼が出したパッケージには派手な色使いの大胆なイラストが描かれ、おまけにチカチカ点滅している。「これは、かなり目を引くわね」〝絶対ダメ!〟の角の立たない言い方を探しながら言う。

「スクロール表示のとこ見た?」ラルフは、タイムズスクエアの電光掲示板のように説明書きの文字が横に流れていく部分を指さす。

「ああ、これ、その、ユニークだわ……」

彼は目を輝かせる。「しばらく前にやり方を発見したんだ。どんなメッセージもこれで表示できるんだぜ。セール情報とか特別サービスのお知らせとか。この魔術をお買いあげのかたにはもう一セット半額でご提供いたしますぅ、みたいな」

彼の自主性には敬意を表する。でも、このデザインはどうにもいただけない。見ていると頭が痛くなってくるのだ。「すごいアイデアだわ」ひとまず言っておく。「でも、買い手を混乱させやしないか少し心配ね。パッケージを目にしたときに、ちょうど必要な情報が表示されているとはかぎらないもの」これは、テロップでニュースを流す朝の番組を見ていて、わたし自身がよく経験することだ。画面に目を向けたときには、たいていテロップの最後の部分が流れているところで、なんについての話なのかさっぱりわからない。かといって、もう一度頭から同じニュースが流れるのを待っている時間はない。

「でも、超カッコイイじゃん」彼は食いさがる。「ライバルにはこんなことできないぜ」

このアイデアをライバルに提供したら、それこそ効果的なサボタージュになるんじゃないかと言いたかったが、やめておいた。ひどい頭痛を引き起こす魔術なんてものはないのだろうか。倫理に反する魔術を購入すると、もれなく頭痛がついてくる――みたいなことができれば、問題は即座に解決できるのに。「とりあえず、現段階ではここまでしなくてもいいと思うわ。アイデアは今後に取っておきましょう」

ラルフは片手で何かをして、パッケージ上の電光掲示板を消した。目のまわりの筋肉がいっきに弛緩する。「ほかの部分はどうすんの？」

「たしかに派手で目立つけど、これでわたしたちの望むメッセージが伝わるかというと、ちょっと難しいわね」

彼は長い前髪のすき間からわたしをにらんで言った。「じゃあ、どうしたいんだよ」

「いまこの会社が直面している状況は知ってるわよね。うちが適切なテストを経て安全性の確認できた魔術だけを販売する唯一の会社であることを、確実に消費者に知ってもらう必要があるの。それから、わたしたちには千年の実績があるということも」

「了解。要するにもっとダサい箱ってことだ。これでどう？」彼が手を振ると、手もとのパッケージが一変した。今度のは格段に品がよく、いま彼に伝えたばかりの情報がちゃんとロゴの下のキャッチフレーズに含まれている。何より、眺めていても頭が痛くならないのがいい。

「完璧よ！　さっそくミスター・マーヴィンに見せて意見を聞くわ。これを製造に回して市場に出すまでにはどのくらいかかる？」

「望んだ瞬間にそうなってるよ」

一瞬意味がわからず彼の顔を見つめた。「つまり、すでに店頭に並んでいるものも変えられるってこと？」

彼は肩をすくめる。「ああ、もちろん。ポスターもいる？」

「え、ええ、ぜひ。ありがとう。助かるわ」このくらい簡単にことが運んだらどんなにいいかと何度思ったことだろう。こんなのに慣れてしまったら、もう二度と製造済みのものに変更を加えられるデザイナーがいない会社では働けないような気がする。もっとも、ミミみたいな上司がいたら、際限なく気を変えられて、いつまでたっても完成品ができないだろうけれど。

わたしは地下牢をあとにし、小塔へと向かった。螺旋エスカレーターをのぼりきると、マーリンの受付嬢が顔をあげて言った。「そのままどうぞ。待ってらっしゃるから」いったい彼はどうやって知るのだろう。そして、どのくらい知っているのだろう。ラルフが連絡を入れたと考えるのがいちばん簡単だが、オーウェンが毎朝地下鉄のホームでただ漠然とわたしが現れるのを待っているはずがないのと同じくらい、マーリンがあえて電話連絡を必要としないことは、ほぼ間違いなかった。

わたしが部屋に入るなり、マーリンは言った。「ケイティ！　具合はどうですか」そしてわたしの髪をかき分けてあざをチェックする。「ひどいですな。でも、すでに回復に向かっているようだ。さあ、おかけなさい。ちょうどお茶をいれようとしていたところです。あなたもいかがですか？」

「はい、いただきます」わたしはソファに座り、いつでもカップをつかめるよう両手を準備した。ところが、ふと見ると、マーリンがオフィスのすみにしつらえたカウンターで、電気湯沸かし器を手に何やらカチャカチャとやっている。彼は本当にお茶をいれているのだ。

「お茶はなかなか素晴らしい飲み物ですな。ブリテン人が自分の王国からほとんど出なかったあのころは、このようなものはありませんでした。あったのはせいぜい、薬草を煎じたものぐらいです。毎日が新たな発見ですよ」

「そうでしょうね」彼が日々直面していることを考えると、気が遠くなった。その旺盛な知的好奇心によって彼の正気は保たれているのだろう。

「ミルク、それともレモンですか？」

「ミルクをお願いします」

マーリンはトレイにカップ二個とシュガーボウルをのせて戻ってきた。「さあ、できた。では、話しましょうか」

わたしは彼に新しいデザインのパッケージを手渡した。「どうでしょうか」

マーリンはじっくりと眺めたあと、寂しげな笑みを浮かべてそれをわたしに返した。「たしかに、わたしたちが伝えたいことはここに述べられているようですが、わたしにはこれがいいのか悪いのかを判断するだけの材料がないのです」

「わたしはとてもいいと思います」

「では、ぜひともあなたのプランで進めてください」

「ラルフに伝えます。どうやら一瞬ですべてを変更できるみたいですから。営業部の方でも、今週発表予定の新製品で大きく差をつけられるよう準備を進めています」

「けっこうですな」マーリンはそう言うと、急に深刻な顔つきになった。「これでわが社は救われるのですか？」

わたしは手もとの試作パッケージを見つめた。「わかりません。少なくとも悪影響はないはずです。有効な対抗策が見つかるまでの間、競合相手の影響を最小限に抑えることが目的だとすれば、それはある程度達成できると思います」

「それならよかった」彼はくくっと笑った。「年老いた魔術師を冬眠から引っ張り出したものの、実際に問題を解決したのは、魔力のかけらももっていない若く賢い女性だったとは――」

「待ってください。問題が解決できるとはひとことも言っていませんよ。その部分は皆さんの役目ですから」わたしはひと口お茶を飲んでから、ずっと気になっていたことを訊いてみた。

「このイドリスという人物はそんなに悪いやつなんですか？」

「フェラン・イドリスは非常に危険です。わが社に恨みをもっているからだけではありません。彼が危険なのは、自分の能力の限界を試すことに魅力を感じているからです。それがもたらす結果や影響を受ける人たちのことはいっさい考慮にありません。彼は会社のルールに不満をもっていましたから、いずれ自ら辞めていたでしょう。でも、わたしたちの方が先に彼を追い出したことで、彼は怒りとともに立ち去ることになったのです」

「危険にさらされているのは魔法界の人々だけではないんですね？」

「魔法を使えない人たちこそ、より危険だといえます。一般の人々は魔法から身を守る手段をもっていませんからね」

「彼はそんなに力があるんですか？」

「わが陣の最高の人材が力を合わせれば、彼も太刀打ちできないでしょう。しかし、相手の魔術を打ち消すには、まずその魔術をよく理解しなければなりません。残念ながら、理解する過程にリスクはつきものです。もちろん、対抗魔術（カウンタースペル）のテストにも危険は伴います」

「つまり、自らその魔術にかかる必要があるということですか？」

「まあ、そういうことです」

それはあまり気持ちのいい話ではなかった。要するに、オーウェンがあえて相手の魔術に身をさらさなければならないということだ。彼がどんなに力のある魔法使いだとしても、わたしにとってはあくまで、優しくて、シャイで、無害な青年だ。「こういうことが……」わたしはパッケージを見た。「相手をさらに怒らせる可能性もあるわけですね」

「だとしたら、予想外の効果を得られることになりますな」マーリンはソファから立ちあがった。「さて、昼食がてら周辺を案内してくれるという申し出はどうなりましたかな」

「もちろん有効です。その前にこのパッケージで進めるようラルフに伝えないと」

「では、いっしょに彼のオフィスへ行きましょう。何かもっていくべきものは？」

「風が冷たいのでジャケットを。それと、お金も」この界隈でふたり分のランチを支払うのは楽ではない。

マーリンはコートかけからジャケットを取り、レセプションエリアで受付の妖精から現金をいくらか受け取った。わたしは自分のジャケットとハンドバッグを取りに検証部に立ち寄り、そのあとマーリンとともに地下へおりた。オフィスに入ってきたビッグボスを見て、ラルフは跳びあがった。

「非常によい出来ですよ。ただちに進めてください」マーリンは言った。

「は、はい、ボス、ただちに」

外へ出ると、わたしは言った。「このへんはまだよく探索していないんですけど、たしかブロードウェイにいくつかレストランがあったはずです」

「ではそちらに案内してください。わたしに比べれば、あなたの方がはるかにエキスパートですよ」マーリンはわたしに腕をさし出す。わたしたちはパークロウに向かって歩き出した。すれ違う人の目には、きっと老人が孫娘と散歩しているように映るだろう。

たしかにマーリンには、ずいぶん昔に亡くなった祖父を思わせるところがあった。わたしの祖父はテキサスの農夫で、暗黒時代の魔術師という雰囲気はまるでなかったけれど、ふたりには同じ種類の好奇心とユーモアがあった。もし彼らが出会っていたら、いい友達になったような気がする。

パークロウにはコンピュータや音楽、エレクトロニクス関連の店が並んでいる。マーリンは歩を緩めてショーウインドウをのぞき込む。彼にとっては、こうしたもののすべてが驚きの対象であるに違いない。「少しなかを見てもよろしいかな?」

「もちろんです」

店内は昼休み中の人々で混雑していた。驚いたことに、マーリンはDVDのコーナーに向かって真っすぐに歩いていく。彼がこのような店で自分の行くべき場所を把握しているとは意外だった。「DVDプレーヤーをおもちなんですか?」

彼は片方の眉をあげてわたしを見る。「もちろんですとも。さもなければ、毎晩退屈でしかたがない。今日のこの世界について学ぶには、なかなか楽しい方法です。オーウェンが操作の仕方を教えてくれて、ニューヨークに関する映画を何本か貸してくれたのですよ」

わたしは彼のそばに寄り、ほかの客に聞こえないよう小声で言った。「ＤＶＤの中身が本当のことではないというのはご存じですよね。ドキュメンタリーでないかぎり、俳優たちが演じているだけのつくり話ですから」

「巨大なゴリラが出てくるのを見たとき、そのような結論に至りました」彼はさらりと言った。

「ああ、なるほど、そうでしょうね……」

マーリンは探しているものを見つけたようだった。「ありました。これです」

わたしは彼が手にしているものをのぞき込んだ。「『キャメロット』？」

「そうです。どのように語られているかとても興味がありますな」

「それ、ミュージカルです。登場人物がときどきいきなり歌い出すんです」

「それは明らかに実際の出来事とは異なりますな」彼は笑った。「で、例の魔術師はどんな歌を歌うのですか？」

『キャメロット』は、高校のとき、演劇クラブが上演したのを見て以来だ。「たしか、あなたが、その、つまりマーリンが歌うシーンはなかったと思います。基本的にマーリンが去ったあとのアーサー王についての物語ですから」

「ああ、歴史書を読みましたよ。実に悲しいことです」

わたしは彼をレジカウンターに案内した。ちょうどそのとき、暖かい店内ではいかにも不自然なぶ厚いロングコートに身を包んだティーンエイジャーが、いきなり前に進み出て、レジにいた店員に銃を突きつけた。「あるだけ出しな」

店員は悲鳴をあげ、両手をあげて後ずさりする。わたしはつられて悲鳴をあげないよう、慌てて口を覆った。わざわざ強盗犯の注意を引きたくはない。わたしのハンドバッグの中身で彼が欲しがりそうなものといえば、十ドルばかりの現金とメトロカードと笑ってしまうほど利用上限の低いクレジットカードぐらいだが、失うことになれば、わたしにとってはとてつもなく大きな損失だ。もちろん、わたしの体のなかを流れる善良な血にも、できれば体内にとどまっていてほしい。映画ではたいてい、自暴自棄になった強盗犯が、目撃者を残さないために相手かまわず銃を乱射することになる。そうでなければ、店内にいる全員を人質に取って長丁場の立てこもりに突入したりするのだ。

驚くべきことに、母は正しかった。母はわたしがニューヨークで強盗に遭うことを再三にわたって警告した。そしていま、そのとおりになっている。正確には、わたしが個人的に襲われたわけではないけれど、いままさに五フィートと離れていない場所に銃をもった男が立っているのだ。護身術など論外だ。わたしの足は床に凍りついたように動かない。頭にあるのは死にたくないという思いだけだ。せめて、死の際で人生が走馬灯のように脳裏を駆け巡るときに、わずかなりとも面白いと思える光景を目にできる程度には長生きしてから死にたい。

ふと、自分がひとりではなかったことを思い出した。わたしの横にいるのは、歴史上最強の魔術師のひとりだ。少年の強盗犯などマーリンの相手ではない。そう思うと、いくぶん気が楽になった。どうするだろうと思って当のマーリンの方を見ると、まったく警戒した様子がない。

わたしはまたもや不安になった。何本もＤＶＤを見ているのなら、銃が武器であることぐらいわかるはずだ。だいたい、アメリカで銃の出てこない映画なんかつくれるのだろうか。そのとき、あることに気がついた。まわりがすべて静止しているのだ。まるで時が止まったかのように、店員も、強盗犯も、店内のだれひとりとして動いていない――マーリンとわたしを除いて。

「やりますね」わたしは止めていた息をいっきに吐き出した。「で、どうするんですか？」

「あなたは緊急救助を呼んでください。わたしはだれも怪我をしないよう段取りをつけます」

レジの横にあった電話で九一一をダイヤルする。視界のすみに、強盗犯の手から銃を抜き取り、弾倉を空にしてから、ふたたびそれを犯人の手に戻すマーリンの姿が見えた。電話の向こうでは、「緊急の場合はこのまま切らずにお待ちください」という録音メッセージが流れている。「電話を店員の手にもたせなさい」とマーリンが言った。わたしは指示に従う。「では、行きましょう。この街に住むための法的な書類はつくってありますが、警察の尋問を受けずにすむなら、それにこしたことはありませんからな」

その意見には賛成だ。どんな書類を用意したのか知らないけれど、彼が精神鑑定を受けるはめになるようなことを言い出すまでにどれくらいもつかは、はなはだ心許ない。出口に向かって歩いていく途中で、マーリンの手から『キャメロット』のＤＶＤを取りあげる。「お金を払わずにこれをもち出すわけにはいきません」

「おお、いかにも。またあらためて買いにくるとしましょう」

近くの棚にＤＶＤを戻すと、ドアを開けて待っているマーリンのもとへ急いだ。背後でドアが閉まったとたん、店内が動き出す。店員が「強盗です」と言うのがかすかに聞こえた。

「ここはシティホールの近くだから警察はすぐに到着するはずです」マーリンに対してというより、自分自身を勇気づけるために言ったのだが、あることに気づいて思わず天を仰いだ。

「監視カメラのことを忘れてた。わたしたちがいたことも、魔法を使ったことも、警察が到着する前に店を抜け出したことも、全部ばれてしまう」

「心配は無用です。その点も魔術で対応できていますから」

「監視カメラをご存じなんですか?」

「わたしはかなりのことを知っていますよ。呼び戻されてから三カ月ほどの間、あなたがたの社会について集中的に勉強しましたからね。さて、そろそろお昼にしませんか」

マーリンは裏通りのピザスタンドを指さして言った。「あの食べ物を試してみたいのですよ。映画で見たのですが、なかなかおいしそうでしたのでね」わたしたちはピザをふた切れテイクアウトし、近くの広場に行って席を取った。ピザから伸びるモッツァレラチーズに悪戦苦闘するマーリンを見ていると、やはりちょっと風変わりな好々爺という感じで、一瞬にしてまわりの世界を凍結させることができる人物とはとても思えなかった。

サムが飛んできて近くのベンチに舞い降りたのは、ちょうどピザを食べ終えたときだった。

「よかった、ここにいた」石の生き物として可能なかぎりに息を切らしながら彼は言った。

「どうしました、サム」マーリンが訊く。

「すぐに会社に戻ってください、ボス」

11

こちらに注目している人はいないかと、わたしは周囲を見回した。一般の人たちにサムやサムと話すわたしたちが見えないよう魔法が使われていることはわかっているのだが、やはり公共の場でガーゴイルと会話を交わすのは妙な気分だ。

人々はそれまでどおり食事やおしゃべりを続け、わたしたちが席を立ち、歩きはじめたそのすぐ前をサムが飛んでいても、ほとんど注意を払わなかった。

「サム、何があったの?」わたしは不安になった。ひょっとしたらマーリンを連れ出したことが問題になっているのかもしれない。

「やつの魔術が手に入ったんだ。パーマーがこれから試してみるらしいんだが、ボスとケイティ嬢にも同席してもらいたいと言っている」サムは振り返ってにやりとする。「マーケティングとパッケージについてプロの意見が必要だし、隠蔽の有無もチェックしてもらわなきゃならないからな」口実を探すことなく仲間に加われるというのは、なかなかいいものだ。

羽のあるサムは当然有利だとしても、マーリンも千歳を超える老人にしてはかなり機敏に歩いた。実際、いちばん後れを取っているのはわたしだった。会社に到着すると、サムは正面玄関の日よけの上のいつもの場所にとまり、マーリンとわたしはそのまま研究開発部へ直行した。

オーウェンのラボで、オーウェンとジェイク——今日のズボンはぼろぼろではなかった——がテーブルの上にかがみ込んで何かを見ている。わたしたちがなかに入ると、ふたりそろって顔をあげた。「ミスター・マーヴィン、ケイティ」オーウェンがあいさつする。

「それが例のものかね」テーブルの上の小冊子をのぞき込みながらマーリンが言った。

「はい。イーストヴィレッジの小さな雑貨屋兼レコードショップで見つけました」ジェイクが答える。

「勤務時間になぜそんなところにいたのかは謎だけどね」オーウェンは冷ややかに言った。ジェイクがニューヨークドールズのTシャツを着ていることが何よりのヒントだと思ったけれど、たしかにオーウェンはパンク好きには見えない。わたしだって、たまたま大学時代のルームメイトがパンクファンだったから知っているだけだ。彼女が原因でわたしは寮を出てマルシア、ジェンマ、そしてコニーといっしょにアパートに住むことになったのだが、その縁がやがてわたしをニューヨークに導いたことを考えれば、パンクにはずいぶん恩があるともいえる。

マーリンは小冊子をめくりながらふうむと唸った。そして冊子を閉じると、わたしに手渡した。「どう思いますか、ケイティ」

魔法のことは何もわからないのだから、おそらくパッケージについて訊いているのだろう。冊子を裏返してみる。「まずいえるのは、このイドリスという人物にはマーケティング専門のスタッフがいないということですね。これは彼自身がパソコンでつくり、インクジェットプリンターで印刷したもののようです」彼は製品の見栄えなどまったく気にしていないようだった。

もっとも、こうした類のものに興味のある人にとっては、中身がニーズを満たしてさえいれば、見た目はどうでもいいのかもしれない。

〈やばい仕事は人にやらせよう〉パッケージの表には大きな文字でそう記してある。さらに、別の書体の小さな文字でこうも書いてあった。〈無防備な一般人をあなたの専属奴隷に！　彼らは自分がしたことをまったく覚えていません。現場にいる必要がないから、アリバイも完璧です〉

わたしは皆の方を見て中途半端に笑った。「魅力的なメッセージであることはたしかですね。こんな宣伝文句があれば、たしかに派手な広告は必要ないかもしれない」冗談めかして言ってはみたものの、思わず背筋が寒くなった。免疫者（イミューン）であるわたし自身に危険はないが、わたしにはイミューンではない大切な人たちがたくさんいる。「専属奴隷という言葉はかなりキャッチーですね。わたしだって、だれかに洗濯や皿洗いをさせたくなるかもしれない」

「あるいは、自分のアリバイを証言できる大勢の人たちと別の場所にいながら、強盗を働くこともできる」オーウェンがつけ加えた。

ついさっきマーリンが阻止した強盗事件のことが頭に浮かんだ。あの少年は果たして自分の意志で犯行に及んでいたのだろうか。犯罪に利用しようと思えば、いくらでも方法はある。まったく別の場所にいる真犯人によって次々と銀行強盗が起こされるさまを想像してみた。「これ、わたしたちのマーケティングキャンペーンが太刀打ちできるようなものじゃないわ。こういうことに関心のある連中は、品質とか安全性なんて気にしないもの」

「でも、きみのマーケティングによって多くの店が彼の魔術を仕入れるのをやめるかもしれない」オーウェンはこちらを見ずにそう言った。その点に考えが及ばなかった自分を心のなかでののしった。いくらオーウェンが万能型の天才だといっても、ここではわたしがマーケティングのエキスパートのはずだ。

「そのとおりですよ」ジェイクが言う。「この魔術を見つけたのは今回が初めてだし、あそこはお世辞にもきちんとした店とはいえないから」

「とりあえず、ふだん多くの人が行く店を注意して見ていくしかないわね。パンフレットをつくって、そうした店を対象に大々的な販促活動を展開するべきかもしれない」

「よいアイデアですな」マーリンが言った。わたしが言ったことをちゃんと理解している口ぶりだ。ここにもひとり天才がいた。わたしは天才に囲まれているのだ。

「とにかく、こうした魔術をできるだけ人目につきにくくすることが重要だわ」声にできるかぎり威厳を込めて言ってみる。

「魔術そのものについてはどう思うかね」マーリンがオーウェンに訊く。

「解雇前に彼がここでつくろうとしていたものと同系だと思います。彼は当初、ごく単純な感化系の魔術の開発に取り組んでいました。人を自分にとってより好ましい相手にさせる魔術です。正直いってぼくは賛成できなかったんですが、グレゴールは十分に需要があると考えて、限度を設定すれば害はないと言いました。ところが、フェランはその先へ進もうとした。それが発覚して、彼は解雇されたんです。その後、彼がもくろみを実現させたかどうかはわかりません。とりあえず、これを試してみるしかないでしょう」

ジェイクが哀れな声をあげた。「ぼくに変なことをさせないでくださいよ」

「いや、それはこっちのセリフだ」ぽかんとするジェイクに向かってオーウェンは続ける。「対抗魔術（カウンタースペル）をつくるために何が必要かを正確に見極めるためには、自分で体験してみるのがいちばんなんだ」

そばかす顔に並びの悪い歯を見せて、ジェイクがにやりとした。ジミー・オルセン（デイリープラネット社のカメラマン、クラーク・ケントの同僚）がパンクロックのTシャツの上に白衣を羽織っているような感じだ。「全面的に賛成ですよ、ボス」

「あまり調子に乗るなよ」オーウェンが言った。「ぼくが何も覚えていなくても、ここにちゃんと証人がいるんだからな」

「ちぇっ、つまんないの。せっかくニワトリのまねさせてコケコッコーって言わせようと思ったのに」

「ニワトリはダメだ！」オーウェンがむきになる。彼のような人がこんな無防備な状態に身を置くのはさぞかし不本意なことだろう。しかも、これだけシャイときている。だれかと話すだけで赤面するぐらいなのだから、コケコッコーと言わされたり裸踊りなどさせられた日には、いったいどうなることか――。「その前に、このなかに何も隠されていないかをまず確かめた方がいい。ケイティ？」

わたしは小冊子を開いた。「どうすればいいの？」

「隣でいっしょに目を通すから、書いてあることをすべて声に出して読みあげてほしい」

「危険じゃないの？」

「きみはイミューンだから大丈夫。きみが読んだところで、だれも魔法にはかからない。というか、このなかで声に出して読みあげても安全なのはきみだけなんだ。それに、魔法はただ呪文を口にすればいいというわけではないしね」

「わかった。じゃあ、いくわね」実際に魔術書を目にするのはこれが初めてで、どんなものか興味があった。ある意味、それは料理の本を読むのと似ていた。材料のリストがあり、その使い方が指示され、最後に呪文がある。ほとんどの言葉は、わたしにはまったく意味をなさなかった。それにしても、肩ごしにオーウェンがのぞき込んでいる状態で集中するのはひと苦労だ。彼の息が首筋にかかるのを感じる。彼が底知れない力をもち、いざとなれば危険で、ほぼ確実にわたしには興味がないことを、懸命に自分に言い聞かせた。最後まで読み終えると、オーウエンの方を向いて言った。「どんな感じ？」

「特に問題はなさそうだな。魔術自体はとても承認できないものだけど、何かをこっそり紛れ込ませるようなことはしていないようだ」

「何をすると思ったの？」

「なんだってあり得るよ。たとえば、魔術を使うたびに彼になんらかのコミッションを支払うことを明記した条項を入れるとかね」

「そんなことできるの？」

「彼ならやりかねない」オーウェンはわたしの手から小冊子を取ってジェイクに渡した。「いいか、ニワトリもコウモリもだめだからな。それに、裸もだ」

「なーんだ、面白くないの」

「面白くなくてけっこう。ぼくは上司なんだから」

「わかりましたよ。じゃあ皆さん、下がって」小冊子にざっと目を通してから、ジェイクは言った。マーリンとわたしはラボのすみに移動する。なんだか安全ゴーグルでもつけたい気分だ。オーウェンは部屋の反対端まで行き、何度か大きく深呼吸した。何かにつけてピンクに染まる頬は、いまやすっかり血の気が引いて真っ青だ。ジェイクの顔色も負けずによくなかった。そばかすの下の肌は青白くこわばっている。上司に呪いをかけたいと思ったことは数知れないけれど、上司本人から呪いをかけてくれと頼まれるとなると、また話は別なのだろう。とりわけ、それがどんな結果をもたらすのか見当がつかないときには——。

「ほら、どうした」オーウェンが歯を食いしばって言った。「ケイティが読みあげるのを聞いてたんだから、やり方はもうわかっているだろう?」

「最後の確認です」ジェイクの声は震えている。隣を見ると、マーリンのあごに力が入っているのがわかった。どうやらこれは、かなりのおおごとらしい。

「それでは」ようやくジェイクが言った。「あなたのもち物を何かひとつください。ちょっとしたものでかまいません」オーウェンは白衣のポケットからペンを一本取り出してジェイクに投げる。ジェイクはそれを片手でひょいと受け取り、「オーケー、じゃあこれでいきます」と言った。彼はひとつ深呼吸すると、左の手のひらにペンをのせて自分の前にさし出し、右の手のひらをその上にかざす。そしてもう一度深呼吸をすると、さっきわたしが読んだ意味不明の言葉を唱えはじめた。

わたしはイミューンではあるけれど、周囲にエネルギーが満ちていくのが感じられた。金属性のものに触れると静電気でビリッとくる冬の日のように、いま何かに触ったら火花が散りそうな気がした。空気は重く、激しい雷の前のそれを思い起こさせた。竜巻を引き起こす類の雷だ。実家では大気がこんな感じになると、両親は必ずラジオで天気予報をチェックしたものだ。ジェイクは右の手のひらをオーウェンの方に向けて、さらに意味不明の言葉をつぶやく。するとと空気中の圧力と緊張がいっきに崩壊し、消滅した。おそるおそるオーウェンの方を見る。あんなものをまともに受けて体にいいわけがない。とりあえず大丈夫そうに見えるが、依然として顔に血の気はなく、目つきはぼんやりとしている。

ジェイクは何か考えごとをするように下唇をなめた。そして、右手で小さくジェスチャーをする。するとオーウェンがホワイトボードの方へ歩いていき、マーカーを手に取った。その動きはごく自然で、マインドコントロールされたゾンビのようには見えなかった。オーウェンを知らない人なら何も疑わないだろう。オーウェンを知っている人でも特に異常を感じないのではないだろうか――よほど注意深く彼の目を見ないかぎりは。「ジェイクに昇給を」オーウェンは大きな文字でそう書いた。わたしは彼の肉筆をよく知らないが、それは明らかに、ホワイトボードの残りのスペースを埋めている几帳面な筆記体とは違っていた。書き終えると、彼はマーカーにキャップをし、ボードから離れた。

ジェイクが右手でペンをぎゅっと握ると空気中の圧力が一瞬だけ増し、その直後、すべてがもとどおりになった。どうやら終わったようだ。オーウェンの体がぐらりと揺らいだので、いちばん近くにいたわたしは急いで駆け寄り、彼を支えた。よほど具合がよくないのだろう。彼は震えていて、大丈夫だという素振りをつくろおうとすらしなかった。「オーウェン？」

「ちょっと座らせて」彼はささやくように言った。今度はわたしが昨日のお返しをする番だ。オーウェンの左腕を自分の肩にのせ、右腕を彼の腰に回し、近くの椅子まで移動する。オーウェンは腰をおろすと、そのままかがみ込み、ひじをひざの上にあてがって、頭をひざの間に落とした。貧血のときにするよう教えられる姿勢だ。

マーリンとジェイクもそばに来た。「ボス？」ジェイクの声はさっき以上に震えている。「大丈夫ですか？」

「もう少し待ってくれ」ひざの間からオーウェンのくぐもった声が聞こえた。ジェイクは不安げにマーリンの顔を見る。マーリンはオーウェンの手首に触れて脈を測った。

「お茶をもってくる。こういうときは、うんと濃くて甘いお茶がいいのよ」急いでコーヒールームを探しにいこうとしたとき、ジェイクの手に湯気のあがるマグカップが現れた。そうだった――どうもすぐに忘れてしまう。

マーリンがオーウェンの背中をなでながら言う。「深く息をしなさい。そう、その調子」マーリンの深刻な顔を見て、思わずパニックに陥りそうになった。これは魔術に対してよくある反応なのだろうか、それともこの魔術がとりわけたちの悪いものだということなのだろうか。いずれにしろ、わたしは自分がイミューンであることをありがたく思った。魔力のかけらももたないことに対してわずかなりとも残っていた不満はすっかり消え失せた。

数分後、オーウェンはなんとか体をもちあげた。ずっと頭を垂れていたにもかかわらず、顔は相変わらず蒼白だ。「ふう」彼は大きなため息をつく。「これはかなりきついね。安全性の確認はしていないようだな」冗談めかそうとする意図に反して、声は震えていた。

「そういうことを気にかけるタイプではなさそうね」わたしは言った。

オーウェンはジェイクがさし出したお茶を受け取ったものの、手が震えてカップを口もとにもっていくことができない。わたしは自分の手を添えてカップを支えた。オーウェンは二、三口お茶をすすると、また何度か深呼吸を繰り返す。次に口を開いたときには、だいぶいつもの彼らしくなっていた。「ぼくに何をさせたの？　マラソンを走り抜いた気分なんだけど」

「ぜんぜん覚えてないんですか？」ジェイクが訊く。

オーウェンは首を振った。「まったく。きみが魔術を始めたところまでは覚えているけど、次に気がついたときには倒れる寸前になってた」

ジェイクはホワイトボードを指さす。「あれを……」

オーウェンはボードに目を向けた。唇の片端がくっとあがる。「ぼくが書いたの？　自分の意志で書いたんじゃないことだけはたしかだな」そう言ってふと顔をしかめる。「それに、ぼくの筆跡ですらない」彼はジェイクの方を見る。「あれ、きみのだよ」

「でもあなたが書いたの」とわたしは言った。「ここでしっかり見てたわ」

「そのとおり」マーリンが同意する。「実に興味深いですな」

オーウェンはお茶をひと口ゆっくりと飲んだ。顔色がいくらかよくなってきた。いま赤面すれば、かなり人間らしく見えるだろう。「たしかに興味深い。でもおそらく、この魔術の欠陥と考えるべきでしょう」彼はジェイクを見あげる。「わざとそうしたんじゃないだろ？」

ジェイクは首を振った。「いえ、筆跡についてはなんの指示もしませんでした。指示したのは、あなたに書かせる文章だけです」

「となると、彼がテストをしていないことは明らかだな。この魔術の用途を考えれば、これは大きな欠陥だよ」

「どういうこと？」わたしは訊いた。

「偽装ができなくなるということさ。だれかに自分の欲しいものを買わせようとしても、小切手やクレジットカードのサインの筆跡が購入者本人のものじゃないわけだから、受理してはもらえない。だれかを操って法的な文書に署名させることもできなくなる。そこに自分の筆跡が残るわけだからね。たとえ指紋が残っていなくても、当局は筆跡をもとに署名した人を割り出すことができる」

わたしたち三人はオーウェンをまじまじと見つめた。あの優しく内気なオーウェンにこんな用途を思いつくだけの狡猾さがあるなんてだれが思うだろう。「ボス、ぼくはときどきあなたが怖くなりますよ」長い沈黙のあと、ジェイクが口を開いた。わたしは彼が先に言ってくれてっとした。

「論理的に考えただけだよ」オーウェンはそう言って肩をすくめたが、突然顔色が普通に戻ったところを見ると、相当激しく赤面しているに違いなかった。「とにかく、この魔術の欠陥はそれだけじゃない。たとえ何も覚えていなくても、被害者は何かがおかしいということに絶対気づくはずだ。この製品が宣伝文句どおりにいかないことはたしかだよ」

「対策はあるかね」マーリンが訊く。

「残念ながら、現時点ですぐに思いつくものはありません。コントロールされた環境で何度かテストを繰り返す必要があります。今回ぼくは、あえて抵抗せずに身を任せました。ただ、できれば再度テストする前に少し時間を置きたいというのが、いまの正直な気持ちです」

「もちろんです」マーリンはオーウェンの肩にそっと手を置いて言った。「今日のところはこれで十分でしょう」

「でも、悠長にはしていられません」オーウェンの顔がふたたび青白くなった。眉間にはしわが寄っている。「欠陥があろうがなかろうが、この魔術が非常に危険なことにかわりはありません。力加減をコントロールできない人物に扱われたら、被害者を殺してしまう可能性もあります。これは、反撃の方法を知ればいいという話ではない。使用そのものを阻止しなければ。未検証のこんな危険な魔術を市場に出すわけにはいきません」

「もしだれかが使ってみて思うような結果が得られなかったら、すぐに悪い評判が広まるはずだわ」そう言ってはみたものの、あまり励ましになったような気はしなかった。

「われわれの部隊にこれを配布して警戒態勢を取らせましょう」マーリンが言った。部隊？　部隊ってなんの部隊？　状況を把握できたと思うたびに、必ずまたひとつ新たな謎が浮上して迷宮のなかに引き戻される。質問しようと口を開いたとたん、マーリンがぎこちない笑みを見せて言った。「つまり、わが社の営業部隊や監視チームということですよ。だれかが使用したときには、それをすぐに知る必要がありますからな」なんとなくごまかされたような気がしたが、あえて追及しないでおいた。

「では、わたしはオフィスへ戻ります」マーリンは言った。「回復が早まるよう、上から薬草酒（コーディアル）を送りましょう」

「ありがとうございます」オーウェンは言った。顔色はいくらかよくなってきたが、やはりこのまま家に帰り、ベッドで暖かい毛布にくるまっているのがいちばんいいように思えた――だれかに枕もとまでチキンスープを運んでもらって。それはとても魅力的な光景ではあったけれど、立候補する度胸はなかった。

　わたしもオフィスに戻るべきだとはわかっていた。でも、知りたいことがたくさんあったし、オーウェンが本当に大丈夫かを見極めたくもあった。「あなたにいま必要なのはチョコレートだわ」マーリンが行ったあと、わたしはそう言ってハンドバッグのなかを探り、ダヴのダークチョコレートをひと粒取り出した。「はい、どうぞ」

「これはチョコレートで解けるタイプの魔法ではないと思うよ」とオーウェンは言った。

「チョコレートはどんなときでも役に立つわ。それに、あなたにはいま糖分が必要よ」

「じゃあ、いただくよ」彼は銀紙をむいて口のなかにチョコレートをぽんと入れた。

「いつもハンドバッグにチョコレートを入れてるの？」ジェイクが訊く。

「世の中、おやつが欲しいときに指を鳴らしたり片手を振ればすむ人ばかりじゃないんですからね。わたしはチョコレートの備えなしで出かけるなんてことは絶対にしないの」

「賢明なポリシーだね」オーウェンがそう言ってにっこりほほえみ、わたしはひざから力が抜けそうになる。

「大丈夫そう？」気を取り直して訊いた。

オーウェンはひとつ大きく息を吸うと、不安定なため息とともに吐き出した。「大丈夫。でも今夜はジムに行くのをやめておくよ。家に帰って早く寝ることにする」

「慰めになるかどうかわからないけど、ぼくも頭が痛くなってきましたよ」こめかみを揉みながらジェイクが言う。わたしは彼にもひと粒チョコレートをあげた。

「こういうことは普通ないわけね？　つまり、通常はだれかに魔法にかけられても、具合が悪くなったりしないのね？」

「うちの製品ではまずあり得ないよ。副作用がないよう十分テストをしているからね」オーウェンが言った。

「魔術が市場に出る前に、あらゆる副作用をチェックするんだ。だから今回みたいなことも、実はこの部署ではそれほど珍しいわけじゃない」ジェイクが言う。

「労務災害ってやつさ」オーウェンは皮肉っぽくそう言ってから急に顔をしかめた。彼も頭が痛いようだ。

「普通の人たちがこの魔法にかけられたらどうなるの？」わたしは友人たちのことを考えていた。

「おそらく同じことが起こると思う。副作用はより深刻になる可能性が高いね」

「今回、ぼくが魔法を使ったのはごく短時間だった」ジェイクが言う。「それでもこれだけ頭が痛くなるんだから、長い時間だれかにこの魔術をかけ続けるのはちょっと無理だね。エネルギーの消耗は相当なものだよ。ぼくらの魔術の方がはるかにエネルギー効率がいい」

依然として友人たちのことを考えながら訊いた。「身を守る方法はまったくないのかしら」

「それをこれから見つけるんだ」オーウェンの声は疲れていた。たったいま体験したことと、この先待ち受けていることの両方が彼を疲労させているようだった。「何かを落としたり、人に個人的なものを貸したりしないよう気をつけた方がいいな。ペン一本でも十分こと足りるようだから」

どうしたら、銀行で自分の後ろに並んでいる知らない人にペンを貸さないよう、友人たちを説得できるだろう。もう一度、炭疽菌にひと役買ってもらおうか。それとも、新種のエボラ出血熱が流行しているとでも言った方がいいだろうか。

いずれにしても、テレビや新聞が取りあげないかぎり、彼女たちがわたしの話を真に受けるとは思えない。友人たちがよからぬことを企む魔法使いに出くわさないことをただ祈るのみだ。

「魔術が思ったほど有効じゃなくて、おまけに使うと頭が割れるように痛くなるとしたら、悪い評判はすぐに広まるはずよね？」彼らが同意してくれることを願いながら、わたしは言った。

「そう祈るしかないね」オーウェンは言った。その声には疲労だけでなく、挫折感すらにじんでいた。

「家に帰って休んだ方がいいわ。さて、グレゴールが不審に思いはじめる前に、わたしもオフィスに戻るとしようかな」

「きみの居場所が知りたいと思えば、彼ならすぐに探り出せるよ」オーウェンが言った。「グレゴールのことは心配しなくていい」

「心配してるんじゃないわ。ただ彼と対立したくないだけ」わたしはジェイクの方を向いた。

「彼がちゃんと家に帰りつくようにしてあげてね」

「わかってますよ。さあ、ボス、送りますよ。これでも責任感じてるんだから」

「ああ、おおいに感じてくれ」オーウェンがにやりとするのを見て、わたしは少しほっとした。

冗談を言う余裕が出てきたということだ。「それに、ぼくはひとりで帰れる」

「そんな状態で地下鉄に乗ったらだめですよ」ジェイクは食いさがる。「強盗してくれって言ってるようなもんだ」

「いつでも受けて立つよ」その声にはまたあのぞくっとするような鋭さがあった。わたしは互いに譲らないふたりをあとに残し、検証部へと向かった。

オフィスに一歩足を踏み入れたとたん、グレゴールの顔が緑に変色しはじめ、わたしが自分のデスクに到着したときには、完全にモンスターに変身していた。「どこへ行ってたんだ。ずいぶん長いランチだったじゃないか」彼はがなり立てる。

「ミスター・マーヴィンといっしょだったんです」ジャケットを椅子の背にかけながら言った。「ある問題が発生して、助けを求められたんです。彼に確認してくださってけっこうですから」

自分の落ち着きぶりにわれながら驚いていた。わたしもだてにミミのもとで一年間生き抜いたわけじゃないのだ。それも、味方になってくれるCEOなどいない状況で。

グレゴールはまたたく間に普通の人間に戻った。まるでだれかに針を刺されて、熱い空気がいっきに抜けてしまったかのように——と思ったら、ふたたびものすごい勢いで膨らんだ。その切りかわりのはやさは、怖いというよりほとんど滑稽だった。「おれの部署について人事にあれこれ入れ知恵してるってのは本当か」

ああ、それか……。検証人の配置に関する提案である以上、たしかに形だけでも指揮系統に従って先にグレゴールに話すべきだったかなと一瞬思ったが、モンスターの上司をよりによって緑色の肌が見えてしまう人たちの集まる部署に配属したことについてのコメントから発展した話だったので、あの時点ではそこまで考えが及ばなかった。

でもいまは、屈辱的な左遷を受けてもはやどんな権力にでもいいからしがみつこうとしている人を相手にする気分ではない。わたしはできるだけ冷ややかに言った。「別の件についてロッドと打ち合わせをしていたときに、たまたまそんな話になっただけです」いっそのこと、例の魔術の被験者に彼を推薦してみようか——。

「文句があるなら、おれに直接言うんだな」

わたしは彼の顔をまっすぐ見つめて言った。「この会社に来てまだ三日目ですけど、この部署の管理体制が会社じゅうでいちばんひどいということは十分すぎるほどわかりました。あなたは、きわめて希少で重要な人たちをまるで家畜のように扱っています。いままでスタッフ全員を失わずにこられたのは、まさに奇跡だわ。以上です。お望みどおりあなたに直接文句を言いましたから、これからあらためて人事部へ話しにいってきます」

実際は、こんなふうにグレゴールを怒らせる形でわたしの提案を漏らしてしまったロッドに文句を言いにいくだけなのだが、それをグレゴールが知る必要はない。わたしが何を報告するつもりなのか考えて、うんと気を揉めばいいのだ。怒りのコントロールに不具合があるのを隠していたことで、彼にはすでになんらかのおとがめがあったはずだ。

わたしは荷物を手に、われながら素晴らしくドラマチックな態度でオフィスをあとにした。この先自分を待ち受けている事態が啖呵を切って立ち去るだけではすまないほど重大でないことを祈ったが、同時に、椅子に倒れ込む動揺したオーウェンの姿が頭から離れなかった。

これはもはや、わたしに課せられたミッションなのかもしれない。今度ばかりは、たとえどんな不都合が道をはばもうとも、放り出すわけにはいかないような気がした。もしその不都合をなんとかできれば、なおけっこうだ。

さあロッド、覚悟してなさい。ハリケーン・ケイティの襲来よ。

12

人事部に到着したときも、依然として頭から湯気が立っていた。「ロッドはいる？」イザベルが口を開くより早く、わたしは訊いた。「いまＰ＆Ｌ（プロフェット&ロスト）でミーティング中よ。そろそろ戻るはずだから、座って待ってる？」

勧められるまでもなく、彼女のデスクの前の張りぐるみの椅子にぐったりと腰をおろす。

「コーヒー？」とイザベルが言った。

「マルガリータの方がいいわ」

イザベルは顔をしかめる。「あらまあ。わかった、グレゴールね？」

わたしはうなずく。「みんなどうやって彼の部下でいることに耐えてるの？」

「さあ、わたしに訊かないで。ただ、彼が例の〝アクシデント〟のあと転属させられたとき、研究開発部に安堵のため息が広がったのは事実よ」そう言ってイザベルはにやっとした。「ねえ、勤務時間中にマルガリータを出すのは難しいけど、明日の夜、わたしたちといっしょに来ない？　女性スタッフで飲みにいくの。ここで働くほかの女性たちと知り合ういい機会よ。女性の立場から言わせてもらうと、たしかにこの会社の職場環境は、ときどき恐ろしく時代遅れになることがあるわ。だからこそ、女同士、団結しなきゃ」

「なんだか楽しそうね」社内に知り合いが増えれば、それだけ仕事もしやすくなる。何か予定が入っていた気がしてシステム手帳をめくったが、何も書かれていない。「ぜひ行くわ。ほかのメンバーはわたしが参加してもかまわないのかしら」

「みんな大歓迎するはずよ」イザベルはウインクした。「わたしたちが目をつけた男が本当にキュートか、キュートに見えるめくらましを使っているだけなのか、教えてちょうだいね」

ちょうどそのときロッドが戻ってきた――イザベルの最後のコメントが彼に聞こえていなければいいのだけれど。そもそも、彼女はロッドがめくらましを使っていることを知っているのだろうか。ほかの人たちの目に、彼はいったいどんなふうに映っているのだろう。「ケイティ!」ロッドはわたしの姿に驚いたように言った。

「ちょっとお話ししてもいいかしら」

「もちろんだよ。さあ、入って」わたしはジャケットとブリーフケースとハンドバッグをかき集めて彼のあとに続いた。オフィスに入り、わたしが椅子に腰をおろしたところで、ロッドは言った。「頭の傷はどう?」

こめかみに手を当て、昨日何があったのかを思い出した――あれがほんの一日前のことだなんて信じられない。短い間にあまりに多くのことが起こっている。「大丈夫よ。忘れてたくらいだもの。それほどひどい色にはなってないでしょ?」

「かなり痛々しく見えるよ。隠してあげようか」

「わたしには魔法が効かないんじゃなかった?」

「めくらましは、それをまとっている本人には効かなくたってかまわない。この魔術は、きみについて回ってまわりの人たちに効くんだ」

「ルームメイトにすでに見られてるの。今夜家に帰ったとき、突然こぶが消えてたりしたら変に思われるわ。でも、ありがとう、気にかけてくれて」

「そうか、それもそうだね」彼は心底残念そうな顔をした。おそらく自分の腕を披露したかったのだろう。それをわたしはつれなく拒否してしまったわけだ。「少しだけましに見せることもできるよ。彼女たちがあまり心配しないように」

ま、それならかまわないだろう。わたしは肩をすくめた。「そうね、じゃあ、お願いしようかな」

彼の顔に大きな笑みが広がった。さまざまな欠点や身だしなみの悪さにもかかわらず、気取りのない心からの笑顔は彼をとても素敵に見せた。申し出を受けて正解だった。ロッドは両手をすり合わせると、片手をこめかみのこぶの上に掲げ、目を閉じて何かをつぶやいた。その瞬間、オーウェンのラボで体験したのと同じような、エネルギーの高まりと空気の圧力を感じた。ただし、規模はずっと小さい。ロッドは目を開け、後ろに下がって満足そうな笑みを浮かべた。

「さあ、できた。実際のあざが消えるのに合わせて魔法も消えるよう設定しておいたよ」

「ありがとう」そう言ったものの、『裸の王様』の登場人物のひとりになったような気分だった。わたしにはロッドのしたことを確かめるすべがない。だからとりあえず彼に同調して、さもいいことをしてもらったように振る舞うしかないのだ。

ロッドはデスクに戻ると、引き出しから小さな手鏡を出した。「ほら、見てごらん」

「わたしは免疫者（イミューン）なのよ。見てもわからないわ」

彼は首を振りながらわたしに手鏡を渡す。「これを使えば見えるよ。めくらましの成果を確認するためのイメージチェッカーなんだ。イミューンのきみでも大丈夫」

わたしは手鏡を顔の前に掲げた。するとたしかに、あの醜かったこぶが、青と黄色が薄く残るだけの、まさに治りかけのあざといった感じになっている。そのとき、後ろからのぞき込むロッドの顔が鏡のなかに見えて、わたしはついに、ほかの人たちが見る彼の姿を知った。

たしかにジョニー・デップは悪くないたとえだった。オーウェンのような正統派のハンサムというのではなく、ちょっと危険な香りのするバッドボーイふうで、革のジャケットを着て怪しげなナイトクラブに出没し、言い寄る女性たちを軽くかわしていくようなタイプだ。わたしにはやはり、すれ違いざまにちらっと見る以上の魅力は感じられなかったけれど、彼のことをたまらなくセクシーに思う女性がいるであろうことは容易に想像できる。とりわけ、誘惑の魔術を使っているときには。

振り返ると、そこにはいつものロッドがいた——めくらましにかける努力をそのまま真の姿の身だしなみに注げば、いまの一・五倍はよくなるはずのロッドが。「ありがとう。たしかにこの方がいいわ。この技、ニキビができたときなんかは便利でしょうね」そう言ってから、思いきって訊いてみた。「ねえ、これってつまり、自分自身がまとっているめくらましは普通の鏡では見られないってこと？」

ロッドは残念そうに首を振る。「そうなんだ。他人のめくらましは普通の鏡にもちゃんと映って見えるんだけど、自分のはだめなんだ。魔術の反射だか屈折だか、とにかくそのてのものが原因らしい。魔法物理学は苦手だったから詳しいことはわからないけど……」今度は彼の自尊心の方が気になってくる。鏡のなかに美男とはかけ離れた自分の姿を見ながら、まるで絶世の二枚目であることを自覚しているように振る舞うなんて、いったいどうしたらできるのだろう。ひょっとしたら鏡などいっさい見ないのかも……。だいたい人は、自分とは似ても似つかない顔をまとって生きていくなどということに耐えられるのだろうか。わたしには無理だ。そんなことをするくらいなら、いっそ整形手術をした方がいい。でなければ、ありのままの自分を受け入れて生きていく。その方がずっとシンプルでいい。魔法は便利かもしれないが、場合によっては問題を解決するより生み出すことの方が多いのではないかと思えてきた。

「そのイメージチェッカー、わたしもひとつもらえないかしら。真の姿とめくらましとを比較することができれば、仕事に役立つような気がするわ」沈黙が長すぎたかなと思い、わたしは急いで言った。

「ぼくらもそれは試したんだ。でもあまりうまくいかなかった。鏡にはどうも真実をゆがめる作用があるようで、虚像と実像の厳密な比較には適さないみたいだよ」

「それでも試すだけ試してみたいわ」

「わかった。ひとつ調達しておくよ」ロッドは手鏡をデスクの引き出しに入れ、そのまま椅子に座った。「で、何か話があったんだよね」

ああ、忘れるところだった。イザベルと女同士で出かける話をして、青あざにめくらましをかけてもらって、ロッド自身のめくらましを目撃しているうちに、いつの間にか怒りは治まっていた。でも思い出したとたんに、また腹が立ってきた。「グレゴールへの接し方はもう少し考えてくれてもよかったんじゃない？　彼、完全に鬼になったわよ。わたしが彼の寝首をかこうとしてるってかんかんだったわ」

ロッドはしまったという顔をした。「ごめん、悪かったよ。彼が怒りの問題を隠してるってこと、つい忘れちゃうんだ。彼とのミーティングに検証人を同席させると、彼自身の部下の前で彼と話すことになるだろう。今後は監視部から検証人を借りることにするよ。彼、ミーティングのときはまったく問題なかったんだけどな」

「そう、でもわたしはしっかりお目玉をくらったわ。牙まで見せられて。わがままなディーバみたいに振る舞うつもりはないけど、正直いってあそこに通い続ける自信はないわ。この会社は好きよ、本当に。それに、わたしたちのやっていることが重要だっていうのもわかる。でも、あの部署で毎日びくびくしながら過ごしたくはないの」

「心配しなくて大丈夫だよ。きみはもうあそこには戻らないから。定期的に報告にいく必要はあるけど、少なくとも常勤のオフィスではなくなる。侵入者を見張るために検証人をいろんな部署に配置するというきみのアイデアを採用することにしたんだ。きみの担当は研究開発部だよ」

えっ、そうなの？　腹を立てたことが少し後ろめたくなった。「それはいい気分転換になるわ」

「でも、明日の朝は、まず検証部に行ってほしい。グレゴール自身がきみを研究開発部に派遣する形にした方がいいだろうからね。驚いたふりをしてくれよ」

わたしはにっこりして言った。「オスカー確実の演技をしてみせるわ。指令を受けたとき狂喜乱舞するような野暮な芝居はしないから大丈夫」

「よろしく頼むよ」

わたしはジャケットを着、ハンドバッグとブリーフケースをもってレセプションエリアへ出た。「また明日」イザベルが言った。「仕事が終わったらここで待ち合わせね」

「オーケー、また明日」

地下鉄の駅でオーウェンの姿を探したが、見あたらなかった。自分がひどくがっかりしていることに驚く。地下鉄のホームで彼の姿を見つけるたびにいかにときめいていたかを、あらためて認めざるを得ない。どうやらわたしは彼に熱をあげているようだ。かなり期待薄の片思いだけれど――。

今夜はわたしが料理当番だったので、家に着くとすぐにジーンズとスウェットシャツに着がえ、キッチンへ行って冷蔵庫にあった挽肉の使い道を考えた。ジェンマが帰ってきたのは、コンロの上でごくシンプルなトマトベースのミートソースをかき混ぜながら、オーウェンのことを考えまいと必死になっていたときだった。

「ん～、いい匂い」ジェンマはそう言うと、わたしの顔をしげしげと見て、まゆをひそめた。

「どうしたの？」

「どうしたのって？」ロッドのめくらましが落ちてしまったのだろうか。あるいは、とんでもない位置にずれてしまったとか。

「わかんないけど、なんだか深刻な顔してる。さっそく職場でトラブッてるなんて言わないでよ」

店で強盗に遭ったことは黙っておこうと決めていた。侵入者騒ぎの翌日に強盗の話では、実は新しい仕事など見つけていなくて、毎日公園のベンチで時間をつぶして夕方アパートに戻り、職場での派手なエピソードをあれこれでっちあげているだけだと思われかねない。それに、魔法やマーリンのことをもち出さずに、どう強盗に対処したかを説明するのは不可能だ。「違う、違う。仕事には全然問題ないわ」

「よかった。だってそれはマルシアの管轄だもん。じゃあ男ね？」

「違うって」

「うん、絶対男だ。それならわたしに任せて。いま着がえてくるから、ワインついどいてね」

「わかった」わたしはふたつのグラスにワインを注いでから、ソースをさらにかき混ぜた。数分後、ジェンマはヒップハングのヨガパンツと丈の短いスウェットシャツに着がえて戻ってきた。

「さてと、で、何？　新しい職場の人？」ダイニングテーブルの前に座りワインをひと口飲むと、彼女はそう言った。コンロの火を弱めて、わたしもテーブルにつく。

「うーん、まだよくわからないんだけど――」そう言いながら、急に学生時代に戻ったような気分になった。あのころはよく、クラスの男の子について相談し合ったものだ。「同じ会社の人なんだけど、どういうわけか、いつもその人のことを考えてしまうの。初めて会ったときから」

「つまり好きだってことじゃない」

「たぶん一時的にのぼせあがってるだけだと思う」わたしは肩をすくめる。「ハンサムだし、優しいから。近くに住んでて、行き帰りもよくいっしょになるの。慣れてくれば冷めるかもしれない。それに、どのみち完全な片思いだし。わたしに興味があるとは思えないもの」

「どうして？」

「すごくシャイな人なの。ただでさえ人と話すのが苦手なのよ、相手が気になる女性だったらなおさらしゃべれなくなるはずでしょ？　でも、わたしとは話をするの」

「あなたって話しやすいから」

わたしはやれやれというようにため息をついた。「それが問題なのよね。でも、それだって、仕事以外の話は全然しないんだから。地下鉄に乗ってるときもよ。自慢じゃないけど、彼の私生活については何ひとつ知らないわ」

「ふうん、たしかに、恋の炎がメラメラって感じではないわね」わたしががっくりするのを見て、ジェンマは気の毒そうに顔をゆがめる。

わたしはワインを少し飲んでから笑った。「ほんとに、いつもこうなのよね。いいなと思う人は、いつも友達としてしかこちらを見てくれない。どうしてわたしは、いつまでたっても高校のときのパターンから抜け出せないのかしら」

「男がいつまでたっても子どもだからよ」ジェンマはワイングラスをテーブルに置くと、腕組みをした。「わたしのアドバイスはこうね。彼のこと、あきらめることはないわ。たとえ何も起こらなくたって友達はいるにこしたことはないし、友達から別の関係に発展する可能性だって十分あるもの。とりあえず、あなたには気分転換が必要よ。明日の夜は大丈夫そう？」

「明日の夜？」そのときになってやっと思い出した。「ああ、ごめん、すっかり忘れてた。実はもう、会社の女の子たちと出かける約束しちゃったの。何か忘れてる気がしたのよねえ」

「いいわ、気にしないで。どうせあなたにぴったりの相手でもなかったし。でも、次の気分転換にはちゃんと男を交えなきゃだめよ。最後にだれかとつき合ったのっていつだっけ？」

わたしは彼女の目を見なくてすむように、立ちあがってソースをチェックした。「スティーブ・スプレーグ」小さな声で言う。

「スティーブ？　三年のときのスティーブ？　それ以来だれとも真剣につき合ったことがないわけ？」

平静を装ったが、しゃもじをもつ手に思わず力が入る。「四年のとき、世界に飛び立つことをじゃまするボーイフレンドやしがらみはつくらないって、みんなで誓い合ったでしょ。あなたたちがニューヨークに発つ前にね。わたしはその後も数年間ヒックスヴィルから出られなかったわけだけど、あそこは独身者が楽しめるような場所じゃないもの。わたしが大学に行ってる間に男友達はみんな結婚しちゃったし……。で、ニューヨークに来てからは、同じ相手とのデートはせいぜい一回か二回で、相変わらずどこへも発展しないブラインドデートを繰り返しているだけ――」そう言ってすぐに後悔した。ニューヨークに来て以来、ジェンマはわたしが少しでも早く環境に慣れるよう、いろいろ気を遣ってくれている。彼女の努力を批判していると思われたくはない。「〝妹みたい〟な女の子は、ここではさらに不利みたいね」笑いを誘うつもりでつけ足した。

「わかった。デートすることだけが目的のブラインドデートはもうおしまい。あなたに本物のボーイフレンドを見つけるわ」

本物のボーイフレンドか――そうね、悪くないかも。わたしは男の人がそばにいないと生きていけないというタイプの女ではない。ひとりでも十分楽しく暮らしていける。でも、週末ごとにお洒落をして街に繰り出し、初対面の男性と数時間過ごすというパターンを、ひとりの特別な人とのステディな関係に切りかえるというアイデアは、なかなか魅力的だ。どこにも出かけず、ふだん着のまま大好きな人とソファーで寄り添い、テイクアウトを食べながらテレビで古い映画を見る――急にそんなことがしたくてたまらなくなった。これはブラインドデートでできることではない。まさしく恋人同士ならではの行為だ。

「いいわねえ。ただし、ちゃんとした人を見つけてよ」

「これから探すわ。いままでは長期的なつき合いを視野に入れてセッティングしていなかったから」

玄関のドアが開いてマルシアが入ってきた。「ん〜、いい匂い。ということは、今夜の料理当番はケイティね」

「ちょっと、どういうこと！」ジェンマは抗議したが、その顔は笑っていた。いちばん好きなレシピが中華料理の宅配メニューであることは、彼女自身が真っ先に認めるところだ。

「何話してたの？」マルシアは彼女のナイトスタンドも兼ねているソファの横のサイドテーブルにブリーフケースをしまいながら言った。

「ケイティにボーイフレンドを見つけるの」

「へえ、どうしてまた」

「デートばかりの日々に疲れたのよ」わたしはジェンマの先をこして言った。「そろそろひとりの人とじっくりつき合いたいの」

「その人がじっくりつき合うべき相手かどうかは何度かデートしなきゃわからないってことは、知ってるわよね？」ジェンマがからかう。

「で、要するに、明日ケイティは来るの？　それとも来ないの？」鍋をのぞいてソースをかき混ぜながらマルシアが訊いた。

「ごめん、行けない。でもボーイフレンド云々が理由じゃないの。職場の同僚と出かけるのよ。社内政治について少し情報を仕入れておこうと思って」

マルシアは自分のグラスにワインを注ぐ。「それはなかなか堅実な作戦ね」

わたしはパスタを茹でるための鍋を火にかけた。体のなかがとても温かい。小さなキッチンが料理の火や自分たちの体温ですっかり暖まっていることだけが理由ではない。彼女たちというかけがえのない友達がここにいる、そのこと自体がただうれしかったのだ。これだけは決して失いたくないと思った。魔法の世界にどれほど深く足を踏み入れようとも。

翌朝、オーウェンは地下鉄のホームのいつもの場所にいた。彼の姿が見えたとき思わず胸がときめいたが、すぐに自分を戒めた。オーウェンは目の下にくまができ、やつれていたものの、前日よりはずいぶんましに見えた。

「調子はどう？」彼のそばまで行って声をかける。

「だいぶいいよ。ありがとう。もう一度あれをやると思うと気が重いけどね」

「またあなたがやるの？　だれか別の人に頼めないの？」

「人にはとても頼めないよ」彼が深刻な面持ちでそう言ったとき、電車がホームに入ってきた。

車内ではふたりとも黙っていた。オーウェンは何か考え込んでいるようだったし、わたしももの思いにふけっていたので、お互い沈黙を気にすることはなかった。そもそも、ラッシュ時の地下鉄は会話に適した環境とはいいがたい。とりわけ、魔法が話題にのぼるような場合は。

会社に着くと、そのまま検証部へ向かった――重い脚を意志の力でなんとか動かしながら。いつものようにデスクの上に荷物を置き、ジャケットを椅子の背にかける。そして共用冷蔵庫にランチを入れにいこうとしたとき、ついにグレゴールがわたしを呼んだ。「なんでしょうか」無邪気な顔で返事をする。

「今日から研究開発部があんたの居場所になる。仕事が入ればそっちへ連絡する」

「あ、はい、わかりました」ぽかんとした顔を維持したまま荷物とジャケットをもってオフィスをあとにし、廊下に出てからようやく安堵の笑みを浮かべる。これからは会社に向かう足取りもずいぶん軽くなりそうだ。

前回と同じように、研究開発部のドアはわたしが近づくと自動的に開いた。なかに入り、どこへ行ったものか困っていると、まもなく羽音が聞こえて、ひとりの妖精が近づいてきた。羽ははかなげでほとんど実体がないように見えたが、妖精たちは必要に応じてかなり俊敏に動けるようだ。現れたのは、わたしの人生を変えた先週のあの日、地下鉄にいた妖精だった。

「ハーイ」彼女は朗らかに言った。「あなたがケイティね。わたしはアリよ。あなたを新しいオフィスに案内するよう頼まれたの」

「ああ、よかった。どこへ行けばいいのかわからなかったの」

「近くよ。エントランスを入ってすぐのところ。悪いやつを見つけやすいようにね。そうそう、あのときはおみごとだったわ」

「ありがとう」

「はい、ここよ！」廊下が見渡せるガラス張りの小さなオフィスの入口まで来て彼女は言った。宮殿とまではいかないが、検証部のそれはもちろん、前の職場の間仕切りに囲まれたオフィスよりもはるかに上等だ。「電話はもう使えるわ。それと、コンピュータは午後には到着するはずよ」

「コンピュータ?」検証部では与えられなかったものだ。

「そうよ。ボスからの特別な要請なの。化粧室はあの角を曲がったところ。コーヒールームとキッチンはないんだけど、何か必要になったら近くにいる人をつかまえて出してもらうといいわ。わたしは廊下の向かい側のラボにいるから、何か欲しくなったらひと声叫んで。それと、不審者を見かけたときもね。まあ、言うまでもないことだけど。質問はある?」

「いまのところないと思う。ありがとう」

「よかった。じゃ、今夜ね」

「今夜?」

「あなたも行くんでしょ? 女同士の飲み会」

「ああ、それ。あなたも行くの?」

「もちろん。おおいに楽しみましょ。研究開発部にようこそ」

彼女がパタパタと飛んでいくのを見送りながら、わたしは羽のついた妖精を交えた女同士の飲み会というものについて考えた。どうやらかなり奇妙な夜になりそうだ。


今日の仕事がちょうど片づいたとき、オフィスの入口にアリが現れた。「出かけられそう?」

「ええ、いまコンピュータを消すからちょっとだけ待ってて」

「じゃあ、ラボにいるから準備ができたら呼びにきて。いっしょにイザベルのオフィスに行きましょ」

わたしは午後に到着したばかりの新しいコンピュータの電源を切り、荷物をまとめ、急いで化粧室へ行って軽く化粧を整えてから、アリのラボに行った。クロムめっきと白で統一された室内に、数台の大型コンピュータが置いてある。「あ、来た、来た」とアリが言う。「わたしの城へようこそ。実用魔術が最後の行程を経る場所よ」

「ここでは何をするの？」

「魔術を市場に出す前の最終チェックよ。誤字がないか、宣伝文句どおりに機能するかをチェックして、できるだけ簡潔明瞭な呪文になるよう編集するの。理論魔術の連中はどうも言葉数が多くって。古い本ばかり読んでるからよ。古風な言い回しをすれば上等な魔術に見えたりするかもしれないけど、それで効力が増すわけじゃないんだから」彼女は自分のハンドバッグをつかんで言った。「さあ、パーッとやりましょ！」

オフィスに来たわたしたちをイザベルは例のごとく熱烈に歓迎した。「いまトリックスから連絡があって、あと二、三分で来るそうよ」

「なによ、じゃあわたしたち四人だけ？」アリが訊く。

「そう。ほかの子たちはデートだって」

「裏切り者！」アリの悪態にイザベルは笑ったが、当のアリはいたって真顔で、わたしは彼女が冗談で言ったのかどうか判断しかねた。おそらく辛口のユーモアがお好みなのだろう。

「新しい職場での一週間はどうだった、ケイティ？」イザベルが訊く。

「控えめに言っても、かなり興味深かったわ」

「あなたはよくやってるわよ。いつも最初の一週間でかなりの検証人が辞めていくんだから」

それも無理はないだろう。あの気の滅入るような職場環境か、さもなければ、自分は完全に正気を失ったのではないかという恐怖で、逃げ出したくなっても不思議はない。わたしの場合は、そのうえさらに、とんでもない難題を抱え込んでしまった。こんな〝最初の一週間〟を体験した検証人も、そう多くはないだろう。

ふと顔をあげると、男性がひとりオフィスに入ってきた。「彼、いる？」男性はイザベルに尋ねる。イザベルが硬直したままうなずくのを見て、わたしはもう一度彼の方に目をやり、同じように唖然とした。それはオーウェンだった。最初に見たときには、まったく気づかなかった。オーウェンはいつものスーツもしくは白衣姿ではなく、ジーンズにベースボールシャツというい でたちで、ヤンキースの帽子をかぶっていた。ふだんとはまったく違う印象で、それがまたたまらなく魅力的なのだった。

彼はわたしに気づき、目をぱちくりさせて赤くなった。「やあ、ケイティ。ここで何してるの？」

「いま同じことを訊こうとしてたのよ」

彼はさらに赤くなった。「プレーオフだよ。スタジアムに入り込める魔術があるってロッドが言うから」

「あの人またやるつもりなの？　あなたたち、去年もうちょっとで捕まりそうになったんじゃなかった？」イザベルが言う。

ロッドが自分のオフィスから顔を突き出す。「その点はちゃんと修正したから大丈夫」そう言うと、オーウェンを見て顔をしかめた。「おまえ、本当に行けるのか？」たしかにオーウェンは、二日酔いの死神みたいな顔をしていた。野球帽を目深にかぶってはいても、今日一日あの恐ろしい魔術のテストに明け暮れたことは明らかだ。

「気分転換したいんだ」オーウェンは言った。「心配いらないよ」家に帰って早く休んだ方がいいようにも思えたが、仕事のあとの野球観戦はたしかに気晴らしになるかもしれない。

そのとき、もうひとりの妖精が姿を現した。マーリンのオフィスの受付嬢だ。彼女がトリックスに違いない。「皆さーん、準備はいーい？」

「ガールズナイト？」ロッドが片方の眉をあげて言う。

「そうよ。あなたたちは来ちゃダメ」イザベルが答える。

オーウェンがふいに表情をこわばらせた。眉をしかめるというほどではないが、明らかに戸惑っている。見ると、アリがあからさまな態度でモーションをかけていた。なーるほど……。

イザベルがデスクの引き出しから自分のバッグを取り出して言う。「じゃ、あなたたち男の子はちゃんとお行儀よくするように。身元引受人が必要になってもわたしを呼ばないでよ」

「大丈夫だよ」ロッドが笑う。「やばい状況になったら、オーウェンがなんとかしてくれるから。きみたち女の子も羽目を外さないように」

「ケイティを変なことに巻き込むなよ」オーウェンが小さな声でつけ加えた。ふたりの妖精が鈴の音のような甲高い笑い声をあげる。わたしたち四人は、男たちを残してオフィスを出た。

今夜の幹事はイザベルのようだ。「この近くでまず一杯やってウォーミングアップしましょ。ウォール街の連中もそろそろ繰り出してくるはずだし、いい男が見つかれば儲けものよ」

わたしたちはダウンタウンの薄暗くて騒がしいバーに入り、皆でコスモポリタンを頼んだ。背中に羽があり、椅子からわずかに浮いているふたりの女性がいっしょでなければ、まるで以前の生活に戻ったかのようだ。前の職場でもごくたまに、同僚たちになかばむりやり誘われて、アフターファイブの愚痴のこぼし合いに参加したことはある。

淡いピンクのカクテルが運ばれてくるやいなや、イザベルが言った。「では、最初の議題、〝トリックスの破局〟にいきましょう」

「もう二度とエルフとはつき合わないわ」トリックスがぼそっと言う。

「バカげた質問かもしれないけど、男の妖精（フェアリー）っていうのはいるの？」わたしは訊いた。

「もちろんいるわよ」アリが答える。「フェアリーとは呼ばれたがらないけどね」

「連中、〝精霊（スプライト）〟っていう呼び名の方が好きみたい」イザベルが肩をすくめる。

アリが鼻を鳴らす。「その方がゲイっぽく聞こえないって思ってんのよ」

「会社ではまだひとりも見かけないけど」

「ＭＳＩにはあまりいないわね」イザベルが説明する。「彼らは戸外の仕事を好むのよ。メッセンジャーや庭師にはけっこう精霊がいるわ。じゃ、本題に戻るわよ。あの浮気者のエルフ、いったいどうしてくれようかしらね」

「浮気者？」わたしは訊いた。

トリックスが憤慨したように言う。「あいつ、羽のついた生き物に弱いみたい」

「だったら蝶にでも猛烈に恋しちゃう魔法をかけてやれば？」アリの言葉に皆がどっと笑う。

わたしは魔法を使えないけれど、蝶に恋をする男の姿は、想像するだけで十分に可笑しかった。

「もしかして本当にやる気？」ふと、これが単にガールズナイトならではの放言なのか、魔法界にかぎっては文字どおりの意味をもつものなのか、確認しておいた方がいいような気がした。女同士で男にくらわせたい天罰をあれこれを並べ立てることはわたしだってあるけれど、それはあくまで言葉上のことで、実行するすべがあるわけではない。

「もちろんしないわよ」イザベルが言った。

「でもやったら面白いでしょうね」アリが続ける。

「当然の報いよ」とトリックス。「でも、ちょっと微妙なところよね。明らかな危害とまではいえないだろうけど、他人の自由意思を操作することにかわりはないもの。いいわ、この際、わたしにはふさわしくなかったと思って、彼のことはすっぱりあきらめる。これからはもっと公園に出かけなくちゃ。エルフはもうこりごりだし、人間とつき合っても先はないからね」

「わたしは好きよ、人間の男」にんまりしながらアリが言う。

「でもどんな意味があるの？　彼らとは子どもをもてないのよ」

「子どもが欲しいなんてだれが言った？　わたしはただ楽しみたいのよ。それに、人間の男の方が精霊よりずっと頑丈でいいわ。壊さないよう気をつけながらつき合うなんてご免だもの。だいたい子どもなんかもったって、孫の名前で親と揉めるだけよ。わたしは自分の子にばかばかしい妖精ふうの名前をつける気なんてないんだから」

「あなたの名前は十分素敵よ」イザベルが言う。

「ええ、『リトル・マーメイド』が封切られる前まではね。あの映画のせいで、人間の女の子たちはいっせいに、自分の猫にアリエルって名前をつけるようになったんだから」アリはわたしの方を向く。「名前が台無しだわ」

「あなたはまだいいわよ」トリックスが言う。「わたしのいとこなんてティンカーベルよ。ただかわいいって理由だけで親がその名前にしちゃったのよ。まあ、いまはベルって名乗ってるけどね。残念ながら、トリクシーって名前よ。自分の名前が呼ばれて振り向いたら、ニューヨークのホワイトテリアの半分はトリクシーはほとんどいじりようがないわ。ニューヨークのホワイトテリアの半分はトリクシーって名前よ。自分の名前が呼ばれて振り向いたら、飼い主が犬に話しかけてたなんてこと、しょっちゅうなんだから」

「では、この議題は終了でいいわね」ウエイターにドリンクのおかわりを合図しながらイザベルが言った。「二番目の議題は、男たちのチェック、そして可能ならば選択にまでいってしまいまーす！」

わたしは二杯目のグラスをひと口飲んでから周囲を見回した。最後に友人たちとボーイハントに出かけたのがいつだったか、もはや思い出せない。ここしばらくはずっとジェンマのデート斡旋サービスがあったので、その必要はなかった。バーはスーツ姿の金融マンたちでいっぱいだった。なかにはかなり素敵な人もいたけれど、皆わたしには少々切れ者すぎるように思えた。

「どう、ケイティ?」イザベルが訊く。「本来の姿を隠している人はいる?」

「わかんないわよ、わたしにはめくらましそのものが見えないんだから。だれか選んでみて。その人がどんなふうに見えるか描写するから」

アリがオーウェンを少しだけ年上にして、背を高くして、世間ずれさせた感じの人を指さした。彼女にはかなり明確な好みのタイプがあるようだ。「あの人はどう?」

「背が高くて、黒髪で、ハンサムね。耳はとがってないし、角も牙も羽も生えてないわ」

「ふーん」彼女は男性の方をじっと見つめる。そして目が合うと、すっと視線をそらした。ジエンマは何度もその技を教えてくれようとしたが、わたしは絶望的に才能がなかった。いつも、長く見つめすぎて相手を居心地悪くさせるか、目をそらすのが早すぎて相手に気づいてもらえないかのどちらかなのだ。

しなをつくるアリを横目に、わたしは訊いた。「あなたたちはほかの人にどう見えるの?」

「妖精がってこと?」トリックスが訊く。

「そう」

「背中の羽と宙に浮いているのが見えないだけで、あとは基本的にそのままよ。わたしたちって人間の男にはすごくキュートに見えるみたい。個人的には、あまり人間の男に興味はないんだけど」

「羽があろうがなかろうが、耳がとがっていようがなかろうが、背の高さがどうであろうが、男はみんな問題ありよ」イザベルが言った。ジェンマが〝辛辣なシングルウーマン〟と呼ぶ類の女性が言いそうなセリフだ。男性に優しくされないことに傷ついていて、それを隠すために男嫌いを装うタイプだ。イザベルの豪快な女傑といった雰囲気は、それはそれで十分魅力的だった。それにしても、彼女は完全に人間なのだろうか。それとも何か別の要素が混ざっているのだろうか——たとえば巨人の血とか。いずれにしても、彼女の相手ができるのは、ものすごく体格がいいか、ものすごく自信に満ちた男性ということになるだろう。プロのアメフト選手、それもオフェンスラインマンなんかがいい。ジェンマに頼んでセッティングしてもらおうか。

「そんなにひどい人ばかりでもないわ。わたし、嫌いじゃないわよ、男の人」せっかくの悪口大会に水をさすつもりはなかったが、わたしは実際、男性にそこまで傷つけられた経験がなかった。傷つくためには、まず男性とそれなりに深いつき合いをしなければならなくて、わたしはだれかとそこまでの関係になったことがほとんどない。ジェンマの言うとおりだ。わたしにはボーイフレンドが必要だ。

「でも、いまカレはいないんでしょ？」トリックスが訊く。

「ええ。でもルームメイトが探してくれてるの。彼女のおかげで、もうマンハッタンに住む男の半数くらいとブラインドデートしてるわよ、わたし」

「それでもまだいいのが見つからないわけ？」イザベルが言う。

「そうなの。でも出会ったカエルに片っぱしからキスしていけば、そのうち王子様に当たるっていうじゃない？」

トリックスが手のひらでテーブルをバンとたたいた。「そのとおりよ、ケイティ！　イザベル、新しい議題を提案するわ。みんなで王子様を探しにいきましょう」
「行きましょうって、セントラル・パークの池にでも行くの？」

「そこがいちばん確率が高いわ」

わたしはふたりをさえぎった。「ちょっと待ってよ。本当にカエルに変えられた男たちがいるわけ？」

イザベルが肩をすくめる。「いるわよ。ただ、お伽話のなかでちゃんと語られていないのは、カエルにされるような罰を受けるのは正真正銘のろくでなしだけだってこと。それにカエルになったところで、たいして性格が矯正されるわけでもないんだから」

「でも連中、助けてくれた相手にはものすごく感謝するっていうわ。ひと晩楽しむ分には十分じゃない？」とアリ。

「カエルにキスするっていうのは、あくまで比喩だからね、一応言っておくけど」この会話がいま本当に交わされているのか、それとも自分が自分で思う以上に酔っぱらっているのか、わからなくなってきた。「わたしが言いたいのは、つまり、いろんな人と知り合った方がいいってこと。一見好みのタイプに思えなくても、よく知ればすごく相性のいい人だったりするかもしれないでしょ」

「そんなの退屈よ。賢明だけど、退屈。こっちのやり方の方が楽しいわ」トリックスが言う。

「それに、だれかを見つける可能性も、ここで探すより高いはずよ」アリが加勢した。

わたしたちは勘定を済ませ、バーを出た。店にいる間にいつしか時間の感覚がなくなっていたのか、外はすでにまっ暗だった。こんな状態で夜のセントラル・パークをうろつくのは賢いことだと思えない。彼女たちはアルコールの代謝の仕方が普通の人間とは違うのだろうか。わたしは自分がどれだけ酔っているかが辛うじてわかる程度には冷静だったが、残念ながら、彼女たちの勢いにのせられないだけの分別は残っていなかった。

イザベルがタクシーを止める。自分の体で道をふさいでしまう彼女のやり方は非常に有効だった。ダメージを避けたければ、運転手は車を止めるしかない。わたしたちはタクシーに乗り込んだ。イザベルが助手席に座り、残りの三人は後部座席で肩を寄せ合う。ガールズナイトへの参加に同意したときには、こんな展開になるなんて思いもしなかった。セントラル・パークまでの道のりは、酔いが覚めて自分がどれだけ無謀なことをしようとしているかを自覚するのに十分な距離だった。カエルにキスするという比喩はしばしば使ってきたけれど、文字どおりにそれを実行したいと思ったことは一度もない。

プラザホテルの近くでタクシーが止まると皆いっせいにバッグのなかを探りはじめたが、イザベルがそれを制した。「ここはわたしが払うわ」わたしたちはどやどやとタクシーを降り、五十九丁目の通りを渡って、池まで続く公園の道を歩きはじめた。

まもなく前方に池の縁が見えてきた。「本当にカエルにキスする気なの？　この時期にはもうあまりいないと思うわ。両生類にはちょっと寒すぎるもの」

「だからかえって確率は高くなるのよ」トリックスが言う。「この時期にまだ残っているのは、だいたいが魔法でカエルに変えられた連中よ。彼らは寒さに耐えられるぎりぎりまで、だれかが魔法を解いてくれるのを待ち続けるのよ」

「そういうカエルってどのくらいいるの？」西側の世界には王子という存在自体そういるわけじゃないでしょう？」

「王子様というのはあくまで言葉のあやよ。懲らしめる必要のある権力者や金持ちならだれでも当てはまるの。あ、一匹いた！」イザベルは石の上の小さなアマガエルに向かって突進し、二度ほど取り損ねてからようやく捕まえると、顔の前にもっていった。本当は目を背けたかったのだが、彼女が唇をとがらせてカエルにキスするのを怖いもの見たさで凝視してしまった。しかし、何も起こらない。イザベルはため息をつくと、カエルを放した。カエルは憤慨したようにゲロゲロッと鳴いて跳び去った。

通りの方からサイレンの音が聞こえる。「ねえ、わたしたち、カエルに性的いたずらをしたかどで逮捕されるわ」父と母に必死に言いわけしている自分の姿が目に浮かぶ。

「そう心配しなさんな」アリが別のカエルに飛びかかりながらわたしを叱る。彼女は妖精ならではの優雅さと俊敏さで、一度で捕まえた。あるいは、彼女を巨大な羽虫だと思ったカエルが自ら大きなごちそうに近づいたという可能性もある。「わたしたちのことはだれにも見えないから大丈夫」彼女はそう言うと、カエルに向かって、「さあ、ハンサムさん、わたしの夢をかなえて」とささやきキスをした。すると突然、カエルが光りはじめた。わたしは慌てて後ずさりし、危うく尻もちをつきそうになった。

光のオーラはぐんぐん大きくなる。アリがカエルを放すと、カエルは地面に落ちずにそのまま目の高さにとどまり、やがてオーラが人の姿をかたどりはじめた。そして光が消えると、そこには古めかしいスーツを着たハンサムな若い男が立っていた。男ものの洋服はここ百年あまり、それほど大きく変わっていないので、その服装がいつのころのものかを特定するのは難しかったが、男は豊かに波打つバイロンふうの髪型をしている。彼はまた、驚愕の表情を浮かべてもいた。無理もないだろう。カエルからいきなり人間に戻されたと思ったら、目の前に大女がひとりと羽の生えた美女がふたり立っているのだから。

「わあ、ほんとだったんだ」

アリがわたしをじろりとにらむ。「わたしたちのこと信じてなかったの?」

「そうじゃないけど、でもこれってちょっとすごすぎるわ。特にわたしみたいな人間にとっては」

「おまえたちはだれだ!」男は言った。「なんの権利があって……」

「黙りなさい!」アリがぴしゃりと言う。「何年カエルでいたのか知らないけど、わたしはあんたの魔法を解いてやったのよ。まずは感謝の意を示すのが礼儀ってもんじゃないの?」

男はまるで銃にでも撃たれたみたいにびくりとすると、突然アリに向かってうやうやしく頭をさげた。「こ、これはまことに失礼いたしました。わたしの無礼な振る舞いをなにとぞお許しください。あなたの親切には心から感謝します」頭をあげた彼の目には、ふたたびパニックの色が戻っていた。「では、ご婦人がた、これで失礼します。わたしはきわめて多忙で、先を急がねばなりません。お目にかかれてたいへん光栄でした」

そう言うと、男は全速力で駆け出した。わたしの横を走り抜けるとき足を出して転ばせることもできなくはなかったが、わたしは彼が気の毒だった。それにアリには羽がある。その気になれば、簡単に捕まえられるだろう。

でもアリはそうしなかった。彼女は腕組みをし、「どういたしまして」とだけ言った。

イザベルがアリの肩をぽんとたたく。「だから言ったでしょう。人をカエルにされるようなやつはろくでなしばかりだって。それも旧時代のろくでなしよ。人をカエルに変える魔術は何十年も前に禁止になったんだから。いまのだって、どうせ女は洗濯や料理さえできればいいっていうタイプの男に違いないわ」

「もうひとり試してみれば？」トリックスが言う。

「ううん、今度はケイティの番よ。昔気質の男なんて、まさに彼女向きじゃない」

わたしはカエルにキスする気は毛頭なかったが、面白みのない堅物だと思われるのもいやだった。要は、カエルが捕まらなければいいのだ。わたしが田舎育ちでカエルや虫の捕まえ方を熟知しているということを彼女たちは知らない。兄たちといっしょに遊ぶためには、そういうことに慣れる以外道はなかった。そうでなければ、年じゅう悲鳴をあげていなければならなくなる。「いいのを探すわ」わたしはそう言って、向こう岸の草むらを目指した。そこに身を潜めて、彼女たちの酔いが覚めるか、皆がこの遊びに飽きるかするまで、カエルを探すふりをしていよう。

草むらをかき分け、頭を突っ込んだところで、わたしは金切り声をあげた。

13

草むらの岩の上に裸の男がしゃがんでいた。幸い、初対面で目にしたくない部分は隠れている。男はわたしを見あげて「ゲロゲロ」と言った。

「あの、言っとくけど、あなたカエルじゃないから」とわたしは言った。

ほかの三人もやってきた。アリとトリックスが先に到着する。彼女たちは羽のおかげでどんな障害物も軽々と飛び越えてこられる。その後ろから聞こえるすさまじい音で、イザベルが障害物を踏みつぶしながら近づきつつあることがわかった。「どうしたの、ケイティ？」トリックスが言う。

わたしは裸の男を指さした。添えるべき言葉が出てこない。

「カエルだけど」アリが言った。

イザベルが息を荒げて到着する。「大丈夫？　いったいどうしたの？」

「ケイティがカエルを見つけたの」トリックスが言う。

「違うわ、これは自分をカエルだと思っている裸の男よ。さっきの男はアリがキスするまでは本当にカエルだった。でもこれは違う」

「ゲロゲロ！」裸のカエル男はうれしそうにそう言った。

ニューヨークの通りや公園には精神的に安定しているとはいいがたい人々が多数暮らしていることは知っているし、そのなかに自分をカエルだと思っている人間がいてもおかしくはなかったが、本人以外の人たちまでが彼をカエルだと思っているという事実は、何か別のことがからんでいる可能性を疑わせた。おそらくこれは、頭のおかしい露出狂のホームレスでも、本当にカエルにされた王子様でもなく、カエルに見えるめくらましの仕業に違いない。

「悪質ないたずらか仲間同士の悪ふざけね、きっと」アリが言った。「たぶんだれかが彼に、自分をカエルだと思い込ませると同時に、ほかの人の目にも彼がカエルに見えるめくらましをかけたのよ。あなただけは、免疫のおかげで彼がカエルに見えないんだわ」

「どうする?」わたしは訊いた。「このまま放っておいたら凍え死んじゃうわ。それでなくても夜は冷え込むのに、池のそばに裸でいるんだから」

「ゲロゲロ?」男は不安げに言った。

わたしは彼の顔の前で指をはじいた。「カエルじゃないんだってば!」

「魔法から覚ますには、あなたがキスしなきゃだめよ」イザベルが言う。

「キス?」

アリがあきれたように言う。「ほかにどうやってカエルの魔術を解くっていうの?」そんな当たり前のことを訊くなという口調だ。

「でもどうしてわたしじゃないとだめなの?」

トリックスがその理由を指を折りながら挙げていく。「まず第一に、彼を見つけたのはあなただから。第二に、少なくともあなたは人間にキスできる。もしわたしたちのだれかがキスしたら、カエルにキスすることになるのよ。どんな人間でもカエルよりはましでしょ?」

　裸のカエル男は「ゲロゲロ、ゲロゲロ、ゲロゲロ!」と言いながら飛び跳ねた。妙に張りきっている。

「ちょっと落ち着いてよ!」裸の男性にキスするのは必ずしもいやではなかったが、状況による。まず、相手を知っていること。そして、ある程度のつき合いがあること。できれば、その相手を好きであることが望ましいし、愛していると言えればなおのことといい――もっとも、相手が裸だとそのあたりの判断力はいくぶん鈍るのかもしれないけれど。それから、場所はやはり屋内がいい。それがだめなら、せめてもう少しプライバシーが欲しい。

　要するに、セントラル・パークの真ん中で友人たちの視線を浴びながらゲロゲロとしか言わない裸の男にキスするというのは、わたしにとってあまりその気になれるシチュエーションではないということだ。

　でも、このまま放置したら彼が凍死しかねないのは本当だ。それに、もしこの男にキスすれば、今夜のノルマは果たしたことになって本物のカエルにはキスせずにすむかもしれない。

「なるようになれだわ」わたしはそうつぶやきながら彼のそばにひざまずく。もう少し酔っぱらっておけばよかった。あと一杯引っかけてからにしたい気分だったがしかたない。覚悟を決めてさっさと終わらせてしまおう。別にディープキスをしようっていうんじゃないんだから。どうか、この男、ハエなんか食べてませんように――。

ぎゅっと目をつむって顔を近づけ、男の口もとにすばやくチュッとやった。少し的を外れたけれど。ところが、体を離そうとしたとたん、男はわたしの頭をつかみ、むりやり自分の方に引き寄せると、より本格的に唇を押しつけた。ハエのことを考えたあとだったので、わたしはあらんかぎりの力で口を閉じ続けた。

男はようやくわたしを放した。夢中で口をぬぐう。すると男はすぐさまわたしの手をつかみ、その甲に何度もキスをした。「ありがとう、ありがとう、ありがとう!」相変わらず語彙は乏しいけれど、〝ゲロゲロ〟に比べれば大きな進歩だ。「ほんとにありがとう!」

「どういたしまして」手の甲をスカートで拭きながら立ちあがり、急いで男から離れる。

彼も立ちあがろうとしたが、ふと下を向いた。自分が裸だということに気づいたようだ。「あ、ええと、ぼくこれから立ちあがるけど、どういうジャッジを下すにしても、いまかなり寒いということをお忘れなく……」

イザベルがカーディガンを脱いで男に投げてやる。彼はそれを腰に巻き、慎重に固定してから立ちあがった。腰からひざまでが完全に覆われている。暗がりの草むらから街灯のさす場所に出てきた彼は、意外にもなかなかの美男子だった。わたしと同じぐらいの年齢に見える――だとしたら、ずいぶん子どもじみた悪ふざけをしたものだ。引き締まったいい体をしていて、筋肉の盛りあがった二の腕の片方に入れ墨がある。無造作に伸ばした髪は金茶色で、全体的にニューヨーカーというよりカリフォルニアのサーファー野郎といった感じだ。アリが低く口笛を吹いて、イザベルをひじでつついた。「どうしてカーディガンなんか貸しちゃったのよ」

「さ、魔法が解けたんだから、早くおうちに帰って暖まりなさい」わたしはぶっきらぼうにそう言った。わたしがキスをしたのは、あくまで魔法を解くためだ。それ以外に何か理由があったと思われては困る。別の状況で出会っていたら、ちょっとぐらいおしゃべりしてもかまわないと思ったかもしれないが、本人が自分のことをカエルだと思い込んでいるときに知り合うというのは、出会い方として少々異様すぎる。あの古いことわざはもう二度と使うまい。たとえ王子様でも、カエルあがりの人はごめんだということがよーくわかった。

「どうかしましたか?」背後から呼びかけられ、ぎょっとして振り返った。カエルへのセクハラならいざ知らず、公園の暗がりに半裸の男と向かい合って突っ立っているというのは、さすがに無邪気な行為とはいえない。声の主は公園保護官（パークレンジャー）だった。それも、背中に羽が生え、耳の先がわずかにとがったレンジャーだ。なるほど、これが精霊（スプライト）か。

「こちらの男性はちょうどいま魔法を解かれたところなんです」トリックスが言った。彼女と精霊は互いの視線をがっちりととらえ合った。この見つめ合い方はよく知っている。強烈なひと目惚れというやつだ。もっとも、個人的に経験したのではなく、友人たちのそれを見て知っているということだけれど。

「そういうことなら、早く管理事務所に連れていって暖を取らせてあげた方がいい」精霊レンジャーが言う。

「わたし、いっしょに行くわ」トリックスは裸のカエル男の腕を取ると、わたしたちに手を振りながらレンジャーの横に並んだ。

「失恋の反動ね。長くは続かないわ」闇に消えていく彼らを見ながらアリが言う。

「彼のこと行かせちゃっていいの？」イザベルがわたしに訊いた。

「ええ、まあ、そうね、いいかな」

「どうして？　せっかく王子様を見つけたのに。あなたの言うとおり、カエルにキスしたら本当に王子様に当たったじゃない」

わたしは身震いした。「やだ、やめてよ、こんなのシングルズバーで見つくろうよりひどい出会い方だわ」

イザベルの目がぱっと輝く。「シングルズバー、行っちゃう？」

「今夜はやめとく」ため息混じりに答える。「そろそろこのへんで帰ることにするわ」

「あんまり楽しくなかった？」イザベルが心配そうに尋ねる。

「ううん、すごく楽しかった。ただ、この一週間いろんなことがいっぺんに起こって、けっこうへとへとなの。でも、来てほんとによかった。誘ってくれてありがとう」

わたしの言い分には説得力があったようで、イザベルはいつもの陽気さを取り戻した。「それならよかった。また近いうちにいっしょに飲みましょ」

「次回はカエルなしでね」

イザベルとアリは笑った。「そもそもあなたのアイデアだったのよ」イザベルが言う。まさか文字どおりの意味で取られるとは思っていなかったということは、あえて主張しないでおいた。わたしは気もそぞろに彼女たちに手を振ると、五番街をM1のバス停へと急いだ。夜間ひとりのときは地下鉄ではなくバスに乗れ――これはマルシアが教えてくれた都会での安全心得のひとつだ。運転手の近くに座れば比較的安全だし、頭のおかしい人たちと地下に閉じこめられる心配もない。腕時計を見て、まだずいぶん早い時間だということに驚いた。さんざん羽目を外したあと深夜こっそり帰宅するような気分でいたのに、これではわたしがいちばん乗りかもしれない。

バスはまもなくやってきた。バスに揺られながら、わたしは生まれて初めて、自分のことを普通の人々のなかにひとり紛れ込んだ変人のように感じていた。自分が変わり者に囲まれた唯一の常識人に思えることはあるけれど、その逆は初めてだ。このバスの乗客たちが今夜何をしてきたにしろ、わたし以上に奇妙な体験をした人はいないだろう。

わずか一週間ほどの間に、わたしはおそらくマンハッタン一平凡な人間から変人のひとりへと変貌したのだ。それが果たして進歩なのかどうかは、まだわからないけれど。

翌朝、わたしは乱暴に眠りから覚まされた。ベッドルームの電気がつき、ブラインドのあがっていく窓から弱々しい日の光がさし込む。「起きなさい、寝ぼすけ！」ジェンマが叫んだ。頭の上まで引っ張りあげた毛布を、彼女がいっきに引きさげる。「一日じゅう寝てるつもり？　わたしなんかもうひとっ走りしてきたわよ」

なんとか目をこじ開けると、流行りのベロアのジョギングスーツを着たジェンマの姿が見えた。先週号のピープル誌でマドンナが着ていたのによく似ている。「ジョギングなんかいつからしてたっけ？」ジェンマは運動などしなくてもちっとも太らない憎らしい体質をしている。もし親友じゃなかったら嫌いになるところだ。

「土曜の朝の公園にはいい体の男がたくさんいるって聞いてからよ」ジェンマはベッドの端に座る。「別に走らなくたっていいのよ。要は、これから走りはじめるところか、ちょうど走り終わったところのように見えればいいんだから。だいたい、走ってる最中にだれかと仲良くなるなんて難しいわ」

「で、成果はあったの？」

彼女はにやりとする。「まあね。すごくかっこいい人に会っちゃった。性格もいいの。古風で礼儀正しくて、テキサスを出て以来会ったことがないタイプよ。ジョギングしにきてたわけじゃないみたいだったけど、でも、大事なのは過程じゃなくて結果でしょ？」

「電話番号もらったの？」

「ううん、でも、わたしたちが土曜の夜にいつも行く店を教えといた。ぜひ寄ってみてって」

わたしは顔をしかめた。「わたしたち、土曜の夜いつもどこに行くんだっけ？」

「感じのいいバーを見つけたのよ。行くでしょ、今夜。彼だって友達連れてくるかもよ」

「あんまり気がのらないなあ」

「そんなこと言わないで、ねえ。夕べわたしたちが帰ったとき、あなたもう寝てたのよ。二日酔いってわけじゃないんでしょう？　どのくらい飲んだの？」

「そんなに飲んでないわ」頭のなかで数えてみる。うわ、わたし、たった三杯のコスモポリタンで、セントラル・パークに行ってカエルにキスさせられたんだ。お酒が弱いにもほどがある。でもこの二日酔いは、身体的というより精神的なものだ。わたしは依然として、一連の〝カエルにキス〟騒動のショックを引きずっていた。

「で、夕べは何をしたの？　楽しかった？」

「ええと、まあ、通常のガールズナイト的なことよ。いい男を物色したり。ほら、いうでしょ、王子様を見つけるためには……」

「何匹かカエルにキスをしなさい」彼女が続きを言う。「それで王子様は見つかったの？」

「ま、人の好みはさまざま、とでも言っておきましょうか」

二日続けて盛り場に繰り出す気分ではなかったが、結局ジェンマに引っ張り出されてしまった。マルシアが仕事があると言って断ったとき、わたしもほとんど辞退しかかった。ジェンマがその彼と仲良くなれば、わたしはひとり蚊帳の外だ。でも、そうなったときには適当にごまかして先に帰ればいいと自分を諭して、つき合うことにした。

ジェンマが見つけたバーは居心地のいい小さな店で、アパートからも近く、本当にちょくちょく通ってもよさそうなところだった。店に入って五分とたたないうちに、彼女はすべてのウエイターやバーテンダーの名前を知る常連のひとりになっていた。たいした才能だ。

わたしはグラスワインをオーダーした。コスモポリタンはカエルを思い出すのでやめておいた。ジェンマはわたしにこの一週間の出来事について尋ね、なにげない会話を交わすようなふりをしていたが、目は例の彼を探して油断なく店内を見回していた。彼女がうわの空なのは好都合だった。この一週間のことを熱心に耳を傾けてくれる相手に説明するのは、少々リスクが高すぎる。

ついにジェンマの顔が輝いた。「来た！」振り返ると、バイロンふうの黒髪の背の高い男性が店に入ってきた。ゆったりとした白いシャツに濃いグレーのスラックスをはき、サスペンダーをしている。その姿は妙に場違いで、彼自身なんとなく不安そうだ。そして、その顔にはどこか見覚えがあった。「フィリップ！」ジェンマはそう言うと、立ちあがって手を振った。彼はほほえみ、不安げな表情がいくぶん和らいだ。

ジェンマは彼のためにわたしたちのテーブルの椅子をひとつ引いて言った。「フィリップ、こちらはケイティ。ケイティ、彼がフィリップよ」フィリップはわたしの手を取って頭をさげた。お願い、キスはしないで。裸のカエル男を思い出してしまう。彼はキスはせず、ジェンマが引いた椅子の背に両手を置くとそのままじっと立っている。ジェンマがそれまで座っていた自分の椅子の方にさっさと腰をおろすと、一瞬戸惑ったような顔をしたが、慌てて彼女の椅子に手を添えてテーブルの方に寄せるのを手伝ってから、自分も席についた。

そのとき、わたしはようやく彼がだれかを思い出した。前の晩、アリがキスをして魔法を解いたカエルの王子様だ。彼はわたしを覚えていないようだが、大女と妖精に囲まれていたのでは、どこにでもいそうなごく普通の女の子になど気づかなくても不思議ではない。ところで、彼は魔法使いなのだろうか。それとも、単に非情な魔術の犠牲者にすぎないのだろうか。

いずれにしても、あまり自分のルームメイトに勧めたい相手ではない。でも、どうすればいいだろう。ジェンマを化粧室に呼び出して、あの人は昨夜までカエルだったなんて言うわけにもいかないし――。これまでのところ、彼はとても礼儀正しく、ルームメイトとしての拒否権を行使するほどわたしが彼を嫌う口実は見つからない。それを使うには、たとえば、紹介された彼が連続殺人犯の似顔絵にそっくりなのに本人がそれを認めようとしないとか、本当によほどの場合でなければならない。元カエルという肩書きがそこまで悪いとも言いきれないだろう。

ふたりはとてもいい雰囲気だった。普通ならこのへんで何か理由をでっちあげて先に帰るのがお約束の流れだが、ジェンマを元カエルとふたりきりにするわけにはいかない。店内に入り込んだハエをフィリップがもの欲しそうな目で追うのをわたしは見逃さなかった。ああ、胃がムカムカしてきた……。

ジェンマがウエイターと話しているすきに、わたしはフィリップにすばやく体を寄せて言った。「わたし、あなたが以前なんだったか知ってるのよ。いい人はそんな目に遭わないってことも聞いたわ。だからよく聞いて。わたしの友達に愚痴をこぼさせるようなことをひとつでもしたら、その筋の知り合いに頼んでただちにカエルに戻してもらうからね。わかった?」

彼は目を大きく見開いてうなずいた。カエル化は禁止になったとイザベルたちが言っていたから、MSIのだれかに彼をカエルにしてもらうのはもう無理だろうけれど、フィリップがそれを知る必要はない。

ジェンマがこちらを向いたとき、別のウエイターがやってきて、わたしの前にシャンペンのグラスを置いた。「あちらの男性からです」

はやる気持ちを抑えて、そっとウエイターが促す方向を見る。自分の身にこんなことが起こるのは初めてで、何を期待したらいいのかさえわからない。とりあえず、がっかりしてもいいように覚悟をした。このてのことは、街で偶然わたしを見かけたロッドがいかにもやりそうなことだ。

店のすみのテーブルからこちらを見てほほえんでいたのは、しかし、ロッドではなかった。それは、〝裸のカエル男〟だった。ただし、今夜は服を着ている。「すごいわ、ケイティ！」ジェンマが言った。「話してきなさいよ」すなわち、彼女をカエルと、もとい、カレとふたりきりにしろということだ。

ええ、話してきますとも。彼とはぜひ話がしたかった。ただし、仲よくなるのが目的ではない。わたしは立ちあがり——わたしが立つとフィリップも椅子から腰をあげた。現代の男たちにそんなことをする人はめったにいないから、彼がひと昔以上前の人であることは間違いない——、自分のグラスをもって裸のカエル男のテーブルへと向かった。カエル男は立ちあがってわたしを迎えた。「わが親愛なるケイティ、きみにはお礼をしてもしきれないほどだ」サーファー野郎が懸命にシェイクスピアを演じているようで、ちぐはぐなことこのうえない。

「どうしてわたしの名前を知ってるの？　それにわたしがここにいることも——」

「名前はきみの妖精の友達が教えてくれたし、きみを見つけるのは特に難しいことではなかったよ。ところで、ぼくはジェフ。よろしく」

トリックスのやつ！　羽をむしって投げつけてやりたい。「シャンペンをありがとう。でも、気にしなくていいから、本当に」わたしは彼に近づいて小声で言った。「気づいてるかどうか知らないけど、あなた実際にカエルだったわけじゃないの。ただのめくらましよ。だからわたしはほんとに何もしてないの」

「きみはぼくを自由にしてくれた。命の恩人だよ。それに、きみほど美しい人は、ここしばらく見たことがない」

この男、別に魔法をかけなくても、すっ裸にして公園の真ん中でゲロゲロ言わせることができたんじゃないだろうか。赤ちゃんのとき、おっちょこちょいのママに一度ならず頭から落っことされたに違いない。「あなたはわたしにドリンクをおごってくれた。だからこれで貸し借りなしよ。今後は見知らぬ睡蓮の葉には乗らないよう気をつけて、せいぜい幸せな人生を送ってちょうだい。それにしても何があったの？　賭けにでも負けたの？」

彼は恥ずかしそうな顔をした。「まあ、そんなところだよ。でもいまはかえって得をした気分だ。だってきみに会えたんだから」そう言って手首をひねると、手のなかに赤いバラが現れた。彼はそれを大げさなジェスチャーでわたしにさし出す。ああ、なんてこと。わたしにもついに頭のイカれたストーカーが現れた。しかも魔法が使えるストーカーときた。「これをぼくの愛の証として受け取ってほしい」

「あー、ありがとう。でも、ホント、こんなことしてくれなくていいから。もうこれで完全に貸し借りなしよ。今後いっさい、わたしには何もしてくれなくて大丈夫。じゃ、わたし、行かないと。さよなら」彼が言葉を発する前に、わたしは逃げるようにバーを出た。こんな週末を体験してしまったあとでは、月曜の朝、職場に向かうのが、さぞかし凡庸な行為に思えることだろう。たとえ向かう先が、魔法をつくる会社であったとしても——。

月曜の朝、わたしが地下鉄の駅に着いたときには、オーウェンはすでにホームにいて支柱のひとつに寄りかかっていた。前回見たときよりだいぶ調子はよさそうだ。青い瞳の下にあったくまは消え、肌の色も健康的に見える。野球観戦の効果は高かったようだ。

「試合はどうだった？　ヤンキースが勝ったらしいけど」

オーウェンは自分の靴の先端を見つめてほんのり赤くなった。「ぼくがそれに関係しているとでも？」

「そんなことひとことも言ってないわ。ふーん、さては心にやましいところがあるんだ。やっぱりね」

「ご不満のようだね」

わたしは肩をすくめる。「わたしはテキサス・レンジャーズのファンですからね。レンジャーズの前身はヤンキースの宿敵だったセネターズよ」

「それは失礼。でも、別にたいしたことをしたわけじゃないんだ。審判の視力を少々改善してやったくらいで」

「そうでしょうとも」からかうように言うと、オーウェンはにやりとした。そのとき、ホームに電車が入ってきた。わたしは自分がいまオーウェンと初めて仕事以外の話をしたことに気がついた。彼は依然として普通に呼吸しているし、通常以上に赤くなってもいないし、会話中に気絶したりもしなかった。それどころか、ちゃんとわたしの目を見て話してさえいた。すなわち、彼のわたしに対する興味は、ほぼ確実に友人としての域を出ないことが証明されたわけだ。ああ……。

わたしたちは同じ手すりにつかまった。「かなり熱狂的な野球ファン？」わたしは訊いた。

「熱狂的かどうかはわからないけど、野球は好きだよ。野球って、なんていうか……」オーウェンは言葉を探す。「普通なんだ、すごく。そういうのって日ごろあまり体験できないからね」

彼の表情が曇るのを見て、魔力をもつということは必ずしもいい面ばかりではないのかもしれないと思った。オーウェンをもう一度にっこりさせたくて、背伸びをすると耳もとでささやいた。「審判に魔法をかけてちゃだめだけどね」うまくいった。オーウェンはほほえみ、頬の色がより彼に似つかわしいピンクに変わった。

その日の夕方、わたしは終業時間のあとも、しばらくの間ぐずぐずとオフィスにとどまっていた。オーウェンが通りかかるのを待ってなにげなく廊下へ出ていき、いっしょに帰るという作戦だった。また何かひとつ彼の個人的な側面を知ることができるかもしれない。でも残念ながら、彼は現れなかった。対抗魔術（カウンタースペル）の研究で忙しいのだろう。しかたなく、ひとり会社を出た。

ユニオンスクエア駅で地上に出たとき、ひとりだったことをありがたく思うことになった。駅の入口でギターを弾きながら歌っている男がいた。最初は特に気にとめなかったのだが、自分の名前が聞こえてふといやな予感がした。男はバリー・マニロウの『哀しみのマンディ』のサビの部分を〝おお、ケイティ〟に変えてひたすら連呼していた。しかもかなり音が外れている。おそるおそる男の方を見ると、そこには満面の笑みでこちらを見つめるジェフがいた。裸のカエル男だ。彼はギターをかき鳴らし、歌いながら片ひざをついた。お願い、ここでプロポーズするのだけはやめて……。

熱烈な献身の情を隠そうともしないその表情は、わたしにクリータスを思い出させた。子どものころ家で飼っていた、あまり賢いとはいえないけれどものすごく人懐こい黒のレトリーバーだ。残念ながら、クリータスはだれにでもそうだった。彼はその愛に満ちあふれた表情を家族だろうが泥棒だろうが、おなかをなでてくれる人ならだれにでも惜しみなく見せた。この男もおそらくそうなのだろう。これは魔術の後遺症に違いない。わたしはお伽話でカエルの王子がどうなったかを思い出そうとした。彼は自分の魔法を解いたわたしに一生恋し続けなければならないのだろうか。どうせなら、お礼に三つの願いをかなえてくれるという方がずっとよかったのに――。

わたしにはいま、ふたつほど選択肢がある。ひとつは、このまま彼を無視して歩き続けること。ただしこれには、ついてこられる危険がある。もうひとつは、立ち止まって彼にやめるよう言うこと。彼が魔法の影響下にあるなら、あまり意味はないかもしれないけれど。わたしは、ここで短い会話を交わす方が、吟遊詩人を引き連れてニューヨークの通りを練り歩くよりましだと判断した。

わたしはできるだけ彼に近づいて言った。「いったいどういうつもり？」

「優しい口づけで命を救ってくれた愛しいわが乙女に、セレナーデを捧げているんだよ」サーファー野郎はふたたびシェイクスピアモードになっていた。

「お願いだからやめて。わたしはセレナーデなんて歌ってほしくないの」

「ぼくのささやかな贈り物はお気に召さないかい？」

「恥ずかしいわよ！」彼にとっても恥ずかしいことであるべきなのだが、セントラル・パークで全裸でしゃがんだあとでは、たいがいのことは平気になるのかもしれない。そのとき、ふと妙案が浮かんだ。「あのね、いい？　会えない時間が愛を育てるのよ」

わたしがそう言うやいなや、またたく間にギターはギターケースのなかに収まり、次の瞬間にはもう彼の姿はなかった。もっと早く思いつけばよかった。安堵のため息をついて、わたしは家へ向かった。


こうしてＭＳＩでの二週目が始まった。この週は前の週に比べれば、かなり普通の一週間となった。もちろん、魔法の会社として普通、ということだけれど。侵入者は現れなかったし――少なくともわたしの知る範囲では――、危険な魔術があらたに見つかって検証に呼び出されることもなかった。ハートウェルとはマーケティングについて何度か打ち合わせをしたが、マーリンには一度も会わなかった。

オーウェンと彼の研究チームは依然として例の魔術のテストを繰り返し、対抗魔術の開発に取り組んでいるようだった。オーウェンの顔はふたたび青白くなり、いつも疲れているように見えた。有効な手だてが見つからないまま一週間が過ぎたころには、彼の眉間に深いしわが刻まれていた。わたしたちは相変わらず毎朝いっしょに出勤していたが、彼と会うのはそのときだけだった。

わたしはアリといっしょにランチを食べるのが習慣になり、ときどきイザベルがそれに加わった。彼女たちを通して魔法界の日常についていろいろと知ることができた。続く一週間で、自分の仕事についてもずいぶん理解が深まった。営業スタッフとショップを回るときは、イドリスの違法な魔術が隠されていないか目を光らせるとともに、店主にMSIのポリシーと製品の利点をしっかり理解してもらうよう努めた。また検証人としてミーティングに出た際には、そのつど、より効率的な同時進行の検証法についてアイデアを詰めていった。

仕事に慣れるにつれ、私生活にもふだんのリズムが戻ってきた。週末ごとに違う男性とお見合いさせられなくなったこと以外は、ルームメイトとの日常もほぼ以前の状態に戻った。ジェンマは、ボーイフレンド計画は鋭意遂行中で、まだわたしにふさわしい男性が見つかっていないのだと言い張った。わたしはこの小休止を歓迎し、友人たちと過ごす、より有意義な時間を楽しんだ。ジェンマは依然として元カエルのフィリップと会っており、彼女が一週間以上同じ男性と続いているというのは、本気になりつつあるということを意味していた。わたしのカエル男、ジェフは、あれ以来姿を現していない。でも、わたしの愛が十分育つだけ姿を消したと判断したときに彼がどんな行動に出るのか、不安がないわけではなかった。

ＭＳＩに来て四週目に入ったころには、もうほかの会社で働く自分を想像することすらできなくなっていた。旧時代ふうの奇妙な社屋はいまやわが家のように感じられるし、羽の生えた人々といっしょに働くことにもまったく違和感を抱かなくなった。コーヒーを勧められればちゃんと両手を準備できるようになったし、ランチタイムに食べたいものを瞬時に出してもらえる贅沢にもすっかり慣れた。

その週の木曜日の朝、営業部から検証の依頼が入った。営業部に行くと、セルウィンが待っていた。初めての小売店回りでいっしょだったエルフだ。「ヘイ、ケイティ、ベイブ」ピストルで撃つようにわたしに人さし指を向けて彼は言った。「準備はいいかい？　いくつかチェックしたい店があるんだ」そう言うと、彼はわざとらしく声をひそめてつけ加えた。「それにほら、ほかにもちょっと調べなきゃならないものがあるからさ」

「売上の方はどう？」彼と正面玄関に向かって歩きながらわたしは訊いた。

「例の競合相手がわれわれのシェアに食い込んできている感じはないね。もっとも、やつが売ろうとしているのは、うちの製品の売上に影響を及ぼすようなものじゃないんだけど。いずれにしても、マーケティングは確実に成果をあげているようだよ。売上は伸びているし、そのおかげで、販売店はリスクを冒して合法じゃないものを扱うよりもわれわれと取引する方が得だと思ってくれている」

わたしたちは外へ出て、待機していた空飛ぶ絨毯に乗り込んだ。この乗り物にもだいぶ慣れた。まあ、運転するのがセルウィンでなければ、もっとリラックスできるのだけれど。彼の見せびらかしたがりには困ったものだ。怖がると、ますます得意になる。

「じゃあ、いまのところ問題はないわけね?」平静を装いながら訊く。

「まあね。例の魔術を使って見つかったのはまだ数人程度だ。宣伝文句ほど有効じゃないようだし、そういう噂はすぐに広まるよ」説明のつかない不可解な事件が頻発していないか、ここしばらく注意してニュースを見ているが、犯罪はニューヨークの通常の水準にとどまっているようだ。事態は皆が恐れるほど深刻ではなかったということだろうか。でも、そんなに簡単に解決できるようなことのために、わざわざマーリンを呼び戻すとも思えない。

一軒目の店に到着した。イーストヴィレッジのミュージックショップだ。もしかして、ジェイクがあの魔術を見つけたのはこの店だろうか。わたしひとりではおよそ入ろうとは思わない怪しげな店だ。わたしが聞くような一般的な音楽はどうせ置いていないだろうし。

「これは抜き打ちのチェックだから、それらしく振る舞って」ドアを押し開けながらセルウィンがささやく。「やあ、マルコ!」彼は叫んだ。

店の奥のビーズのカーテンの裏から出てきたのが人間だとわかるまでに数秒かかった。そのあとも、しばらくは確信がもてなかった。その男はヘロインシック時代の男性モデルのように痩せていて、胴体に対して手足が異様に長く、昆虫みたいに見えた。顔からは大量の金属がぶらさがっている。セルウィンの訪問を歓迎しているようには見えなかった。「なんか用?在庫の補充は間に合ってるぜ」

セルウィンは顧客の不機嫌な対応にみじんもひるむ様子はない。「単なる見回りだよ。常に市場の鼓動を感じていたいからね。現場を知らなきゃ営業は務まらない」セルウィンがいつものようにセールストークを始めたので、わたしはそれとなく陳列棚のチェックを開始した。レコードやCDのほかに、魔術だけを置いたラックがあった。ほとんどはパッケージを新しくしたMSIの製品だったが、そのなかにジェイクが見つけた魔術が数点紛れていた。わたしはセルウィンに目で合図してうなずいた。

セルウィンの顔から一瞬にして朗らかな営業マンの笑みが消え、冷ややかな表情が取ってかわった。その目はふたつの火打ち石のようだ。彼が怒っている相手がわたしでなくてよかった。

「なるほど、あんたはこのくずみたいな製品を売ってるわけだ」セルウィンはそう言ってマルコの前にそびえ立つ。見間違いでなければ、彼は実際、何インチか大きくなったようだ。エルフって伸縮性があったっけ？

マルコは簡単には怖じ気づかなかった。「だから？」彼は退屈そうに言った。

「魔法界のあらゆる倫理基準に違反している」

「知らねえよ。おれは人が欲しがるものを売ってるだけだ」

「どれほどの人気なのか知りたいね」

「二、三売れたかな。最近はさっぱりだけど。あんまり効かねえって話だから」

「つまり、粗悪品だと知ってて売ってるわけだな」

マルコは肩をすくめる。「買い手の自己責任ってやつさ」

「この店が粗悪品を売っているという噂が広まれば、そのうちだれも買いにこなくなるぞ」

「おれはただの販売業者だ」

「このエリアの別の販売店と契約したってかまわないんだ。この店からの売上はたいして伸びてないしな」

「つまり、契約を解除されたからといって、こっちも失うものはそれほどないってわけだ。言っとくけど、うちの客を満足させようと思ったら、あんたら相当なリニューアルが必要だぜ。世界をよりよい場所にってコンセプトは陳腐すぎんだよ」

「そういえば、世界をよりよい場所にするてっとり早い方法がひとつあったな」セルウィンのくだけた口調には妙な迫力があった。

マルコは鼻を鳴らす。「へえ、正義の味方のお出ましでもあんのかい」

「かつてそういうことがあったな。おまえもこの世界に長いから覚えているはずだ。あとになって正義の側に立っていなかったことを後悔しないようにな」わたしにはなんのことだかわからなかったが、マルコには通じたようだ。不遜な態度を維持しながらも、その顔は明らかに青ざめていた。

セルウィンが合図してわたしたちは店を出た。「幸い、彼みたいなのは少数派だ」空飛ぶ絨毯に乗り込みながら彼は言った。「ああいう店は今後も監視していく必要があるな。どうやら違法な魔術の流通拠点になっているみたいだから」

「でもそれほど売れていないというのはいいニュースだわ」

「バグをなんとかしないかぎりそうだろう。改訂版が出はじめたら、けっこうやばいぞ」

14

翌朝、オフィスに到着すると——その日は珍しくオーウェンなしでの出社だった——、マーリンのオフィスでミーティングがあることを知らせるメールが届いていた。急いで上階へ行くと、部屋にはすでにオーウェンがいた。ひどくやつれており、服はしわだらけで髪は乱れ、あごには無精ひげが生えている。ネクタイは昨日から変わっていないようだ。およそ彼らしくない姿だったが、妙にセクシーでわたしは動揺した。早いところジェンマにボーイフレンド候補を見つけてもらって、このナンセンスな舞いあがり方をなんとかしないと……。

「それで今朝、地下鉄にいなかったんだ」でれでれしないよう気を引き締めつつ席につく。

「ああ、対抗魔術(カウンタースペル)の件で夕べからずっと会社なんだ」オーウェンは目をこすりながら言う。

ハートウェルとグレゴールが、わたしの知らない地の精(ノーム)といっしょに部屋に入ってきた。会計責任者のドルトムントだと紹介された。

マーリンが会議用のテーブルについたとき、ひとりのぽっちゃりした女性が部屋に飛び込んできた。「遅くなってすみません。バスが遅れることぐらい予見しとかなきゃだめよね」彼女はそう言うと、わたしの方を向いた。「ケイティ、まだ会ってなかったわね。予言&失せ物捜査(プロフェット&ロスト)の責任者、ミネルバ・フェルプスよ」

彼女はわたしが想像する予言者のイメージとはずいぶん違っていた。郡の農産物品評会（カウンティーフェア）で見かけるジプシーの占い師みたいな、もっと神秘的で浮世離れした人物を思い描いていたのだが、彼女はどちらかというと、あらゆる人の問題を把握している世話好きな伯母さんといった感じだ。もっとも、基本的にはそれが彼女の仕事なのだけれど。

マーリンが会議の始まりを宣言した。彼は前回に比べ、この場所にも時代にもよりなじんでいるように見えた。戸惑った様子はもうそれほどうかがわれない。「新しい競合相手が及ぼし得る脅威に備え、より具体的な対策を講じはじめてほぼひと月になります。このあたりであらためて現状を確認し合うのが適当だと考え、皆さんに集まっていただきました。では、ミスター・ハートウェル、あなたからお願いできますかな」

「売上は順調です。ミス・チャンドラーのマーケティングキャンペーンを実施してからは特に伸びています。これが競合相手の売上にどんな影響を与えているかはわかりませんが、わが社の収益は明らかにあがっています。うちと取引のあるいくつかの店で相手の製品を発見しましたが、主要な取引先ではいっさい見つかっていません。置いていたのは基本的に、人目につかない場所にある、まっとうな魔法使いたちはおよそ出入りしないような店ばかりです」

「店のオーナーたちからもいい反応を得ています」わたしは言った。「競合相手に直接ダメージを与えられるかどうかは別として、マーケティングキャンペーンは継続する価値があると思います。少なくとも現時点までは、相手の魔術を主要な流通ラインから締め出すことにつながっているようですので」

オーウェンは親指でこめかみを揉んだ。ひどく疲れているようで、話しはじめる前に顔を赤らめることすらなかった。「いまのところ、彼の魔術のクオリティがあまりよくないことで、われわれは助かっています。エネルギーの消耗が激しく、性能も市販向けの魔術のレベルに達しているとはいえません。とりあえず何かを市場に出したかったのでしょう。でも、ぼくの知るかぎり、彼はこれで満足する男ではありません。きっと不具合を調整してくるはずです。そのときは、かなり面倒な事態になるでしょう」

「対抗魔術の方はどんな具合ですかな」マーリンが訊いた。

「今朝の五時に、この魔術の対抗魔術が出来あがりました。これから実用魔術課の方にもっていって商品化してもらいます。ただし、これが有効なのは彼が不具合を修正するまでです。改訂版が現れれば、また一からやり直しです」オーウェンの口調は悲観的だ。

「プロフェット&ロストの方では何か見えましたか？」

ミネルバは首を振った。「残念ながら視界は非常に不鮮明です。はっきりした啓示はおろか、ヒントとなるものもまったく見えません。ですが、現在のところ特に大惨事の予感はありませんし、当面は社会一般にそれなりの平穏が保たれる様子が見えますので、世界を一変させるような出来事が目の前に迫っているということはないでしょう。ただ、今回の戦いで正義と悪のどちらが勝つかについては、まだなんとも言えません」彼女は肩をすくめる。「潜水艦につけた網戸ぐらい役に立たない見解ですけど、いまはこんなところです」

マーリンはテーブルの上で指を組み合わせた。「わかりました。当面の危機は回避できそうですな。しかし、脅威が去ったわけではもちろんありません。ミスター・パーマー、その魔術を修正するにはどんなことが必要だと考えられますか」

「やろうと思えば、自分で修正できないこともありません。おそらく彼も、ぼくとほぼ同じアプローチを試みるはずです。お互い同じ人々から教育を受けましたから。ただ正直、気乗りのする仕事ではありません。あまり深入りしたくない魔術の分野に入り込むことになるので……」わたしの見間違いでなければ、彼の目にふと恐怖の色が浮かんだ――すぐにうつむいてしまったので、断言はできないけれど。

マーリンの目が優しくなった。「その件はスタッフに任せて、あなたは監督に徹してはいかがかな」

オーウェンはうつむいたまま、ただ黙ってうなずいた。オーウェンの能力の大きさを心配する向きがあるとロッドが言っていたのを思い出す。どうやらオーウェン自身、それを自覚しているようだ。黒魔術に触れたら自分のなかに悪意が芽生えるとでも思っているのだろうか。オーウェンがだれかを傷つけるなんて想像もできないけれど、魔法について、そしてオーウェンについて、わたしが知らないことはたくさんある。彼と知り合ってひと月以上になるが、彼の私的な側面について知っていることといえば、野球が好きということだけだ。

「今後の危機に備えて営業部ができることは？」マーリンが訊いた。

ハートウェルの表情が険しくなる。「とりあえず、今後も品質の違いを強調しながら店のオーナーに圧力をかけ続けます。しかし、もし彼が欠陥を修正してきたら、そうしてばかりもいられません。現時点で懸念されるのは、われわれが店から手を引くと言って脅したとき、店主が開き直ることです。うちの製品が置かれているかぎり、こちらにはその店をチェックしにくい口実があります。契約を解いてしまえば、相手が売り出す魔術の追跡もできなくなります。少なくともいまのところは、彼が市場に製品を出せば、ただちにそれを知ることができます」

マーリンは会計責任者のノーム、ドルトムントの方を向いた。「追加予算が必要になりそうですな。資金の状況は？」

「金の保有は十分にあります。株価はしばらくいまひとつでしたが、ミネルバたちの情報のおかげで盛り返してきました。つまり、必要なだけの資金は十分あるということです。この先取っておいても、いまほど有効な使い方はできないかもしれません。ハートウェルも言ったように、売上は順調です。損失が出ることはないでしょう」

「よくわかりました。どうやら現時点ですべき準備はできているようですな」

わたしはまだグレゴールの名が呼ばれていないことに気がついた。彼だって検証部について何か報告することがあって招集されたはずだ。たとえば、侵入者に備えて検証人を各部署に配置したことの現状報告とか。しかしマーリンは彼に何も尋ねないし、グレゴールの方も自ら手を挙げる様子はない。だったら、そもそも彼はなぜこの会議に出ているのだろう。

マーリンはテーブルを見回すと、ふたたび口を開いた。「今日の会議にはもうひとつ議題があります。ご存じのように、わたしのアシスタントがまだ決まっていません。わたしはできるだけ多くの社員を知ってから決断を下したいと思っていました。直面している危機的状況をかんがみれば、わたし自身が心から信頼できる人であることがきわめて重要に思えたからです。こうした理由から、ミス・チャンドラーをわたしのエグゼクティブアシスタントに任命することにしました」

いま耳に入った情報を自分が本当に聞いたのかどうか確かめるために、軽く頭を振る必要があった。それはたしか、キムが抜擢されるはずの仕事じゃなかったっけ。

マーリンは続ける。「もちろん、ミス・チャンドラーにその意志があればですが」

「もちろんです。ありがとうございます」自分にこんな立場が与えられるとは夢にも思っていなかったが、わたしは躊躇しなかった。前の会社で、社内で真の実権を握るのは最高幹部のアシスタントだということを学んだ。これはわたしに対する信頼の証ととらえていいはずだ。

マーリンはにっこりほほえんだ。「それはよかった。グレゴールからスタッフをひとり奪ってしまうことになりますが、この時期、検証能力のあるアシスタントをもつことは、わたしにとってきわめて重要だと思いますのでね。ミス・チャンドラーにはアシスタントの仕事と並行して、引き続き、大きな成果をあげているマーケティング事業の方も率いてもらいます」

グレゴールはぶすっとしていたが、緑色にはならなかったし、牙が生えてくる様子もなかった。おそらくわたしを厄介払いできるのでほっとしているのだろう。キムは相当に腹を立てるだろうが、わたしにはどうすることもできない。だいたい研究開発部に移って以降、彼女には一度も会っていないのだ。

オーウェンがニッと笑って言った。「おめでとう」彼は事前に知っていたのだろうか。

「ありがとう。なんだかすごいことになったわ」

「あなた自身の実力ですよ、ケイティ。あなた以上にわたしのそばで働いてほしい人は思いつきません」孫娘を見るような優しいまなざしでマーリンが言った。

テーブルの上にシャンペンのボトルと人数分のグラスが現れた。ミネルバが栓を抜き、グラスについで皆に回す。「昼前に会社で酒が飲めるんだから、今日はいい日だってことだな」グレゴールがぼそっと言った。彼が冗談を言うなんて驚いた。というか、冗談よね、いまの……。

マーリンがグラスをあげる。「わたしの新しいアシスタントに。彼女がこれからも賢明な助言を与えてくれますよう」

ほかのみんなもグラスをあげて、彼の言葉を繰り返した。わたしは誇らしくもあり、当惑してもいた。前の職場では一年間たった一度の昇給すらなかった。それがここでは、わずか一カ月で大幅な昇進だ。なんという進歩だろう。ロッドとオーウェンは、この会社はわたしの能力を高く評価するだろうと言ったけれど、たしかにその言葉は正しかった。ただ、ここまでやるとは彼らも思っていなかっただろう。当のわたしがまだ信じられない。

即興のパーティは、皆がそれぞれのオフィスに引きあげてお開きになった。いかにも大儀そうに椅子から立ちあがり出口に向かったオーウェンの腕をマーリンがそっとつかむ。「今日はこのまま家に帰って休みなさい。月曜の朝まで顔を出してはなりませんよ」

反論しなかったことが、彼がどれだけ疲れているかを表していた。「わかりました。では、月曜日に。よい週末を、ケイティ。それから、あらためておめでとう」

「ありがとう。ゆっくり休んで」

「移動が済んだらあなたの新しい役割について説明しましょう」マーリンはそう言って、わたしといっしょにレセプションエリアに出た。「トリクシー、ケイティを新しいオフィスに案内してくれますかな」

「はい、ただいま。それから、アマルガメイティド・ニューロマンシー社とランチミーティングがありますので、ご準備を」

「ああ、そうでした。ではケイティ、午後にまた」

マーリンの姿が階下に消えたとたん、トリックスは仕事用のマナーを捨てて歓声をあげた。

「おめでとう！　実はわたし、昨日から知ってたの。もう言いたくて言いたくて爆発しそうだったわ。これでわたしたちご近所さんね。楽しくなりそう。さあ、こっちよ、新しいオフィスに案内するわ」

トリックスはマーリンのオフィスの向かい側のドアに向かってパタパタと飛んでいく。案内されたオフィスはマーリンのそれよりは小ぶりだったが、それでも十分に巨大で、これまでわたしが働いたどのオフィスよりも立派だった。まず第一に窓がある。外に見えるのは基本的にロウアーマンハッタンの街で、高層ビルの群が視界を埋め尽くし、心が和むという風景ではなかったが、窓があるというだけでとてもうれしかった。

部屋にはコンピュータののった大きなデスクと玉座のような椅子があった。窓のそばには小さな会議用のテーブルと椅子、壁際には大きなソファが置いてある。「わあ……」それ以外に発する言葉が見つからない。

「あなたの荷物はすでに運んであるわ。ミーティングの間に全部やっておくようボスから言われてたの。本でも装飾品でも、必要なものがあったら言ってね。すぐに対応するから。それと、ランチやコーヒーもわたしに任せて」

彼女はわたしにひとそろいの鍵を手渡した。「会社の玄関と、このフロアと、あなたのオフィスの鍵よ。あ、そうだ、化粧室はわたしのデスクの横のあのドアね」そう言うと、トリックスはふくれっ面をして見せる。「あーあ、せっかくわたし専用のトイレだったのに」

「身のほどをわきまえて使わせていただきます」

「じゃ、許してあげる。それじゃあ、いろいろやることがあるだろうから、わたしはこれで。ミスター・マーヴィンが戻ったら知らせるわね」

これほど重要な立場を与えられた者とは思えないほど、わたしにはやることがなかった。でもそれも束の間のことだろう。今日だけは、ドアの閉じた窓のあるこのオフィスを存分に味わおう。ほとんどやることがなかったわりに、時間は比較的はやく過ぎていった。マーリンは何やら厄介な交渉ごとにつかまってわたしとのミーティングを来週の月曜まで延期しなくてはならず、気がつくともう終業時間になっていた。「お祝いに一杯飲みにいく？」帰り際、受付デスクの前を通ったとき、トリックスが言った。

「せっかくだけど、今日は帰らないとならないの。今夜、ボーイフレンド計画第一弾のデートがあるのよ。その前にルームメイトがわたしを全面的につくり変えることになってて――」

「幸運を祈るわ」

「ありがとう。ほんと、今夜はそれが必要だわ」

ジェンマが太鼓判を押す男性に会うとしたら、まさに今夜ほどよいタイミングはないだろう。今日の出来事はわたしに自信と勇気を与えてくれた。不安と緊張でびくびくしながらデートに臨むいつものパターンから脱け出すことができそうだ。

家に着くと、すでにジェンマは帰っていた。今夜のために、いつもより早く仕事を切りあげたに違いない。「どう、わくわくする?」と彼女は訊いた。

わくわくするふりをする必要はなかった。ただ、何に対してわくわくしているかを悟られないようにするだけだ。「まあね。今日はもうすでに素晴らしい一日だったから」

「シャワー浴びてらっしゃい。話はヘアとメイクをしている間にじっくり聞くから」

三十分後、わたしはタオルを頭に巻いてベッドルームのドレッサーの前に座り、ジェンマにメイクをしてもらっていた。「清潔感のある隣の女の子ルックでいくわよ。いかにも厚化粧しました、みたいな感じにならないようにね。キースにはそういう方が受けるわ」

「相手は男よ。そんな微妙なメイクのニュアンスがわかったとしたらきっとゲイよ」

彼女は何も答えず、わたしの頭からタオルを取り、髪をとかしはじめる。「ああ、ハイライトを入れる時間があったらよかったのになあ」

「ハイライトが入ってないって理由でわたしのことが気に入らないんなら、そんな人こっちから願いさげだわ」

相変わらずわたしの悪態を無視しながら、彼女は訊いた。「で、今日どんな素晴らしいことがあったの？」

「昇進したの。それもかなり大幅に」

「ほんと？　おめでとう！　今度はどんな仕事なの？」

「幹部のひとりにアシスタントとしてつくことになったの」最高経営責任者（CEO）のアシスタントに昇格したとはあえて言わなかった。あまりに大きな話で、かえってうさんくさく思われかねない。入社一カ月で平社員からいきなりCEOの右腕に抜擢されるなんて、普通はあり得ない。

「すごいじゃない！　ね、言ったでしょ。前の職場はあなたの真の実力をわかってないって。はい、じゃ、じっとして」

わたしは目を閉じ、ヘアアイロンの熱を無視するよう努めた。わたしを〝ナチュラル〟に見せるために、彼女はいったい何をやろうとしているのか。こんなおおがかりな身支度に挑んでいるのは、こんなおおがかりな身支度を頻繁にしなくてもよくなるためだということを自分に言い聞かせる。ああ早く、〝ふだん着で古い映画〟の段階に到達したい。

ジェンマはようやく自分の作品に満足し、帰宅したマルシアは、わたしを見るなり親指を立ててゴーサインを出した。「ほんとにわたしひとりで行かなきゃだめ？」ドアの外に押し出されながら往生際悪く弱音を吐く。

「グループで会ったらどうしても遊び感覚になるでしょう？」ジェンマが言う。「一対一は真剣勝負よ。さあ、胸張って、堂々と行ってらっしゃい」

彼女ならそれも簡単だろう。ジェンマにとってデートはごく日常的な行為だ。わたしは職場の男性スタッフとは平気で話ができるのだが、リーガルパッドやパワーポイントの必要ない状況で男の人とテーブルごしに向かい合うと、とたんに固まってしまう。最後に一対一の本格的なデートをしたのはいつだっけ。わたしは二十六歳だが、わたしよりデート経験の豊富な高校一年生はいくらでもいるだろう。

幸い、待ち合わせのレストランはユニオンスクエアのそばでアパートからも近かった。いざとなれば、タクシーを拾わなくても帰れる。レストランに向かって歩いているとき、近くの建物の屋上にガーゴイルがいるのに気がついた。そこにガーゴイルがいるのを見たのは初めてだ。サムではない。サムのような人間ふうのグロテスクな顔ではなく、もっと鳥らしいくちばしをもっている。

寒い夜で、レストランのドアを開けた瞬間、熱い空気が顔に当たった。店内はすでに混雑していて、入口付近はテーブルを待つ人たちでごった返していた。こんな人混みのなか、どうやって彼を探せばいいのだろう。

栗色の巻き毛の背の高いハンサムな男性がこちらに近づいてくる。反射的に後ろを振り返り、どんなスーパーモデルがいるのかとあたりを見回したが、彼はそのまま目の前まで来ると、わたしの顔を真っすぐに見つめて言った。「ケイティ・チャンドラー?」

わたしは思わず息を呑んだ。ジェンマもやるときはやるようだ。「あなたがキース?」さりげなく訊いたつもりだったが、質問にはかなり懐疑的な響きがこもってしまった。

彼はにっこりとほほえみ、一瞬にしてわたしをとろけさせると、片手をさし出した。「はじめまして」

「あ、はい」それだけ言うのが精いっぱいだった。

彼はわたしの狼狽に気づいていないようだ。あるいは紳士的に気づかないふりをしているのかもしれない。「そろそろテーブルの準備ができたんじゃないかな」

彼のあとについて受付カウンターに向かう途中、思わず自分の足につまずきそうになった。妖精と精霊の一団が店に入ってきたのだ。なんてことだ……。わたしはたったひと晩ですら魔法から解放してもらえないのだろうか。とりあえず、知り合いがいないことを祈った。彼にはいい印象を与えたい。集団のなかに知っている顔がないか確認できる前に、ウエイターがやってきて、わたしたちをテーブルの方へ促した。

ウエイターが行ってしまうと、キースはわたしを見てにっこりした。薄茶色の温かい目をしていて、ほほえむと瞳がぱっと輝いた。彼とならぜひともソファで寄り添って古い映画を見てみたい。「ジェンマがきみはかわいいって言ってたけど、これほどとは思わなかったよ」と彼は言った。

かわいいというのは、魅力的という意味のかわいいだろうか、それとも〝妹みたい〟のかわいいだろうか。自分の顔が赤くなるのがわかった。これできっと〝妹みたい〟な印象の方がより強くなったことだろう。「ジェンマはあなたについて何も教えてくれなかったわ」

「じゃあ、きみは相当勇敢だよ。何も訊かずに、ぼくなんかに会おうとしてくれたんだから」

ぼくなんかに？　ご冗談を！　彼ほどの男なら、だれだってわれ先に会いたがるだろう。ジエンマのやつ、ひょっとしてわたしとデートさせるために彼を雇ったのだろうか。でも、そんなことをしたら、ボーイフレンド計画の意義が根本から崩れてしまう。わたしがただデートするための相手を探しているのではないことを彼女は十分知っているはずだ。

わたしたちはしばしメニューを見ながらオーダーするものについて話し合った。彼は食べ物に関して特に変わった嗜好はなさそうだった。奇抜な食餌療法を実行しているわけでもないし、嫌いな食材が入っていると言って特定の料理を排除することもなかった。ブラインドデートでは好き嫌いの激しい幼稚園児みたいな男たちに多数会ってきたので、これは新鮮な驚きだった。あとは、注文後も会話が自然に続くことを祈るのみだ。

ウエイターがやってきてオーダーを取り、メニューを受け取って立ち去った。いよいよネットなしでの試合が始まったわけだ。「仕事は何をしているの？」と彼が訊いた。デートでは必ず最初にくる質問だ。皆、デートで仕事の話をするのはいやだと言うわりに、徹底してこのルールを守るのはなぜだろう。

「ごく普通の秘書よ」わたしは事前に作戦を立てていた。なんの変哲もない平凡きわまりない仕事であることを強調して、相手にそれ以上質問する気をなくさせる算段だ。「あなたは？」魔法に触れないよう四苦八苦しながら仕事の説明をするはめになる前に、相手に話を振る。

ねらいは外れた。どうやら彼は、本当にわたしについて知りたがっているようだ。「どういう会社なの？」と彼は訊いた。

「小さな会社よ。絶対聞いたことないと思うわ」

「言ってみて」

「株式会社ＭＳＩっていうの」

「うん、たしかに聞いたことないな。何をしている会社？」

最初に会ったときオーウェンはどんなふうに説明してたっけ——もうはるか遠い昔のことに感じる。「んー、まあ、一種のサービス業かな」わたしは脳天気なＯＬみたいな口ぶりでようやく言った。「わたしの仕事はもっぱらメモをタイプしたりコーヒーをいれたりとかだから、会社がやっていることはよくわからないの」

このうえなく退屈な話に仕立てているにもかかわらず、彼は居眠りを始める様子もなくわたしの話を聞いている。もし本当に興味があるのでなければ、かなりの演技力だ。一瞬、自分が実はあのマーリンのアシスタントで、魔法使いたちといっしょに働いているということを告白して、彼をあっと言わせたい衝動にかられた。ただ、おそらくその場合、ダイヤモンドの指輪ではなく、精神病院の病室が、わたしの終着駅となるだろう。やはりここは平凡なケイティでいくしかない。平凡なケイティで満足してもらえることを祈りながら。

そんな決意をあざ笑うかのように、妖精と精霊のグループがウエイターに導かれてわたしたちのテーブルのすぐ横を通っていった。そのなかにアリの姿があった。彼女はわたしにウインクする。わたしは急いで自分のデート相手に注意を戻したが、同僚のひとりと同じレストランに居合わせる確率がどれほど小さいかについて考えずにはいられなかった。何より、アリは自分と同じ種族とのデートには興味がないと言っていたはずだ。彼らはなぜよりによって今夜、このレストランを選ばなければならないのだ。わたしがほんの少しの間、せめて見せかけだけでも普通に戻りたいと思っているそのときを、まるで見計らったかのように。

「で、あなたのお仕事は?」わたしはふたたび訊いた。彼のことを知りたいのに、意識はつい妖精たちの方へ流れていってしまう。幸い、彼らの方にこちらを気にする様子はない。

キースが自分の仕事についてひととおり説明し、次の質問をしようと口を開いた瞬間、彼のグラスがひっくり返った。キースはすぐにグラスを立てると、水が床に流れ落ちないようナプキンで押さえた。「うわ、ごめん。どうも、そそっかしくて」背後で鈴の音のような妖精の笑い声が聞こえ、わたしはとっさに魔法の介入を疑った。

彼といっしょにこぼれた水を拭き取りながら、わたしは言った。「このテーブル少しぐらぐらするわね。脚の下にもう少しシュガーパックを詰めてもらわないと」

キースは特に異常なことが進行中だとは思っていないようで、わたしはとりあえず落ち着こうと努めた。波乱の初デートは、うまく切り抜けられさえすれば、かえって絆を深めるという。幸い、店のサービスは行き届いており、すぐにウエイターたちがやってきてナプキンやグラスを取りかえてくれた。まもなくサラダが運ばれてきた。キースは絶妙なバランスで食事と会話を同時進行させていく。同じようにできたらと思うのだが、アリたちが次に何をやらかすのかが気になってしかたがない。しかし、それはすぐに判明した。

精霊のひとりがわたしたちのテーブルにやってきた。キースには背中の羽が見えないとわかっていても、普通の人が同席する場で彼らと話をするのは妙な気分だった。「お客様、テーブルに不具合があるとのことですが」精霊は言った。どうやらめくらましを使ってレストランの支配人を演じているようだ。真実を見ることができるのはありがたいけれど、めくらましが使われていてもわからないというのは、それはそれで何かと不都合が多い。

「いや、なんでもない。もう大丈夫だよ」キースは言った。

「いえ、お客様、遠慮なさらないでください。お客様に気持ちよく過ごしていただくことがわたしどもの仕事です。なにとぞおっしゃってください」背後でアリのくすくす笑いが聞こえる。

「じゃあ、ええと、実はテーブルが少しぐらぐらするようなんだ」キースはそう言って揺らして見せようとしたが、テーブルはびくともしない。後ろで妖精たちの笑い声がどっとあがり、店じゅうに響き渡った。ほかの客には聞こえているのだろうか。それとも、彼らは音も隠すことができるのだろうか。わたしの我慢はついに限界に達した。

「ちょっとごめんなさい」そう言うと、ハンドバッグをもって化粧室へ向かった。アリの横を通り、「ちょっと話があるの」と言う。彼女は立ちあがって化粧室までついてきた。

「あんな男と何してるの、ケイティ？」アリはわたしの先手を封じて言った。

「あんな男？　言っとくけど、こんな素敵なデート、もう長いこと経験してないわ。彼のことはすごく気に入ってるの。悪ふざけはもうやめて」

「あんなやつ、あなたには合わないわ」

「どうして？　彼について、わたしが知らなくてあなたが知ってることが何かあるっていうの？　もし彼が人間に化けた鬼だったら、わたしにはとっくにばれてるはずよ」

アリは肩をすくめる。「あんな男つまんないわよ。わたしたち、あなたのためを思ってやってるんだから」

「よく聞いて。デートの相手が気に入らないときは、自分でなんとかします。手伝ってくれなくてけっこう。第一、わたしはこのデートを楽しんでるの。少なくとも、あなたたちがちょっかいを出しはじめるまでは、すごくいい感じだったんだから。だいたいここで何してるの？　まさかわたしをストーキングしてるわけじゃないでしょうね」

「違うわよ。知ってるでしょ、わたしだってこのへんに住んでるの。たまたまあなたを見かけたから、ちょっと楽しんじゃおうと思っただけ」アリは目をそらし、ばつの悪そうな顔をした。それが後悔によるものなのか、それとも嘘をついているためなのかはわからなかった。「怒らないでよ。もうしないわ。別に困らせるつもりじゃなかったんだから」

わたしはため息をついた。「わかった、いいわ。とにかく、わたしたちのことはもうそっとしておいて。お願いよ」

「オーケー」アリはしぶしぶそう言った。

テーブルに戻ったときにはもう偽支配人の姿はなく、ちょうどメインディッシュが運ばれてきたところだった。「グッドタイミング」椅子に滑り込みながらわたしは言った。魔法の介入を心配する必要はなくなった。ここからはリラックスして存分にデートを楽しもう。

「こっそり帰られたらどうしようかと思った」キースは冗談めかして言った。

「そんなことあり得ないわ」彼の目をしっかりと見つめて言う。気の利いたセリフを思いつけないのがもどかしい。彼にはわたしがかなりその気になっていることをわかってほしかった。いまは純情ぶって曖昧なメッセージを送っている場合ではない。

「よかった。今夜はまだお開きにはしたくないんだ。きみのことをもっと知りたいから」

「どんなことが知りたい?」そう言って、まつげをパタパタさせてみる——目にゴミが入ったと勘違いされないことを祈りながら。

「たとえば、きみの好きなこととか。今後のデートの参考にするためにも」

わたしは過呼吸にならないよう懸命に気持ちを落ち着けた。彼は今後のデートと言った。つまり、この先もわたしに会いたいということで、わたしを妹みたいだとは思っていないということだ。これは、かなり手応えがある。

レストランの入口付近が何やら騒がしいが、無視することにした。妖精たちがまたちょっとしたいたずらでもしたのだろう。こちらに影響がないかぎり、気にすることはない。そう思っていたら、突然、タキシードを着た男がわたしたちのテーブルまで走ってきて、わたしに赤いバラの花束をさし出し、恐ろしく調子っぱずれなオペラのアリアを歌いはじめた——わたしの名前をかなりランダムに挿入しながら。

裸のカエル男、ジェフだった。彼の間の悪さは天下一品だ。テーブルの下に潜って泣きたくなった。どうしてこんなことになるの? おそるおそるキースの方を見ると、唖然とした顔でジェフを見つめている。彼はわたしの方を向いて言った。「友達?」

見ず知らずのあかの他人だと言いたかったが、それで通らないことはわかっていた。「ストーカーよ」しぶしぶ言った。「追い払ったと思ってたんだけど」

「どうやらそうじゃなかったみたいだね」キースはしばらくジェフのセレナーデを聞いてから、ふたたび言った。「ストーカーね」彼がわりと冷静なので、少し希望が出てきた。

「そうなの。一度助けてあげたら、必要以上に感謝されちゃって」

「助けてあげた？」声色にかすかな疑念が感じられる。

「ぼくの魔法を解いてくれたんだ」ジェフが得意げに言った。彼に魔法をかけ直すことはできないものだろうか。〝ゲロゲロ〟としか言えない方がかえって害がなかったかもしれない。服を脱ぎはじめでもすれば、店はただちに警察を呼んでくれるだろう。「呪いをかけられて永遠にカエルとして生きるはめになっていたところを、彼女がキスをして救ってくれたのさ」

キースは説明を求めるように片方の眉をあげてわたしを見た。「彼が公園で、その、裸で困っていたので、助けを呼んであげたの」基本的にジェフとわたしは同じ話をしている。ただ、わたしの話の方がいくぶんまともに聞こえるはずだ——彼の方がより正確ではあっても。

「そういうことはよくするの？」キースが訊いた。

「ううん、たった一度きりよ」ジェフがまた別のアリアを歌い出した。どのオペラのかはわからないが、パスタのコマーシャルで使われているやつだ。

アリたちのテーブルを見ると、皆こっちを凝視している。というか、いまや店内のすべての客がわたしたちに注目していた。アリに口パクで「助けて」と言うと、彼女はあたかも「ほっといてって言ったじゃない」というように無邪気な顔をして見せる。わたしが思いきり眉をしかめると、彼女は大げさにため息をついて片手を振った。突然、アリアが中断し、ジェフの口が〝ゲロゲロ〟という音を発した。

アリは彼に、再度カエルのめくらましをかけたのだろうか。キースの目には何が映っているのだろう。タキシードを着た男が自分のデート相手にアリアを歌い出すのが相当に妙なことだとすれば、その男が突然カエルに変貌するというのはもはや常軌を逸している。

レストランの支配人――今度は本物だ――がやってきて、わたしに向かって言った。「お客様、この男がご迷惑をおかけしているのでは？」

「ええ、はい、とても」支配人とウエイターのひとりが両側からジェフの腕をつかんで出口の方へ引きずっていく。どうやら彼は人間の姿を保っているらしい。でなければ、もう少し違った方法でつまみ出されたはずだ。

テーブル担当のウエイターがやってきて、「デザートをご覧になりますか？」と尋ねた。

「いいえ、お勘定をお願いします」キースが即座に答えるのを見て、いっきに気持ちが沈んだ。この空気は明らかによくない。ウエイターが行ってしまうと、キースはこちらを向いた。「今日はそろそろいいかな。実は明日の朝早いんだ」それはつまり、今回の話はなかったことに、ということだ。彼を責める気にはなれない。彼の立場だったら、わたしもきっと同じようにしただろう。そう思ったところで、少しも気が晴れるわけではないけれど。

ウエイターが伝票をもってくるやいなや、キースは現金で勘定を払い、わたしを出口までエスコートした。「会えてうれしかったよ、ケイティ。その、なかなか面白い夜だったね」

「ごめんなさい」こんなことはめったにないと言いたかったが、残念ながら、わたしの仕事の性質を考えれば、今後もかなりの確率で起こり得ることだった。「ごちそうさま」

「どういたしまして。じゃあ、また電話するよ」電話がかかってこないであろうことは、口調から明らかだった。彼があっという間に立ち去るのを見て、あらためてそれを確信した。わたしはジェフのくれた巨大なバラの花束を抱えてひとり歩道に取り残された。どうやらわたしは、妹から変人へと昇格したようだ。どちらにしても、二回目のデートはない。深いため息をひとつつき、家に向かって歩きはじめた。

歩きながら自分の現状について考えた。わたしはいま、ふたつの異なる世界の間で板ばさみになっている。わたしは魔法使いではない。魔法の世界の現実は――たとえばカエルにキスすることとか――、わたしをおおいにうろたえさせる。その一方で、完全にノーマルでもない。魔法の世界がこれだけ私生活に介入してくるのだから。要するに、どちらの世界にも完全に属すことができないのだ。もともと順調とはいえなかったわたしのソーシャルライフは、いまや完全に紛糾している。花束を握り直した拍子に、指に棘が刺さった。血の出た指を吸おうと立ち止まり、後ろを歩いていた人のために歩道のすみへ移動したとき、わたしは思わず身を硬くした。それまで背後に聞こえていた足音が、わたしが止まったのに合わせてやんだのだ。

鼓動がはやくなる。わたしは急ぎ足でふたたび歩き出した。足音はまったく聞こえない。最初から気のせいだったのかもしれない。あるいは、後ろを歩いていた人は途中で建物のなかか、

もしくは路地に入ったのかもしれない。そう思っても、緊張はなかなかほぐれなかった
だれかにつけられていると思ったら、ただちに安全な場所に逃げ込むのが、最も賢明な行動だ。できれば明るくて人のたくさんいる場所がいい。この先に二十四時間営業のドラッグストアがあったはずだ。店内にはたいていスナックや胃薬を買いにきた警官がいる。店まではあと一ブロックだ。つけられていないことが確認できるまで、そこでしばらく時間をつぶすことにしよう。それでもまだ不安だったら、南部の淑女（サザン・ベル）をめいっぱい気取って、店にいる警官に、家まで送ってほしいととびきり甘い南部なまりで頼めばいい。

そう決めると、いくらか気が楽になった。ハンドバッグをもつ手に力を入れ、バラの花束で思いきり殴れば棘でなんらかのダメージを与えることができるだろうかと考えながら、断固とした足取りでドラッグストアを目指した。

店まであと半ブロックのところまで来たとき、空気中にビリッという静電気のような圧力を感じた。どうやら近くで魔法が使われたらしい。直接影響を受けることはないとわかってはいたが、やはり気味が悪い。免疫者（イミューン）だと知らずに、だれかがわたしに人を操る例の魔術をかけようとしているのだろうか。マーリンとオーウェンにこのことを知らせなければ――。

わたしは歩き続けた。あの角まで行って道を渡れば、ドラッグストアのなかに逃げ込める。

ふたたび空気中に圧力を感じ、一陣の風とともにポンという大きな音がした――と思ったら、突然、黒い人影が現れて、わたしの体をものすごい力で抱え込んだ。肺からいっきに空気が押し出され、叫ぶことすらできない。

15

ニューヨークに来る前、わたしは地元の空手スタジオ兼日焼けサロンで護身術のクラスを受講した。娘が危険な大都会へ行くことについて、いくらかでも母を安心させるために受けたようなものだけれど。まさにいま、クラスで習ったことを実践すべき状況に直面しているわけだが、頭のなかは恐ろしいぐらい真っ白だった。まるで悪夢を見ているようで、恐怖で体が硬直し、動くことはおろか声をあげることさえできない。

何時間もたったように思えたが、実際はほんの一、二秒のことだろう。わたしはようやくやるべきことを思いつき、バラの花束を力いっぱい男の顔に押しつけた。男はくしゃみをしたものの、わたしの体を放さなかった。ふとクラスでひざを蹴るよう教わったことを思い出した。わたしは右足をあげ、つま先のとがったハイヒールで男のひざを思いきり蹴りつけた。理屈では、痛みに耐えかねて男が腕を緩めたすきに逃げ出すということになっていた。彼はたしかに腕を緩めたものの、若干タイミングが早すぎた。片脚がまだ宙に浮いたままだったため、わたしはバランスを失って歩道に尻もちをついた。

わたしが優秀な生徒でなかったことはいうまでもない。

これで状況はさらに悪化したわけだ。起きあがろうともたもたしている間に、男はふたたびわたしを捕らえるだろう。倒れた拍子にバッグを落としたのだが、男がバッグではなくわたしの方に来たのを見て、これが普通の強盗ではないことを確信した。とっさに片方の靴を脱ぎ、男の頭に投げつける。ゴッという音がし、男が悪態をつきながらよろめいた。やった！　裏庭で石投げやキャッチボールをして遊んだ日々はむだではなかった。立ちあがって逃げ出そうとしたとき、複数の羽音が聞こえた。見ると、アリとその友人たちが黒い人影を囲んでいる。空中に例の静電気のような圧力が感じられた。今回はさっきよりも規模が大きく、妖精たちと男との間で激しい魔法のかけ合いが行われているようだった。

だれかに腕をつかまれ、わたしは悲鳴をあげた。硬直して声も出なかった数分前に比べれば大きな進歩だ。「ケイティ、ぼくだよ。大丈夫だ」ロッドの声だ。わたしは彼の手を借りて立ちあがった。「怪我は？」

「してないと思う。尊厳が傷つけられただけ、たぶん」靴を拾って履き、自分の体をひととおり確かめてみる。見たところ、ストッキングすら破れていないようだ。「いったい何が起こったの？　どうしてあなたがここにいるの？」

「あとで説明する。ひとまず離れよう。ここは彼らが対処する」

「対処するって、何に？」

ロッドが答える前にまた別の羽音が聞こえ、サムが部下を率いて現れた。さっき見かけたくちばしのガーゴイルもそのなかにいる。「よし、連行しろ」サムが命じる。

ロッドはハンドバッグを拾いあげると、わたしの背中に腕を回して言った。「さあ、もっと安全な場所へ移動しよう」

「ぜひともそうしたいわ」

「ぼくのアパート、この近くなんだ。よかったら少し休んでいく？　その方が話もしやすいし」ロッドの口から出たセリフだ。別の状況だったら口説き文句と取るところだが、いまの彼は本当に心配しているように見えた。もし彼が、強盗に襲われたばかりの女性に言い寄るほどのスケベ野郎だとしたら、いっそこの機会に知っておいた方がいいだろう。

「そうね、そうしようかな」実際のところ、ルームメイトたちに会う前にかなり気持ちを落ち着かせる必要があった。デートの報告をすることだけでも、相当に気が重い。あんな完璧な人を怖じ気づかせたなんて知ったら、ジェンマはなんと言うだろう。

横道に入り、さらに別の横道を抜けると、モダンなアパートが現れた。ロビーを通りエレベーターホールへと向かう。「このへんに住んでるなんて知らなかったわ」エレベーターのなかでわたしは言った。たわいのない会話を試みたつもりだったのだが、まだひどく声が震えていた。

「ぼくたちの仲間でこのあたりに住んでる連中は多いんだ」

「どうして？　特別に魔力の強いエリアだとか？」

ロッドは笑った。「違うよ。このへんは遊ぶ場所がたくさんあるし、ヴィレッジの住人には変わったやつが多いから、ぼくたちが目立たなくてすむからね」エレベーターが止まり、ロッドに促されて外へ出る。彼は玄関の鍵を開け、ドアを押し開きながら言った。「ようこそ、質素なわが家へ」

それは質素とはほど遠い代物だった。魔法ビジネスは相当に儲かるようだ。艶やかなレザーのソファーセットに、ガラスをはめ込んだブロンドウッドの家具、そして完全装備のオーディオビジュアルシステム。窓の外にはマンハッタンのみごとな夜景が広がっている。まさに典型的な高所得独身者のマンションといった感じだ。「素敵な場所ね」額装されたクラシック映画のポスターを眺めながらわたしは言った。

「ありがとう。バスルームは廊下の先だから自由に使って。いま、お茶をいれるよ」

短い廊下の先にバスルームがあった。洗面所は平均的なニューヨークのアパートのそれと同じぐらい小さかった。歯磨き粉のほかに洗面用具と呼べるものはまったく見あたらない。彼にとっての身づくろいとは、ただめくらましをまとうことなのだろう。

バスルームの明かりのもとで、あらためて自分の体をチェックした。ストッキングは結局、破れていた。右ひざの横に小さな穴が開いている。ティッシュペーパーをしめらせて肌の汚れを拭き取る。それ以外はとりあえず無傷のようだ――少なくとも身体的には。精神的には、いまのショック状態から覚めたとたん相当に動揺することになるだろう。実際、すでに体が震えはじめている。

リビングルームに戻る前に靴を脱いだ。両脚はゴムのようで、予想外の方向にふらついた。なんとかソファまでたどり着き、柔らかい革のクッションのなかに倒れ込む。ロッドが湯気の立つマグカップをもってリビングルームに入ってきた。

わたしはカップを受け取り、手の震えを懸命に抑えた。「ちょっと待って。たしか、お茶をいれるって言ったわよね。つまり、魔法で出したんじゃなくて、実際にお湯をわかしてお茶をいれたわけ？」

「信じられないかもしれないけど、ぼくたちいつも魔法でものを出すわけじゃないんだ。魔法を使うと、かなりのエネルギーを消耗するからね。会社にはエネルギー源となる強力なパワー回路があるからいいけど、自宅にもってる人はあまりいないから」

「なるほどね。それでレストランやバーに行ったりもするわけだ」

「それは社交上の理由が大きいね。ぼくらだって普通の人と同じように人づき合いが必要だよ。まあ、もちろんうまいものが食べたいっていうのもあるけど。魔法で出したお茶は、必ずしも望むようないれ方にはなってないからね」

わたしはお茶をひと口飲んだ。とても濃くて、とても甘い。砂糖以外にも何か入っているようだ。さらに少し飲んで言った。「ありがとう」

ロッドはわたしの横に座った。「何が起こったのか気になってるよね」

「ええ、すでに二度ほど尋ねたような気がするけど、あれは明らかに普通の強盗じゃないわ。バッグには見向きもしなかったもの」

「ああ、普通の強盗じゃない。きみを襲った男の尋問が済めばもっとはっきりしたことがわかると思うけど、とりあえず、今夜の出来事はわれらが友人イドリスの仕業だとぼくらは考えている。うちの会社できみが重要な役割を担っているらしいことに気づいて、手を引かせるために脅しをかけようとしたんだろう」

わたしは身震いし、お茶をさらにひと口ごくりと飲んだ。「役割って？　わたしは魔法使いじゃないわ。わたしがやったことなんか、だれにだって普通にできたことよ。彼が脅威に感じるべき人がいるとしたら、それはオーウェンだわ」

「彼はオーウェンのこともねらってるよ、日常的にね」背筋に寒気が走った。「でも、この件ではきみも鍵を握るひとりなんだ、好むと好まざるとにかかわらず。イドリスはきみが具体的にどんな役割を担っているのか知りたいんだろう。ここしばらく彼の手下がきみをつけ回しているんで、ぼくらはやつらときみを同時に監視してたんだ」

「つまり、あなたやアリたちが今夜あそこにいたのは、ただのラッキーな偶然っていうわけじゃなかったのね」

「ああ。アリはレストランできみを見張っているはずだったんだけど、彼女が気づく前にきみが店を出てしまったらしい」

「まあ、いろいろあってね。それにしても、なぜわたしをつけ回す必要があるの？　わたしなんか追ったって意味ないじゃない。たまたま二、三いいアイデアを思いついただけで、わたしがほかにもっているものといったら、ごく普通の常識だけよ」

「それがいかに珍しいことかわかるかい？　いずれにしても、いまのイドリスにとって脅威なのは、きみの正体がよくわからないということだ。彼はきみの役割を知りたいんだ。そして、きみを怖がらせたいんだろう」

わたしはお茶を飲み干した。「ま、少なくともそれは成功したわね。強盗に遭ったのなんか生まれて初めてよ。言っとくけど、決して気持ちのいいものじゃないわ」

ロッドはわたしの腕に手を置いた。「もしぼくたちとの関係を断ち切りたければ、言ってほしい。この戦いはきみの責任じゃない。きみが危険に身をさらさなければならない理由は何もないんだ。次の仕事は会社が責任をもって探す。ほかの業界にコネクションがあるし、怪しく見えない推薦状もちゃんと用意する。ぼくたちに気兼ねすることはないよ。きみを引き抜いたとき、危険について話さなかった。きみを怯えさせてしまったのなら、それは完全にこちらの責任だ」

あらためて自問してみる。わたしは普通の生活に戻りたいのだろうか。実際にコーヒーをいれなければならない会社に勤め、ときおりヒステリーを起こしてもモンスターに変身することはない同僚たちとともに働き、とてつもない陰謀を心配する必要のない生活に。たしかに、わたしの日常はずっとシンプルなものになるだろう。友達と仕事の話だってできるし、怪奇現象によってデートがぶち壊しになる心配もない。

でも、彼らが直面していることを知ってしまったいま、ただ背を向けて立ち去ることができるだろうか。イドリスというやつがわたしをそれほど恐れるなら、わたしは自分が思う以上に重要な存在なのかもしれない。ことの大きさを考えれば、いまさらわたしだけ逃げ出すなんてできない。魔法を使えようが使えまいが、いまやこれはわたしの戦いでもある。きちんと結果を見届けたい。

わたしは首を振った。「辞めない。やつら、わたしを完全に怒らせたわ」

ロッドはにやりとした。「そう言ってくれると思ってた。心配しなくていいよ。きみには引き続き警護をつける。最近は、みんながお互いを守り合わなくちゃならないからね」

わたしはふとあることに気づいた。「オーウェンが毎朝わたしといっしょに通勤しているのは、もしかしてそのため？」

「そうだよ。彼もきみの警護部隊の一部なんだ。それにオーウェンにとっても、姿を隠して彼をねらう者をきみが見破ってくれるという利点がある」

「ああ、なるほど……」内心がっくりせずにはいられなかった。わたしに対する彼の関心が個人的なものでないことが、これで完全に立証されたわけだ。

「お茶のおかわりは？」

空になったカップを見つめながら自分の状態に意識を向ける。まだ家に帰る気にはなれなかった。ジェンマがアレンジしてくれた完璧な男性がなぜ二度とわたしに会いたくないかを説明するのと、強盗に遭ったことを話すのとでは、どちらがましだろう。「そうね、ありがとう」そう言ってカップをさし出す。

新しくいれたお茶をもってロッドがリビングルームに戻ってきたとき、わたしは言った。「ちょっとお願いがあるんだけど」

「なんでも遠慮なく言って」彼の口調はオーウェンのそれを思い出させた——入社初日にバスのなかで彼が言ったセリフを。

「いたずら用の魔術について何か知ってる?」

「まあ、多少は。どうして?」

わたしは裸のカエル男について、彼がその夜デートに現れたところまでをひととおり説明した。ロッドはひとしきり大笑いし、涙を拭きながらようやく言った。「それならオーウェンに訊いた方がいいな」

デートについても、カエルだった男にセレナーデを歌われたことについても、オーウェンにだけは話したくない。「どうして?」

「それ、たぶん彼がつくった魔術だよ。多重構造になってるからきっとそうだ。普通のいたずら用魔術は一次元的だけど、この魔術のすごいところは、魔法を解くことで事態がいっそう悪化するところなんだ。被害者は魔術のカエルの部分を解いてくれた女性の虜になってしまう」

「彼のことをそれほど知ってるわけじゃないけど、こういう男同士の悪ふざけってあまりオーウェンのイメージじゃないわ」

「学生のとき、オーウェンは個人から魔術の注文を受けて小遣い稼ぎをしてたんだ。あのころつくった魔術がいまだに出回ってるなんて驚いたな。しかも、こんな都市部にまで出てきてたとは……」ロッドは首を振った。「特許を取っておけばよかったんだ。これは当時オーウェンがつくった魔術のなかでも、かなり優れたやつだよ。彼のユーモアのセンスがよく出てる」

「あの歯の浮くようなセリフのこと?」

「彼はあの学期、シェイクスピアを取ってたんだ」

「オーウェンがバリー・マニロウのファンだなんて言わないでよ」

「いや、それは顧客のリクエストだよ。できるだけ恥ずかしい魔術にしてほしいってことだったから。オペラは完全にオーウェンの趣味だけどね」

「で、この魔法はどうしたら解けるの？」

「被害者が魔法に関係なくだれかに恋をすれば解ける。大学じゃあ普通、二、三日もてば上出来だよ」

「もしだれも好きにならなかったら？　それか、魔法を解いてくれた人を本当に好きになっちゃったら？」

「そうなると、ちょっと問題だな」そう言ってロッドはわたしをじっと見つめた。彼のまなざしにわたしは戸惑った。男の人にこんなふうに見つめられることには慣れていない。ジェンマが貸してくれたセーターの色はよほど肌映りがいいのだろう。「たしかに、その可能性は十分にあるかもな。うん、やっぱり、その男がつきまとい続けるようならオーウェンに相談した方がいい。バックドアを組み込んであるはずだから、言えば魔法を解除してくれるよ」

ジェフは本来どんなタイプが好きなのだろう。オーウェンに窮状を訴えるより、そっちの方法で解決できたらずっといい。彼がわたしに興味をもっていようがいまいが、わたしはまだ彼への気持ちを完全に整理できたわけではないのだ。女の子ならだれだって、好きな人に男性関係の悩みを打ち明けるなんてことはしたくない。それがこんな突拍子もない悩みだとしたらなおのこと。

わたしはお茶の最後のひと口を飲み干すと言った。「そろそろ帰るわ。ルームメイトたちが事後報告を聞きたくてうずうずしているはずだから」

ロッドはマグカップを受け取りキッチンへ運ぶと、戻ってきてわたしが立ちあがるのを手伝ってくれた。「大丈夫?」

「震えはだいぶ収まったみたい。ありがとう」わたしは靴を履き、ハイヒールを踏みしめてバランスを確かめた。

「アパートまで送るよ。家にいるかぎりきみは安全だ。あのアパートにはしっかり魔法除けがしてある。しばらく前にオーウェンがやっておいたんだ」

「魔法除け?」

「アパートのなかにいれば、だれもきみに魔法で危害を加えることはできない」

「どこにいようがわたしには魔法は効かないんじゃないの?」

「魔法を使って直接きみに危害を加えることはできないけど、魔法できみに近づいてから物理的に襲うことはできる。今夜のはまさにそれだったんだ。きみを襲った男は魔法できみのすぐそばまで移動した。だからきみは男が近づいたことに気づかなかったんだよ」

「でも足音を聞いたわ」

「それはぼくだよ」

「どうして声をかけてくれなかったの! 死ぬほど怖かったのよ」

「ごめん。とにかく、きみのアパートは安全だ。だれも魔法を使って何かを破壊したり、鍵を開けたりすることはできない。もちろん純粋に物理的な方法で侵入される可能性もゼロとはいえないけど、通常の空き巣に対応できるような鍵だったらまず大丈夫だ」

「ならいいけど……」

わたしたちはアパートまで黙って歩いた。わたしはルームメイトへの説明をどうするかで頭がいっぱいで、会話をする余裕がなかった。アパートの前まで来ると、わたしが表玄関のロックを解除するのを待ってロッドは言った。「よい週末を。きみのことはちゃんと見てるから心配いらないよ」

「いろいろありがとう。アリにもあとでお礼を言わなくちゃ」

さあ、魔法の世界から俗世界へと頭を切りかえなければ。今夜最大のニュースはもはやデートの話ではなくなっていたけれど、例によって最も刺激的な部分は話すことができない。

部屋に入るなりジェンマとマルシアが寄ってきた。コニーも来ていた。「ずいぶんゆっくりディナーを楽しんでたんじゃない?」ジェンマが言う。「バッチリだったようね」

わたしは涙をこらえながら崩れるようにソファに座り込んだ。

「バッチリでもなかったみたいよ」コニーが静かに言う。彼女は隣に座ってわたしの手を取った。「何があったの?」

ジェンマがわたしの側のひじかけに腰かける。「彼のこと気に入らなかった? 完璧だと思ったんだけど」彼女は心底残念そうに言った。

「完璧だったし、わたしは彼のことすごく気に入ったわ。でも、彼はわたしのことを気に入らなかったみたい」

「それ、たしかなの？」

「逃げるように帰っていったもの」

「でも、あなたのこと気に入らなかったにしては、ずいぶん長いディナーだったじゃない」マルシアが言う。

「帰る途中で偶然会社の知り合いに会って、しばらく話をしてたの」

皆の顔に落胆の色が現れる。「少なくともデザートは食べられたんでしょう？」

「わたしが何も言えないうちに、デザートはいいって言われちゃったわ」

「そんな男はこっちから願いさげね」コニーが憮然として言った。「女性にデザートを食べさせないようなやつはろくな男じゃないわ」コニーは折り紙つきの甘党で、デザートをはしょることは彼女にとって死刑に値する罪なのだ。バッグにチョコレートを常備するようわたしに言ったのも彼女だ。

「また妹みたいだとか言うわけ？」ジェンマが訊いた。

嘘をつくことはできない。そのうちキースからも話を聞くだろう。「ううん。ちょっと妙なことが起こって、彼、すっかり怖じ気づいちゃったみたい」あえて〝妙なこと〟の詳細には触れなかった。キースが詳しいことを伏せていてくれるだけの紳士であればいいのだけれど。

皆笑った。「あなたを変な子だと思ったんなら、彼、一生ガールフレンドなんか見つけられないわ」マルシアが言った。「あなたくらい普通な女の子、世界じゅう探したっていないわよ」

「わたし、あまりに普通すぎて変なのかも」ある意味でそれは真実だった。そもそもわたしがこれほど普通でなかったら、こんな奇妙な事態にはなっていなかったはずだ。彼女たちには知るよしもないことだが、わたしの普通の日々はもう完全に過去のものとなっていた。

月曜の朝、アパートの表玄関を出ると、歩道にオーウェンが立っていた。偶然を装うなどという芸当は、彼には生理的に無理だった。わたしを待っていたことはすぐにわかった。「ずいぶん元気になったみたいね」彼が横に並んできたとき、わたしは言った。

「心配なのはきみの方だよ」

「わたし？　わたしは平気よ。かすり傷ひとつないわ」実際、暗闇のなかで一瞬男に抱きかかえられただけだ。当分の間、夜道をひとりで歩くことは決してしないだろうけれど、それを除けば特に大きな問題はない。「でもどうして危ない目に遭う可能性を前もって警告してくれなかったの？」

「怖がらせたくなかったんだ」そのセリフの矛盾に自分でも気づいたようで、彼はばつの悪そうな顔をした。「まあ、うまくいかなかったわけだけど……」

「無事だったってことが何より重要なことだわ」

わたしはロッドが言ったことを思い出し、地下鉄の駅へ向かう間、オーウェンをねらう怪しい者がいないかどうか目を光らせた。

「襲われたことを除いて週末はどうだった？」

「まあ普通よ。あなたは？」

「いくつか用事を片づけたぐらいかな」あまり有益な情報とはいえない。でも、ロッドのおかげで、オーウェンが野球のほかにオペラも好きだということはわかった。花のつぼみが開くように、彼は少しずつその姿を現しはじめている。

電車が来て、わたしたちは車内にむりやり体を押し込んだ。今朝はいつもにも増して混んでいる。立っているスペースすらほとんどない。オーウェンは特に長身ではなかったけれど、わたしよりは背が高いので、つり革につかまり、空いている方の腕をわたしの腰に回して体を支えてくれた。混んだ電車も悪いことばかりではない。

この日は研究開発部の入口でオーウェンと別れ、マーリンのアシスタントとしての初日に挑むべく小塔に向かった。「彼が会いたいそうよ」エスカレーターで最上階に到着すると、待ち構えていたようにトリックスが言った。

「すぐ行くわ」eメールをチェックし、具合を尋ねるロッドのメールに短い返信を打つと、ノートをもってレセプションエリアを突っきり、マーリンのオフィスへ向かう。わたしがノックをする前に、彼がなかからドアを開いた。

「ケイティ、おはよう」マーリンはわたしを招き入れるとドアを閉めた。「さあ、おかけなさい」そう言ってソファを指し示す。「週末のことは聞きました。大変でしたな。今朝はどんな具合ですか？」

わたしがソファに座ると、マーリンも隣に座った。「大丈夫です。ただ頭にきてるだけです」

「わたしたち皆がそうです」

「イドリスとやらは相当ナーバスになっているみたいですね。わたしに脅しをかけようとするぐらいですから」

「たしかに彼は、わたしたちの活動を脅威と見なしているようですな。あなたがわが社に来た時期とわたしたちが彼への対抗策を強化した時期が重なることに気づいて、あなたの役割がなんなのかを探ろうとしているのでしょう」

「事実を知ったらがっかりするでしょうね」

「わたしはそうは思いませんよ。ところで、もっと安全な仕事を紹介するというミスター・グワルトニーの申し出を断ったそうですね」

「連中のやったことはかえってわたしを怒らせただけです。イドリスのやつ、覚悟した方がいいわ」

マーリンは笑った。「あなたならそうくると思っていましたよ。では、新しいポジションであなたにやってもらいたいことをお話ししましょう」

続く三十分あまりの間、わたしは新しい職務について説明を受けた。内容的には前の会社でやっていた仕事とあまり変わらないが、違うのは上司が格段にいいということだ。わたしはマーリンが受け取るすべての書類を彼の前で読みあげることになる。ただし、探すのはスペルミスや文法の間違いではなく、不正に挿入された魔術やめくらましだ。また、必要に応じてトリックスといっしょに会議に同席し、彼女の議事録と自分のそれを比べて不審な相違点がないかをチェックする。マーケティングの方も引き続きわたしが担当責任者となる。つまり、かなり忙しくなるということだが、わたしとしては問題ない。

「それから、何かアイデアがあったら遠慮せずに提示してくださいよ」マーリンはつけ加えた。「わたしは途方もなく長い間世間から遠ざかっていた老人です。あなたのフレッシュな見解は大歓迎です」

脳みそのある人間として扱われることがこれほど気持ちのいいものだということをほとんど忘れかけていた。ミミのもとで働いた永遠とも思える一年の間に、わたしはいつしか自分のことをなんの役にも立たない無知な人間だと思いはじめていたのだ。「わかりました。ご期待を裏切らないようがんばります」

「あなたはわたしの期待を裏切りませんよ」マーリンの口調はまたあの気味の悪い自信に満ちていて、背筋がぞくっとした。いつか勇気を出して、どういうことなのかマーリン本人に訊いてみなくては――。

その日の午後遅く、トリックスがわたしのオフィスのドアをたたいた。「緊急会議よ。あなたにも出てほしいって」

事情がよく呑み込めないまま、とりあえずペンとノートを手に取る。マーリンの専属検証人としての初仕事がきたということだろうか。

会議に集まったメンバーを見たとき、そうではないことがわかった。グレゴールと会計責任者の地の精（ノーム）がいないだけで、あとは金曜日のミーティングと同じ顔ぶれだ。オーウェンは深刻な顔をし、気もそぞろで、部屋に入ってきたわたしを見てもかすかにうなずくだけだった。部屋じゅうに重い空気が漂っている。

マーリンが口火を切った。「オーウェン、あなたが今日発見したことを皆に話してください」

「イドリスが新しい魔術を市場に出しました。かなり悪質なものです。われわれは振り出しに戻りました」

「どういう魔術なんだい?」ハートウェルが訊く。

「基本的に彼がここを解雇されたときに取り組んでいた魔術です。どうやらついに市販できるレベルにまで仕上げたようです」

「それは彼が焦っている証拠ではないでしょうか」とわたしは言った。「先に売り出した魔術の欠陥やわたしたちの活動がダメージになっているということだと思います。欠陥を修正する間、確実に機能することがわかっている製品を市場に出す必要があったのでしょう」

「それでも問題があることにかわりはないよ」深いため息をつきながらオーウェンが言った。「今度の魔術はちゃんと機能します。そしてわれわれにはそれを無効にする手立てがない。それほど大きなエネルギーの消耗はないし、宣伝文句どおりの効果があります。製品としてはなかなかのものです。例によって感化タイプの魔術ですが、ただ、最初の魔術のように人を操り人形みたいに操作するものではありません。自分でも少し性急すぎたと思ったんでしょう。今度のは、人を極端に暗示にかかりやすくするだけです。被害者はある程度の自由意思は維持しますが、魔術の使用者に対して、その意に添いたいという非常に強い欲求をもつようになります。しかも、最初の魔術と違って、被害者が身体に異常を感じることはありません。悪用する方法はいくらでもあるということです」

「それが宣伝どおりに機能するのだとしたら、わたしたちのマーケティングメッセージは意味がなくなるということね。この会社の魔術がいかに高品質で徹底したテストを経ているかを訴える作戦は通用しなくなったということだわ」何週間もの努力が水の泡になったことは、襲われたこと以上にわたしを憤慨させた。

皆の視線がいっせいにわたしに集まり、わたしは発言したことを後悔した。「ケイティ、何かアイデアはありますか？」マーリンが言った。

わたしは首を振る。「残念ですが、いますぐに思いつくものはありません。わが社の魔術の最大のメリットは、人に危害を及ぼす心配がないということです。人に危害を加えたり、他人を利用する意志のない人たちははじめから彼の魔術に興味をもったりしませんし、他人を利用したいと思っている人は、そもそもわたしたちのメッセージに耳を傾けません。いくら、黒魔術にはノーを！と叫んだところで、効果は期待できないと思います」

マーリンの目に落胆の色が浮かんだ。彼をがっかりさせたことに胸が痛んだ。少しばかりキャンペーンが成功したことでわたしはすっかりいい気になり、自分が地方の大学で経営学の学位を取ったあとマーケティングアシスタントとして一年働いただけの田舎者であることを忘れていた。「すみません。もう少し考えてみます」

「わかりました」とマーリンは言った。わたしは涙がこみあげるのを必死で抑えた。マーリンから目をそらしオーウェンの方を見ると、彼が優しい目でこちらを見つめていた。考えてみれば、彼の置かれている状況もわたしとそれほど変わらないのだ。彼もいま、自分がこれまで成し遂げてきた仕事を全否定されているような気持ちでいるに違いない。

「この新しい魔術を無効にする対抗魔術(カウンタースペル)を開発するには、どのくらい時間がかかりそうかね」マーリンがオーウェンに訊いた。

「わかりません。それどころか、開発できるかどうかさえ定かではありません。先ほども言ったように、これは彼が会社を解雇されたときに研究していた魔術で、以来われわれはそれを無効にするための魔術を探し続けてきました。でもいまだに何も開発できていません。彼が原資料にしているものにはすべてあたり、あらゆる角度から魔術を分析してきました。いまのところ、つけ入るすきはないといわざるを得ません」

「完璧な魔術などありません。弱点は必ずあるはずです」それはわたしが見たことのないマーリンだった。これまでは彼があのマーリンだと頭ではわかっていても、アーサー王を王座につかせ、いまだにその偉業が語り継がれる偉大な魔術師と同一人物であるということが、どうしても実感できずにいた。いま、会議室の上座に座る老人に、初めてあの伝説の人物が重なって見えた。思わず畏縮してしまうような威厳と迫力だ。

オーウェンはぎくりとした。首から上に向かって赤みが広がっていく。「わかりました。やってみます」

「ミネルバ？」

ミネルバは肩をすくめる。「相変わらず何も見えません。前兆が現れないということは、状況が依然として流動的だということです。われわれの行動次第でまだ結果は変わると思います」

「営業部員を検証人とともに街に送り出して、この魔術がどこでどれだけ売られているか調べてみます」ハートウェルが言った。「うちに借りのある店に顧客の名前を提供させて、魔術を購入した人を追跡することも可能です」マーリンの急襲を恐れてか、彼は先回りしてそうつけ加えた。

「わかりました」マーリンはさらりと言った。「今回うまくいけば、彼はますます調子に乗るでしょう。ここでなんとしても彼を止めておかねばなりません。わたしの時代にもこうした問題が発生し、ブリテンは崩壊寸前のところまでいきました。わたしのいない間に、ここでも、しかもごく最近、同じようなことがあったことは承知しています」えっ、そうなの？ つまり、わたしたち普通の人間が知らないうちに、すでに何度か魔法戦争が起こっていたということ？だとしたら、事態は恐れるほど深刻ではないのかもしれない。現に、皆こうして無事に生きているのだから。あとでオーウェンが貸してくれた本の続きを読んでみなきゃ――。

「しかし、ビジネスの形でこうした問題に直面するというのは初めてのことです」マーリンは続ける。「ビジネスという体裁を取れば、たとえこじつけでも邪悪な魔術に正当性を与えることが可能です。これは、善と悪の間で揺れ動く者たちによい口実を提供することになります。彼らとて、魔法戦争において堂々と悪の側につくようなことはしないはず。しかし、一見正当な製品を与えられれば、出来心も芽生えるでしょう。一度味をしめた者をさらなる悪へと誘い込むのは簡単なことです。だからこそ、なんとしてもいま止めなければならないのです」彼の言葉とともに空気の圧力が高まるのを感じてわたしは身震いした。やはり、事態は恐れるに足るだけ深刻なようだ。

必死に脳みそを絞ってみるが、何も浮かんでこない。〈悪い魔法を使うのはやめましょう〉キャンペーンを張ったところで効果があるとは思えない。でも、競合相手の魔術を粗悪な製品だとして攻撃できないとしたら、ほかにどんな方法があるだろう。彼の魔法を欲しがる人は悪いことを承知で買うのだから、良心に訴えても意味はない。

わたしはヒントとなるものを探して、頭のなかで会議を巻き戻した。ふと、オーウェンの言った言葉が最近のある出来事のぼんやりとした記憶を呼び起こした。そのときは特に重要だとは思わなかったが、ひょっとすると使えるかもしれない。

それを口にするには勇気がいった。とうの昔に検討され、却下されていることだったらどうしよう。あるいは、すでに試したけれどうまくいかなかったことだったら……。それは至極当たり前の対策だった。でも、わたしが当たり前と思うことが、あらゆる面でまったく異なる世界に生きている人たちにとっては必ずしも当たり前ではないということを、わたしはすでに学んでいた。

ええい、なるようになれ。言うだけ言ってみよう。わたしは咳払いをした。「あの、ちょっと思いついたのですが……」

16

皆がいっせいにこちらを向いて、一瞬、口を開いたことを後悔した。「もしかしたらもう検討されたことかもしれませんが、まだどなたもおっしゃっていないので――」わたしは唇をなめ、突然からからになったのどを潤せる一杯の水が欲しくなった。「一般人の世界にも独自の力(パワー)が存在します。それらは魔力と同じように、よいことにも悪いことにも使うことができます。たとえば、弁護士がそうです」

皆ぽかんとしている。まさか、弁護士が何かを説明しなければならないわけじゃないわよね。

「魔法の不正使用を止めるのに弁護士がどう関係してくるんだい?」ハートウェルが言った。

「弁護士はたいがいのことを止められます。裁判にもち込めば、かなり長期にわたって相手は動きが取れなくなります。その間に対抗手段を探すんです。わたしは専門家ではありませんが、これは知的所有権の侵害を問える問題だと思うんです」

「知的所有権というのは?」オーウェンが訊く。彼の目に現れたかすかな希望の色が、わたしに説明を続ける勇気をくれた。

「社員がこの会社で開発したものはすべて会社の所有物であり、社員個人のものではありません。そういう文言は社員規約にもあると思いますが――」

オーウェンはうなずいた。「あるよ。研究開発部では特に明確に規定されている」

「この規約があるのは、社員が就業時間中に会社の資源を使って何かを開発し、それを勝手に売って自分の利益にすることを防ぐためです。イドリスがやっているのはまさにそれだと思われます。彼はこの会社で開発した魔術をもとにして自分の製品をつくっています。だとすれば、彼を止めることができるかもしれません」

「どうすればそれができるんだね?」マーリンが訊いた。

「わたしはよくわかりませんが、この問題について詳しい人物を知っています。二、三日時間をください。その人にあたってみます」わたしはとんでもない賭けに出ていた。一度会ったきりのブラインドデートの相手——しかもルームメイトの——を頼みに、世界を救うための壮大なアイデアを打ち立てたのだ。でも、この状況は彼がディナーの席で言ったことにぴったり当てはまるように思える。

「では頼みます。結果をできるだけ早く報告してください」

会議は終了し、皆それぞれの使命を抱えて、それぞれのオフィスへ戻っていった。前回、自分のマーケティングプランが受け入れられたときにはうれしくてわくわくしたものだが、いま、わたしは怖かった。うまくいかなかったらどうしよう。こんなに漠然としたものをあてにするには、ことはあまりに重大すぎる。

マルシアには家に帰ってから話すことにした。その夜、わたしたち三人は夕食のテーブルを囲んで、相変わらず金曜日のわたしのデートについて話していた。「いったい何をしたの、ケイティ？　彼、今日わたしの顔を見てもくれなかったわ」ジェンマが笑いながら言った。「電話するつもりがないことを知ったら彼女が傷つくと思って話しづらかったのよ、きっと」マルシアが言う。

「気にすることないわ。大丈夫、また別のを探しておくから」ジェンマはそう言うと、わたしの肩をぽんぽんとたたいた。「フィリップの友達でだれかいないかしら」

フィリップの友達はそろそろ冬眠に入っているはずだ。あるいは、冬に備えてカエルがすべきことをしているだろう。カエルになる前の友達なら、皆老人ホームにいるはずだ。「実は、ちょっと考えがあるの」わたしはタイミングを見計らって切り出した。「マルシア、少し前にブラインドデートの相手になったイーサンとはもう会う気はないんでしょ？」

マルシアは顔をしかめる。「だれだっけ、それ」

「知的所有権の弁護士よ。背が高くて、眼鏡かけてて、秀才ふうの。ほら、コニーとジムがセッティングして、みんなで出かけた晩よ」

彼女は眉を寄せる。「えー、彼？　あなた、あんなのがいいの？」

「ということは、わたしが彼と会っても気にしないってことね」

「そりゃあもう、どうぞご自由に」

ジェンマが身を乗り出す。「じゃあ、ジムにはわたしが電話する。あなたに連絡するようイーサンに言ってもらえばいいわ！」

「ええ、お願い。彼、いい人そうだったもの」なんとも心許なかった。もし彼がわたしを覚えていなかったら、あるいは、会う気はないと言われたら、どうすればいいだろう。魔法界の、そしておそらく非魔法界の運命もがこのデートにかかっているのだ。事前に状況を説明しなくても会ってくれそうで、しかも多額のコンサルタント料を支払わなくても話が聞けそうな知的所有権専門の弁護士を、わたしはほかに知らない。まともに事情を説明したら、頭がおかしいと思われて門前払いをくうのがオチだ。時間がないからなるべく早く電話をよこすよう頼んでと言いたかったが、はやる気持ちをぐっと抑えた。何か裏があるのではないかと勘ぐられては困る。

翌日の午後、苦境時のマーケティングキャンペーンについて調べようとネットサーフィンしていたとき、ジェンマからメールが届いた。「ジムによると、イーサンはあなたを覚えているそうよ。しかもけっこう気になってたらしいわ。あなたの電話番号を伝えたら、近いうちに電話すると言ってたって」よい知らせだ。でも、〝近いうちに〟という部分が引っかかる。男の〝電話するよ〟は、往々にして〝死ぬまでに万が一思い出したら電話するかも〟なのだ。

まるで高校生のころに戻ったような気分だ。急いで家に駆け込んで彼がメッセージを残していないか留守番電話をチェックしたり、電話が鳴るたびに飛びついたり、日に何度も留守番電話のメッセージを確認したり――。ルームメイトたちは、わたしがすっかりのぼせあがっていると思っているに違いない。「そんなにイーサンに夢中だったなんて知らなかったわ」とジェンマは言った。「もっと早く言えばよかったのに」

木曜の夜、ついに彼は電話をしてきた。そのときにかぎって、ジェンマが先に電話を取った

──フィリップもついに電話の使い方を覚えたらしく、おかげでこの家には電話を心待ちにする人間がふたりになっていた。電話に出るやいなや彼女の顔がぱっと輝き、手で受話器を押さえて大げさに言った。「あなたによ、だれだと思う～？」

十代のころに戻ったような気分のまま、わたしはジェンマからコードレスフォンを奪い取り、ベッドルームに退却してドアを閉めた。「もしもし、イーサン」声の震えを必死に抑えながら言う。

「やあ、ケイティ」電話で聞く彼の声は柔らかくて厚みがあり、なかなか魅力的だった。「不思議だな。実はそろそろきみを誘ってもいいかどうかジムに訊こうと思ってたんだ。つまり、あの直後じゃ、やっぱりまずいだろう。友達同士の間にトラブルの種をまくようなことはしたくないからね。でも、きみにはぜひもう一度会いたかった」

気がとがめた。わたしは彼の法律の知識が欲しいだけなのだ。とはいえ、彼だってなかなか素敵ではある。それに、虚空から何かを出したり消したりするタイプの種族ではない。おそらく、いま現在わたしが知るなかで最もノーマルな男性といえるだろう。「マルシアにはちゃんと許可をもらったわ」そう言ってから、彼女がまるっきり関心をもっていないような印象を与えてしまっただろうかと心配になったが、もしわたしのことを考えていたのだとしたら彼もマルシアには興味がないということだろうから、特に気分を害したりはしないだろうと思い直した。

「いっしょに食事でもどう？」と彼は言った。

ちょっと意地悪をして、電話が欲しいと言ったのはただ電話で何時間もおしゃべりがしたかったからだと言ってみたくなったが、いまはそんな駆け引きをしているときではない。こちらの意思はできるだけ明確に伝えておかなければ。「もちろんよ。いつがいい?」

「明日の夜じゃ早すぎるかな」

「ううん、全然」もし彼が望むなら、いますぐ飛んでいったっていい。

「仕事のあといっしょに夕食というのはどうだろう。ぼくは六時には出られる。きみの会社はどこ?」

「ダウンタウンよ。シティホールの近く。家はユニオンスクエアの近くだから、その間だったらどこでも大丈夫よ」

「マクドゥガル・ストリートにいい店を知ってるよ。ワシントンスクエアの近くなんだ。特別お洒落な店じゃないけど味はいい。それにゆっくり話ができる」

「よさそうね」

彼から店の住所を聞き、六時半に会う約束をした。さて次は、彼に仕事の話をさせる方法を考えなければならない。前回会ったときの感じでは、さほど難しいことではなさそうだ。問題は、こちらにとって有用な情報を聞き出し、活用する方法を探ることだ。知的所有権の線で攻めるとなれば、会社はいずれ弁護士を雇わなくてはならないだろう。そのときは、魔法についても話さないわけにはいかない。イーサンに事実を受け入れる度量があるかどうか、さりげなく探りを入れなくては。少なくとも、次に取るべき行動のヒントぐらいは得られるだろう。

翌日、マーリンに、夜、情報源と接触する旨を伝え、準備のために少し早めに会社を出た。イーサンはわたしが職場から直接来ると思っているので、微妙なバランスに気を配る必要があった。いい印象は与えたいけれど、あまり入念にお洒落をしたように見えてもいけない。仕事帰りのように見えると同時に、女性としての魅力もアピールしなければならないのだ。だからデートはきらいだ。ごくごくシンプルでカジュアルなはずのデートでさえ、結局やたらと複雑なものになってしまう。

地下鉄に乗ってあとひと駅というところで、急に不安になった。どうしてこれがうまくいくなどと思ったのだろう。わたしは頭も悪くないし、ものごとはきちんとやるし、ある程度の常識も備えている。でもデートだけは苦手なのだ。もし世界の運命が、わたしがデートでそこそこの成功を収めることにかかっているのだとしたら、見通しはかなり暗い。せめてカエル男ジェフが登場しないことを祈ろう——。

イーサンが選んだレストランは、公共交通機関の駅から少し離れた場所にあり、わたしは男に襲われた夜以来初めて、ひとりで夜道を歩くことになった。でもたぶん、完全にひとりというわけではなかった。今夜も魔法界の連中が、わたしの一挙手一投足をどこかそう遠くない場所から見守っているはずだ。それはある意味で、かえってわたしを緊張させた。デートに観客はいらない。今夜、オーウェンにわたしの警護などしている暇がないことを心から祈った。

レストランの日よけにサムがとまっているのが見えてほっとした。あとでからかわれる可能性はあるけれど、サムがボディガードなら頼もしい。

　イーサンは店の前で待っていた。彼はわたしを見てほほえんだ。よかった。本当にわたしの顔を覚えていたようだ。彼は記憶していた以上に背が高かった。向かい合って握手をしたとき、ハイヒールを履いているにもかかわらず、わたしの頭のてっぺんは彼の肩のあたりまでしか届かなかった。「待たせたかしら」

「時間どおりだよ。思ったより早く出られたんだ」

　イーサンの言ったとおり、レストランはこぢんまりとしたカジュアルな店で、特に洗練されてはいないが、居心地のよさそうな雰囲気だった。それに、並んで席を待つ必要もなかった。彼はわたしがジャケットを脱ぐのを手伝ってくれ、わたしたちのブースの上にあるフックに自分のコートといっしょにかけた。メニューを見ながらお決まりの世間話をし、ふたりともハンバーガーとポテトフライを頼んだ。最初のデートで、もったいぶらずにこういう居心地のいい場所を選ぶ感覚は嫌いじゃない。たとえ今回、ビジネス的にうまくいかなかったとしても、別の面で成果が得られそうな気がする。

　オーダーも済んだので、そろそろ仕事に取りかかることにした。「たしか知的所有権が専門だって言ってたわよね」

　イーサンはほほえんだ。「へえ、ほんとにぼくの話を聞いていてくれたんだ。みんなを死ぬほど退屈させたんじゃないかと思ってたんだけど。あの晩は饒舌がすぎて、デート相手には完全に嫌われたようだからね」

「そこまでひどくなかったわ。実をいうと、わたしはすごく面白いと思ったの。でも、実際そういうのって、どのくらい頻繁に起こるの？　つまり、従業員がある会社でつくったものを別の会社にもっていくってことだけど」彼に話をさせる策としてはこれが精いっぱいだった。法律の話で興奮する女を演じる以外には――。

「業種によるね。ソフトウエアではよくあることだよ。転職はしょっちゅうだし、そのたびに皆少しずつ何かを次の場所にもっていく。彼らはたいてい、学んだことを活かしているだけで、前の会社で開発したものを実際に使っているわけではないと主張するんだ。退社後一定期間、会社の直接的な競合相手のところで働けないようにする非競争条項をつくる動きもあるんだけど、職場の選択の自由を制限するものとしてほとんど却下されているのが現状だね」

ウエイトレスが飲み物をもってきたのを機にイーサンは話題を変えようとした。「ぼくの話はこのへんにしておこう」と彼は言った。「きみは何をしているの？　前回はその話は出なかったよね。ぼくがえんえんと仕事の話をしちゃったもんだから」

「わたしの仕事はあなたのほど面白くないわ。わたしは秘書よ、ただそれだけ」例のこのうえなく退屈な職務説明を披露し、彼がそれ以上仕事について尋ねないことを祈った。

「そうかな。上司がどんな人かによってずいぶん面白くなり得るんじゃない？」

「上司はいい人よ。だから特にひどい話もないし、かといって面白可笑しい話もないわ。残念だけど」

イーサンが眉をひそめたので、少し退屈な部分を強調しすぎたかと不安になった。きっと彼は、反応のない相手となんとか会話を続けようと虚しい努力をしていたあの晩のわたしと同じような気分でいるかもしれない。ところが、イーサンはわたしに対して顔をしかめているのではなかった。その視線はわたしの背後の店の入口付近に向かっている。

「どうしたの？」

彼は頭を振るとふたたび眉をひそめ、眼鏡をはずして目をこすり、レンズをよく拭いてかけ直すと、まばたきしてからもう一度顔をしかめた。「いや、なんでもない。何か変なものを見たような気がしたんだけど」そう言って、弱々しく笑う。「今週かなり忙しかったからね。今日はビール一杯にしておいた方がいいな」

振り返ると、トリックスが精霊のパークレンジャー――今夜は制服ではなくふだん着姿だ――といっしょにドアの近くで席に案内されるのを待っていた。向き直ってイーサンの顔を見たとき、わたしは胸騒ぎがした。ふたりがどんなめくらましで真の姿をカモフラージュしているのかは知らないが、彼らを目にしてこんなふうに反応した人を見たことはない――わたし自身を除いて。そういえば、彼は前回も、妖精たちが店に入ってきたとき眼鏡を拭いた。わたしは、新たな免疫者(イミューン)を発見したのだろうか。「何を見たと思ったの？」さりげなく訊いてみる。本当は心臓がのどまで移動したような感じだったのだけれど。

「なんでもないよ」彼は言い張った。それでも、わたしがじっと目を見つめ続けると、ついにため息をついて言った。「ライトの加減であの人たちの背中に羽があるように見えたんだよ。ほんの一瞬だけね」彼はわたしに説明するというより、自分自身を納得させるように言った。

間違いない。この症状には覚えがある。「ちょっとごめんなさい」わたしはそう言って席を立つと、トリックスたちのテーブルの横を通って彼女に目配せした。化粧室が地下だったのは、短い会合をもつには好都合だった。

トリックスはすぐにやってきた。「どうしたの？　今夜のデートは前回よりうまくいってる感じじゃない」

「カエル男が現れてないからね。でも、まだ油断はできないわ。ところで、あなたとレンジャー君は今夜、わたしのボディガードに指名されたわけね？」

トリックスは鈴の音のような笑い声をあげた。「ピピン君よ」

「あなたたち、いまめくらましを使ってる？　つまり、一般の人にはあなたたちが普通の人間として見えてるかってことだけど」

「もちろんよ。職場の外では当たり前の習慣よ」

「だとしたら、新たにひとりイミューンを見つけたことになるわ。わたしのデート相手、あなたたちを見たの。背中の羽が見えるものだから、自分が変になりかけてるんじゃないかと思ってるわ」

トリックスは息を呑んだ。「ほんとに？」

「ねえ、どうしたらいい？　彼が例の知的所有権専門の弁護士なの。魔法が存在することを面と向かって率直に言った方がいいかしら。それとも、コンサルティングを受けたいと言って会社に来てもらって、ミスター・マーヴィンたちにオリエンテーションを任せた方がいい？」

トリックスは首を振った。「彼がイミューンであることを確信できるまで何も言わないで。

二、三テストをする必要があるわ。接触するのはそれからよ」彼らがわたしをテスト、、、したあの朝の地下鉄での体験を思い出して、気持ちが沈んだ。今夜は、ギターを抱えた裸のカエル男の登場がコミカルな息抜きのひとコマにすら感じられる、そんな夜になりそうだ。

トリックスはバッグのなかから携帯電話を取り出してダイヤルする。「トリックスよ。ケイティにかわるわ」

手渡された電話を耳に当てると、相手が言った。「ケイティ？　ロッドだ。どうしたの？」「今夜会うことになっていた弁護士なんだけど」オフィスの口コミ網がいつもの機能を果たしているることを祈った。「彼、どうやらイミューンらしいの。トリックスの羽が見えるのよ」「そこにいて。できるだけ彼をリラックスさせて話を続けるように。すぐに行くから」彼が場所について尋ねなかったことに、わたしは少なからず狼狽していた。

「どうやらテストが始まるみたい」そう言って、トリックスに携帯電話を返す。

彼女はにやりとし、ふたたび鈴の音のようなくすくす笑いを始めた。「やった、テスト大好き！」

席に戻ると、ちょうど食事が運ばれてきたところだった。イーサンは依然として落ち着かない様子で、自分の目に映っているものがなんなのか確かめたいのか、ピピンの方にしきりに視線を送っていたが、わたしを見るとほっとしたようにほほえんだ。わたしたちは食事をしながらたわいのない会話を交わした。どんなテストが行われるのか内心気が気でなかったが、なんとか平静を装った。何をするにしても、人のデート相手に――まあ、本当はデートではないのだけれど——恋の魔法をかけることだけはやめてほしい。

会話を続けるためと、今夜の目的を少しでも果たすために、わたしは言った。「さっきの話だけど、もし、社員が会社であるものを開発したあと、自分の会社を興して、自社の製品としてそれを売ろうとしたらどうなるの？」

「それもソフトウエア業界ではよくあることだよ。何かすごいアイデアを思いつくと、自分だけの利益にするために独立する。そこで論点となるのは、そのアイデアが会社の仕事に直接関連した活動のなかから生まれたものなのか、それとも、その会社に勤めているときにたまたま思いついたものなのかというところなんだ」

わたしは顔をしかめた。「じゃあ、もし、アイデアは仕事のなかで生まれたものだけど、会社側がそのアイデアの意図に反対で製品化を拒んだ場合はどうなる？」

「そういう状況こそ、ぼくみたいな弁護士が稼げる場なんだ。とにかく書類を徹底的に調べたり関係者に話を聞いたりして事実関係を把握する。アイデアが就業時間中に会社の資源を利用した活動のなかで生まれたものなら、通常は会社側が勝つよ。弁護士が優秀な場合は特にね」

「あなたはたいてい会社側につくの？」

「ああ、ぼくは悪徳企業の手先なんだ」彼はそう言って笑った。「きみは辛抱強いね、ぼくの仕事の話にこれだけつき合ってくれるなんて。それとも、上司から何か盗もうとでもしてるの？」

「せいぜいポストイットとペンぐらいよ」なんとか冗談を言ってみる。どうやら弁護士を雇うのは必須事項のようだ。問題は、わたしたちを頭のおかしい集団だと思わずに仕事を引き受けてくれる弁護士を見つけることだ。もし彼がイミューンで会社が彼に秘密を明かすことができたら、まさに理想的だ。「わたし、本当に興味があるの。実は昔、ロースクールを目指そうと思ったことがあるのよ。でも、こんな分野があるとは知らなかったわ」大ぼらを吹きながら、罰が当たらないようテーブルの下で十字を切った。

いかにもジム帰りといった感じの男性がふたり店に入ってきて、バーカウンターの席につくのが目に入った。普通ならわたしの注意を引くようなことではない。バーカウンターにはすでに同じような格好の男性が数人いて、食事をしながら天井からつりさげられたテレビでバスケットボールの試合を見ている。目を引いたのは、そのふたりがロッドとオーウェンだったからだ。思わずテーブルに自分の頭を打ちつけたくなった。仕事のために偽のデートをするだけでも十分後ろめたいのに、気になっている男性がその場に居合わせるのを見て見ぬふりしなければならないなんて、いまや二重に詐欺を働いているような気分だ。さらに気まずいのは、もしオーウェンの存在がなかったら、イーサンを好きになれたような気がすることだ。彼には自分と近いものを感じる――実際、彼とわたしには思った以上に共通点があるようだし。

わたしはイーサンの方に注意を戻し、魔法使いのコンビがテストと称して何をしでかすのかびくびくしながらも、懸命に会話を継続させた。「もし元従業員が会社から何かを盗んで、それを自分たちとの競争に使っていると判断した場合、会社はどうするの?」

「まずは、使用停止を要求する正式な文書を相手に送る。たいていは、それで怖じ気づいて使用をやめるね。ほとんどの場合、自分の行為が違法だと気づかずにやっているんだ。停止命令を受けたら、製品が完全に独自のものになるよう中身を十分に変えなくてはならない。問題が複雑になるのは、大金がからむケースや会社が多大な損害を被った場合、それから元従業員が開き直って要求に従わない場合だね」

文書の段階でなんとかなればいいのだけれど——だいたい魔術の著作権など法廷で争えるのだろうか。

そのとき、ほとんど口をつけていないイーサンのビールがテーブルから消え、かわりにコカコーラのボトルが現れた。普通の人の目には依然としてそれはビールに見え、おそらく味もビールのままなのに違いない。イーサンはまばたきをし、少し青ざめ、ボトルを手に取ってしばし眺めてから笑った。「コーラを頼んだこと忘れてたよ。今夜はビール一杯にしておくって自分で言ったんだよな」

反論すべきか迷った。彼はコーラなど注文していないし、近くにウエイトレスの姿もない。彼は認めようとしていないが、ビールがコーラに変わる瞬間をたしかに見たはずだ。

わたしはできるだけさりげなくバーカウンターの方を見た。ロッドが片方の眉をあげて、オーウェンに〝次はおまえだ〟という視線を送っている。眉を寄せて思案するオーウェンを見て、胃が縮まった。魔法に関する彼のクリエイティビティを考えれば、これからかなり独創的なことが始まるような気がする。

突然、ほとんど空になっていた皿とグラスが消えたかと思うと、息をつく間もなく、それまで裸だったフォーマイカのテーブルを白いリネンのテーブルクロスが覆い、その上に罪深いほどリッチなチョコレートケーキをのせた陶磁器の皿が現れた。ふたりの前にはそれぞれ湯気のあがるカプチーノのカップ、そしてテーブルの中央には赤いバラのつぼみを一輪挿したクリスタルの花瓶——。こんなテストなら大歓迎だ。オーウェンに感謝の視線を送りたいのをなんとか我慢する。わたしのことはせいぜいわたしが彼を知る程度にしか知らないはずなのだが、どうやら思った以上にこちらのことを見てくれていたようだ。最初の面接のとき、たまの贅沢としてカプチーノを注文したことも、バッグにいつもチョコレートを入れていることも、ちゃんと覚えていたらしい。

でも、デート中にほかの男性に抱きつきにいくわけにはいかない——たとえ、見せかけのデートだとしても。そのデート相手はといえば、テーブルを凝視したまま息を呑んでいる。やがて首を振ると大きく深呼吸してから言った。「ぼくたち、百万人目の客とかそういうやつかな」

ちょうどそのときウエイトレスがやってきて言った。「デザートはいかがなさいますか？」

イーサンは彼女を見あげ、もう一度チョコレートケーキを見つめてから、ふたたび彼女を見て言った。「いや、けっこう。このデザートで十分だよ」

ウエイトレスは眉をしかめてしばらくイーサンの顔を見つめたあと、肩をすくめ、「ごゆっくり」と言って立ち去った。

ウエイトレスを見送るふりをして、オーウェンとロッドの反応を見る。ふたりとも驚いた様子で、ロッドはこれみよがしに〝あーあ〟という顔をし、首を振った。オーウェンはむきになったように眉をしかめる。わたしは身構えた。

イーサンがカプチーノに手を伸ばすと、カップがすっと横にずれた。もう一度つかもうとすると、カップはさらに横にずれる。彼はこれをどう正当化する気だろう。「これ、やけに滑るな」イーサンはようやくそう言った。「やっぱりビール一杯にしておいて正解だったよ」

わたしはチョコレートケーキをひと口頬ばり――これだけおいしそうなケーキをむだにするてはない。それに、口に入っている間は何もしゃべらなくてすむ――、そっとふたりの方を見た。今度はオーウェンが得意げににやにやし、ロッドが不満そうな顔をしている。魔法に対するイーサンの反応を調べるという当初の目的から、どうも脱線しはじめている感がある。ふたりの魔法使いは、ほかのY染色体をもつ連中となんら違わず対抗意識の塊と化しているようだ。

今度は雪が降りはじめた。粉雪が空中で軽やかに踊り、わたしたちの体やテーブルの上に音もなく舞い降りては、すっと消えていく。寒さはまったく感じない。それはまさに夢のような光景だったが、こちらに気をとめる客はひとりもいなかった。

イーサンは一分近く目をつむったあと意を決したように開いたが、相変わらずテーブルには雪が舞い降りていた。彼は哀願するようにこちらを見た。「ぼく、気が変になったんだろうか」

「どうしてそんなふうに思うの?」

「ぼくがものすごく鮮明な幻覚を見ているか、さもなければ、ものすごく奇妙なことがいま実際に目の前で起こっているということになる……」

「奇妙なことって?」

「まず、羽のある人たちが見えた。ちなみに、彼らの背中には相変わらず羽があるよ。ライトの加減ではなかったみたいだ。それから、ぼくのビールがコーラになった。そのあと、リッツ級のデザートが現れて、でもウエイトレスは気づきもせずにデザートの注文を取りにきた。おまけにコーヒーカップはどうやってもつかめない。そしてついには、店のなかで雪が降りはじめた。天井からの雨漏りならわかるけど、雪だよ⁉」彼は頭を振った。「で、きっときみは言うんだ。そんなことは何ひとつ起こってないって。そして、勝手にデザートを断ったことでぼくに腹を立てている」

わたしはオーウェンとロッドの方を見た。オーウェンはしたり顔で大仰にうなずき、ゴーサインを出す。わたしはイーサンの方に向き直って言った。「そういうものはよく見るの？」

彼は手で髪をかきあげ、一部が立ったままになった。「そうだと言ったら、ぼくのこと完全におかしいと思う？」

「試しに言ってみて」

「わかった。ああ、そのとおりだよ。そういうものはしばしば見る。最近は特にね」

「ニューヨークにはどのぐらい住んでるの？」

「ロースクールに入学してからだよ」

「それ以前は？」

「アップステートの小さな町だ」

「ニューヨークに来る前も変なものを見たりした？」

イーサンは肩をすくめる。「もし見ていたとしても気づかなかったと思う。あのころは本ばかり読んでいて、まわりのことはあまり気にしなかったからね。やっぱりおかしいと思うよね。まったく、とんでもないデートになってしまったな」

わたしは彼の方に身を乗り出した。「ねえ、その人たちには本当に羽が生えているんじゃないかって考えたことはない？　あるいは、街で見かけたエルフや地の精（ノーム）や、教会やビルの屋根にいたりいなかったりするガーゴイルや、手首を軽くひねるだけでなんでも出せちゃう人たちは、実際に存在するんじゃないかって」

イーサンはまるでわたしまで背中から羽が生えてきたかのような顔でこちらを見つめ、声を低めて訊いた。「どうして知ってるの？」

「わたしも見るからよ。だけどわたしは正常よ。実はわたし、あのテーブルにいる妖精を知ってるの。名前はトリクシーよ。本人はトリックスって呼ばれるのが好きみたいだけど。わたしの同僚なの」

イーサンは口を開けたまま固まっている。

「魔法を信じる？」

「魔法？　シルクハットからウサギを出したりするやつ？」

「ううん、そうじゃなくて。種も仕掛けもなく虚空から本当にものを出したりするやつ」

「一応、『ハリー・ポッター』シリーズは全部読んでるし、『指輪物語』や『ナルニア国物語』も全巻読破したけど、ふだんは特に考えたことないな」

この人、かなりのファンタジーおたくと見た。でも、それが助けとなるか障害となるかはよくわからない。「魔法は存在するの。必ずしも本と同じではないし、正直いってわたしもまだよくわかってないんだけど、でも本に出てくる架空の生き物の多くは実際に存在するのよ。魔法を使える人たちは本当にいるの」

「きみも魔法が使えるの？」

わたしは首を振った。「いいえ。わたしには魔力のかけらもないわ。おかげで魔法にもかからない。あなたも同じなの。だからいろいろ変なものを見るのよ。ほとんどの人は魔法にかかるのに必要なだけの魔力は備えてる。彼らが変なものを見ないのは、魔法使いたちがめくらましを使って自分たちの本当の姿を隠しているからなの。一般の人の目には彼らは皆、普通の人間に映るのよ。でも、わたしたちはめくらましを見ずに真の姿を見てしまう。背中の羽もとがった耳も魔法が引き起こす現象もすべてね」

イーサンは眼鏡を外し、あらためて目をこすった。「まいったな」彼は頭を振り、自分の腕をつねって顔をしかめ、目をぱちくりさせた。「ぼくの頭が完全にイカレてしまったんでなければ、それでおおかた説明はつく」

「あなたのいまの気持ち、すごくよくわかるわ。わたしがこのことを知ったのもつい最近なの」

「どう考えていいのかわからないよ。きみを信じればいいのか、今夜はとことん飲んだ方がいいのか。とにかく、魔法なんてあり得ないよ」

「いまにわかるわ。トリックスを紹介する？」

イーサンは激しくかぶりを振った。「いまそれに対処できる自信はないよ」

「わたしよりもっとうまく説明できる人たちがいるわ。実はわたし、魔法の会社で働いてるの。彼らはめくらましを見破るためにわたしたちのような人材が必要なのよ。あなたは会社にとってものすごく貴重な存在になり得るわ。もともと、もしあなたが事実を受け入れられるようだったら、お願いしようと考えていた法律問題があるの。でも、あなたがイミューンだとしたら、また話は変わってくる。会社は常にあなたみたいな人材を探しているのよ」

「いや、でも、それは……」

「話を聞くだけでもどう？　最低でも、自分の頭がおかしいのかどうかはっきりさせることができるわ」

「話を聞くだけ？」

「それと、少しだけ法的なアドバイスも。実はわたしたち、本当に知的所有権の問題で専門家の助けが必要な状況にあるの」この際、すべてを明かすべきだと思った。「本当のことを言うと、あなたに会いたかった理由の大部分はそれなの。あなたが話していたことを思い出して、いまの会社の状況にぴったりだと思ったのよ。うちがただ普通に法律事務所に電話して弁護士を雇うわけにはいかないこと、あなたならわかるでしょ？」

「まあたしかに、ちょっと難しいかもしれないな」

「もちろん、あなた自身にも興味がなかったわけじゃないのよ」急いでつけ加えた。「ただ、別の動機があったのは事実。どういう状況かというのは、その、とてもおおごとで深刻だということだけ、いまは言っておくわ」

イーサンは眉を寄せ、しばし考えてから言った。「まあ、新しいクライアントは常に歓迎ではあるから……。月曜の朝十時なら時間が取れると思うけど、どうかな」

まず問題ないだろう。それに、マーリンのことだから、きっとすでにこのことを知っているような気がする。「十時でいいわ」

わたしは自分の名刺をもっていなかったが、バッグのなかにロッドがくれた名刺があった。

「これが住所よ。裏に地図があるから。わたしの直通番号も書いておくわね」名刺の裏の地図の横に自分の名前とオフィスの電話番号を書く。「フロントでわたしの名前を言ってくれればいいわ」

イーサンは名刺を受け取り、しげしげと眺めた。「株式会社MSI、か。なんの略？」

「マジック・スペル&イリュージョン（魔法・呪文&めくらまし）」

「なるほどね。じゃあ、月曜に。今日はこれでお開きってことでもいいかな。少し頭のなかを整理した方がいいみたいだ」

「もちろんよ」わたしは急いで伝票をつかんだ。「ここはわたしに払わせて。仕事のために偽の口実であなたを誘い出したんだから」イーサンはあえて反論しなかった。疲れ果てたような顔をしている。

「じゃあ、せめて家まで送らせて。ユニオンスクエアの近くに住んでるって言ってたよね」

「ええ、十四丁目だけど、でもひとりで大丈夫よ」いまの彼の状態では、ボディガードとしてどれほど機能するか疑わしい。

「女性をひとりで帰らせるわけにはいかないよ」

「安全対策はちゃんと施されているから心配しないで。でも、せっかくだから地下鉄の入口まで送ってもらおうかな。あとは、ほんとに大丈夫。アパートは駅を出てすぐだから」ロッドとオーウェンをバーカウンターに残してレストランを出る。さっきと同じ場所にサムの姿を見かけて、わたしは手を振った。「ハーイ、サム！」

「よう、お嬢！」サムはそう言って飛び立つと、歩道にいるわたしたちのそばに舞い降りた。気の毒に、イーサンはいまにも心臓発作を起こしそうな顔をしている。「これ、ガーゴイルだよね、それでいま、ぼくたちに向かってしゃべってるよね」彼は言った。

「イーサン、こちらはサムよ。サム、こちらはイーサン。ボスと話をするために月曜に会社に来ることになってるの」

「ヘッドハントの腕もなかなかのもんだな、お嬢」

「わかった、こうなったら何がなんでも会社に行くよ」イーサンは青ざめた顔でそう言った。

「もしこれがすべて幻覚なら、本当に病院行きだ」

どこからかわたしの名を高らかに歌う声が聞こえてきた。「まだ変なものが見足りないというなら別だけど、もうそろそろ行った方がいいわ」わたしはイーサンに言った。彼は一瞬何か訊きたそうな顔をしたが、思い直してそのまま帰っていった。

17

危ないところだった。イーサンが角を曲がった直後に、別の角からジェフが現れた――『哀しみのマンディ』の替え歌を大声で歌いながら。この男はいったいどうやってわたしのいどころを知るのだろう。最近のわたしはやけに大勢の人につけ回されている。イドリスの手下に、MSIのボディガードたち、そして元カエルの求愛者。まあ、よい方に考えれば、つけ回す人が多ければ多いほど、イドリスとその仲間たちがわたしに危害を加えるのは難しくなるわけだけれど。

「こんばんは、ジェフ」あきらめのため息をついて言う。「ちょっと役に立ってくれる？」

「もちろんだよ、ぼくの愛しい人」

「家まで送って」ジェフはまるでわたしが大皿に世界じゅうの財宝をのせてさし出したかのような顔をし、張りきってひじを突き出した。わたしは一瞬ためらったものの、結局その腕を取った。彼は道すがら、わたしの美しさを朗々と賞賛し続けた。アパートに到着するころには、こういうのもそれほど悪くないとすら思えるようになっていた。魔術によって言わされているのでなければなおよかったのだが、作者がオーウェンであることを考えて自分を慰めた。ここまで陳腐で、しかも雄弁なオーウェンを想像することはできないけれど、わたしに対する基本的な印象が似たようなものだとしたら、どんなにいいだろう。

今夜はいちばん先に帰宅して、ほかのふたりが帰ってくる前にベッドに入り、恒例の事後報告を免れたかったのだが、最近のツキのなさは依然として健在だった。アパートのそばまで来ると、表玄関の前にジェンマとマルシア、そしてジェンマに寄り添うフィリップがいて、ちょうどロックを解除しているところだった。ジェフの腕から急いで自分の腕を振りほどこうとしたら、はずみでひじが思いきり彼のあばらに入ってしまった。ある男性とデートをするために出かけ、別の男性と腕を組んで帰ってきたわけを説明するのは容易ではない。ただちにジェフを帰そうとしたが、ふと思いとどまってドアの前の三人にあらためて目をやった。

つき合いはじめて間もないカップル特有の熱々ムードに満ちたフィリップとジェンマの横で、マルシアがふてくされた顔をしている。何があったのかは容易に想像できた。ダブルデートをするためにジェンマがマルシアとだれかを引き合わせたものの、例によって惨憺たる結果に終わったのだろう。イーサンのときと同様に、激論を交わしただけで夜が終わったに違いない。わたしはふとジェフのことを見た。彼はジェンマがこれまでマルシアに紹介した男たちとは正反対のタイプだ。でも、かえって彼女にはその方がいいような気がする。彼はハンサムだし、いい体をしている。それに、彼女に議論をふっかけるような類の男にも見えない。マルシアはきっと気に入るだろう——少なくとも、しばらくの間は。

うまくいけば、オーウェンの助けを借りなくても魔法が解けるかもしれない。「来て、友達を紹介するわ」ジェフにそう言い、ドアを閉めようとしていたマルシアに向かって叫んだ。

「ちょっと待って！」わたしはジェフを連れて、戸口で立ち止まった三人のもとに走った。ジェンマとマルシアは、どう見てもイーサンではないジェフをあからさまに見つめている。わたしはふたりに精いっぱい「あとで説明する」と目配せしながら、紹介を始めた。「みんな、こちらはジェフよ。帰ってくる途中で知り合ったの。ジェフ、こちらはジェンマ、フィリップ、そしてマルシア」

ジェンマはジェフにお得意のまぶしいほどの笑顔を見せた。フィリップは礼儀正しく右手をさし出し、「お会いできて光栄です」と言ったあと、顔をしかめて訊いた。「以前にどこかでお会いしませんでしたか？」マルシアは彼の全身にくまなく視線を這わせてから、後ろめたそうにわたしの顔を見た。わたしは「どうぞご自由に」の意味を込めてうなずく。

「よろしく、ジェフ」マルシアは低いハスキーな声でそう言った。

ジェフはしばし彼女をじっと見つめたあと、まばたきをし、体をぶるっと震わせた。すると彼の顔から、わたしがキスをして以来居座っていたあのバカげた恋煩いの表情が消え、もっとずっと彼らしい、まったく別のバカげた恋煩いの表情が表れた。「やあ」マルシアから目をそらさずに、彼は言った。「この近くにすごくいい店を知ってるんだ」

「いいわ」彼女はそう答えると、ジェフの目を見つめたままわたしたちに言った。「じゃあ、みんな、あとでね」ふたりはそのまま通りに消えていった。

「ひと目惚れなど存在しないなんて、だれが言ったのかしらね」フィリップの手を取って階段をのぼりはじめながらジェンマが言う。わたしは彼の呪いが完全に解けたことを確信していた。

結局、魔法の力は必要なかった。これでわたしのルームメイトはふたりとも元カエルとつき合うことになったわけだ——。人生とは実に奇妙なものだ。

その夜は、マルシアが不在で、ジェンマにはフィリップがいたので、わたしはデートの報告を一時的に猶予された。翌朝の、三人でニューヨークタイムズに目を通しながらの朝食時、話題の中心はマルシアとジェフだった。マルシアは完全に有頂天だった。マルシアがめったに有頂天にならないことを考えると、今回の出会いはかなり特別だったようだ。とはいえ、わたしの報告義務が免除されたわけではない。「夕べのデートがどうだったかまだ聞いてないわよ、ケイティ」やがてマルシアが言った。「イーサン、わたしが覚えてるとおり退屈だった?」

「別の男といっしょに帰ってきたぐらいだから、最高だったとはいいがたいんじゃない?」ジェンマが皮肉る。

「楽しかったわよ。彼、とても感じがよかったし」とわたしは言った。デート自体はかなり奇妙なものだったが、彼は実際、感じがよかった。

「彼、仕事以外のこともしゃべった?」

そもそも仕事の話をするのがこちらの目的だったのだから、そうでなかったとしても彼を責めることはできない。「わたし、彼の仕事に本当に興味があるんだもの。でも、ほかの話もしたわよ、ちゃんと」わたしの仕事のこととか、魔法が存在することとか——。

「ねえ、彼のこと好きなの?　また会うつもり?」ジェンマが訊いた。

「そうねえ。会うような気がする」これは本当のことだ。「少なくとも、会えたらいいなと思ってる。彼のこと、けっこう好きかも」イーサンはキュートだし、頭がいいし、ユーモアのセンスもある。何より、わたしに負けず劣らず普通だ。めくらましを使って姿をごまかすこともなければ、片手を振るだけで自由にものを出したり消したりできるわけでもない。これは、昨今わたしの身近にいる男性たちとおおいに異なる点だ。

「まあ、それなりにキュートではあったわね。ちょっとおたくっぽいけど」マルシアが言った。「ただ、優しくないのが欠点よね」

「彼は十分優しいと思うわ」わたしは反論した。「あなたは自分の言ったことを否定されたのが気に入らなかったんでしょ」

「ま、そうかもね」と彼女は言った。マルシアがすごいのは、自分に対しても実に正直なところだ。「とにかく、彼のことは好きにして。わたしよりあなた向きなのはたしかだから。ジェフが断然わたし向きなようにね」

「わたしたち、ちょくちょくデート相手を交換するべきかも」

いまではもう、朝アパートを出たとき、歩道にオーウェンが立っていても、いちいち驚かなくなっていた。ルームメイトたちが最近アパートの前をうろつくようになったハンサムな男性について何もコメントしないことの方が意外だったが、オーウェンのことだから、魔法を使っても使わなくても、自分を目立たなくするすべを知っているのだろう。

「すごい発見だったね」ふたり並んで地下鉄の駅に向かって歩きはじめたとき、オーウェンが言った。「彼が免疫者(イミューン)だって本当にわからなかったの？」

「本当よ。きっとヒントはあったんだろうけど、見逃していたんだと思う。でも、弁護士の彼がイミューンなら、それこそ願ったりかなったりじゃない？　もっとも、彼が正気を失わなければの話だけれど」

「見えるべきでないものが見えて、しかも理由がわからないっていうのは、相当キツイだろうなあ」

「あなたたちふたり、ちょっとやりすぎじゃなかった？　どっちがより驚かせることができるか張り合ってたでしょう」

オーウェンは赤くなった。「彼、対応できると思う？　今日、本当に来るかな」

「ぜひ来てほしいわ。もし現れたら、お手柔らかにね。ここのところかなりストレスが大きかったようだから。自分はおかしくなってるんじゃないかって、相当追い詰められてたみたい」

「きみに真実を明かしたとき、ぼくたちかなりうまくやらなかった？」

わたしは自分の世界観を百八十度転換させられた日のことを思い出そうとした。もうはるか昔のことのように思える。魔法の存在を知らなかったころのことが思い出せないくらいだ。

「気は狂わなかったし、いまもこうして正気を保てているわけだから、まあ、うまくやってくれたんだと思うわ」

オーウェンは何か言おうとしたように見えたが、そのままおもむろに口を閉じると、あたかも努めて言葉を押しとどめているかのように黙り込んだ。そのあと会社に着くまで、わたしたちはあまり話さなかった。オーウェンはもの思いにふけっているように見え、わたしは彼を考えるままにさせた。いまは彼の頭脳こそ、わたしたちの命綱なのだから。

サムとロビーの警備員に来客があることを告げて、わたしはマーリンのオフィスへ行った。

「彼は今日十時に来ます。よろしかったでしょうか」

「もちろんですとも。素晴らしい人材を見つけてくれましたね」

「期待しすぎないようにしましょう。彼はかなり怯えていましたから、協力してくれるかどうかはまだなんとも……。もう少し別のやり方で魔法の存在を明かした方がよかったのかもしれません」

「彼は大丈夫ですよ。わたしのオフィスで迎えることにしましょう」

「わかりました。彼が到着したらお知らせします」

十時を待つ間、いくつか検証の必要な書類があったものの、なかなか集中できなかった。十時十分になっても下から連絡はなかった。わたしは落胆しないよう努めた。怖じ気づいたとしてもしかたがない。わたしだって、もし事前に何が起こるか知っていたら、約束どおり面接に来たかどうかはわからない。

十時十五分になったとき、ついにロビーのヒューズから客が到着したとの連絡が入った。急いでおりていくと、汗ばんだ青白い顔のイーサンが立っていた。ダークスーツに身を包んだ彼は、それでも見違えるほど颯爽としていた。「遅くなってごめん」と彼は言った。「いっそ来るのをやめようとも思ったんだ。決心がつくまでに、このブロックを三周もしちゃったよ」

「いいのよ、よくわかるわ。いっしょに来て。このことをわたしよりずっとうまく説明できる人たちが上で待ってるわ」

イーサンの視線が聖堂のような玄関ロビーの装飾をなぞっていく。「すごい建物だね。いままでどうして気づかなかったんだろう」

「灯台もと暗しってやつよ」

小塔のエスカレーターは彼を仰天させた。「これは魔法じゃなく、機械仕掛けよ。すべてが魔法がらみってわけじゃないの。まあ、ほとんどはそうだけど」わたしは説明する。

受付に座るトリックスに気づいて、イーサンはふたたび目を見張る。「彼女は、あの……」

「そう、あの晩、レストランにいた妖精よ。トリックス、こちらはイーサン。イーサン、こちらはトリックス」

「またお会いできてうれしいわ」トリックスは言った。「ボスがお待ちよ。そのままオフィスの方へどうぞ」

わたしたちが近づくと、大きな木の扉が自然に開き、イーサンは目をむいた。「こ、これって……」

わたしは彼の腕をぽんぽんとたたいて言った。「大丈夫よ、心配しないで」

ロッドとオーウェンはすでにオフィスにいて、会議用の小テーブルについていた。マーリンがわたしたちに歩み寄ると、ふたりとも立ちあがった。「ああ、こちらがわたしたちの新しい戦力ですか」マーリンが言う。

「ミスター・マーヴィン、こちらはイーサン・ウェインライトです。イーサン、こちらがわが社の最高経営責任者（CEO）、アンブローズ・マーヴィンよ」マーリンの話はあえてもち出さなかった。いまは魔法が存在するということを受け入れるだけで精いっぱいなはずだから、会社の経営者があの伝説の魔術師であることを明かすのは時期尚早だ。

イーサンがマーリンと握手をするのを待って、ロッドとオーウェンを紹介する。ロッドはわたしをスカウトしたときほど彼に対してフレンドリーではなかったが、きっと愛想がいいのは女性に対してだけだということなのだろう。逆にオーウェンは、わたしに初めて会ったときとは打って変わってまったくシャイではなかった。彼は完全なビジネスモードで、いつものように穏やかでていねいな話し方ではあったけれど、言葉は率直かつ明確だった。幸い、金曜の夜、イーサンは驚くことに忙しくて、ふたりには気づかなかったようだ。たとえ気づいていたとしても、奇妙な現象と彼らを結びつけることができたかどうかは疑問だ。

皆がテーブルを囲んで座ると、ロッドが言った。「コーヒーはいかがですか」

イーサンは咳払いをしてから、「いただきます」と言った。マグカップがいきなり目の前に現れて、イーサンは跳びあがった。「うわ、えっ、何？　鏡のトリック……じゃないですよね、これ」

「これはほんのささいな一例ですよ」マーリンが言った。「ケイティが基本的なところはお話ししたと聞いていますが――」

依然としてカップを見つめたまま、イーサンは言った。「ええ、魔法は存在していて、でもぼくは影響を受けなくて、あなたがたは弁護士を探している……」

「まさにそのとおりです」マーリンはそう言うと、最初の正式な面接でわたしにしたのと同じブリーフィングを開始した。彼が説明することの大部分をいまではすっかり当たり前のように受け入れている自分が、なんだか不思議だった。イーサンは提供される情報をしっかりと吸収しているように見えた。相変わらず顔に血の気はなく、目は大きく見開かれていたけれど、ときおり投げる質問は的確だった。どうやら彼は、この難関を乗り越えられそうだ。

マーリンの説明が終わると、イーサンは首を振りながら言った。「なんか、すべてがあまりに突拍子もなくて、とても信じられるようなことじゃないんですけど、これ以上シンプルな説明を思いつかないのも事実です」

「〝オッカムの剃刀〟ですよ」オーウェンが穏やかに言った。「最も単純な説明が、往々にして正しいんです。これだけ巧妙ないたずらを仕掛けるのにどれだけ時間と費用がかかるか考えてみてください。そんなことをしてわれわれにどんな利益があるのかも」

「これでいろんなことの説明がつくと思いませんか?」ロッドが続ける。「自分がどうして変なものばかり目にするのかわかってほっとしませんか。きみは頭がおかしいんじゃない。働きすぎなのでもない。ただ、ぼくらが一般の人には隠している真の姿が見えるだけなんだ」

「こんなに長い間気づかなかったのが不思議だよ」イーサンは弱々しく笑った。「いかに観察力がないかってことだよな」そう言って大きく深呼吸すると、テーブルの端を指の関節が白くなるまでぎゅっとつかんだ。「わかりました。あなたたちを信じますよ。少なくとも、信じないための妥当な理由が見つかるまでは。魔法は存在する、でもぼくは影響を受けない、だから本来見えないはずのものを見てしまう。たしかに、つじつまは合います。ところで、ケイティから知的所有権の問題で相談があると聞きましたが――」

オーウェンが身を乗り出し、テーブルの上で両手を組んだ。「そのとおりです。元従業員のひとりが独自に事業を興して、われわれの競合相手となっています。通常はそのこと自体、特に大きな問題とはならないのですが、今回のケースは非常に危険なんです。われわれは、わが社の魔術が人に危害を与えるような使い方をされないよう細心の注意を払っています。しかし、彼は人に危害を加えることを目的とする魔術を販売しています。彼を止めなかったら、世界じゅうに黒魔術を拡散させることになりかねません。われわれが何世代にもわたって抑制してきた類の魔術が、いっきに氾濫することになるのです」

「彼が販売している魔術は、この会社の社員だったときの仕事に基づくものなんですね？」

オーウェンはうなずく。「彼は理論魔術のスタッフでした。この部署の基本的な仕事は、古い文献を調べて現代に応用できそうな魔術を探すことなのですが、彼はあるとき、われわれが通常扱うレベルよりも暗黒度の高い魔術を見つけて、実用化のための研究を始めたんです。彼がそれらの魔術の製品化を打診したとき、取締役会は却下しました。その後、依然として研究を続けていることが発覚し、彼は解雇されたんです」

「彼はその研究を就業時間中に会社の資源を利用して行っていたんですか？」

「そうです。彼の研究はすべて、会社が所有する魔術の文献をもとにして行われています」

「それはほかの方法では入手し得ないものなんですね？」

オーウェンはうなずく。「文献は現存する唯一のものです」

「問題にできそう？」わたしは訊いた。

「これだけの情報ではまだなんとも言えないな」イーサンは言った。「もう少し詳しく調べてみないと。それでも、どうなるか断言はできないけどね。会社が一度製品化を拒否していることがネックになるかもしれない。一方で、彼が会社の資源を使っていたという事実もある。最終的には判事や陪審員の判断に委ねられることになるだろうな。だからといって、行動を起こせないというわけじゃないよ。うまく言葉を選んだ書状を相手に送るだけで、こちらが望む結果が得られることは多々あるからね。たいていの人はレターヘッドを見ただけで萎縮するもんだよ」

「そのような書状を書いてもらえるのですかな？」マーリンが訊いた。

「それがぼくの仕事の大きな部分を占めるものですからね」

「では、このケースを引き受けていただけるのですか？」

イーサンはこの日初めてほほえんだ。「断るわけにはいきませんよ、こんな刺激的な仕事」

「事務所の方で問題になったりしないかしら」わたしは訊いた。

「経営者はぼくだよ。ぼくがやりたいと思えば、それが仕事になる」

マーリンは満面に笑みをたたえて言った。「素晴らしい。弁護士料の方はミスター・グワルトニーと相談してください。この件について必要な情報はミスター・パーマーがすべて提供します。魔法に関して質問があれば、なんでも彼に訊いてください」

イーサンは胸ポケットから携帯端末（パームパイロット）を取り出した。「ええと、明日の午後なら時間を取れますけど――」

「そちらのスケジュールに合わせますよ」オーウェンが言った。手のひらに突然名刺が現れて、それをイーサンに渡す。

「それ、いま、袖口から出しましたね？」

オーウェンはにやりとした。「バレましたか。手品は趣味なんですよ」

それは初耳だ。もっとも、オーウェンの個人的な側面については、野球とオペラが好きということ以外何も知らないのだけれど。

「本物の魔法使いにしてはずいぶん変わった趣味ですね」イーサンは言った。同感だ。

「けっこう楽しいですよ」オーウェンは肩をすくめる。「でも、明日ぼくがお見せするのは、手先の早業とはまったく関係のないものですから」

ロッドはわざわざ袖をまくりあげてから、手のひらに名刺を出して見せた。「これがぼくの名刺。報酬の話はぼくの方でするよ」

イーサンはパームパイロットを胸ポケットに戻して言った。「では明日の午後、またお会いしましょう」彼が全員と握手を交わすのを待って、わたしはいっしょに玄関ロビーへ行った。

「大丈夫そう？」

「ああ、どうやらね。最近の状態を考えれば、かえってよくなったよ」

「よかった。あなたにおかしくなられたら大変だもの」

「この元従業員の件、そんなに深刻なの？」

「彼らは、これが魔法戦争の引き金になるんじゃないかって危惧してる。魔法の力を悪用したがっている連中に手段を与えることになるから。そうなれば、すべての人がリスクにさらされるわ。いま止めておけば、重大な事態になるのを防げるかもしれない」

「じゃあ、是が非でもいい仕事をしなきゃならないな」イーサンはそのまま行きかけて、ふと立ち止まり、戻ってきた。「今回、きみが本来の意味でデートしようとしてたんじゃないってことはよくわかってる。でも、あらためてデートをやり直してみる気はない？　今度は何が起こってもびびらないって約束するよ」

わたしは躊躇した。彼のことは嫌いじゃない。素敵だとすら思う。それに、いまわたしが知るなかで最も普通の男性だ。でも、わたしは彼といわゆる本物のデートがしたいだろうか。何より、いまはビジネスとプライベートを混同すべき時期ではないような気がする。「当座の危機が回避されてから、あらためてこの話をするのではだめ？」

「だったらなおのこと、この仕事を成功させなきゃならないな。それも早急にね。それじゃ、また明日」

「あいさつに顔を出すわ」

「今日の午後、イーサンが来たとき、きみもミーティングに同席してくれた方がいいと思うんだ」次の日の朝、地下鉄の駅に向かって歩いているときオーウェンが言った。

「どうして？」

「その方が彼もリラックスできるだろうからね。想像を絶するものを目の当たりにしなきゃならないわけだから、信頼する人がそばにいるのは助けになると思うんだ。少なくともきみが現実であることは彼も疑わないだろうから、きみは彼にとって頼みの綱になる」

「ミスター・マーヴィンに訊いてみる。席を外しても問題ないようなら、そちらへ行くわ」解雇前にイドリスが何を開発しようとしていたのか前から気になっていたので、ちょうどいい機会かもしれない。

一方で、これはオーウェンがわたしに異性としての関心をこれっぽっちももっていないということを決定的にする最後通告でもあった。もし少しでもそんな気があれば、わたしが一度デートをした相手とさらに時間をともにすることを自ら望んだりするだろうか――たとえそれが完全にビジネス目的のデートであったとしても。ロッドはイーサンに対してわずかながらも焼きもちらしきものを見せたが、オーウェンは彼ならではの控えめな態度できわめてフレンドリーに接している。

わたしは気を取り直し、あえてにやりとして言った。「それにしても、手品とはね」

オーウェンは笑った。「トランプに、コインに、レパートリーはかなりあるよ」

「まあ、だれにだって趣味は必要よね」

「きみのは?」オーウェンが初めてわたしに尋ねた、ほぼ個人的といえる質問だ。

「わたしは料理かな。アパートのキッチンは絶望的に小さいし、最近はあまり時間もないんだけど、あるもので何ができるか考えたりするのは楽しいわ。わたし、農場で育ったから、いつも季節の新鮮な作物が身近にあったの。あと、お菓子づくりも好きよ」

「へえ、いつか食べてみたいな」

「この季節になると、いつも無性にオーブンを使いたくなるの。今度、パンやクッキーを焼いてオフィスで配るわ」

「楽しみにしてるよ」

その日の午後、二時になる少し前に、わたしはオーウェンのオフィスへ行った。彼のデスクは本や書類が山積みだった。「これ全部イドリス関連?」

「ああ、もうひとつだけまだ見つからないんだけど……」オーウェンはキャビネットのなかをかき回している。「あった」そう言って、手にしたファイルを資料の山に加えた。ちょうどそのとき、デスクの上の水晶玉が光り、ヒューズの声がした。「ミスター・ウェインライトが見えました」

「ありがとう、ヒューズ。いまおりていくよ」

わたしもあとに続いたが、研究開発部のドアを出るところでオーウェンを止めた。午前中ずっと本棚やキャビネットを引っかき回していたのだろう。髪はくしゃくしゃ、ネクタイは横にずれている。わたしはネクタイの位置を直し、目にかかった髪をかき分け、「これでよし」と言った。

オーウェンの耳が赤くなった。「ありがとう」

しかし、イーサンに会うと、彼は即座にビジネスモードに切りかわった。オフィスに戻る途中で、研究開発部のなかをひととおり案内する。イーサンはあらゆるものに目を見張った。

オーウェンが説明をしている間、わたしは目の前のふたりの男を見比べた。イーサンはオーウェンよりも頭半分背が高い。ふたりともスリムな体型だが、オーウェンの方が身長に対してやや肩幅が広く、イーサンよりもがっしりして見える。オーウェンはすべてにおいてコントラストがはっきりしていた。ほとんど黒に近い髪、白い肌、そして深いブルーの瞳。一方、イーサンは全体的にぼんやりしている。髪は茶色で、こめかみのあたりに若白髪がちらほらし、肌はオーウェンよりも色味が強かった。瞳はシルバーがかったグレーで、何色ともいいがたい感じだ。意図して目立とうとしないかぎり、決して目立つタイプではない。一方でオーウェンは、よほど控えめにしていなければ、簡単に人の目を引いてしまう。

おかしなことに、ふたりの性格は見た目ほど違わないように思えた。彼らはすっかり意気投合していて、イーサンはわたしを頼みの綱とする必要などないように見える。今日の彼は、目にするすべての魔法を難なく受け入れていた。

オフィスに到着すると、オーウェンはデスクの前に並んだ椅子にわたしたちふたりを促した。

「コーヒーでもどう？」

「突然、目の前に出てきたりするのかな？」

「まあ、そんな感じだね」

「準備して」わたしは警告した。「そのうち慣れるけど」

マグカップが突然手のなかに現れて、イーサンは少しびくりとした。

「ケイティは？」オーウェンが訊く。

「わたしはけっこうよ。ありがとう」

オーウェンはデスクに寄りかかり、わたしたちの方を向いた。「それじゃ、そろそろビジネスに取りかかろうか。その前に、昨日話したことで何か質問はある？」

「もう一度だけ何か見せてくれないか。あれがすべて幻覚ではなかったことを納得するために」

「オーケー」オーウェンはポケットから二十五セント玉を取り出し、それを右手で握った。さっと左手をかざしてから右手を開くと、コインは消えていて、続いて開いた左手のなかにあった。「これは手品」オーウェンはコインをのせたまま左手を前にさし出す。すると、手のひらの上でコインが一インチほど浮きあがり、空中でゆっくり一回転してから、ふたたび手のひらにおりた。「これは魔法。違いがわかる？」

イーサンは顔をしかめた。「まずひとつには、からくりがわからない。それから、何かエネルギーのような圧力を感じた」

オーウェンはうなずく。

「でも、ぼくは魔法の影響を受けないんでしょう？」

「それでも、魔法が実行されているときのエネルギーは感じるんだ。これはだれもが感じるものなんだけど、ほとんどの人は背筋に寒気が走ったとか静電気が起こったとかいうことで片づけてしまう。人間の脳の理解不能なものを合理化する能力には感心するよ」

「ほんとそうね。わたしなんてこの一年、妖精はみんな服飾専門学校の学生で、エルフはみんな『指輪物語(ロード・オブ・ザ・リング)』マニアだと思って生きてきたんだから」とわたしは言った。

「わかった。もうこの際、信じるしかないな。さて、じゃあ、本題に入ろうか」

オーウェンは彼にファイルを一冊手渡す。「これはフェラン・イドリスの雇用記録だ。与えられた任務、受けた処分、仕事の評価、彼についてほぼすべてのことが記録してある」

イーサンはファイルに目を通しながら言った。「かなり細かく書いてあるね。彼のことは当初から警戒していたの?」

「なんとなく予感がしたんだ。はっきりした根拠はなかったんだけど……。いつかこういう証拠書類が必要になる日が来るような気がしてた」オーウェンは気まずそうに耳をかいたが、珍しく赤くはならなかった。「ぼくにはいくらか予知能力があるようなんだ。ときどきぱっとひらめく程度だから、本物の予言者にはなれないけどね。でも今回はそれが役に立った」

「これ、預かってもいいかな」イーサンが言った。

「コピーだからそのままもっていっていいよ」

イーサンはファイルをブリーフケースにしまった。オーウェンは別のファイルをさし出す。

「これは彼がこの会社にいたときに取り組んでいたプロジェクトの記録だ。もとになってる文献のコピーも取っておいた」

「原資料は唯一ここにあるだけなんだね？」

「あそこの本棚だよ」

イーサンはそのファイルもブリーフケースに入れた。オーウェンはさらに別のファイルを手渡す。「これは、彼がいま市場に出している魔術をぼくなりに分析したものだ。会社でしていた研究をそのまま使っていると思われる部分に印をつけておいた。ここで取り組んでいた研究は彼の魔術の根幹をなしている。それがなければ、何もつくれなかったはずだよ」

ファイルを読みながらイーサンは眉をしかめた。「率直にいって魔術に関する部分はほとんど意味がわからないから、きみの注釈に頼るしかないな。かなり詳しく書いてあるようだし。とにかく、当座の目的は彼の注意を引くことだ。これだけあれば、とりあえず十分だよ」

「何か質問があったり説明が必要なときは、いつでも連絡してほしい。名刺は渡したよね」

イーサンはブリーフケースを閉じて言った。「ほかに知っておくべきことはあるかな」

「現時点ではないと思う。あとは、きみの方で疑問が生じたときに順次答えるようにしよう」

「では、週末までに書状の草案を準備するよ。その段階で一度送った方がいいかな？」

オーウェンはうなずく。「そのときミスター・マーヴィンにも目を通してもらうよ」

「じゃあ、のちほど」

わたしはイーサンを玄関ロビーまで送った。「感じのいい人だね。魔法使いのイメージとはぜんぜん違うな」イーサンは言った。

「どんなものをイメージしてるわけ?」

「さあ、よくわからないけど。もっと神秘的というか、もっと威圧的で怖い感じ?」

「稼働中の彼を見ていないからよ」少なくともイーサンはそれと知って見てはいない。レストランでの騒動がだれの仕業だったかは、このまま知らない方がいいだろう。

「正直いって、見たいかどうかわからないな。ぼくにはこのぐらいの関わり方がちょうどいいかもしれない。この世界にどっぷり浸かる勇気はないよ。きみはすごい」

「案ずるより産むがやすしよ」

木曜の午後、ノックの音がしてオフィスのドアを開けると、オーウェンが立っていた。「あら!」

「イーサンから書状の草稿が届いたんだけど、ミスター・マーヴィンに見せる前にきみにも見てもらおうと思って」

「わたしは法律の専門家じゃないわ」

「ぼくもだよ。ふたりで読めば、なんとか解読できるんじゃないかな」

書状はわけのわからない法律用語のオンパレードで、いつかオーウェンに読まされた呪文以上にちんぷんかんぷんだった。「要するに、イドリスは盗んだ魔術の使用をただちに中止して、会社に賠償金を払わなければならないってことらしいけど、それ以外はさっぱりわからないわ。でもまあ、正当な手紙って感じはするわね。これ、ミスター・マーヴィンに理解できるかしら」千年もの間眠っていた人にとって、現代アメリカの複雑な法制度はあまりに難解すぎるような気がした。

「信じられないだろうけど、たぶんね」

わたしたちはマーリンのオフィスへ行き、書状を見せた。マーリンはときおり「ふうむ」とうなりながらじっくりと目を通した。どうやらオーウェンは正しかったようだ。マーリンは内容を理解しながら読んでいた。きっと暇を見つけては、手あたり次第に現代社会についての参考書を読みまくっているに違いない。あるいは、ついにインターネットの存在を知ったのかも。

「みごとな出来ばえですな」マーリンは言った。

「法律がわかるんですか？」わたしは訊かずにいられなかった。

「お忘れですか。わたしの時代、ローマ帝国はそれほど昔のことではありませんでした。あなたがたが施行している現代の法制度はローマ人のそれとおおいに共通点があるのですよ。ミスター・ウェインライトにこれを正式にミスター・イドリスに送るよう言ってください。そして様子を見ましょう」

反応を得るのに時間はかからなかった。二時間もしないうちに、ロビーからミスター・ウェインライトがミスター・マーヴィンに会いにきたとの連絡が入った。わたしはエスカレーターの上でイーサンを迎えた。「どうしたの？」彼は息を切らし、頬を紅潮させている。

マーリンがすぐにやってきた。「返事があったのですね？」

「会いたいと言っています」

18

「トリックス、オーウェンに上へ来るよう言ってください」そう指示すると、マーリンは自分のオフィスに向かった。わたしたちもあとに続く。「彼は会いたいと？」

「はい。裁判所に差し止め命令を出させて、当分の間身動きの取れない状態にし、今後の彼のビジネスに大きなダメージを与えられるということを明確に伝えたんです。どうやら、そうさせないために取引に出ようとしているようです」

「でも、本当に交渉する気があるのかしら。裁判所のいうことを気にするタイプには思えないけど」わたしは言った。

「だれだって裁判所のいうことは気にするさ。失業の可能性があるとしたらね」とイーサン。

「いえ、交渉がしたいのではないでしょう」マーリンが言いきった。「こちらと同じように、彼も腹の探り合いには飽き飽きしたということだと思います」

オーウェンが現れた。下から全速力で走ってきたと見え、髪は乱れ、息を切らしている。

「どうしたんですか？」

イーサンが説明する。「イドリスから連絡があった。会いたいそうだ」

「もう？　あの文面には想像以上の威力があったんだな」

「使用停止請求レターはさしずめぼくの魔法ってとこかな」

わたしたちは会議用の小テーブルを囲んで座った。イーサンは携帯端末(パームパイロット)を取り出し、画面に文書を出す。「要旨はこうです。彼はこの件に俗世の、これはつまり、非魔法界を意味するあなたがたの言葉だと思うのですが、俗世の法制度を適用したくないと言っています。同時に、これ以上じゃまをされたくないので、会合をもって徹底的に議論しようとも言っています。ただ、会議室での話し合いではなく、〝昔懐かしい方法〟というのを要求していて、どういう意味かはあなたがたがわかるとのことです。場所はこちらで決めていいと――」

「魔法での決闘を申し込んできたんだ」オーウェンが険しい表情でそう言った。

「いまでもやっているのかね」マーリンが訊く。

「ごくたまにですけど。少なくとも公式には行われていません。俗世の法律下で剣やピストルでの決闘が違法なのと同じように、いまはわれわれの社会でもそれは禁じられています」

「ちょ、ちょっと待って」イーサンが言った。「ぼくの仕事は訴訟事件摘要書の作成であって、あくまで橋渡し役ですからね。とにかく、先方には一時間以内に場所を決めて知らせることになっています。時間は明日の日の出の時刻。両陣営とも人数は四人まで。人間以外はだめだそうです」

「それでは決闘とはいえないな」オーウェンが言った。「決闘は常に一対一だ。もっとも、フエランは昔から細かいことを気にしないたちだけど」

「ねえ、本当に決闘なんかするの?」自分がいま耳にしていることが信じられない。「決闘なんてちょっと古典的すぎない？」

「わたしは千歳を超えています」マーリンは苦笑いしながら言った。「古典的とはまさにわたしのこと。受けて立ちましょう。さて、あなたはどうする？」彼はオーウェンに訊いた。

オーウェンは青ざめる。「決闘なんてしたことがありません。少なくとも真剣なものは。学校では一応教わりましたけど……」

「あなたはわが社でいちばん優秀な魔法使いです。あなた以上の適任者は思いつきませんぞ」

「ちょ、ちょっと待って、あなたは千歳を超えているんですか？」いささか会話に乗り遅れながら、イーサンが言った。

わたしは彼に耳打ちする。「実は彼、マーリンなの。本物よ。あとで説明するわ」イーサンは目を見開いてわたしを見つめ、続いてマーリンを見つめ、そしてまたわたしを見つめた。わたしがうなずくと、信じられないというように頭を振った。

「わたしたちが場所を決めていいなら、こちらに有利な場所を選びましょう」イーサンの質問を無視してマーリンは続ける。彼が片手をあげると、本棚から大判の本が飛んできてテーブルの上に着地した。マーリンは本の上に身をかがめ、あごひげをなでながら開いたページを眺めると、ある箇所を指さした。「ここがいい。この近辺では最も魔力の弱い地域のようですから」

見ると、ニュージャージー州南部の海岸線を指している。イーサンも本をのぞき込む。「なるほど。たしかにジャージーの海岸線は魔法とは縁遠い感じがするな。特にこの時期はね。いまはかなり閑散としてるはずだよ」イーサンはかがみ込んで地図に顔を近づける。「ワイルドウッドか。子どものころ家族で行ったことがある。なんかやたら低俗な感じのところだったな。ああ、遊歩道は悪くなかったけどね。けっこうちゃんとした遊園地があったし」

「どうしてわざわざ魔力の弱いエリアを選ぶんですか？　魔法を使うときは何かエネルギー源となるものが必要なんじゃ……」ロッドが言ったことを思い出して訊いた。

「だからこそ、わたしたち以上に彼の方が不利になるのです」マーリンが言った。「こちらには秘密兵器がありますからね」そう言ってオーウェンの方を見る。オーウェンの両の頰にひとつずつ赤い斑点が生まれ、みるみるうちに顔全体に広がった。

「おそらくぼくの方が長くもつとは思います」彼は小さな声で言った。オーウェンはとびきりパワフルだとロッドが言っていたのを思い出す。きっと彼は普通の魔法使いたちほど外部のエネルギー源からパワーをもらう必要がないのだ。というか、まあ、そんなようなことだろう。いつかだれかに魔法の物理学とやらの講義をしてもらわなければ――。

オーウェンがふいにいたずらっぽい笑みを浮かべた。「場所は遊園地にしよう。人目を気にする必要がないから、めくらましを使って姿を隠さなくてもいい。それに、道具にできるものもたくさんある」

「隠れる場所もたくさんあるわ」とわたしは言った。「彼が本当にルールを守ると思う？」

「そのためにあなたがたふたりにも来てもらうのですよ」マーリンが言った。「結果の証人となってもらうために当然弁護士は必要ですが、イミューンがふたりいるとなればなおけっこう。相手側にその用意はないでしょうからな」

「それは好都合」オーウェンはかなり乗り気になってきたようだ。彼がこんなにわくわくした顔をするのを初めて見た。「彼はおそらく姿を消させて規定の人数以上の仲間を連れてくるはずです。こちらにも仲間がいると思わせてやりましょう」オーウェンの目がきらりと光った。「手品の腕の見せどころだ」

「では、さっそく先方に連絡します」イーサンが言った。「場所はワイルドウッドの遊歩道に面した遊園地。ジェットコースターの前でどうでしょう」

マーリンがうなずく。「彼の提示した条件で挑戦を受けると伝えてください」

「電話を使いたいんですが」

「じゃあ、わたしのオフィスで」とわたしは言った。

イーサンが電話をかけにいっている間、わたしは移動について考えた。「ここからだと車で三時間はかかります。一度ルームメイトたちとアトランティック・シティまで行ったことがあるけど、ワイルドウッドはさらに先だから、日の出までに到着するにはかなり早く出発する必要がありますね。ほとんど真夜中に出るような感じだわ。そうなると車が必要です。それとも、魔法の交通手段を使うのかしら」

「それは賢明ではないでしょう。エネルギーはできるだけ決闘のために取っておかないと」マーリンが言う。

「それならやはり車ですね。わたし、まだ免許をもっているから、レンタカーを使いましょう」郊外のオープンロードを走るのは久しぶりだ。それはテキサスを恋しく思うことのひとつだ。

「車ならぼくがもってるよ」部屋に戻ってきたイーサンが言った。「レンタカーの必要はない。朝の二時までに出れば、現地に着いてから下見をする時間もあるだろう。ああ、それで、彼は場所について承諾しましたよ。あとは現地でご対面ということですね」

マーリンは満足そうにうなずいた。「よろしい」

「これって死んだりするようなものじゃないわよね」わたしは急に不安になった。

オーウェンは首を振る。「それはないはずだよ。彼が明らかに劣勢になっても降伏しない場合は別だけど」

「ずいぶん自信があるのね」

オーウェンは肩をすくめる。「自信はあるよ。彼とは前にも戦ったことがあるんだ。問題なく勝てたよ。まあ、こんな真剣な決闘ではなかったけどね。でも、もしわれわれの方が明らかに劣勢になったら、殺されないうちにちゃんと降伏する」

「それで、決着がついたあとは？」

「決闘の結果に基づいてあらためて契約を交わすのです」マーリンが言った。「わたしたちが勝てば、彼は懸案の魔術をいっさい使用できなくなります。彼が勝てば、わたしたちは使用を認めなくてはなりません」

「決闘の習慣は復活させるべきかもしれないな」イーサンがつぶやく。「いちいち法廷にもち込む手間が省けて、弁護士の数も少しは減るかもしれない」

「さあ、皆さん、今日はもう帰って休んでください。明日のために鋭気を養いましょう」マーリンが言った。

「住んでいる場所を教えてくれれば、明日の朝、皆さんを拾いにいきますよ」イーサンが言った。「ちなみにぼくはバッテリーパーク・シティです」

「わたしはこの建物のなかに住んでいます」とマーリン。

「ケイティとぼくは近所だ」オーウェンが続く。「彼女は十四丁目で、ぼくはグラマシー」

イーサンはパームパイロットにすべての情報を入力し、わたしたちは待ち合わせの時間と場所を取り決めて解散した。夜中に移動しなくてすむよう現地でホテルを取る案も一瞬頭をよぎったが、これから家に帰って一泊旅行の準備をする間に結局はラッシュアワーになり、都心部を抜けるだけで夜中に現地まで行くのと同じだけの時間がかかることが予想されたし、いずれにしてもオフシーズンの夜遅くに宿を探すのは難しいと思われた。

地下鉄の駅でオーウェンに行き会った。彼は緊張した面持ちながら、興奮した様子でもあった。「本当にこれでいいの?」電車を待つ間、わたしは訊いた。

「まあね。やるべきことはわかっている。これまで試すチャンスがなかっただけで」

「それで、あなたは彼より本当に、その……」公共の場で使ってもよさそうな言葉を探した。

「力があるわけ?」

「ああ、そのようだね。人にはそれぞれいろんな才能がある。ぼくの場合はこれなんだ」オーウェンは肩をすくめる。「遺伝的なものだと思うよ」

「ご両親もそうだったの？」

「わからない。ぼくは両親を知らないんだ。赤ん坊のときに死んだから。少なくとも、ぼくはそう思っている。実際は、両親がだれかさえわからないんだけど……」

いつものように、話がいよいよ興味深くなってきたところで電車が到着した。混んだ車内はだれかの謎めいた出生について話す場所ではなかった。もしオーウェンが孤児だったのなら、彼の人に対する不器用さもなんとなく理解できる。

オーウェンは用心のためだと言ってアパートの前まで送ってくれ、わたしたちはまたすぐに会うことを確認して別れた。部屋にあがり、翌朝着るものを用意する。魔法の決闘にふさわしい服装など見当もつかなかったが――さすがのジェンマもこの問には答えられないだろう――、とりあえずビジネスライクに見えつつ暖かくて着心地のいいものにしようと思い、グレーのセーターに黒いウールのパンツスーツ、ローヒールのショートブーツといういでたちに落ち着いた。

早くベッドに入るべきだとはわかっていたが、興奮してとても眠れそうになかった。そこでシナモンロールを焼くことにした。気持ちを落ち着けたいときは、料理にかぎる。それに、明日の朝は皆、ある程度糖分を摂取した方がいいはずだ。オーブンのなかでパンが膨らみはじめたとき、ルームメイトたちが帰ってきた。「どうしたの、いったい？」小麦粉の飛び散ったキッチンの床を見てマルシアが言った。

「車で出張なの。明日の朝すごく早いのよ」

「ああ、それでさし入れでもしてボスにごますりしようって魂胆ね」

「それとも、例のキュートな彼にいいとこ見せるためかしら？」ジェンマがからかう。

「自分の頭のなかを整理するためよ」わたしは言った。彼女たちの言うことも、それぞれちょっとずつ当たってはいたけれど。「マルシア、今夜はわたしのベッドを使って。明日の朝、出かけるとき起こしちゃうといけないから。とにかくものすごく早いの」

「なんのための出張なの？」マルシアが訊く。

「ボスがある会議に出席するのよ」

「ホテル代までケチって？　いるのよね、そういう人。当然ボスも車でいっしょに行くんでしょう？　まさか、自分だけ豪華なホテルに前泊するんじゃないでしょうね」

「大丈夫、ボスもいっしょに行くわ。急きょ決まったことだから、部屋が取れなかったのよ」

「ねえ、この前言ってたキュートな彼もいっしょなの？」ジェンマが訊く。彼女はそれしか頭にないようだ。

「そうよ。彼らふたりといっしょ」イーサンがうちの会社と仕事をすることになった件はまだ話していなかったので、彼の名前は出さないでおいた。さもないと、話が複雑になりすぎる。

〝複雑〟こそ、いまのわたしの生活を表現するのにぴったりの言葉ではあるのだけれど——。

午前一時にセットしたマルシアの目覚ましで目が覚めると、コーヒーメーカーのスイッチを入れ、着がえを済ませてから、二本の携帯用ポットにコーヒーを入れた。この感じでは、道中かなりのカフェインが必要になりそうだ。歩道に出るやいなや、シルバーのメルセデスが目の前に止まった。助手席の窓が開いて、マーリンが顔を出す。「おはよう、ケイティ」この時間にこれほどはつらつとした表情のできる千歳の老人はほかにいないだろう。

わたしが後部座席に乗り込むと、イーサンは車を発進させた。途中で角を曲がって細い並木道に入り、歩道で待っていたオーウェンを拾う。オーウェンはダークスーツの上に厚手のダブルのコートを着ており、脇に抱えた枕がなんともちぐはぐに見えた。まるで家族旅行に出発する小さな子どものようだ。わたしは奥にずれて、彼に座る場所を提供した。

車が走り出してから、わたしは言った。「コーヒーをもってきたんですけど」

「ありがたい！　きみは天使だよ。ぜひ、ブラックで」とイーサンが言った。トラベルマグにコーヒーを注ぎ彼に渡す。イーサンはマーリンの方を向き、「あなたがなぜ彼女を雇ったのかよくわかります」と言った。

「ほかに欲しい人は？」

「わたしはけっこうです。ありがとう」とマーリンが言った。「実はコーヒーという飲み物のよさが、まだよくわからないのですよ」

オーウェンの方を見ると、すでにぐっすり眠っていた。もってきた枕を窓にあてがって頭をのせている。どうしてこんなときに眠れるのか不思議だったが、眠れるのならそれにこしたことはない。彼にはできるだけよいコンディションで到着してもらった方がいい。

出発して一時間もすると、枕を持参したオーウェンがうらやましくなった。眠れるとは思わなかったが、ほかにすることもない。前ではイーサンとマーリンが静かに話をしている。どうやらイーサンの質問に答えながら、マーリンが〝基礎魔法I〟の講義をしているようだ。わたしもぜひ教えに預かりたかったのだが、声が小さすぎて聞き取れない。オーウェンを起こしたくなかったので、ボリュームをあげるよう頼むのもはばかられた。本を一冊もってきてはいたが、読書をするには車内は暗すぎる。窓の外も真っ暗で何も見えなかった。

遊歩道の近くの駐車場に車を停めたときには、まだあたりは暗かった。「思ったより早く着いたな」イーサンが言った。「でも、余裕はあるにこしたことはない」

「朝食の欲しい人はいます？　シナモンロールを焼いてきたの」わたしは言った。

「きみは天使なんかじゃない。女神だ」イーサンが言った。わたしはシナモンロールをイーサンとマーリンに配る。イーサンはひと口かぶりついてから言った。「これ、きみが自分でつくったの？　サラ・リー（パン・焼き菓子の大手メーカー）も真っ青だな」

「何かつくってくれたの？」突然オーウェンの声が聞こえて、わたしは跳びあがった。横を見ると、彼はちょうど目を覚ましたところのようで、眠そうにまばたきをしている。

「ええ、コーヒーとシナモンロールよ。食べる？」

「うん、ありがとう。ということは、もう着いたんだね？」

「時間は十分あるよ」イーサンが言った。わたしはオーウェンにマグカップとシナモンロールを手渡す。

「朝食が終わったら一帯を調べてみましょう」マーリンが言った。

わたしも自分用のコーヒーとシナモンロールを手に取った。神経が張りつめているにもかかわらず、眠気が襲ってくる。「すごくおいしいよ、ケイティ」後部座席の暗闇のなかでオーウエンの声がとても近くに聞こえた。「料理がうまいんだね」

「だれにでも趣味は必要よ」わたしは言った。赤くなったのが彼に見えなくてよかった。

朝食が済むと、わたしたちは車を降りて遊歩道へ向かった。東の空がしらみはじめ、地面近くに薄い霧の立ちこめるひとけのない遊歩道には、不気味な雰囲気が漂っている。マーリンが公衆トイレの鍵を開けてくれたので、皆いくらかさっぱりすることができた。三時間は長いドライブだ。みんなのところに戻る前に、わたしは軽く口紅を直した。女は口紅もせずに魔法の決闘に臨むわけにはいかないのだ。

皆で遊園地を目指す。もしこれが映画なら、まさにスローモーションでの見せ場のシーンだ。コートの裾をなびかせながら霧のなかを運命に向かって歩を進めるわたしたちの勇姿が、スクリーンいっぱいに映し出されているはずだ——実際のところは、皆、寒さと湿気に身を縮めて、不自然に寄り固まって歩いていたのだけれど。男性たちがわたしを囲むように歩調を合わせているのに気がついたが、わたしはそれを不快に思うほどフェミニストではなかった。悪いやつらから守ろうとしてくれているなら、その方針に異論はない。もっとも、これから起こるであろうことに対しては、おそらくマーリンやオーウェンよりもわたしの方がずっと安全なはずだった。

遊園地の門には鍵がかかっていたが、オーウェンが軽く触れただけで音もなく開いた。弱々しい朝の光と霧のなかで、遊園地は不気味に静まり返り、『スクービードゥー』のアニメのワンシーンを思わせた。ゴムのゾンビマスクをかぶった邪悪な管理人がいまにもそのへんから現れそうだ。霧の切れ間からところどころ姿をのぞかせる巨大なジェットコースターが、まるで行き先の知れない線路のように見えた。

「彼はもう来ているのでしょうか」オーウェンがささやいた。

「何も感じませんな」マーリンが答える。「あなたがた」彼はイーサンとわたしに向かって言った。「何か不審なものがないか注意して見ていてください。少しでも不自然なものが目に入ったら知らせてくださいよ」

わたしは心臓がバクバクいうのを感じながら、がらんとした遊園地内を見回した。ジェットコースターのレールを支える骨組みの上に黒い影が見えて思わずぎょっとする。「ジェットコースターの上にだれかいるわ」

「ほんとだ」イーサンが言う。

「ぼくには見えない」オーウェンが顔をしかめる。「つまりそれが答だ。彼はもうここにいる」

「日の出って、具体的にどの時点を言うのかしら。明るくなってきてるけど、太陽はまだ見えないわ」

「わたしたちの間では、太陽が完全に地平線の上に昇ったら日の出です」マーリンが説明する。東の空を見ると、太陽の上端がようやく地上に出はじめたところだった。まだ時間はあるようだ。「しかし、もし彼らが攻撃してきたら、何時であろうと反撃しますよ」

視界の端で何かが動いた。「ジェットコースターのやつに注意して」オーウェンがわずかに手をあげると、男は後ろに吹き飛び、見えないロープで骨組みの鉄パイプに縛りつけられたようになった。「あいつは問題ない」オーウェンが穏やかに言った。「何かほかに見えたら教えてくれ」

「男の位置がどうしてわかったの？」

「そこに何かがいるということさえわかれば、見えなくても感じることができるんだ」

なるほど、それはありがたい。あの日、会社に侵入した男を一瞬にして捕らえることができたのも、これで納得がいく。思えば、わたしにとってあれがすべての始まりだった。「いまのところ何も見えないわ」目を凝らして周囲を見回しながらわたしは言った。あたりはだいぶ明るくなり、いまや太陽は半分ほど顔を出していた。

「九時の方向に動きあり」イーサンがクールに言った——かなりのってきているようだ。わたしは努めて冷静にその方角を見た。別の乗り物の上にもうひとり男が見えた。

「よし、とらえた」オーウェンがイーサン同様の落ち着きで答える。「動いたら教えてくれ」

「分担しましょう」マーリンが言った。「ケイティ、あなたはわたしたちの背後を見張ってください」

互いに別々の方向を向いた方が効果的だということはわかっていたが、彼らに背を向けるのは気が進まなかった。それぞれに独自の形で強さを備えた男たちがそばにいるということを、視覚的に確認できる状態でいたかった。早いところ太陽に昇ってもらって、この決闘とやらを終わらせてしまいたい。

　わたしの願いは思ったよりも早くかなえられた。霧のなか、遊歩道ではなく、園内にある埠頭の海側から、四人の男たちがこちらに向かって歩いてくる。「来たわ」わたしは静かに言った。三人はいっせいに振り返り、オーウェンとマーリンがイーサンとわたしの前に進み出た。

　敵のグループは、映画『マトリックス』の登場人物さながらに、全員が黒いトレンチコートをなびかせている。座席を振動させるあの不吉な重低音の響くサウンドトラックが、どこからか聞こえてきそうだ。男たちはゆっくりと、しかし容赦なくこちらに近づいてくる。まるで彼らのことを避けるかのように、霧がその足もとから晴れていく。霧の気持ちはよくわかる。頭のなかで鳴り響くサウンドトラックの重低音は、自分の鼓動の音だということに気がついた。わたしはテキサスの片田舎で育ったごく平凡な女の子にすぎない。そんな人間がいったいこんなところで何をしているのだろう。

　目の前まで来た彼らは、『マトリックス』の登場人物というより、『マトリックス』マニアが集まるＳＦセミナーで見かけそうな連中だった。状況がこれほど緊迫したものでなかったら思わず笑い出していただろう。衣装こそ決まっているけれど、その面構えはあまりに迫力に欠けている。もっとも、この果たし合いでは見た目が関係ないことは明らかだ。街でオーウェンを見かけても、彼をずば抜けた力をもつ魔法使いだと思う人はまずいないだろう。

　どんな人を見かけたらそう思うのかと訊かれても答えられないが、少なくともこの四人がそうでないことはたしかだ。もしここがシリコンバレーなら、彼らのことを新興ソフトウエア企業の創設者だと思ったに違いない。まあ、ある意味で、そういえなくもないのだけれど。

いちばん前にいるのがイドリスだろう。オーウェンと同じくらいの年に見えるが、背はずっと高く、イーサンよりも高かった。ひょろりとした痩身で、長い手脚はその身長をバスケットボールのコートで活かすだけのしなやかさに欠けていた。トレンチコートの袖は手首の上で終わっていて、太陽を背にしているにもかかわらず、真っ黒なサングラスをかけている。

三人の仲間たちは、さらにぱっとしなかった。ひとりは放出品の迷彩服を着ており、恐ろしく似合っていない。もうひとりは小柄でずんぐりしていて、黒いTシャツの下から腹が突き出ている。三人目は体格こそ立派だけれど、おつむの弱い悪党といった顔つきだ。魔法の戦いで彼はいったいどんな役割を果たすのだろう。

ジーンズと迷彩服の彼らに対し、MSI側は皆スーツを着ている。普通なら、典型的な改革者vs.体制の構図だ。でも、イドリスたちは自由と創造のために戦っているのではない。彼らがねらっているのは金と力だ。今回ばかりは、スーツの側が正義なのだ。

背の高い男が一歩前に出て言った。「オーウェン、久しぶりだな」

「やあ、フェラン」オーウェンが静かに答える。まるでスターバックスのカウンターの前で偶然行き会ったかのような口調だ。推測どおり、彼がイドリスだった。

「おれのためにわざわざご隠居を引っ張り出したとは笑っちまうな。おまえひとりじゃ手に負えないってわけか」

「さあ、それはどうかな」オーウェンは冷ややかに言った。

「わたしが来たのは、助言のためだけですよ」マーリンが言った。「あなたを阻止するよう助言しました」

「なんだ、これっぽっちの競争にびびっちまったのかい」

「競争はおおいにけっこう。しかし、競争と力の乱用はまったく別のものです」マーリンが答える。「私利私欲のために授かった能力を使ってはなりません。他者を犠牲にする場合は言わずもがな。それが規則です」

「そんな規則にサインした覚えはないね」

「だろうな」オーウェンがそっ気なく言った。「さあ、太陽は昇った。午後に約束があるんだ。さっさと決着をつけようじゃないか」

イドリスは何か答えようと口を開いたが、体はすでに勢いよく後退しはじめていて、あっという間に近くの街灯に背中を打ちつけた。ほかの三人も同じように宙を飛んでいく。空中に充満するパワーで、髪の毛がいっせいに逆立つような気がした。周囲を飛び交う魔法にはイーサンもわたしも影響を受けないことになってはいたが、とりあえずじゃまにならないところへ避難した。

魔法の戦い（マジカルバトル）は、映画で見るような派手なものではまったくなかった。特殊効果など使わなくても十分映像化できるだろう。それは意志と意志とがぶつかり合う、静かな戦いだった。だれかがドラゴンか、少なくとも蛇の一匹ぐらいは出現させるのかと思っていたが、どうやらそういうことではないようだ。先端から火花が散る魔法の杖すら使う様子はない。イドリスとその仲間たちが態勢を立て直したあとは、彼らが仕掛けてくる魔術をオーウェンとマーリンがひたすらかわし続けるという格好になった。どうやら相手のエネルギーを先に枯渇させる作戦のようだ。マーリンもオーウェンと同じぐらいのパワーをもっているのだろうか。たぶんそうなのだろう。なんといっても、彼はあのマーリンだ。

ふいにビリッという刺激を感じ、視界のすみで何かが動いた。乗り物の上に隠れていた男だ。「オーウェン、気をつけて!」わたしは叫んだ。オーウェンはすんでのところで男が放ったエネルギーの塊をはねのけ、ジェットコースターにいた男と同じように、そいつを動けなくさせた。

「反則だぞ、フェラン。自信のなさの表れじゃないのか?」オーウェンが言った。

「モラルのなさってのはどうだい」イドリスは息が切れていた。突然、彼は攻撃に身構えるように向きを変え、マーリンに対して背を向ける格好になった。マーリンはすかさず何かを放ち、イドリスの体を一時的に麻痺させた。イドリスが身構えたとき、だれも彼を攻撃したようには見えなかったので、一瞬、不思議に思ったが、すぐにそれがオーウェンの仕掛けた手品のトリックだったということに気がついた。イドリスは規定以上の手下を連れてきて、魔法で彼らの姿を隠した。オーウェンは手品の技で別の仲間がいるかのように演出し、イドリスを攪乱したのだ。

イドリスの手下たちは直接魔術をかけるのをあきらめたようだ。すると今度は、地面に固定されていなかったさまざまなものがオーウェンとマーリンに向かって飛んできた。わたしはべンチの下に潜り込んで、周囲に目を光らせる。ゴミ箱がマーリンめがけて飛んできたが、イーサンがすかさず彼を引っ張って直撃を免れた。ゴミ箱はオーウェンの体をかすめ、オーウェンは地面に倒れ込みながら片手を振ってそれをイドリスの方へ飛ばした。

戦いの状況が把握できるほど、わたしは魔法について詳しくない。オーウェンは集中砲火を浴びてやや息があがってきているように見えるけれど、特にダメージを受けている様子はなかった。マーリンにいたっては、午後の散歩の途中というような顔をしている。一方で、相手側は皆、汗だくになり、赤い顔で喘いでいた。

マーリンが手下のひとりを指さすと、男はその場で硬直した。必死にもがこうとしているが、もはや抵抗する力は残っていないようだ。ひとり片づいた。オーウェンが同じようにして別の男の動きを止める。実質的な戦闘員という意味では、これで二対二になった。でも、おそらく相手は、まだ何か奥の手を隠しているに違いない。いざとなったら、わたしだって多少の貢献はできる。だてに兄たちの下で育ったわけではない。取っ組み合いの仕方はそれなりに心得ている。

でもいまのところ、マーリンとオーウェンでことは足りているように見えた。空気がパチパチと音を立て、鳥肌が立つ。まるで雷のなかにいるようだ。マーリンがいかにも面倒そうに残りの共謀者を仕留めた。一方、オーウェンとイドリスは互いに六フィートほど離れてにらみ合っている。イドリスが両手を前にさし出しているのに対し、オーウェンは直立の姿勢だ。ふたりの間でエネルギーが膨張していくのが目に見えるようだ。オーウェンにもさすがに疲れが見えはじめているが、イドリスよりははるかに余裕がある。イドリスはゴール直後のマラソンランナーのように激しく息を切らしていた。

もはや、どちらが長くもちこたえられるかの勝負になった。最後まで倒れなかった方が勝ちだ。わたしならオーウェンの方に賭ける。オーウェンが全力を出すところはまだ見ていないけれど、彼がただのハンサムでないことは十分にわかった。

オーウェンの勝ちはほぼ確定したように見えた。イドリスはふらふらと後ずさりを始めている。ただし、その顔は不敵にほほえんでいた。わたしは不安になって周囲を見たが、不審なものは特に見あたらない。

そのとき、あるものが東の空から飛んでくるのに気づいた。ものすごい勢いでオーウェンに近づいてくる。最初はサムのようなガーゴイルかと思ったが、どうやらそうではなく、羽をもつ何か別の生き物のようだった。この仕事を続けるのなら、少し神話の勉強もしなければ――。

「オーウェン、危ない！」わたしは叫んだ。

19

間近で見たそれは、翼竜と、ものすご～く醜い女をかけ合わせたような生き物だった。ハーピーっていうんだっけ？　いずれにせよ、いまそんなことはどうでもいい。わたしが叫んだときには、そいつはもうオーウェンの真上まで来ていたが、彼にもマーリンにもその姿は見えないようだった。鳥もどきは鋭いかぎ爪でオーウェンの肩をつかんだ。自由になったイドリスの動きを、マーリンがすかさず止めにかかる。怪物はオーウェンを捕らえて舞いあがった。

そいつの正体がなんであるにせよ、依然として姿を消しているようだった。マーリンは攻撃の照準を合わせかねている。おおよその方向に手を振ってはみるものの、鳥もどきはすばやく身をよじってマーリンが放つものを次々にかわしていく。そのたびに、かぎ爪がオーウェンの肩に深く食い込んだ。イドリスが態勢を立て直しオーウェンに攻撃を仕掛けようとしたので、マーリンはそれを阻止するため、オーウェンから注意をそらさなければならなかった。オーウェンがもがくと、鳥もどきは何かに打たれたかのようにのけぞったが、彼の体を放そうとはしなかった。この勢いでいくと、そのうちオーウェンを生きたまま呑み込んでしまいそうだ。

どうやら、わたしがなんとかしなくてはならないようだ。わたしには魔力のかけらもない。ＭＢＡの資格もなければ、ボーイフレンドもいない。でも、目の前に存在するものの真の姿を見抜く力はある。いまこの瞬間、それは大きな武器だ。それに、右肩にはけっこう自信がある。わたしは投げられるものを探して地面に這いつくばり、戦いのさなかに欠け落ちたソフトボール大のセメントの塊を見つけた。それを拾い、子どものころむりやり野球を教えてくれた兄に心のなかで感謝しながら、怪鳥めがけて力のかぎり投げつけた。兄はわたしを誇りに思ったに違いない――セメントは怪鳥の眉間に命中し、鳥もどきはオーウェンの体を放した。

オーウェンは地面に落ち、傷を負った肩を手で押さえた。指の間から血がしたたり落ちている。マーリンがすぐさま怪鳥の動きを止める。どうやら衝撃で隠れみのがはがれたらしい。オーウェンはふらつきながら立ちあがると、肩から手を離し、血にまみれたその手をイドリスに向けて伸ばした。彼は怒っていた。完全に、ものすごく、怒っているように見えた。なぜ周囲が彼に対して畏敬の念を抱くのかようやく理解できた。彼ほどのナイスガイはそういないけれど、敵には回したくない相手だ。イドリスのまわりの空気が白熱している。マジカルフィールドのなかに取り込まれたようだ。イドリスはしばし抵抗を試みるが、ついに力尽きて倒れ込んだ。続いてフィールドも消えた。イドリスは片手をあげてなおも魔術をかけようとしたが、もはやエネルギーの変化は感じられなかった。

イドリスは立ちあがり、埠頭の上を走り出した。オーウェンはあとを追おうとしたが、すぐに走るのをやめた。イーサンが慌ててイドリスを追いかけ、まもなくどんなフットボールコーチをも満足させるようなフライングタックルで彼を引き倒した。

どうやら決着がついたようだ。

マーリンとオーウェンとわたしは、イーサンがイドリスを取り押さえた場所へと急いだ。マーリンはかなりばてているようだったが、ふたりのそばまで来ると、いたずらっ子のようににやっとした。「ミスター・イドリス、紹介が遅れました。こちらはわたしたちの弁護士です。では、ミスター・ウェインライト、ミスター・イドリスの上に十分座ったところで、そろそろ書類を作成してもらいましょうか。ミス・チャンドラーはミスター・パーマーを頼みますよ」

イーサンのメルセデスまで戻っていくわたしたちは、実に奇妙な集団だった。イドリスをむりやり引きずっていくイーサンの横をマーリンが得意満面に歩き、その後ろをふらつく足取りの青ざめたオーウェンがわたしに支えられながらついていく。オーウェンの左袖はいまや血で真っ赤に染まっていた。彼は魔法に必要なすべてのエネルギーを使い果たし、通常の体力もかなり消耗したようだ。

イーサンが車のトランクの上に書類を広げている間、わたしはオーウェンを後部座席に座らせた。背後でわけのわからない法律用語が読みあげられるのを聞きながら、血まみれになったコート、スーツのジャケット、シャツ、アンダーシャツを脱がせていく。「今日スーツを着てきたのは正解だったわ」わたしはオーウェンに言った。「でなかったら、傷はもっと深かったはずよ」痛みと流血こそあったけれど、かぎ爪のあとは思ったほど深くはなかった。

「お気に入りのスーツだったのに……」オーウェンは悲しげに言う。わたしはスーツの下にみごとな肉体が隠されていた事実をなんとか無視しようとした。ジムに通っているというのは嘘ではなかったようだ。

車の後ろから、イーサンの弁護士モードの話し声が聞こえる。「では、合意事項を確認します。あなたは今後、マジック・スペル＆イリュージョン社の従業員として行った研究に基づくいっさいの製品の販売を中止することになります。これには、すでに発売された製品はもとより、この先製造を予定している製品も含まれます。それでは署名をここに、それからイニシャルをここにお願いします」

「このペンを使いなさい」マーリンが言った。「これでこの契約には法律以上の拘束力が生まれます」

「ほんとですか？」イーサンが言った。「それ、うちの事務所にも一セットもらえませんかね」

消毒液を傷口に塗ると、オーウェンが顔をしかめた。イーサンがトランクに常備している救急箱に入っていたものだ。「ごめんなさいね。でも、あの怪物、どこから来たかわからないし、感染症になったら大変だから」

「ああ、わかってる。気にしないで続けて」

傷を洗う間、オーウェンは歯を食いしばった。わたしは傷口に包帯をし、血にまみれた服を肩の上まで引きあげ、自分のコートを脱いでひざの上にかけた。かなり出血したので、暖かくする必要があった。

「よう、もう十分おれに恥をかかせただろう。そろそろ仲間を解放してくれてもいいんじゃないか？」イドリスが言った。

「もう魔法は解けてるころだ」オーウェンが答える。

「いいか、これで終わりじゃないからな。完璧にオリジナルの魔術をつくってやるぜ」

オーウェンは挑発にのらなかった。「ああ、そうだろうとも」

「おまえは今回、たまたまガールフレンドの肩がよくてラッキーだっただけだ」

血の気のなかった顔がほんのりピンクになったが、オーウェンの口調は変わらなかった。

「彼女は目もいい」

「ケツもな。だが、次はその程度じゃ足りないぜ。すげえものを準備中だから、せいぜい楽しみに待ってろ」イドリスは嘲るように会釈をし、「では、また次回」と言うと、ふらつきながら遊歩道の方へ去っていった。

「くそったれ」わたしは思わず口に出していた。

「そんなんじゃ言い足りないね」イーサンがすかさず言う。「ぼくの知ってる一部の弁護士連中よりひどい。つまり、最悪の最悪ってことさ」

「本当にまだ何か企んでいるんでしょうか」わたしは不安になって訊いた。

「間違いないでしょう」マーリンが答える。「ああいう輩(やから)は簡単にはあきらめません。何より厄介なのは、彼が物理的な富以上に力を手に入れたがっていることです。彼なら自ら魔法戦争の引き金になることを楽しむでしょう」

「だったらなんとしても止めないと」

「独自に何かをつくり出すまでにはまだしばらく時間がかかるはずだ」オーウェンが言った。「あまり独創性に富むタイプではないからね。反撃に備える時間はそこそこあるだろう」

「あらためて社員たちを鼓舞する必要がありますな。わたしの見たところでは、皆すっかり危機感を失っているようです。公文書によると、最後に同レベルの危機に見舞われたのは三十年前です。前回、具体的にどのような対応が取られたのか詳しく調べてみましょう」マーリンが言う。

「それじゃあ、こういうのってよく起こることなんですか？」わたしは訊いた。

「一世代ごとというのが標準のようですな。どの時代にも大規模な悪事を働こうとする輩が必ずいるものです。そのたびに、よき人々がそれに立ち向かうのですよ」

「俗世界も同じような感じだな」イーサンが言った。「そろそろ行きましょうか」

「タオルか何かある？　シートが血だらけになってしまいそう」

イーサンは救急箱のみならず、タオルも用意していた。おまけに予備の毛布まで。わたしの母は彼をおおいに気に入るだろう。母は一週間荒野で過ごせるだけの準備なしには決して家を出ない。わたしたちは、できるだけ負担のない姿勢でオーウェンを座らせ、怪我を負った肩の下にタオルを敷き、体を毛布でくるんだ。「オフィスに戻り次第、治療師（ヒーラー）に診てもらいましょう」マーリンが怪我をしていない方の肩にそっと手を置く。「わたしの調合薬をもってくるべきでした。肉体的な怪我を負うことは想定していませんでしたよ」

「ルールを守るとは思っていませんでしたが、ここまでやるとはね」オーウェンは弱々しく笑った。

わたしが残っていたコーヒーとシナモンロールを皆に配り終えると、車は出発した。一刻も早くこのゴーストタウンから抜け出したかった。夏には活気のある場所なのだろうけれど、いまはひとけのないモーテルと冬の間葉の部分を取り外されて幹だけになったプラスチックの椰子の木がわびしく立ち並んでいるだけだ。町から出ないうちにオーウェンはすでに眠っていた。わたしは毛布を彼の襟もとまで引きあげてから、自分も深く座り直した。あとはひたすらニューヨークを目指すだけだ。

前方の空に摩天楼群が姿を現すのを見てこんなにうれしく思ったのは初めてだった。車はホーランド・トンネルに入り、やがてキャナル・ストリートに出た。異常と正常が入り乱れる懐かしいマンハッタンの風景がわたしたちを取り囲む。やはり家はいいものだ。そう思ってから、ニューヨークを初めて心から自分の家だと感じたことに気がついた。

イーサンは会社の前でわたしたちを降ろすと、車を停めにいった。マーリンとわたしはオーウェンを抱えて社長室へ向かう。最初のショック状態が治まってきたかわりに、今度は痛みの方が主張しはじめたようで、それに早朝からの激務による疲労も加わり、オーウェンはかなりぐったりしていた。彼をマーリンの部屋のソファに寝かせて、トリックスに会社の専属治療師を呼んでもらう。マーリンはひとまず鎮痛薬を与えた。

治療師がオーウェンを診ている間、マーリンはわたしを部屋のすみに呼んだ。「今日は素晴らしい仕事をしてくれましたね、ケイティ」

「兄のフランクに感謝しなくては。わたしにソフトボールをやらせたかったみたいで、しつこくキャッチボールをさせられたんです」

「そのことだけではありません。たいていの人が怖じ気づいてしまうあのような状況で、よく冷静さを失わずにいてくれました」

「かなり怖じ気づいていましたよ」わたしは白状した。「でも、あなたがたふたりがいるかぎり大丈夫だと思ったんです。なんだかんだいったって、あなたはあのマーリンですよ。それに、オーウェンだってなかなかのものでしょう?」

「彼は実にたいした若者です」マーリンの表情がふと厳粛になり、治療師がオーウェンの肩に手当てを施すのを感慨深げに見つめる。「まさに、驚くべき若者だ」その口調は、なぜかわたしをぞくっとさせた。

イーサンが部屋に入ってきた。「大丈夫そうですか?」オーウェンの方に目をやる。

「大丈夫でしょう」マーリンが答える。「さて、実はおりいってお話があるのですがね」わたしたち三人は会議用のテーブルへ移動した。「この先の戦いを法律のみで勝ち抜くのはおそらく難しいでしょう。しかし、この時代と場所において法律がきわめて大きな力をもつことは明らかなようですし、その力はぜひとも利用すべきだと思うのです。また、わたしたちはいま、魔法に対して免疫をもつ人をこれまでにも増して必要としています。もし両方を兼ね備えている人がいたら、こんなありがたいことはありません。ミスター・ウェインライト、わが社とより長期的な関係をもつことに興味はありませんかな?」

イーサンは目をぱちくりさせた。「つまり、仕事をくださるということですか?」

「会社の顧問弁護士という立場はいかがでしょう」

「光栄です。事務所の方で少し調整が必要かもしれませんが、ちょうどパートナーがもう少し仕事の量を増やしたいと言っていたところですし、なんとかなると思います。こちらに常駐するのは難しいと思うので、委任契約を結ぶという形ではどうでしょうか」

「あなたが最もよいと思う形態でかまいませんよ。ただ、必要なときにはいつでもあなたの専門知識を活用できるような体制を望みます」

「もちろんです。こんなのを経験したあとじゃ、通常のソフトウェア関連の訴訟が退屈に思えてしまいますよ」

　手当てを終えて、オーウェンがやってきた。肩から左腕をつっており、相変わらず顔色は悪い。シャツには血がついたままだ。「どうやら死なずにすみましたよ」オーウェンはさらりと言った。「次にすべきことを考えた方がよさそうですね」

「ミスター・ウェインライトにわが社の法律顧問となることを承諾してもらいました」マーリンが言った。

「それはいい」オーウェンがうなずく。

「この問題に対処するための特別対策委員会（タスクフォース）を設置したいと思います」伝説の魔術師は、どうやら最新のビジネス書を相当読み込んでいるようだ。もし彼の口からクオリティチームなんて言葉が出てきたら、みんなに言いふらさずにいられる自信はない。「わたしは魔法界の各方面と協力して連合の形成に取りかかります。その間、ほかの手段でも戦う準備を進めていかねばなりません。ミスター・ウェインライトには法的側面からサポートしてもらいます。ミス・チヤンドラーはマーケティングおよびコミュニケーションの分野で手腕を発揮してくれるでしょう。魔法に関することはミスター・パーマーに任せます」

マーリンの声に断固とした響きが宿る。「あのような者たちに、千年以上前にわたしが築いた魔法界の土台を破壊させるわけにはいきません。魔法の堕落を許すくらいなら、いっそ魔法などこの世に存在しない方がいい。できれば、そのような事態を招きたくありません。そのような事態にはわたしたちがさせません」

やる気がわいてくるのと同時に、少し怖くもあった。知らぬが仏という言葉は、たしかに言い得て妙だ。でも、世界が直面していることにまったく無知でいる方が、果たして本当に幸せだっただろうか。少なくとも、わたしにはいま、危機に対して何かをするチャンスがある。わたし個人の力が役立つ問題など、世の中にそうたくさんあるわけじゃない。

「しかしながら、仕事を開始するのは月曜日です」マーリンが言った。「今日のところは全員、休養が必要です。皆さんの今朝の働きに感謝します」

イーサンが部屋を出たあと、わたしはマーリンに呼び止められ、オーウェンを家まで送り届けるよう頼まれた。いまは倹約のときではないと決め、サムにタクシーを呼んでもらう。タクシーの後部座席ではふたりとも口を開かなかった。オーウェンは疲労困憊といった様子だが、しっかり休めば回復は早いだろうと治療師は言っていたから、たぶん心配はないだろう。

タクシーは優雅なタウンハウスの立ち並ぶ通りで止まった。オーウェンのアパートのある一角だ。オーウェンはこのまま自分のアパートまでタクシーに乗っていくように言ったけれど、わたしは首を振った。「いいの、ここから歩くわ。第一、一方通行だもの、歩いた方が早いわ」

わたしたちはタクシーが走り去るのを見送った。「なかなかすごい一日だったね」しばしの沈黙のあと、ようやくオーウェンが言った。

「すごかったのはあなただわ。あんなことができるなんて知らなかった。魔法についてはまだ知らないことだらけよ」

オーウェンは赤くなった。よい兆候だ。彼に血の気が戻ってきたのだから。「きみもかなりのものだったよ」

「たまたま命中したのよ」自分も頬が熱くなるのを感じながら、肩をすくめる。

ふたたびぎこちない沈黙が流れた。そろそろさよならを言った方がいいだろうか。それとも、ふたりの間で交わすべき別の言葉があるのだろうか。映画や小説なら、ここはまさに、疲れ果てた手負いのヒーローがその心の内をヒロインに打ち明ける場面だ。でも現実の世界では、いまのオーウェンぐらいにへとへとで怪我まで負った男が望むのは、ただ一刻も早くベッドに入ることだろう――もちろんひとりで。ということは、やはりさよならを言うことが、わたしにできる最善の選択のようだ。「じゃあ、また月曜日に。よく休んでね」そう言って、彼に背中を向けた。

足を一歩踏み出すと同時に、オーウェンが言った。「ケイティ」

心臓が口から飛び出すほど高鳴り、わたしは振り返った。

オーウェンは珍しくわたしの目を真っすぐに見つめた。「ありがとう。きみは命の恩人だ」

魔法界ではこういう場合、恩人に対して忠誠を誓うとか、その願いをかなえるとかいう義務を負ったりしないのだろうか。冗談めかして訊いてみたくなったが、彼はいたって真面目な顔をしている。それに、考えてみれば、いま彼の体には相当量の薬が入っているはず。下手なジョークにつき合わせるのは忍びない。「どういたしまして」わたしはただひとことそう言った。おそらくいまの感謝の言葉が、ヒーローの心の内のすべてだったということだろう。

オーウェンはほほえんだ。「言うまでもないけど、きみがうちの会社に来てくれて本当によかった」

「わたしもよ」そう言いながら、自分が心からそう思っていることを実感していた。安全な職場への転職の話を、たしかにわたしは断ったけれど、そもそもこの会社と出会ってよかったかどうかまではよく考えていなかった。いまは、オーウェンやマーリン、ロッド、そしてＭＳＩの仲間たちのいない生活も、なぜ自分が奇妙なものを見るのかわからないまま生きることも考えられない。もちろん、人生はより複雑になったし、自分のことを洗いざらい人に話せないのはじれったくもあるけれど、こんなに素晴らしいものの一部でいられるなら、それも小さな代償にすぎない。

「よい週末を」依然としてわたしの目を見つめたまま、でもまったく顔を赤らめることなく、オーウェンは穏やかに言った。

「あなたも！」元気よくそう言ってから、しまったと思った。彼は週末を楽しめるような体調ではない。「ゆっくり休養してね」急いでそうつけ加えると、わたしは自分のアパートに向かって歩き出した。

はあ……。これで本当に、完全に、はっきりした。オーウェンにとってわたしが友達以外の何者でもないことを最後にもう一度だけ自分に言い聞かせる。なにも、これで世界が終わったわけじゃない。彼みたいな友人がいたっていいではないか。少なくともオーウェンは、だれかれかまわず女の子に手を出しては惨めな関係に陥って、わたしにガールフレンドの愚痴をこぼすようなことはないだろう――わたしと友達になりたがった男たちがこれまでさんざんしてきたように。それに、今朝のことがあったいま、わたし自身、本当に彼と友達以上の関係になりたいのかどうかわからなくなった。オーウェンはハンサムだし、優しいし、頭もいいし、言うことはないのだけれど、感謝祭（サンクスギビング）に彼がうちの家族といっしょにテーブルを囲む図はまるで想像できない。彼のもつ力は尋常ではない。兄たちがからかったりでもしたら――それは十分に予想されることだった――どんな事態になることやら。

アパートのドアを開けると、ちょうど電話が鳴っていた。イーサンからだった。「きみが無事家に帰ったかどうか確かめたくて。あと、オーウェンも」

「いま彼を送ってきたところよ。大丈夫だって言い張ってたわ」

「今朝のはちょっとしたものだったね」

「ほんとに。ごめんなさいね、突然こんなに深入りさせることになっちゃって。少なくともわたしには、ある程度慣れる時間があったもの」

「とりあえず、自分の頭はおかしくなってないってことはわかった。それとも、やっぱりイカレてるのかな」

「わたしに訊かないで。もしあなたがイカレてるなら、わたしも相当にイッちゃってることになるわ」

イーサンは笑った。「ひとりじゃないっていうのは心強いね。で、例のデートの件だけど、もしよかったら、もう一度試してみない？　今度は何があってもびびらないよ。まあ、次は前回ほど妙なことは起こらないだろうけど」

「さあ、どうかしら。彼らに関わるようになって以来、妙な出来事は増えていく一方よ。職業柄しかたがないのかも。ま、だんだん度胸もすわってくるんだけどね」そう言ってから、わたしはデートの申し込みについて考えた。彼はオーウェンではない。でも、オーウェンのことは友達として割りきることに決めたのだ。イーサンだって決して悪くない。優しいし、面白いし、頭がいいし、それになんといっても、わたしと共通するところがたくさんある。自分と同じものを見る人――そして、虚空からものを出現させたりはしない人――とつき合うのは、いいことかもしれない。イーサンなら問題なく実家にも連れて帰れる。両親にとっても、弁護士は魔法使いよりはるかにわかりやすい職業だろう。「ディナーの件、オーケーよ。でも来週末まで待ってもらってもいいかしら。この週末は、ただもうひたすら眠りたいって感じ」

「いいわ」

「じゃあ、次の土曜はどう？」

「よかった。来週オフィスで顔を合わせると思うから、詳細はそのときに」

電話を切ったあと、わたしはたっぷり時間をかけて熱いシャワーを浴びた。順番を待つルームメイトたちのことを考えなくていいのは気が楽だった。髪を乾かし、服を着る。今日すでにあれだけのことがあったにもかかわらず、まだ午後になったばかりで、ベッドに入って眠るにはあまりに気持ちが高ぶっていた。結局、ジーンズを脱ぎ、仕事用の服を着ると、わたしはオフィスに戻るべく地下鉄の駅に向かった。このまま家にいても、考えごとばかりするだけだ。オフィスに行っていくらかでも仕事を片づければ、楽な気分で月曜日を迎えることができる。

昼下がりのホームはラッシュ時の混み方でこそなかったが、決して空いているとはいえなかった。観光客に、奇抜なファッションの学生たち——彼らはＭＳＩの廊下で行き会うだれよりも奇妙に見えた——そして大道芸人。会社で見かけたことのある妖精がひとり、やはり電車を待っていたが、わたしは軽く会釈をしただけで、若き反抗心のために明らかにファッションと美しい容姿を犠牲にしている学生たちの方を眺めて楽しんだ。

ようやく電車が到着した。運よく座れたので、バッグから本を取り出して読みはじめる。電車がダウンタウンに向かってスピードをあげはじめたとき、ニワトリの鳴き声が聞こえて顔をあげた。いつかのニワトリ男がチラシを配って車内を歩いている。わたしは向かい側に座っていた妖精と〝まあ、ニューヨークだもの〟的なわけ知り顔の視線を交わし、読書に戻った。

ニューヨークは実に変わった街だ。でも、どれほど変わっているかということを、ほとんどのニューヨーカーは知らない。

訳者あとがき

ケイティ・チャンドラー、二十六歳。テキサスの田舎からニューヨークへ出てきて一年。恋もキャリアも鳴かず飛ばずの状態だ。中肉中背、醜女でもなく美人でもない。真面目な性格と気だてのよさが取り柄といえば取り柄だが、こと男性に関してはそのあまりの普通さが災いしてか、週末ごとのブラインドデートも成果はいっこうにあがらない。女性上司のいびりと奇妙な〝幻覚〟に悩まされる毎日にいよいよ限界を感じはじめていたとき、一通の奇妙な求人メールが届く。彼女をヘッドハントしたのは、なんと魔法を製作する会社だった。しかも社長は、アーサー王の後見人だったあの伝説の魔術師マーリン！　おまけに、研究開発部のハンサムで謎に満ちた魔法使いは、並み外れてシャイなところを除けば、まさに〝理想の君〟。平凡を絵に描いたようなケイティの人生は、突然、平凡とは対極の方向に転がりはじめる――。

『ハリー・ポッター』シリーズの大ヒットをきっかけに、ここ数年ファンタジーブームとも呼べる状況が続いている。作者のシャンナ・スウェンドソンが本作の構想を思いついたのも、まさに『ハリー・ポッター』を読んでいる最中だった。「書いていないときは読んでいる」というほどの本の虫を自認するスウェンドソンは、いわゆる〝チックリット〟（Chick Lit＝現代社会に生きる若い女性の自分探しをコミカルに――あるいはシニカルに――描く小説）に魔法をからめたものがないことに気づく。「自分自身が読みたいもの」を書こうと、約一年半アイデアを温めたのち、わずか一カ月で本作の最初の草稿を書きあげたそうだ。

魔法使いのコミュニティーにいきなり放り込まれた恐ろしく非魔法的な主人公が、そのノーマルさゆえに活躍するという筋立ては、数あるファンタジー小説のなかでも異色である。現代の魔法界における魔術の有りようをコンピュータのソフトウエアになぞらえて描くアプローチも、なかなか気が利いている。

魔法と非魔法との出合いはまた、ニューヨークとテキサスの出合いでもある。世界中から型破りな人々の集まるニューヨークは、もともと十分摩訶不思議な街。そこを舞台にした時点で、この小説の面白さはすでに半分約束されたようなものだ。テキサスの片田舎で実直な両親のもとに育ったケイティは、あらゆる〝怪奇現象〟をニューヨークでならあり得ると懸命に正当化し、そうしたことにいちいち目を見張るのは自分が田舎者だからだと思い込もうとする。

大都会ニューヨークとの対比を際立たせた、やや自虐的なテキサスとテキサス人の描写は、生まれ育ったテキサスを愛し、現在も故郷で執筆活動を続ける（たびたびニューヨークを訪れては南部の淑女（サザン・ベル）を演じて楽しんでいるそうだが）著者ならではのものだろう。いくぶん誇張はあるものの、登場人物たちの台詞を通して、日本の読者は、アメリカにおける古きよき、そして若干垢抜けない南部のイメージと、アメリカのなかでも特異な場所とされるニューヨークが地方の人々の目にどう映っているかを、面白可笑しく知ることができる。

本書は魔力のかけらもないごく平凡なＯＬが突然魔法戦争を阻止するキーパーソンに祭りあげられるというコミカルで奇想天外なファンタジーであると同時に、壁にぶつかり進むべき道に悩む主人公が隠れた才能を見いだされ次第に自信を取り戻していく爽快な自己実現の物語であり、また、夢を抱いて都会に出てきた二十代の女性たちが恋や仕事に悪戦苦闘する日常を小気味よく描くチックリットでもある。

悪役の元ＭＳＩ社員については、かのマーリンを千年にわたる眠りから呼び覚ますほどの一大事の要因にしてはいささか迫力に欠けると感じた向きもあろうかと思うが、ここだけの話、どうも背後に黒幕がいるようである。でも、それが明らかになるのはまだ先のこと。二〇〇六年四月に米国で出版されたシリーズ第二作では、ＭＳＩの社内に敵の内通者がいることが発覚し、ケイティ自身も思いがけないピンチに見舞われる。恋の行方もおおいに気になるところだ。日本の読者の皆さんにも遠からずお届けできると思う。どうぞお楽しみに。

訳者紹介　キャロル大学（米国）卒業。主な訳書に，キム・R・スタフォード『すべてがちょうどよいところ』，レオナード・マイケルズ『猫へ』（以上，パピルス），アニック・ル・ゲレ『匂いの魔力』（工作舎）などがある。

検印
廃止

㈱魔法製作所
ニューヨークの魔法使い

2006年7月14日　初版
2023年5月19日　15版

著者　シャンナ・スウェンドソン
訳者　今泉敦子（いまいずみあつこ）

発行所　㈱東京創元社
代表者　渋谷健太郎

162-0814/東京都新宿区新小川町1-5
電話　03・3268・8231-営業部
　　　03・3268・8204-編集部
URL　http://www.tsogen.co.jp
振替　00160-9-1565
工友会印刷・本間製本

ISBN4-488-50302-0　C0197